Nuova Narrativa Newton

893

Della stessa autrice:

Cospirazione Caravaggio
Il dipinto maledetto
Caravaggio enigma

Titolo originale: *Caravaggio. Volume Two*

Traduzione dall'inglese di Tessa Bernardi
Prima edizione: giugno 2018

ISBN 978-88-227-1999-7

www.newtoncompton.com

Realizzazione a cura di The Bookmakers Studio editoriale s.r.l.s.
Stampato nel giugno 2018 presso Puntoweb s.r.l., Ariccia (Roma)
su carta prodotta con pasta termomeccanica, senza utilizzo di cloro, proveniente
da foreste controllate, nel rispetto delle normative europee vigenti in tema ambientale

Alex Connor

Maledizione Caravaggio

Newton Compton editori

Dio mi ha dato il talento,
ma mi ha lasciato a difendermi da solo
e il demonio si è fatto avanti.
Sto cadendo, calpestato dagli apostoli
e dai Cristi defunti che ho dipinto,
deriso da Madonne e Maddalene,
morso dai serpenti che ho raffigurato
e perseguitato dallo sbattere di due ali di scena.

Ci sono preghiere che non possono essere esaudite.
E io le ho espresse tutte.

Prologo

Chiunque all'interno della giurisdizione aveva il diritto legittimo di uccidere il bandito ed era autorizzato a decapitarlo e a presentare la sua testa al giudice... alcuni zelanti magistrati invitavano a consegnare il bandito vivo, affinché andasse incontro al castigo, oppure a portarne la testa mozzata da esporre in pubblico.

28 maggio 1606

Sono Michelangelo Merisi da Caravaggio, l'assassino di Ranuccio Tomassoni.

E so come funziona la giustizia romana. Se mi avessero preso, mi avrebbero giustiziato. Non sarebbe stata un'esecuzione rapida, ma una lenta agonia, con il cappio, il maglio oppure il fuoco. Ho visto i corpi degli assassini giustiziati, legati per le caviglie affinché tutti potessero vederli; a volte era soltanto la testa mozzata a essere fatta sfilare in corteo come il grugno di un porco, con il sangue che colava dal naso e dagli occhi. A volte era già in decomposizione, con le labbra ritratte in un sorrisetto spasmodico.

Scappa, Caravaggio.

Gesù, per l'amor del cielo, scappa.

Dopo aver pugnalato Tomassoni, ho lasciato cadere la spada, l'ho sentita sferragliare, proprio come ho sentito riverberare il tonfo del corpo di Tomassoni quando è crollato a terra di peso... Ho combattuto per tutta la vita; sentendo il cuore battere all'impazzata, il sangue ribollire, le vene del collo gonfiarsi e lo stomaco contrarsi. Nervi saldi, rabbia, rapidità, riflessi, ecco di cosa si ha bisogno per combattere, e quando ho visto cadere Tomassoni, ho capito che era morto ancor prima che toccasse terra. Dicono che sia morto poco dopo, che sia sopravvissuto abbastanza a lungo da ricevere l'estrema unzione. Ma io ne dubito. Quando l'ho pugnalato, non gli restavano che pochi minuti da vivere.

Non avevo intenzione di ucciderlo.

Mi ha aggredito.

È stato lui a sferrare il primo colpo. Non io.

È stato lui a sferrare il primo cazzo di colpo.

Non io…

Il mio compare, Longhi, mi ha afferrato per un braccio; con il panico scolpito sul viso cereo, in netto contrasto con i capelli rossi, mi ha trascinato via dal campo della pallacorda. Ho percorso a malapena un paio di metri prima che mi cedessero le gambe, il corpo scosso dai tremori. Ero ferito, con lo scalpo aperto, il sangue caldo che mi scorreva sulla pelle fredda. Rabbrividivo per l'emozione violenta: il calore fiammeggiante dello scontro rimpiazzato dal candido e gelido silenzio del terrore.

Stordito dalle vertigini, mi sono sforzato di rialzarmi, Longhi mi ha tirato su di peso, mi ha portato a casa di Andrea Ruffetti. Cecco è venuto alla porta, mi ha visto; e ha piagnucolato come un bambino.

Scappa. Devi scappare. Dobbiamo scappare.

Dove? Sulle colline…

Longhi è fuggito. Che rapidità.

Prima c'era.

Poi era sparito.

Non l'avrei più rivisto.

Sapevo che gli sbirri sarebbero venuti a cercarmi e ho buttato un paio d'abiti e qualche colore in una sacca, mentre Cecco, povera piccola statuina in preda al panico, cercava di fasciarmi la ferita alla testa. Singhiozzava alla vista del sangue. «Morirai?»

«Silenzio! Sbrigati! Devo andare…».

«Morirai?»

«Non mi ucciderà nessuno», gli ho risposto, strattonandogli un braccio. «Nessuno può uccidermi».

«Gli sbirri…».

«Gli sbirri non mi troveranno, non mi troverà nessuno. Ma tu devi restare qui…».

«No. Io vengo con te!». Ha preso la sacca. «Sei ferito, hai bisogno di me».

Mio piccolo Cecco, quella notte sei stato coraggioso. Sei sempre stato coraggioso. Come ti avrei mai ripagato? Il compagno di un fug-

gitivo, l'amante di un assassino. Resterai al mio fianco? Per quanto? Resteresti con me se mi catturassero? Se mi tagliassero la testa? Laveresti il mio corpo privo di vita e diresti a tutti che Michelangelo Merisi da Caravaggio è stato braccato fino alla morte?

Testimonieresti a mio favore, Cecco?

Dopo aver spento le candele, sono andato alla porta e ho guardato fuori. Riuscivo a sentire alcune voci concitate non lontane da noi, un trambusto, poi il rumore di passi svelti... Gesù, quei maledetti sbirri... Ho fatto cenno a Cecco, ci siamo incamminati verso le stalle e i cavalli. Quando abbiamo imboccato il vicolo e girato l'angolo, intontito a causa del sangue perso, mi sono accasciato sulla sella, Cecco alle mie spalle.

I passi si stavano avvicinando.

Sempre di più.

Tintinnii metallici sui ciottoli.

Pressanti. Arrabbiati.

Ci siamo affrettati a fare dietrofront, sapendo che gli sbirri non avrebbero avuto difficoltà a bloccare le strade, a circondarci, a intrappolarmi. Sporgendomi dalla sella, ho controllato ogni viottolo con il cuore che batteva all'impazzata. Quale scegliere? In quale di quei vicoli non avrei trovato ad attendermi la polizia? Qual era, sempre ammesso che ce ne fosse una, la via più sicura? Stavano guadagnando terreno; riuscivo a sentirli, erano molto vicini. Poi, però, il rumore si era affievolito.

Erano andati a cercarmi a casa di Andrea Ruffetti.

Il luogo che avevamo appena lasciato...

Preda

Uno

Roma, Palazzo Colonna

«È venuto da voi?».

Scuotendo la testa, Costanza Colonna raggiunse una sedia nello studio del cardinale, le spalle avvolte in uno scialle finemente ricamato. Sebbene fosse una serata mite, stava rabbrividendo, con le mani che continuavano ad aprirsi e chiudersi.

«No, Eminenza, Caravaggio non è venuto da me. Pensavo che avesse chiesto aiuto a voi».

Il religioso era agitato, aveva il respiro affannoso e le gote arrossate. «Ero convinto che sarebbe venuto da me, ma non l'ho visto né sentito». Del Monte si tolse il cappello cardinalizio e infilò un dito nel colletto per allentarlo. «Il nostro amico è davvero nei guai. Stavolta l'ha fatta grossa, *troppo* grossa». Scrollò il capo, irritato. «Avete detto che Caravaggio non è venuto da voi?»

«Non vi mentirei mai, Eminenza».

Lui agitò una mano paffuta, come se stesse scacciando via la domanda. «No, non mi mentireste mai... Dicono che sia rimasto gravemente ferito».

Costanza annuì. «Ho sentito numerosi resoconti in merito a questo... incidente».

«Un duello».

«Così dicono alcuni. Altri sostengono che ci sia stata una discussione a causa di un fallo durante una partita di pallacorda, o che Tomassoni abbia accusato Caravaggio di aver barato per una scommessa di dieci scudi...».

Del Monte levò le mani al cielo, esasperato. «Un uomo è stato assassinato per *dieci scudi*?».

Costanza si affrettò ad aggiungere: «Fabio Masetti insiste nel dire che Caravaggio è stato provocato, che non c'è stata premeditazione… Ci sono talmente tante versioni, Eminenza. A quale dovremmo credere? Inoltre, Ranuccio Tomassoni ha una pessima reputazione…».

Del Monte si lasciò cadere di peso su una sedia, ansimando. «*Aveva.* Aveva una pessima reputazione. Adesso è morto, non ha più alcuna reputazione».

«Vi prego, non vi angosciate…».

«*Angosciarmi?*», sbottò il cardinale, stranamente furibondo. «Per anni ho dovuto trovare scuse per giustificare l'atteggiamento di Caravaggio…».

«Non sempre era nel torto, Eminenza».

«Non sempre era nel giusto!», sbuffò Del Monte, poi fece un respiro profondo e si allungò per prendere un bicchiere dal tavolo accanto alla sedia. Bevve un lungo sorso d'acqua, fece una smorfia. «Niente limone! Metto sempre il limone nell'acqua. E adesso, niente limone. Non c'è niente che vada per il verso giusto. *Niente*». Si interruppe e tornò ad accasciarsi sulla sedia, respirando più lentamente. Quando riprese la parola, il tono era di nuovo pacato. «È stato emanato il bando capitale…».

Costanza sussultò.

«…ormai Caravaggio è un ricercato. E le precedenti malefatte, ovviamente, peseranno su di lui. Si è fatto troppi nemici, Costanza. Ha offeso troppe persone, ha troppi rivali, troppi… ha esagerato in tutto, tranne con gli amici». Lanciò un'occhiata alla marchesa. «I cani gli daranno la caccia come se fosse una volpe messa con le spalle al muro».

Con le gambe che le tremavano, Costanza si accomodò sulla sedia. Parlò a voce bassa, l'espressione del viso perspicace era tirata. «Caravaggio ha il mio sostegno, lo avrà sempre. E il vostro, Eminenza?»

«C'è bisogno di chiederlo?». Del Monte distolse lo sguardo, rivolgendolo verso il calare delle tenebre, fuori dalla finestra.

L'afa della giornata era svanita da un pezzo, rintanandosi nella frescura, e l'oscurità incombeva minacciosa. Dalle strade arrivavano i rintocchi delle campane dell'ultima messa, il rumore delle ruote di un carro di passaggio che avanzava sull'acciottolato. Le voci giungevano condotte dal venticello serale, e una piccola folla si era radunata a formare una sorta di capannello di scimmie farfuglianti. Un grido acuto ed eccitato si levò dal gruppo.

«*Caravaggio è morto!* Michelangelo Merisi da Caravaggio non c'è più».

Quanto mi desideravano morto. Ciascuno di quei bastardi. Ho giurato che l'avrei fatta in barba alla loro esultanza trionfante.

Sanguinavo, quasi non riuscivo a reggermi in piedi, ero pietrificato e traumatizzato, ma ho rifiutato con stizza l'aiuto di Cecco. Non ero un maledetto storpio. Il sangue che mi colava dallo squarcio alla testa era denso, mi impiastricciava i capelli, e la ferita si riapriva e trasudava ogni volta che mi muovevo. Riuscivo a sentirla gocciolare, versare sangue fresco.

Ranuccio Tomassoni era morto dissanguato mentre crollava a terra.

Non era mia intenzione uccidere quel bastardo.

Ma nessuno ci avrebbe mai creduto.

Cecco mi seguiva. Faceva una gran confusione per essere un ragazzetto pelle e ossa. Gli ho intimato di fare silenzio mano a mano che ci facevamo strada verso la facciata posteriore di Palazzo Colonna, verso la porta secondaria delle stalle, che di notte non veniva quasi mai usata. Le nostre ombre disegnavano le sagome di due poveri fantocci sulle pareti di pietra: quella di Cecco esile e sottile come carta, la mia massiccia e ricurva. Quella notte sono invecchiato. Ero vecchio e spaventato.

Mentre la folla in piazza continuava a vociferare, abbiamo percorso con passo furtivo il vicolo buio che, dalle stalle, conduceva alla cucina di Palazzo Colonna. Di nuovo al punto di partenza. Di nuovo là dove ero arrivato da ragazzo, uno spiantato in cerca di una grazia; mia madre mi aveva cacciato via perché avevo portato sventura all'intera famiglia. Aveva sicuramente pregato quella sua patetica statua di gesso di San Sebastiano: non per la mia salvezza, ma affinché il mio esilio fosse duraturo, affinché restassi lontano...

Sudando, mi sono accasciato contro il muro. Sarei morto dissanguato? Sarei scivolato giù dalla pietra, nell'oscurità e nello stagno nel quale ero annegato da bambino? Cecco mi ha scrollato precipitosamente la spalla e mi ha aiutato a rimettermi in piedi... Perché non se ne andava? Perché non scappava come Longhi e gli altri? Non sapeva che restare al mio fianco avrebbe significato fuggire per il resto della sua vita? Era spaventato, glielo leggevo in viso, un viso così familiare... La testa pulsava dolorosamente e, quando mi sono dato una spinta per raddrizzarmi e ho barcollato in avanti, avvertendo un'ondata di nausea. In fondo al passaggio, ho fatto cenno a Cecco di seguirmi, abbiamo attraversato il cortile e cominciato a salire i gradini della cucina del palazzo. Non potevamo fermarci lì, dovevamo salire, raggiungere una trascurata via d'accesso agli alloggi della servitù di Palazzo Colonna.

Era una porta che avevo trovato tanti anni prima, e la marchesa mi aveva proibito di usarla. Ci aveva persino fatto mettere una serratura perché, anche se le avevo promesso che non avrei infranto la parola data, lei credeva che l'avrei fatto. Nonostante tutto, il catenaccio veniva spesso lasciato aperto... Ho girato la maniglia. Grazie a Dio, stavolta non era chiusa a chiave; si è aperta su un ambiente buio e angusto sotto la scalinata posteriore.

Prima di avere modo di proseguire, però, qualcuno mi è arrivato alle spalle, un braccio stretto attorno al collo che ha premuto con forza contro la trachea finché non ho perso i sensi.

Due

Dopo aver ordinato alle guardie di portare il corpo privo di sensi di Caravaggio in una stanza all'ultimo piano, Costanza chiuse e sprangò le persiane, poi rimase in piedi accanto al letto sul quale lo stavano adagiando.

«Perché gli avete fatto del male?»

«È svenuto», rispose una delle guardie, sulla difensiva. «Pensavo che fosse un intruso, ma adesso che lo vedo in faccia ho capito chi è. È Caravaggio...».

«Tu *non* lo conosci», replicò la marchesa con tono brusco.

«Sì, invece. Questo *è* Caravaggio...».

Costanza si avvicinò alle due guardie e si piazzò di fronte a loro con aria imperiosa. «No. Qui non c'è nessuno. Voi non avete visto nessuno. Stanotte non è successo niente. Nessuno è venuto a Palazzo Colonna, nessuno ha cercato riparo qui dentro. Ci siamo capiti?».

I due uomini si scambiarono un'occhiata, e Costanza proseguì. «Non dovete dire a nessuno che l'artista è stato qui, specialmente agli sbirri».

Sapeva che la polizia romana stava già dando la caccia al pittore, proprio come sapeva che le voci sul duello avrebbero raggiunto il palazzo. Poteva fidarsi delle sue guardie? Se l'avessero tradita, non avrebbe avuto la possibilità di portare Caravaggio fuori Roma, verso la sicurezza dei territori dei Colonna, sulle colline.

«Marchesa...».

Lei lo zittì e rivolse uno sguardo gelido a entrambi. «Se venite meno ai miei ordini, verrete destituiti». Entrò in gioco l'inclemenza del suo lignaggio, li fissò con uno sguardo risoluto. «Se mi tradite, né voi né un solo membro delle vostre famiglie lavorerà mai più per i Colonna. Una sola parola da parte mia e scoprirete che trovare impiego qui a Roma vi risulterà impossibile. Penso che sappiate quanto è potente la mia casata e quanto si estenda la sua influenza».

Le guardie annuirono. "Sarà una minaccia sufficiente?", si chiese Costanza. Sarebbe bastata a vanificare la tentazione del bando capitale? Caravaggio era indifeso, privo di conoscenza, debole a causa del sangue perso, un facile bersaglio per i mercenari.

«Ho la vostra parola che quanto accaduto stanotte resterà tra queste mura?».

Seppure con riluttanza, le due guardie annuirono, e lei le congedò per voltarsi a guardare Cecco – il cui giovane viso era stato reso famoso dallo scandaloso *Amor Vincit Omnia* – che era cereo e ammutolito. Scribacchiò in fretta un messaggio e lo diede al ragazzo.

«Consegna questo biglietto. Di' al dottor Alessi che ho urgente bisogno di lui. Digli che *ho* estrema necessità di vedere un medico. Non parlare di Caravaggio». Fece una pausa. E se qualcuno per strada lo avesse riconosciuto e lo avesse seguito fino a palazzo? Costanza ebbe un attimo di esitazione. Non aveva scelta e non poteva fidarsi di nessun altro. Doveva occuparsene lui. «Mettiti questo», aggiunse, posando un mantello di lana scura sulle spalle di Cecco e tirando su il cappuccio affinché i lineamenti del viso restassero in ombra. «Svelto. Ma non correre. Desteresti dei sospetti. Ora vai, vai! E ricorda, chiederai al dottore di venire a visitare *me*, hai capito?».

Lui annuì, ma stava tremando, e il biglietto gli svolazzava in mano come se fosse una foglia secca.

«Riuscirà a sopravvivere?».

Costanza si voltò per lanciare un'occhiata all'uomo insanguinato sdraiato sul letto. Caravaggio non si muoveva, la ferita era talmente profonda da avergli aperto lo scalpo, la pelle ciondolava dal cranio e i capelli erano incrostati di sangue rappreso. Puzzava di sudore, di sangue e di qualcos'altro, l'odore animalesco della morte.

«*Riuscirà a sopravvivere?*», ripeté Cecco.

«Potrebbe. Oppure potrebbe morire...».

Cecco boccheggiò e prese fiato. In fretta, come se fosse stato spinto sott'acqua.

«...o magari no. Se chiami il dottore, magari si riprenderà». Lo incitò a raggiungere la porta e l'aprì senza fare rumore. «Prendi la scala secondaria, ora le guardie non ti importuneranno, poi attraversa la piazza e vai dritto a casa del dottore...».

«E se qualcuno dovesse fermarmi?»

«Di' che stai sbrigando una commissione urgente per la marchesa Colonna ed esigi che ti lascino passare, altrimenti dovranno risponderne a me».

Parlò con voce ferma, ma si stava domandando se ce l'avrebbe fatta. Chissà se sarebbe riuscito ad attraversare la piazza senza farsi notare. E se lo avessero riconosciuto e avessero preteso di sapere dov'era Caravaggio? Cecco era il suo amante. E se lo avessero visto i ruffiani o qualche prostituta? Quanti opportunisti avrebbero potuto fermarlo? Costanza lo stava mandando fuori da solo, nel cuore della notte, e non era neanche sicura che avrebbe fatto ritorno. Dato che aveva un figlio della stessa età del ragazzo, cambiò improvvisamente idea.

«Dammi il mantello, vado io».

«No, marchesa». Cecco indietreggiò. «Lasciate che vada io. Tornerò, lo prometto». Si voltò a guardare la figura insanguinata che giaceva distesa sul letto. «Non lasciatelo morire... Vi prego, non lasciatelo morire».

Tre

Roma, Taverna del Turco

Sapendo che ogni uomo incrociato sulla propria strada si voltava a guardarla, la donna camminava con passo lento e misurato, accentuando il movimento dei fianchi con la voluminosa gonna color smeraldo, il corpetto con lo scollo generoso per mettere in mostra buona parte dei seni. Fillide Melandroni, la puttana più celebre di Roma, si sedette vicino all'ingresso, appollaiandosi su uno sgabello e fermando chiunque le passasse accanto per chiedere quali fossero le novità. Il viso sensuale era imbronciato, indispettito. Quando afferrò il braccio del fratello di Onorio Longhi, gli si rivolse con un tono aspro.

«Allora, è morto?»

«È scappato a Milano. Onorio non è morto. Chi te l'ha detto?»

«Intendevo Caravaggio. Gira voce che sia morto».

«E a te cosa importa?», replicò l'uomo in modo brusco. «L'altro giorno non facevi altro che inveirgli contro, dicendo che era un cazzo moscio. Che non riusciva a soddisfare una donna, malgrado in passato ti abbia sbattuta abbastanza spesso... Lo scontro è avvenuto a causa tua?».

Lei si strinse nelle spalle. «Così ho sentito dire».

«Dicono che si siano sfidati a duello. Alcuni dicono che sia stato per i soldi, altri per la moglie di Tomassoni...».

Fillide sghignazzò con aria sprezzante. «Quella cagna dal faccione tondo come la luna?! Caravaggio non era interessato a lei».

«Magari la voleva dipingere?»

«Caravaggio dipingeva *me*, sono sempre stata la sua prima scelta», sbottò, tornando a pensare al duello. «Prima o poi erano destinati a scontrarsi. Caravaggio odiava Tomassoni, e Tomassoni odiava lui».

«E tu hai deciso di schierarti con Tomassoni… Pessima scelta».

«Vaffanculo!», esclamò Fillide. «E comunque, non credo che sia morto…».

L'uomo le rivolse un sorriso acido, l'irritazione della donna lo divertiva.

«Caravaggio ha ucciso il tuo pappone e il fratello di Tomassoni l'ha vendicato».

Lei scosse la testa.

«No, me lo sentirei se Caravaggio fosse morto. Lo conosco, è come me. *Lo conosco.* E *so* che si sta nascondendo da qualche parte, in attesa di lasciare Roma. Mi domando se non sia stato quel grasso rompicoglioni di Del Monte ad averlo preso con sé. O magari è dai Colonna».

«O magari è già morto e sepolto».

«Caravaggio potrà anche essere ferito, ma non è morto». Girò gli occhi verso di lui e lo guardò con aria sorniona. «Dov'è il suo ragazzo?»

«E io che cazzo ne so!».

«Se Cecco è ancora a Roma, allora anche Caravaggio è in città». Si morse con forza il labbro inferiore. «E se trovo quel *bardassa*, troverò anche lui».

Mantenendosi celato tra le ombre, Cecco si incamminò a capo chino verso la piazza. Riusciva a sentire un leggero vociare attorno a sé, ma le strade non erano affollate come prima e, per un momento, ebbe la tentazione di correre a casa del medico. Ma si trattenne e seguì il consiglio della marchesa Colonna, evitando di attirare l'attenzione. In quel frangente, avrebbe potuto essere chiunque: un prete che si affrettava ad andare a messa, un viaggiatore, un ladro in cerca di una vittima.

Chiunque tranne Cecco, il ragazzo di Caravaggio.

Da un'altra strada giunsero un grido, la risata di una donna, un cavallo che nitriva sotto la luna notturna. Il calore aveva abbandonato l'aria, e il ragazzo si sentiva gelare, con il biglietto stretto tra le dita, mentre fissava i propri piedi in movimento. "Cammina, continua a camminare. Non ti sta guardando nessuno. Nessuno. Uno, due, tre, guarda come avanzi sull'acciottolato, presto sarai davanti alla porta del dottore...". Poi si irrigidì sentendo un rumore di passi alle sue spalle, un gruppo di giovani uomini che parlava di Caravaggio.

«...dicono che se è ancora vivo, emaneranno il bando capitale. Quindi, in entrambi i casi, è già morto».

«A quanto ammonta la ricompensa?»

«Chi lo sa? Di sicuro più di quanto pagherebbero per dipingere una pala d'altare», replicò un altro, tossendo. Cecco sentì il rumore che riecheggiava tra le pareti. «Non serve neanche catturarlo e riportarlo indietro. Basta mozzargli la testa e portarla a Roma». Produsse un sibilo sferzante con le labbra. «Tanto chi è che ne sentirà la mancanza? Bastardo rabbioso. Ci sarà la fila per prendere quello stronzo».

Cecco continuò a camminare, preceduto dalla sua ombra, con il cappuccio del mantello appuntito come la lama di una spada. *Tanto chi è che ne sentirà la mancanza?*

"Mancherà a me. A me...".

«Ehi, tu!».

Cecco tirò dritto per la sua strada, pregando che l'uomo non si stesse rivolgendo a lui.

Invece sì.

«Ehi! Tu, laggiù, tu che stai sgattaiolando via come un topo». Si avvicinò insieme ai suoi amici e cercò di bloccargli la strada. «Cos'abbiamo qua?», domandò, chinandosi e tentando di sbirciare sotto il cappuccio.

«Lasciatemi in pace, signore», replicò Cecco, sentendo odore di vino nell'alito dello sconosciuto: la puzza da quattro soldi degli ubriachi. «Devo andare».

«Lui "deve andare"», lo rimbeccò il suo aguzzino, e gli amici risero. «E dove dovresti andare?»

«Io...».

«Sì?»

«Io… sono in missione di soccorso», balbettò Cecco, cercando di farsi largo in mezzo a loro. Con la testa abbassata, li implorò. «Vi prego, lasciatemi passare».

«Dovremmo fargli pagare un dazio?», domandò il capogruppo.

«O fargli fare qualche giochetto?», suggerì un altro.

«Sono un prete, vi supplico, lasciatemi in pace», ripeté Cecco, disperato.

«Ma, mio caro pretino, le strade possono essere pericolose di notte, dovresti stare attento… Ho un'idea. Ti accompagneremo a destinazione, ovunque tu vada», suggerì il capogruppo. «In cambio chiediamo soltanto una cosa. Abbassa il cappuccio e facci vedere il tuo viso».

Cecco trattenne il fiato e afferrò l'orlo del cappuccio che l'uomo stava cercando di strappargli via.

«No, signore! La prego».

«Cosa ci stai nascondendo?»

«Magari è brutto?», suggerì un uomo.

«Magari è vecchio?»

«No, non è vecchio», lo scimmiottò il primo, «sembra poco più grande di un bimbo».

«Allora magari è deforme?», osservò un altro ancora. «Si è rifugiato in chiesa per nascondere al mondo la sua faccia grottesca».

Il capogruppo gli strattonò di nuovo il cappuccio. Per quanto continuasse a tirarlo a sé, Cecco sentì il tessuto scivolargli via di mano, e proprio in quel momento si avvicinò uno sbirro.

Sollevato, notò che il suo aguzzino stava allentando la presa. Con il capo ancora chinato, vide i piedi della guardia e avvertì un cambiamento nell'atmosfera.

«Vi stanno importunando, sacerdote?»

«Vorrei soltanto attraversare la piazza per raggiungere la casa del dottore», rispose Cecco. «Sto sbrigando una commissione urgente per la marchesa Colonna», continuò, sudando a causa dell'ansia. «Lasciatemi proseguire. Vi prego, è urgente».

«Non vi tratterrò ulteriormente, padre. Andate per la vostra strada».

Lo sbirro si fece da parte e Cecco si allontanò. Si sentiva addosso gli sguardi degli uomini, percepiva la loro curiosità, ma non si fermò. La piazza si spalancò dinanzi a lui – una grande vela bianca di pietra – e alla fine, quando raggiunse la dimora del medico, Cecco ansimava, ma bussò ripetutamente finché non fu invitato a entrare.

Quattro

«Chi è là?», domandò il dottore, fermandosi davanti alla porta quando sentì bussare. «Chi è?».

Non era mai molto saggio aprire di notte. C'erano troppe canaglie in giro: falsi sacerdoti in cerca di donazioni, bambini mandati dalle prostitute a elemosinare davanti alle case dei benestanti. Il professor Franco Alessi era anziano, un dottore scaltro e un abile politicante, qualità che ogni uomo di Roma avrebbe dovuto incarnare. Aveva ricoperto il ruolo di medico della famiglia Colonna per decenni, aveva appreso a destreggiarsi tra le loro malattie, le macchinazioni e i segreti, ma così facendo si era attirato anche qualche invidia e aveva imparato a essere cauto.

Continuarono a bussare. «Chi è là?»

«Mi ha mandato la marchesa Colonna».

Rilassandosi, il dottor Alessi socchiuse la porta e guardò fuori. Un giovane ragazzo, con il viso oscurato da un cappuccio, gli si rivolse con tono concitato.

«La marchesa ha bisogno di voi».

«Sta male?».

Cecco esitò, cercando di ricordare cosa gli era stato detto. «Ha... ha bisogno di un dottore». Gli porse il biglietto di Costanza attraverso la fessura. «Vi prego, sbrigatevi».

Lasciandolo ad aspettare sulla soglia, Alessi lesse il biglietto e annuì. Una volta presa la borsa con l'attrezzatura medica, lo seguì in strada, ma faticò a tenere il passo del giovane e, diverse volte, gli chiese di fermarsi mentre lui riprendeva fiato. Alle loro spalle, le campane rintoccarono annunciando l'ultima messa, le ombre nere come corvi alla luce lunare.

Impiegarono solo pochi minuti ad arrivare al palazzo; Cecco salì di corsa i gradini di pietra che riecheggiarono fino all'ultimo piano, il dottore arrivò senza fiato e madido di sudore. Alessi era anche confuso. Aveva sempre visitato la marchesa nei suoi alloggi personali, era lì che aveva dato alla luce i suoi figli. Perché lo stavano conducendo in una stanza così isolata dal resto del palazzo? Agitato, il medico raddrizzò il farsetto e sistemò gli occhiali, e alla fine permise a Cecco di bussare al pesante portone a due battenti.

Entrambi riuscirono a sentire un rumore di passi in avvicinamento: quelli della marchesa, facilmente riconoscibili, uno strascichio più che una camminata a causa del danno al nervo del piede che l'aveva afflitta per gran parte della sua vita. Poi udirono la chiave girare nella serratura, la porta si aprì e il dottore si inchinò per omaggiare la padrona di casa.

«Marchesa, mi è stato detto che state male». Le rivolse uno sguardo penetrante attraverso gli occhiali; non dava l'impressione di essere malata e non sembrava ci fosse niente fuori dall'ordinario, a parte un allarmante pallore. «Cosa posso fare per voi?».

Lei gli fece cenno di entrare, seguito da Cecco, e chiuse la porta alle loro spalle.

«Perdonatemi, dottore, io sto benissimo. Vi ho chiamato a visitare un altro paziente. È una questione abbastanza delicata». La figura di Costanza gli ostruiva la visuale sul letto. «Tuttavia, prima di procedere, vi chiedo la massima discrezione e un assoluto riserbo».

Alessi annuì e allungò il collo per sbirciare oltre la spalla della nobildonna, ma non riuscì a distinguere la sagoma distesa nella luce fioca.

«Ma certo, marchesa, la mia discrezione è garantita». Nel corso degli anni, Alessi aveva dato dimostrazione della propria lealtà in numerose occasioni: era un custode compiacente dei segreti della dinastia Colonna.

Soddisfatta, Costanza si fece da parte e gli permise di avvicinarsi al letto. Il corpo era parzialmente in penombra e fu rischiarato del tutto solo quando la marchesa accese altre candele, sollevandole per illuminare la figura supina.

«Ah...», fece il dottore. «Il signor Caravaggio».

La marchesa si portò l'indice davanti alle labbra per zittirlo. «No! Non pronunciate il suo nome. Nemmeno qui». Avvicinandosi al capezzale, lanciò un'occhiata a Caravaggio, poi tornò a fissare il medico. «Ho provato a pulire la ferita, ma è profonda e continua ad aprirsi e a sanguinare».

«Servono dei punti, marchesa», replicò Alessi, poi aprì la borsa mentre Cecco si teneva in disparte, tra le ombre. «Da quanto tempo il signor Ca... questo "gentiluomo" è privo di sensi?»

«È svenuto appena arrivato, circa mezz'ora fa. Le mie guardie l'hanno scambiato per un intruso. Ma non sono state loro a colpirlo, le ferite se le era procurate prima».

«Certo...», disse Alessi con tono enigmatico.

Costanza proseguì. «L'ho fatto portare quassù, ma non ha aperto bocca e non si è nemmeno mosso». Esitò prima di aggiungere: «C'è stato un duello...».

«Sì», confermò il medico. «Ne ho sentito parlare, marchesa. La notizia si è diffusa in tutta Roma. Ranuccio Tomassoni è stato assassinato da un certo *pittore*».

Con la coda dell'occhio, Costanza si accorse che Cecco stava trasalendo, ma lo ignorò. «Circolano molte versioni su quanto accaduto e su chi sia stato il responsabile della morte di quell'uomo».

«*Non* è stato Caravaggio!», si lasciò sfuggire il ragazzo. «È stato Tomassoni a dare inizio alla zuffa, ha detto a tutti che l'avrebbe ucciso...».

La marchesa girò su se stessa.

«*Fai silenzio!* Questa non è un'aula di tribunale, è un rifugio. Non dire nient'altro, a meno che non ti venga domandato, mi sono spiegata...?».

Cecco annuì e Costanza tornò a voltarsi verso il dottore. Durante il breve scambio di battute, aveva esaminato Caravaggio, ma non aveva trovato altre ferite a parte il taglio alla testa. Il sanguinamento copioso aveva intriso le federe bianche dei guanciali, incrostato i capelli e imbrattato i vestiti dell'artista. La camicia bianca era diventata rigida a causa del sangue rappreso.

«Non ha vomitato, vero?»

«Non qui». La marchesa si voltò verso Cecco. «Prima ha vomitato?»

«No... ma era malfermo sulle gambe».

«Ha lamentato di vederci doppio?», domandò il medico.

«Diceva di avere la vista annebbiata...», rispose il ragazzo. «Gli faceva male anche la gola. E camminava a stento dopo il...».

«*Silenzio!*», lo redarguì la marchesa, riportando l'attenzione sul dottore. «La ferità è molto grave?».

Alessi stava preparando un ago ricurvo per ricucire la ferita aperta sullo scalpo e, quando le lanciò un'occhiata, aggrottò la fronte. «Dovrebbe essere cosciente. Non è un bene quando continuano a dormire... La ferita è grave, marchesa, non vi mentirò. Il cranio potrebbe essersi fratturato...».

La donna si portò una mano alla bocca e spalancò gli occhi.

«Se comincia a vomitare o a perdere sangue dal naso o dalle orecchie, dovete chiamarmi immediatamente».

«E se non si svegliasse?»

«Potrebbe non svegliarsi mai più», confermò Alessi. «Marchesa, posso farvi una domanda?».

Capì cosa le voleva chiedere prima ancora che lo domandasse.

«Perché lo sto aiutando?». Il suo sguardo si posò su Caravaggio, disteso a letto. «Lo conosco da una vita, da quando era bambino. La famiglia Merisi lavorava per i Colonna. Suo padre era un uomo onesto, ma sua madre... lo respinse, dottore, pensava che portasse sfortuna. Era una donna superstiziosa, diede la colpa della peste e della morte degli uomini di casa al ragazzo». Costanza sospirò, era chiaramente irritata. «Dove io vidi il talento, lei vedeva soltanto un demonio».

«Capisco».

«Michelangelo Merisi da Caravaggio è un reietto a causa delle circostanze, e forse per scelta», continuò lei, «e ogni giorno si uccide un pochino di più... Mi chiedete perché tengo a lui? Perché qualcuno deve pur amare un bambino non voluto».

Alessi si voltò verso il paziente. Pulì a fondo lo squarcio, poi strizzò il panno nella ciotola d'acqua che gli era stata offerta. Dopodiché ricucì la ferita, lentamente, con l'ago che scintillava al bagliore delle candele. Al suo fianco, Costanza osservava in silenzio, mentre Caravaggio non aveva reazioni, i lineamenti accigliati e distaccati. Quando ebbe finito, il dottore raddrizzò la schiena e si guardò attorno. Le persiane della finestra erano chiuse e sprangate, i rumori del palazzo sottostante giungevano smorzati.

«Nessuno sa che è qui?».

La marchesa scosse la testa. «Nessuno, tranne me, Cecco e le guardie...».

«Ci si può fidare di loro?».

La donna fece spallucce. «Chi può dirlo con certezza? Motivo per cui devo portarlo in un posto sicuro il più rapidamente possibile».

Alessi non era estraneo ai sotterfugi. «Sapete che è stato emanato il bando capitale?».

Costanza annuì. «Ecco perché nessuno deve sapere che è qui. Non appena sarà in grado di viaggiare, lo farò portare a Zagarolo».

Alessi pensò alla temibile fortezza di pietra annessa a Palazzo Colonna sui Colli Albani. Una presenza dall'aspetto minaccioso che non invitava a curiosare nella zona e si trovava al di fuori della portata degli sbirri romani... Quindi il duca, don Marzio Colonna, era il protettore di Caravaggio. Se non altro, l'artista aveva avuto fortuna con gli amici. I Colonna erano potenti, e il medico sospettava che anche il mecenate di Caravaggio, il cardinal Del Monte, avesse sempre giocato un ruolo nella protezione del fuggiasco. Ma stavolta neanche la loro influenza congiunta poteva salvarlo. Stavolta non si trattava di un libello, come nel caso di Baglione, o di un'altra delle tante scaramucce dell'artista, inclusa l'aggressione a Pasqualone; stavolta aveva commesso un omicidio.

Chiusa la borsa con l'attrezzatura, Alessi continuò a rimuginare. Caravaggio era stato stroncato dai suoi trascorsi personali. Era diventato una spina nel fianco degli sbirri da fin troppo tempo; l'arroganza e l'aggressività l'avevano reso temuto, il talento gli aveva fatto guadagnare una schiera di rivali gelosi. Con il bando capitale che gli pendeva sopra la testa, la fuga era l'unica alternativa rimasta. Il Papa non avrebbe *mai* perdonato quell'assassino.

«Quanto tempo ci vorrà prima che possa viaggiare?».

Alessi tornò a osservare il paziente. «Dipende da lui, marchesa. Da medico, suggerirei di lasciarlo riposare qui il più a lungo possibile, ma il mio consiglio personale è di farlo sparire dai vespai di Roma non appena potete».

Cinque

Anche se Onorio Longhi, amico e collega pittore di Caravaggio, aveva preso parte al duello, le autorità non avevano emanato il bando capitale, solo il bando d'esilio. Come tutti gli altri uomini coinvolti, Longhi era diventato un *bandito*, un brigante, ed era stato cacciato via da Roma e costretto a nascondersi. La condanna a morte pendeva soltanto sopra la testa di Caravaggio.

Correndo in cerca di un riparo, Longhi era tornato nella sua città natale, a Milano, un posto che Caravaggio evitava a causa del coinvolgimento in un precedente caso d'omicidio. Anche gli altri si dispersero. I due cognati di Tomassoni, Ignazio e Giovan Federico Giugoli, che avevano fatto da spalla a Ranuccio, erano fuggiti a Parma, convinti che, a tempo debito, avrebbero potuto cominciare a supplicare il Papa per farsi concedere un ritorno a Roma. Per Caravaggio, invece, non c'era speranza di ottenere il perdono. Anzi, se fosse stato catturato, papa Paolo V lo avrebbe trasformato in un esempio. Chiunque lo avesse ucciso, oppure decapitato, sarebbe diventato un eroe. Ricompensato economicamente per la morte di un genio.

Caravaggio rimase nascosto a Palazzo Colonna per due giorni, agonizzante e stordito. La memoria andava e veniva a causa del colpo alla testa; a volte ricordava il duello, a volte pensava di essere stato ammesso a palazzo come ospite. La confusione faceva divampare la rabbia. Domandava perché lo stessero tenendo confinato in una stanza e cercava ripetutamente di uscire, con Cecco che gli sbarrava la strada.

Pur sapendo che il suo paziente era gravemente ferito, Alessi si rendeva altresì conto che doveva lasciare Roma, a prescindere dalle condizioni di salute. Fintanto che restava a palazzo, qualcuno avrebbe potuto tradirlo. Il richiamo dei soldi avrebbe potuto convincere le guardie a parlare. Oppure, ubriachi, si sarebbero potuti vantare del loro ospite vergognoso.

Durante la terza visita, aveva parlato a lungo con Costanza prima di andare a trovare il pittore, ripiegando sui sussurri. «Ti senti pronto per viaggiare?»

«Posso andare?». Caravaggio lanciò un'occhiata al dottore, poi annuì e si alzò in piedi, vacillando. «Dove andiamo?».

Costanza si fece avanti. «Fidati di me», rispose con tono pacato. «Ti porteremo al sicuro».

Vide che si stava sforzando di comprendere.

«Devo andarmene da qui?»

«Sì, Caravaggio, devi andare».

Confuso, permise a Cecco di aiutarlo a vestirsi. Debole e malfermo, l'artista provò a camminare e sbandò, ma nessuno si azzardò a offrirgli il proprio sostegno. Costanza stava parlando a bassa voce con Alessi. Era ansiosa di condurre il fuggiasco al sicuro nei territori di Zagarolo, sui Colli Albani. La famiglia Colonna era potente, ma proteggendo un assassino e un fuggitivo si erano esposti a un pericolo e rischiavano di incorrere nel dissenso del Papa.

«Non sarà un viaggio troppo lungo».

Gli occhi neri di Caravaggio erano fissi sulla marchesa, stava riaffiorando un ricordo. Uno scontro, Ranuccio Tomassoni... Sfiorò la ferita alla testa. "Cosa ho fatto? Cosa mi è successo? Uno scontro, sì, c'è stato uno scontro...". Riprendere coscienza dell'accaduto lo colpì come la sferzata di un rasoio.

«Non avevo intenzione di uccidere Tomassoni...».

«Ti credo», replicò Costanza, «ma dobbiamo portarti lontano da Roma...».

«Ma io non avevo intenzione di ucciderlo», insistette Caravaggio. «Perché mi state cacciando via? Non possono concedermi la grazia?».

Gli posò una mano sulla spalla. «C'è una condanna a morte sopra la tua testa...».

Il pittore se la scrollò di dosso con rabbia. «No! Il Papa mi concederà il perdono! Roma ha bisogno di me, ha bisogno delle mie opere». Le mani seguirono la lunga fila di punti che aveva sullo scalpo. «Mi concederà la grazia! Quel bastardo non può bandirmi a vita. È stato un incidente! Devo parlare con il cardinal Del Monte…».

«Ho già parlato a lungo con il cardinale», disse Costanza. «Stavolta non può aiutarti. Il Papa è irremovibile. Dobbiamo portarti via da Roma e poi, con il tempo, magari cederà».

«Del Monte non mi può aiutare?», chiese lui, sentendosi minacciato. «Non può, o non *vuole*?»

«Il cardinale non è tuo nemico! Perché te la prendi con le persone alle quali stai a cuore?». Quando lo affrontò a viso aperto, la voce della marchesa si indurì. «Stiamo facendo il possibile, Caravaggio. Stanotte verrai portato a Zagarolo, dove il duca ti prenderà sotto la sua protezione. Cecco verrà con te».

«Hanno emanato il bando capitale anche per lui?».

Esasperata, la nobildonna levò le mani al cielo. «Combatti contro le persone sbagliate, Caravaggio! Stiamo facendo tutto ciò che è in nostro potere per tenerti al sicuro».

Lui si appoggiò alla parete, instabile sulle gambe. «Pensavo di averlo sognato, ma adesso ricordo… Non è stato un omicidio. Tomassoni ha sferrato il primo colpo, poi è scivolato. Non lo volevo ammazzare. Ha minacciato di uccidermi, *dovevo* battermi con lui», disse con tono sprezzante. «E comunque, quel bastardo non è una gran perdita. Era un puttaniere, un magnaccia».

«Motivo per cui», replicò Costanza, «c'è chi crede che la pugnalata sia stata intenzionale, che tu volessi castrare Tomassoni».

«*È caduto!* L'ho pugnalato alla coscia perché è scivolato all'indietro. Non avevo mirato alla gamba. C'erano dei testimoni, chiedete a loro».

Costanza abbozzò un sorriso amareggiato. «Tutti i testimoni sono scappati».

Quando comprese quanto fosse pericolosa la situazione, gli si schiarirono le idee. «Tutti?»

«Longhi è andato a Milano e i cognati di Tomassoni a Parma».

«Vale anche per loro?».

La marchesa aggrottò la fronte. «Non capisco».

«Invece sì, marchesa», la contraddisse, «lo sapete cosa intendo».

«Solo tu, Caravaggio», disse alla fine. «Solo tu sei stato condannato a morte».

Acque nere, lo stagno scuro sotto i giunchi e il riverbero del sole in superficie.

Sta annegando, una vita intera passata nella morsa delle alghe gelide.

«È stato uno scherzo infantile...».

«No», aveva detto sua madre al prete, «se n'era andato, e poi è tornato indietro... e quella notte è arrivata la peste».

In silenzio, Caravaggio attese insieme a Cecco lo scoccare della mezzanotte. Dopo essersi assicurata che la strada fosse sicura, Costanza li fece scendere dalle scale della servitù, attraverso le stalle e verso l'anonima carrozza d'ebano che aspettava tra le ombre. I finestrini erano oscurati dalle tendine e, mentre Alessi saliva a bordo con il paziente e un silenzioso Cecco, i cavalli neri nitrirono spazientiti. Caravaggio era stato avvolto in un mantello e, quando si sedette all'interno della carrozza, un'essenziale sacca di tela gli fu sistemata tra i piedi. Una sacca con i colori e i pennelli, le mani strette attorno alle maniglie di cuoio.

"Tutto ciò che sono è in questa sacca. Tutto ciò che mi resta è quello che posso dipingere".

Costanza si fermò accanto alla portiera della carrozza. «Il dottor Alessi si assicurerà che tu arrivi a destinazione sano e salvo, poi tornerà a Roma. Una volta a Zagarolo, ti proteggerà il duca», sussurrò. «Puoi fidarti di lui, Caravaggio. Laggiù sarai al sicuro».

Lui annuì, rabbrividendo a causa della febbre alta, poi allungò una mano. «Due volte».

Lei gli prese la mano, perplessa. «Non capisco».

«Mi avete salvato due volte la vita... Spero che ne valga la pena».

«Fai sì che ne valga la pena, Caravaggio», replicò la marchesa. «E che il tuo Dio ti accompagni».

Prostituta da quando aveva quattordici anni, Fillide Melandroni conosceva gli uomini e sapeva come estorcere segreti anche agli individui più riluttanti. I ricchi pagavano per la sua compagnia, i poveri la bramavano ardentemente, ma lei offriva i propri favori solo quando poteva trarne profitto. Monetario, in genere, ma Fillide era una donna dalla memoria lunga ed era incline a covare rancore.

La relazione con Caravaggio aveva fatto crescere la sua fama. Il viso che scrutava gli osservatori dai dipinti di *Maria Maddalena* e *Santa Caterina* era il suo, la strana piega del dito medio della mano sinistra una sua caratteristica peculiare che l'artista non aveva mai corretto. Si tenevano testa in quanto a ostinazione e avidità, e la carica erotica di lei era un afrodisiaco per il lavoro del pittore. Caravaggio aveva ritratto altre modelle, però amava lei; amava la sua natura violenta, intrepida, ma, quando Ranuccio Tomassoni era diventato il magnaccia di Fillide, i loro rapporti si erano incrinati.

Poteva sbeffeggiarlo e provocarlo con i propri amanti aristocratici, oppure respingerlo con gli spregevoli ecclesiastici ai quali si concedeva, ma Tomassoni e Caravaggio erano nemici di lunga data, e se aveva sperato di ingelosire l'artista schierandosi dalla parte del famigerato protettore, aveva fatto male i suoi calcoli. Caravaggio aveva cominciato a usare altre modelle trovate nel quartiere degli artisti, sgualdrine in attività come Lena Antognetti, indicata dai documenti ufficiali come "la ragazza di Caravaggio", una donna con un carattere più arrendevole, che aveva posato per la sua *Madonna di Loreto.*

Il grande senso di competizione che c'era tra i due uomini era di dominio pubblico, pertanto, quando Fillide era stata scartata da Caravaggio in favore di un'altra modella, si era voluta vendicare. Non aveva importanza che i sentimenti per Tomassoni fossero superficiali. Era il suo ruffiano, se lo era spartito con altre ragazze e la sua morte non le aveva provocato chissà quanto dolore. Anche se in parte era stata colpa sua. Ciò che la addolorava era che Caravaggio fosse stato il vincitore del duello, e Tomassoni la vittima.

Rimuginando sulla piega inaspettata degli eventi, Fillide si fermò all'angolo del palazzo e, mangiando una mela, ricordò come aveva intrattenuto Tomassoni con la storia del rifiuto del pittore. Sapeva che fargli una confidenza simile era una mossa pericolosa; da tempo girava voce che l'artista fosse stato aggredito da Tomassoni e dai suoi uomini mentre dormiva nel suo letto. Una vicenda che Caravaggio non aveva mai confermato.

Anzi, agli sbirri aveva detto di essere caduto.

«Mi sono ferito con la spada. Sono caduto dalle scale. Non riesco a ricordare precisamente dove… Non c'era nessuno in giro a quell'ora… Non posso aggiungere altro».

Il solito duro, aveva tenuto per sé la verità. Ma un simile affronto non poteva restare impunito. Per le strade romane vigeva una legge: se un uomo veniva insultato, soprattutto di fronte alla sua donna, doveva reagire. O essere visto come un codardo. Esisteva persino una gerarchia di offese: mirare al volto poteva portare al famigerato *sfregio*, che marchiava la vittima in modo permanente, per quanto la maggior parte delle pugnalate fossero indirizzate al petto o alla parte superiore del diaframma. Solo di tanto in tanto l'aggressore puntava intenzionalmente a castrare la vittima, pugnalandole l'arteria femorale della coscia; una ferita che si rivelava sempre fatale. Era la punizione adatta a un adultero, o a un ruffiano. Professione che, a dispetto delle origini familiari benestanti e raffinate, Ranuccio Tomassoni aveva intrapreso con entusiasmo.

Fillide finì la mela e gettò il torsolo in un canale di scolo. Era bastato un amplesso sbrigativo in un vicolo con una delle guardie della marchesa per farle ottenere le informazioni che desiderava. Caravaggio non era morto, aveva trovato rifugio a Palazzo Colonna. Gravemente ferito, ma ancora vivo e vegeto.

Custodendo con cura l'informazione, Fillide aveva girovagato attorno al palazzo in numerose occasioni, lanciando occhiate alle finestre e tramando la prossima mossa. Si era convinta che se quel grasso prelato di Del Monte non fosse giunto in soccorso del suo pupillo, ci avrebbero pensato i Colonna. E ci aveva visto giusto, perché la marchesa lo aveva nascosto nel labirinto del palazzo… Il malanimo le formicolava sulla punta della lingua. Una sola parola da parte sua e avrebbe potuto reclamare il bando capitale, consegnare alle autorità il corpo senza vita dell'amante e poi esigere la ricompensa. O magari non il corpo; la testa di Caravaggio sarebbe stata sufficiente.

Era davvero facile immaginare quei lineamenti arcigni esposti su una picca davanti al popolo romano. Quanti nemici sarebbero andati a canzonarlo. E quante poche persone lo avrebbero pianto. E quando le fattezze saturnine sarebbero marcite, chi avrebbe reclamato il cranio? Non di certo la Chiesa, non ci sarebbe stata alcuna devozione per le empie reliquie di Caravaggio… Si passò la lingua sul labbro inferiore, ricordò la bocca di lui e si chiese quanto sarebbe stata fredda se lo avesse baciato da morto.

«Circolare».

Si voltò e vide uno sbirro che la fissava. Un uomo dalla corporatura massiccia, con i denti rotti.

«Non sto facendo niente di male», rispose Fillide con le mani sui fianchi. «Posso stare qui».

«C'è un coprifuoco. Alle sgualdrine non è permesso uscire a tarda ora…».

«Manca ancora un po'», disse lei, scoccandogli un'occhiata in tralice. «Sto aspettando un amico, tutto qua».

Il poliziotto rise. «Ah, un amico con le tasche piene di soldi. Avanti, circolare».

Irritata, ma senza darlo a vedere, Fillide lo fissò intensamente. «Come faccio a reclamare la ricompensa per un bando capitale?».

Punto nel vivo dell'interesse, l'uomo si avvicinò.

«Ehi, ma io ti conosco!», disse. «Tu sei Fillide Melandroni, la sgualdrina di Caravaggio». Si protese verso di lei, il tono concitato. «Perché mi domandi del bando capitale? Sai dove si trova?»

«Ho sentito dire che è morto».

«È vero?»

«Se Caravaggio *non* fosse morto e io sapessi dove si trova, agli *sbirri* potrebbe interessare?». Gli concesse di sfiorarle la spalla nuda e gli rivolse un sorriso lascivo. «Ebbene, gli *interesserebbe*?»

«Se tu sapessi dov'è Caravaggio e riuscissi a condurmi da lui, mi interesserebbe molto».

«A quanto ammonta la ricompensa?»

«Non saprei, ma posso scoprirlo. Per un pesce grosso come Caravaggio, immagino che sia molto alta. Magari potremmo spartircela?», replicò l'uomo mentre le accarezzava la pelle morbida con le grosse dita. «Dopotutto, avrai bisogno di una mano. Avrai bisogno d'aiuto per catturare Caravaggio, perché è chiaro che quel folle bastardo si batterà. Non si arrenderà facilmente, non con una condanna a morte emanata contro di lui».

«Se lo catturassi… Se lo *catturassimo*, cosa ne sarà di lui?»

«Lo uccideranno con un colpo d'ascia, oppure lo bruceranno».

Fillide increspò le labbra. «In pubblico?»

«Sai come funziona questa città. Sì, in pubblico», rispose lui, guardandola mentre le sfiorava la scollatura. «Vuoi assistere?»

«Molti romani vorranno assistere», rispose la donna. «In fin dei conti, Caravaggio è un assassino».

"Che donna pericolosa", pensò l'agente di polizia. "Una donna bellissima, e pericolosa". La mano scese ancora di più, scivolando dentro l'orlo della sottoveste. «Allora, dimmi… dove si trova?»

«Forse lo so, o forse no…».

«Se occulti informazioni sui movimenti di un criminale, potresti essere punita anche tu!», esclamò stizzito. «Ovviamente, però, se arrivassimo a un compromesso per quanto riguarda la ricompensa, potrei dimenticare di aver mai parlato con te».

Fillide esitò e finse di soppesare ciò che le aveva detto. Lì accanto c'era Palazzo Colonna, e da qualche parte, là dentro, c'era Caravaggio. E lei era l'unica persona a Roma a saperlo. Spartire il bottino con un coglione dall'alito fetido? Non ci pensava nemmeno. Non avrebbe condiviso con nessuno la ricompensa. Non avrebbe condiviso con nessuno la cattura di Caravaggio. Il successo sarebbe stato suo e suo soltanto.

«Non so dove sia», disse alla fine, stringendosi nelle spalle. «Ero solamente curiosa, tutto qua».

L'espressione dell'uomo si indurì. «Maledetta sgualdrina, tu e i tuoi giochetti! Sei fortunata che non ti arresto».

Si tolse di dosso la mano dello sbirro e si allontanò, per poi voltarsi ed esclamare: «Vaffanculo, stronzo. Stanotte divertiti da solo, e sognami!».

Torniamo indietro nel tempo. Torniamo indietro, sì, torniamo indietro. Avevo cinque anni, era buio, freddo, era notte fonda. Niente luna. Oppure c'era? Non ricordo. Quella notte, però, la mia famiglia scappò da Milano...

Cecco è silenzioso, e il medico, seduto di fronte a noi nella carrozza, si è addormentato con la bocca aperta e gli occhiali storti. Un piccolo filo di saliva schiumosa accanto all'angolo della bocca. Mentre dorme, le sue mani hanno degli spasmi. Le mie no. Sono aggrappate alle maniglie della sacca che contiene i colori, tutti i pigmenti colorati nelle loro boccette, i pennelli avvolti in un panno di pelle logora.

Tutto ciò che sono è in questa sacca.

Tutto ciò che mi resta è quello che posso dipingere.

Cecco tiene le mani adagiate in grembo con il palmo rivolto verso l'alto, sembrano due foglie di ninfea... La linea della vita è breve, una volta lo presi in giro per quel motivo, gli dissi che sarebbe morto giovane. Poi gli mostrai la mia mano e gli dissi che io sarei morto ancora più giovane... Non è passato tanto da quando avevamo affascinato Roma: Cecco nei panni del provocatorio "Amor Vincit Omnia", civettuolo nella tela, le gambe divaricate. Scandaloso. Carne viva e vibrante, più di quanto non lo sia adesso.

Quando la mia famiglia lasciò Milano, stavamo fuggendo dalla peste. La peste che uccise gli uomini della famiglia Merisi. La peste di cui mia madre mi riteneva responsabile. Quella notte eravamo terrorizzati, i carri dei monatti acciottolavano nei vicoli con il loro carico di defunti, mia madre armeggiava con i grani del rosario, pregando incessantemente per la Redenzione. Era stata la marchesa a salvarci; la sua carrozza ci aveva portati via da una città che brulicava di malattie, di cadaveri abbandonati per strada, di ratti che si cibavano di morti. Mi ero aggrappato alla giacca di mio padre e i cavalli avevano lasciato la lordura di Milano per puntare verso il terreno dolce e scuro della Lombardia...

Ricordo.
Ricordo.

Ora Alessi sta sbavando. Saliva sulla gorgiera bianca, le gambette corte divaricate nel broccato di velluto. Un maledetto damerino... Quanto ero stato male? Quanto dovevo essere stato debilitato per dimenticare il bando capitale?

Quando ero bambino, volevo diventare un soldato, un mercenario, ma la marchesa disse che meritavo di meglio... È ancora bella, ma i piedi le fanno male e cammina lentamente, eppure, lo sa Iddio, non è anziana. Il suo coraggio mi fa arrossire. Se li sorprenderanno a offrire asilo a un assassino, i Colonna andranno incontro a una punizione, nonostante il loro grande potere. Papa Paolo V è vendicativo come Dio, e ha più spie.

Ogni volta che chiudo gli occhi, vedo Ranuccio Tomassoni. Gli vedo perdere l'equilibrio e la mia lama gli si conficca nella coscia. Ho lasciato cadere la spada e l'ho abbandonata al campo della pallacorda, ma ho tenuto il coltello, il pugnale infilato nella cintura. Se Tomassoni non avesse messo il piede in fallo, la mia lama l'avrebbe colpito all'altezza del fianco. Lo avrei ferito, ma si sarebbe ripreso.

Ma è scivolato.

Ha perso l'equilibrio e il contatto con questo mondo.

Non è l'unico.

Sollevo con cautela un angolo della tendina e guardo fuori dal finestrino della carrozza. Il panorama è fosco, senza edifici, e non c'è la luna. In un silenzio spaventoso, avanziamo al ritmo delle ruote della carrozza e della perseveranza degli zoccoli dei cavalli sul guscio duro e pungente della terra.

Sei

Dopo aver verificato l'identità del soggetto, fu sottoposto a un processo sommario… se fosse risultato essere il ricercato… sarebbe stato giustiziato poco dopo.

ATTI DELL'EPOCA

Roma

Mentre spalmava l'emolliente sulle mani, piccole e morbide, il cardinale Scipione Borghese esaminò la bottiglia di vetro di Murano che conteneva il suo balsamo preferito, dieci millilitri di olio di mandorle mescolato a un'essenza di basilico e rosmarino, con una nota finale di rosa. Era stato creato appositamente per lui da un farmacista ebreo di Venezia, ed era molto superiore agli olii che riusciva a procurarsi a Roma.

Malgrado sembrasse sognare a occhi aperti, il cardinale stava prestando grande attenzione al domestico che leggeva gli ultimi *avvisi*, gli opuscoli con le notizie della strada, che riportavano, in forma anonima, gli scandali della giornata. Scipione era attratto dagli scandali, era un pettegolo nato. Dopo essere stato nominato cardinale a ventisette anni, papa Paolo V aveva promosso il mendace ecclesiastico a suo segretario personale e capo del governo vaticano. Un tale potere portava a grandi abusi. Le macchinazioni di Scipione e la gestione dei beni immobiliari lo avevano fatto diventare proprietario di almeno un terzo delle terre dell'area meridionale di Roma e avevano riempito i forzieri della casata Borghese.

La sua presenza aveva cambiato l'atmosfera in Vaticano. Scipione non avrebbe mai prosperato durante il pontificato repressivo di Clemente VIII, mentre l'influenza che esercitava su papa Paolo V aveva ben presto suscitato un rinnovato interesse per le arti, e per i piaceri carnali. Il potere lo proteggeva anche in altri modi. Il cardinale era legato da un rapporto di intima amicizia con Stefano Pignatelli, un uomo che era stato prosciolto due volte dall'accusa di aver avuto "un'influenza inappropriata sul cardinale". Quando Roma aveva perseguito la sodomia come un peccato capitale e aveva istituito il fuoco come punizione per tale reato, la presenza di Pignatelli aveva indisposto parecchie persone. Girava voce che non fosse soltanto l'amante di Scipione, ma si sospettava che fosse anche il suo ruffiano – e la misteriosa morte di un giovane diciottenne nella camera da letto del cardinale non fece altro che alimentare il pettegolezzo.

Ciononostante, il cardinale Scipione aveva troppa familiarità con le politiche del Vaticano per diventarne una vittima. Aveva le sue spie, proprio come il Papa, e una cricca di informatori per le strade.

«Quindi», interruppe la lettura del domestico, «Caravaggio è ancora a piede libero...».

Il domestico non rispose, non sapendo cosa riferire. Il cardinale era un uomo affabile e divertente, ma sapeva anche essere capriccioso e dispettoso. Il suo interesse per Caravaggio era cosa nota. Lo ammirava come uomo, e alcuni sostenevano che fosse attratto dall'artista, ma la situazione era cambiata. Il primo pittore di Roma era diventato l'assassino più famoso della città.

«...ha sempre avuto un tale caratteraccio. Gliel'avevo detto che sarebbe stato la sua rovina». Scipione smise di massaggiare le mani oliate e le sollevò di fronte a sé, ammirando l'ovale rosato delle unghie. «Cosa si dice per strada?»

«Non ho modo di saperlo, Eminenza».

«Sciocchezze! È naturale che tu abbia sentito le voci che girano. Non mentire». Sorrise dolcemente al servitore. «Nessuno sa *niente* del nostro genio turbolento?»

«Solo che ha ucciso Tomassoni...».

«Storia vecchia!», sbottò il cardinale, alzandosi e spintonandolo via. «*Vattene!*».

Quando il domestico se ne fu andato, Scipione uscì sul balcone e osservò il cuore di Roma. In passato, Stefano Pignatelli gli aveva consigliato di non diventare il protettore di Caravaggio. Tuttavia, quello non era stato il suggerimento di un uomo disinteressato, ma di un amante geloso. Per quanto l'apprezzamento della cultura da parte del cardinale fosse più incline al prestigio che all'apprendimento, lo stile innovativo di Caravaggio, la sua bravura, avevano acceso un fuoco sotto lo stagnante manierismo imitativo dei pittori romani.

Il suo principale rivale, Guido Reni, poteva anche deliziare il Papa e garantirsi le commissioni della Chiesa, ma non poteva competere con l'impatto spaventoso che avevano le opere di Caravaggio. Reni era un raffinato esecutore papale, Caravaggio un becchino dell'arte, il quale lavorava con il terriccio nero e scavava in cerca della verità sepolta. La sua *Morte della Vergine* era stata respinta – era il secondo dipinto che subiva un simile destino –, ma la sua potenza era elettrizzante. La Vergine di Caravaggio non ascendeva al Cielo tra le braccia dei cherubini, era una donna morta, compianta da pover'uomini che dovevano ancora guadagnarsi la gloria dell'appellativo divino di "apostoli".

Scipione si sventolò con la mano sinistra; ben presto le ore più calde della giornata sarebbero passate. Con un fremito di piacere, il cardinale si rese conto che avrebbe *potuto* dimostrare di essere il Messia personale di Caravaggio. Lui – e lui soltanto – poteva convincere il Papa a revocare il bando capitale e a concedere la grazia all'artista...

L'idea gli piacque. Avere un cinghiale come animale domestico era un pensiero voluttuoso. E avere la possibilità di scegliere tra le opere di Caravaggio gli avrebbe assicurato l'invidia dei colleghi prelati.

Ovviamente, però, non avrebbe affrettato i tempi di un simile salvataggio. Se si fosse precipitato a contestare la sua decisione, il Papa si sarebbe opposto. Meglio lasciar passare un po' di tempo... Scipione guardò avanti, asciugò i palmi oleosi su un fazzoletto. All'inizio aveva pensato che il cardinal Del Monte avrebbe offerto riparo al pittore, ma sembrava che non l'avesse fatto. Ciò stava a indicare soltanto due cose. O l'artista era riuscito a scappare da solo da Roma – improbabile, dato che era gravemente ferito –, oppure era stato aiutato dai suoi alleati storici, i Colonna. Nello specifico, dalla marchesa.

Scipione fece schioccare la lingua. Dato che dal Tevere non era stato ripescato alcun cadavere gonfio e che nell'ultima settimana nessuno pareva aver visto Caravaggio, immaginava che il pittore fosse stato portato via di nascosto e condotto nelle campagne incolte sui Colli Albani. Zagarolo, Palestrina, Paliano… Territori feudali che appartenevano alla famiglia Colonna.

I suoi ragionamenti furono interrotti dal timido ingresso del domestico.

«Vostra Eminenza», disse l'uomo, inchinandosi. «C'è una donna che desidera parlare con voi».

«Non ho appuntamenti con nessuno».

«Eminenza», proseguì il domestico a bassa voce. «Dice di avere notizie su Caravaggio».

Dopo essere stata lasciata in attesa per diversi minuti, Fillide Melandroni fu finalmente condotta al cospetto del cardinal Scipione. Controvoglia, si inchinò e gli baciò l'anello, e le labbra indugiarono un istante in più del dovuto mentre lui le scrutava la folta capigliatura, raccolta sopra la bella testolina e il viso delicato. "La sgualdrina più famosa di Roma", pensò il cardinale, sorridendo tra sé. Una donna dagli appetiti voraci, perversa per natura, che aveva onorato della sua presenza numerose feste private dell'ecclesiastico.

«Hai notizie su Caravaggio?».

Lei lo fissò con uno sguardo risoluto. «Sì, Eminenza».

«Sai dov'è?».

Evitando una risposta diretta, Fillide replicò: «È sotto accusa, condannato a morte dal bando capitale, il che significa che chiunque lo consegni alle autorità riceverà una ricompensa».

Il cardinale sorrise e socchiuse le labbra morbide. «Allora, dove si trova?», domandò, girando attorno a Fillide e ammirando l'opulenza dell'abito di seta scura. «Lo tieni in tasca?». Le sollevò l'orlo del vestito. «No, non è nemmeno sotto la sottana. Anche se là sotto ci sono stati in parecchi».

La donna gli rivolse un'occhiata caustica e gli diede uno schiaffo sulla mano. «A quanto ammonta la ricompensa?»

«Dove si trova?»

«Voglio che mi garantiate che riceverò la mia ricompensa».

«E io voglio una garanzia che tu abbia Caravaggio», replicò Scipione. «Che Giuda che sei, Fillide Melandroni».

I suoi occhi scuri erano fissi su di lui, la voce dura. «Quel bastardo di Caravaggio non conta nulla per me».

«Ma un tempo dev'esserti stato a cuore», commentò il cardinale. «Se una donna tradisce un uomo, deve averla ferita davvero profondamente... Ti rendi conto che se mi dici dov'è nascosto, Caravaggio verrà catturato e giustiziato? E che la sua morte sarà opera *tua*?»

«Che se ne vada al diavolo», sentenziò lei con noncuranza. «È un assassino. Ha ucciso Ranuccio Tomassoni».

Scipione non si lasciò ingannare.

«Tomassoni faceva il ruffiano, per te e per tante altre. Era una piccola, viscida serpe sgarbata, e dubito che persino la famiglia lo piangerà a lungo. Sua moglie ha affidato i figli alle cure di un altro uomo perché desidera risposarsi. Pare che Tomassoni non fosse un marito fedele, o almeno così ho sentito dire».

Divertita, Fillide appoggiò le mani sui fianchi. Tanti altri potevano anche sentirsi intimiditi di fronte al cardinale, ma lei non temeva nessuno.

«Sentite dire un sacco di cose, Eminenza».

«E non hai idea di quanto mi metto in ascolto».

«Delle vostre spie?», replicò maliziosamente la donna.

«Le spie in questa città mi fanno comodo». La sfrontatezza della sgualdrina lo intrigava. «Forse persino tu potresti essere un'abile spia, Fillide Melandroni. Potrei pagarti bene per riferire ciò che accade in quella topaia che è il quartiere degli artisti».

Lei scosse la testa. «Mi guadagno da vivere dandomi da fare, Eminenza. Non tradendo gli amici».

«Eppure, stai tradendo Caravaggio...». Lanciò un risolino trattenuto. «Quanto sono strane le donne. Quanto è strano il modo in cui ragionano. È un tale sollievo non provare interesse per voi».

Sospirò, tornando serio. «Dunque, dimmi dove si è nascosto Caravaggio e ti pagherò cento ducati».

Lei allungò una mano.

«Mia cara bambina», la canzonò Scipione. «Non essere ridicola, il pagamento è alla consegna. Dovresti saperlo bene».

Sette

Roma, Palazzo Colonna

Impassibile, Costanza Colonna affrontò l'ospite inatteso. Alta, con un abito di broccato color avorio, un corpetto di pizzo plissettato e i capelli raccolti in un'acconciatura elaborata, indicò al cardinal Scipione di accomodarsi nella galleria dei dipinti e congedò la servitù con un cenno della mano. Si sedette tenendo ben celata la propria irritazione e, quando si ricompose, nascose i piedi gonfi e fasciati sotto l'orlo del vestito.

«Marchesa», esordì Scipione, «vi prego di perdonare la mia intrusione. Giungo a seguito di un'informazione che ho avuto modo di ricevere sul pittore in fuga, Caravaggio...». Lei non rispose, obbligandolo a proseguire. «Mi è stato detto che si nasconde qui».

«E voi ci avete creduto?», replicò la donna. «Tutta Roma è a conoscenza delle vostre spie, cardinale, ma temo che in questo caso vi abbiano fornito notizie errate. Il bando capitale è stato emanato contro il signor Caravaggio, e sia voi che io sappiamo che offrire asilo a un fuggiasco comporterebbe un rischio. I Colonna...».

«Sono amici di lunga data dell'artista».

Lei lo zittì con un'occhiataccia. «Conosco Caravaggio da quando era bambino. Non è un segreto che suo padre abbia lavorato per la mia famiglia...».

«E che voi abbiate predisposto l'apprendistato di Caravaggio per farlo diventare un pittore».

«Ho provveduto ad aiutare molti altri giovani», lo corresse, fissando il pingue cardinale seduto di fronte a sé.

Teneva le mani oleose in grembo, la pelle del viso era molle, infantile, e la scrutava con occhi scuri e vigili. “Pensi di potermi intimidire, ometto?”, pensò la marchesa, sollevata all’idea che Caravaggio fosse stato condotto al sicuro a Zagarolo, nell’imponente fortezza di famiglia, sotto la protezione del duca don Marzio Colonna, un uomo pieno di risorse, che lo conosceva da anni. Sebbene il cardinal Del Monte non fosse riuscito a fare le giuste pressioni affinché Caravaggio ottenesse la grazia lì a Roma, i suoi rapporti familiari con i Colonna avevano giocato un ruolo importante nel salvataggio dell’artista: Chiesa e aristocrazia uniti in gran segreto per una causa comune.

Ma Costanza era una donna troppo sveglia e non avrebbe lasciato niente al caso. Il cardinal Scipione era potente, e lei non aveva alcuna intenzione di inimicarsi un uomo che, se solo avesse voluto, avrebbe potuto garantire la clemenza per Caravaggio.

«C’è talmente tanta discordia a Roma. È il posto giusto per le dicerie». Fece una pausa. «Se lo desiderate, cardinale, i vostri uomini sono liberi di ispezionare la mia casa, ma temo che sarebbe soltanto una perdita di tempo. Caravaggio non è qui. Mi è stato detto che se n’è andato all’estero».

«Davvero?», domandò Scipione. «Dove il bando capitale non può sfiorarlo?»

«È stata una sentenza severa. Gli altri uomini coinvolti nell’incidente sono stati semplicemente banditi da Roma. Solo Caravaggio è stato condannato a morte».

«Solo Caravaggio ha ucciso Ranuccio Tomassoni».

«Le testimonianze dicono che è stato un incidente».

Scipione si strinse nelle spalle e fece sfarfallare le mani oleose. «Forse sarebbe stato più facile da credere se l’omicidio avesse coinvolto un altro uomo, ma Caravaggio ha dei precedenti. Risse, sbornie, rapporti con le prostitute, violenza. Il libello contro Baglione…».

«Il quale gli aveva dato pubblicamente del sodomita. Un’accusa pesante, che avrebbe rovinato la carriera di Caravaggio…».

«Vive con quel ragazzo, Cecco».

«Eppure, ama le donne», replicò Costanza con calma. «Come

stavo dicendo a proposito di Baglione, Eminenza, quando un uomo viene accusato di essere un pederasta e viene messo in ridicolo attraverso il dipinto di un rivale, un simile affronto provocherebbe una reazione in chiunque…».

«E un soggiorno a Tor di Nona», concluse Scipione, tirando in ballo il nome della famigerata prigione. «Ho sentito dire che la famiglia Tomassoni non è disposta a perdonare Caravaggio. Anzi, il bando capitale sembra averli esaltati, e i cognati di Ranucci, esiliati da Roma, stanno aspettando la prima occasione utile per cercare vendetta». Sorrise, e le guance lisce divennero paffute e oleose. «Motivo per cui, marchesa, Caravaggio dovrebbe temere per la propria incolumità».

Costanza mantenne un tono pacato. «Con tutto rispetto, vostra Eminenza, Ranuccio Tomassoni era un dissoluto e un sobillatore, famoso per le strade di Roma. E se non fosse venuto da una famiglia tanto benestante e rispettata, sarebbe stato considerato come tale». Fissò Scipione con uno sguardo deciso. «Credo a ciò che mi è stato riferito, che Tomassoni abbia provocato Caravaggio».

Il cardinale sospirò. «Mia gentile signora, c'è del vero in quello che dite, ma Caravaggio è famoso per la sua aggressività. Le sue bravate sono state tollerate fin troppo a lungo. Sono intervenuto personalmente nella questione con Pasqualone. Non vorrete mica mettere in dubbio che Caravaggio abbia aggredito quel notaio?».

La marchesa fece spallucce.

«Non l'ha mai negato, e la faccenda si è risolta positivamente per entrambe le parti, l'avete appianata voi, cardinale. Credetemi, Caravaggio sa di essere in debito con voi. È ben consapevole della cortesia che gli avete mostrato».

Scipione fece schioccare le labbra. «Se solo la sua lingua fosse mielata come la vostra, marchesa… Caravaggio è fortunato a non doversi difendere da solo…».

«I nemici sono di gran lunga superiori ai suoi alleati».

«Vero, ma l'intervento del cardinal Del Monte e degli altri gli ha permesso di scamparsi le galee».

«Tuttavia, non è intervenuto nessuno per evitare che venisse emanato il bando capitale…».

«Per un *omicidio*».

«Per un *incidente*, vostra Eminenza». Costanza fece una pausa, sorrise. «Posso domandare chi vi ha fornito quell'informazione fasulla dicendo che Caravaggio si trovava qui?».

Scipione gonfiò le gote. «Non ha importanza».

«Eppure, dev'essere stato qualcuno che lo conosceva, una persona vicina a lui, a dirvelo».

Si scambiarono un fugace sorriso d'intesa.

«Voi siete una donna intelligente, Costanza. Perspicace... ma forse un tantino ingenua». Scipione si alzò per andarsene, poi si trattenne. «Il Papa rimarrà deluso apprendendo che la stimata famiglia Colonna sta aiutando un assassino. Sua Santità rispetta il vostro retaggio e la vostra posizione di rilievo, e non vorrebbe mai vedere infangato il vostro buon nome. Di certo non per un pidocchio lombardo».

«Che si dà il caso sia anche il miglior pittore di Roma», replicò lei senza battere ciglio, ignorando la subdola minaccia. «Vi prego di porgere al Papa i miei più cordiali e umili omaggi, e di assicurargli che i Colonna sono suoi servi leali, come sempre. Magari potreste anche menzionare il fatto che Michelangelo Merisi da Caravaggio ha dato grande prestigio alla città di Roma e, di riflesso, al papato. Le sue opere sono conosciute in tutta Europa e collezionate da molte famiglie nobili, e...».

«Questo è vero».

«...anche *voi* collezionate i suoi dipinti, come i fratelli Giustiniani, il cardinal Del Monte e il Papa stesso. Caravaggio è un talento eccelso».

«Ah, marchesa, voi dite bene. Caravaggio *è* famoso e ammirato». Scipione sembrava dispiaciuto. «Ma ciò valeva prima che gli eventi prendessero questa triste piega. Dobbiamo chiederci se a un uomo ferito che è fuggito da Roma potrebbe venir meno il desiderio di lavorare. E se le commissioni potrebbero ridursi».

Lei sostenne il suo sguardo. «State dicendo che nessuno vorrà più comprare da Caravaggio?»

«Sto dicendo, marchesa, che è difficile aspettarsi che un uomo in fuga dipinga dei capolavori...». Scipione si interruppe prima di infliggere il colpo di grazia. «E un uomo morto non può produrre alcunché».

Irritato, il cardinal Scipione lasciò il palazzo e si incamminò verso la sua carrozza, circondata da quattro uomini che fungevano da guardie del corpo. Roma poteva essere un ambiente ostile; le fazioni politiche incoraggiavano le schermaglie tra i detentori del potere. Solo una settimana prima, in piazza Navona, la carrozza di un cardinale era stata bersagliata da escrementi di cavallo da un drappello di mercenari ubriachi con le loro sgualdrine, che stava ignorando apertamente il coprifuoco. Tutto d'un tratto, l'attenzione di Scipione fu attirata da una figura appostata nel vicolo che conduceva alle stalle del palazzo. Fillide Melandroni gli si fece incontro con un'espressione speranzosa stampata sul viso. Indossava l'abito più elegante e vistoso, color smeraldo, le spalle nude, gli occhi curiosi.

«L'avete trovato?».

Scipione aggrottò la fronte. «La tua informazione era errata…».

«Non è possibile! L'ho saputo da…». Si interruppe, non volendo rivelare la propria fonte al cardinale. Una fonte di cui avrebbe potuto aver bisogno in un altro momento. «Quella puttana! E così la marchesa ha portato via Caravaggio, vero?».

Scipione la spinse via. «Oppure non è mai stato lì».

«Era *lì*! So che è così. I Colonna si sono schierati dalla parte di Caravaggio, stanno sfidando la legge. Mettendosi in una posizione rischiosa… contro il Papa». Parlava in fretta, con voce fredda e malevola. «Caravaggio dev'essere nelle loro terre. Ne hanno tante fuori Roma, lo sanno tutti che possiedono delle proprietà sui Colli Albani. Quello stronzo si sta nascondendo là…».

«E anche se fosse? Pensi che sarebbe facile trovarlo? I Colonna hanno molte fortezze, alcune arroccate in cima alle colline. Potrebbero spostarlo costantemente dall'una all'altra, facendoci correre in tondo per mesi prima che i miei uomini riescano a scovarlo». Scipione era indispettito, sospettava di essere stato umiliato da Costanza Colonna o, peggio ancora, raggirato dall'avida sgualdrina che aveva di fronte. «Se volessero nascondere Caravaggio, avrebbero molti posti a disposizione».

Fillide ci pensò un attimo. «Ho sentito dire che pensa di ottenere la grazia dal Papa. Caravaggio è convinto che tornerà presto a Roma».

«Allora si sbaglia. Il suo tempo qui è scaduto».

«E quindi, cosa ne *sarà* di lui?».

Il cardinale la ignorò e si allontanò, e le guardie lo aiutarono a salire sulla carrozza. Una volta dentro, Scipione si sporse dal finestrino e fece cenno a Fillide di avvicinarsi.

«Tornerebbe a Roma per te?»

«No», rispose lei con tono sprezzante.

«Ne sei sicura? Eri la sua musa ispiratrice. Il tuo volto appare ripetutamente nei suoi dipinti. Ti ha resa famosa». Scipione lanciò il coltello con precisione assoluta. «Ma è chiaro che c'erano anche le altre modelle…».

«Vaffanculo! Sono sempre stata la sua prima scelta!».

Scipione le afferrò il polso; quelle mani delicate possedevano una forza inaspettata. «*Non* metterti a fare giochetti con me, Fillide Melandroni, o ci andrò giù pesante. Il carcere di Tor di Nona è lieto di accogliere sia donne che uomini. Una sola parola da parte mia e potrei farti sbattere sulle galee. E a quel punto perderesti subito la tua bellezza, mia cara». Abbassò la voce affinché nessuno potesse origliare le parole successive. «Conosci Caravaggio meglio di chiunque altro». Le diede un buffetto sul lobo sinistro e l'orecchino con il granato incastonato tremò a contatto con il collo. «Quindi apri bene le tue belle orecchie, Fillide Melandroni. Ascolta, e riferiscimi tutto ciò che scopri sul nostro comune amico».

Lei socchiuse gli occhi. «Perché lo desiderate così tanto?»

«Per ragioni che a me risultano chiarissime, ma che tu puoi soltanto provare a immaginare».

Dopo aver osservato la carrozza di Scipione che si allontanava, Fillide si incamminò verso il quartiere degli artisti. Era scoppiata una rissa, due donne si stavano azzuffando e gli uomini puntavano scommesse su chi avrebbe vinto, mentre un capannello chiassoso di curiosi lanciava grida di incoraggiamento. Fillide sapeva che gli sbirri sarebbero arrivati da un momento all'altro e imboccò lo stretto vicolo secondario che conduceva alla taverna del Turco.

Nel quartiere degli artisti, la morte di Tomassoni aveva suscitato ben poca commozione, e malgrado il cardinale credesse di essere a conoscenza di chissà quale notizia esclusiva, nei bassifondi era risaputo che la moglie del deceduto, Lavinia, disprezzava il marito. Fillide non sapeva se ad averla contrariata fosse stato il lavoro da ruffiano di Tomassoni o il fatto che frequentasse le prostitute, ma la vedova aveva subito affidato la custodia della figlia all'amico Cesare Pontoni, l'avvocato di famiglia. Lavinia aveva sostenuto di essere troppo giovane per occuparsi da sola di una bambina, mentre sua suocera affermava di essere troppo anziana.

«Guarda dove metti i piedi!», sbottò Fillide quando fu urtata da un uomo.

Questi si voltò, e il viso dai lineamenti volpini si aprì a un sorriso torvo. «Presto avrai bisogno di un paio di occhiali, Fillide, e non sarà un bene per i tuoi affari...».

«Non farei affari con te neanche se fossi cieca, coglione».

Orazio Gentileschi non le era mai piaciuto. La lingua affilata, il sarcasmo e il caratteraccio gli erano valsi una descrizione appropriata: "Era più un animale che un essere umano... Impossibile da frequentare". Non c'era da stupirsi che lui e Caravaggio fossero stati grandi alleati, e Orazio, pittore talentuoso, si era aggrappato all'orlo del cappotto di Caravaggio non appena la sua fama aveva cominciato a crescere. Insieme a Onorio Longhi, Caravaggio e Orazio avevano scritto un libello contro un altro artista, il favorito del Papa, Baglione, e l'episodio era sfociato in un processo. Ritrovandosi sull'orlo del baratro, Caravaggio aveva sacrificato Orazio per evitarsi una detenzione in carcere o una morte lenta sulle galee.

Poi, quando si erano calmate le acque, la loro amicizia era rifiorita. "In fin dei conti", pensò Fillide, "gli uomini abbastanza incalliti per fare comunella con Caravaggio, e per diventare suoi *confidenti*, si contano sulle dita di una mano".

Mentre osservava il viso freddo di Orazio, addolcì il tono. «Che strano. Stavo proprio pensando a te...».

«Posso immaginare».

«Mi stavo chiedendo perché non hai preso parte al duello». Fece una pausa. «Sei il miglior amico di Caravaggio, quindi perché non eri con lui?»

«Non ero a Roma».

«Che bastardo fortunato».

Le labbra sottili di Orazio si tesero in un sorriso appena abbozzato. «Che vai cercando, Fillide?»

«Niente. Dico tanto per dire».

«Tu non fai niente per niente. Se potessi, cercheresti di trarre profitto anche dalle pisciate».

Lei annuì, come se le avesse fatto un complimento. «Perché non eri con lui?»

«Ero a Napoli. Stavo lavorando a una commissione in una chiesa. Non che la cosa ti riguardi. Che ne sa una sgualdrina dell'arte?»

«Più di quanto ne sappia un pittore della prostituzione», replicò lei con aria di sfida, tornando al discorso precedente. «Forse Caravaggio non ti riteneva all'altezza ed è per questo che non te l'ha detto».

Orazio incrociò le lunghe braccia. «Lo scontro con Tomassoni non era stato programmato. In caso contrario, Caravaggio me ne avrebbe parlato e io sarei stato lì al suo fianco. Mi avrebbe voluto con sé».

«Longhi c'era».

«E adesso Longhi è a Milano».

«E Caravaggio?».

Gli occhi di Orazio erano duri come pietre. «Non a Milano. Ha una brutta nomea da quelle parti. Caravaggio non tornerebbe mai lì».

«Dove andrebbe?».

Orazio ci pensò un attimo, si guardò attorno, poi si protese verso di lei, la voce ridotta a poco più di un sussurro. «Ho sentito dire...».

«Sì?»

«Non lo racconterai a nessuno, vero?».

Fillide trattenne il fiato. «No! Non dirò niente».
«Manterrai il segreto?»
«Lo giuro».
«*Lo giuri?*», insistette lui.
«Lo giuro».
«Quindi posso fidarmi di te?»
«Sì, sì!».
Si guardò di nuovo intorno, adottò un tono cospiratorio.
«Molto bene, ti dirò dove si trova… Caravaggio è all'inferno! Ha fatto amicizia con Lucifero in persona e con chiunque si trovi laggiù, ruffiani, bugiardi, mendicanti e puttane». Furibonda, Fillide se ne andò, e Orazio le urlò dietro. «L'ultima volta che abbiamo parlato, Caravaggio mi ha chiesto di dirti che sta tenendo un posto al caldo per te».

Otto

Caravaggio recuperò le forze a Zagarolo, ma due settimane dopo fu trasferito nel rifugio di Paliano, un'altra roccaforte dei Colonna. La ferita alla testa stava guarendo, i segni fisici del duello stavano scomparendo, ma dentro era perseguitato dai fantasmi. Ranuccio Tomassoni non gli faceva visita sotto forma di spettro, riaffiorava soltanto come ricordo – all'improvviso e senza essere stato invitato – durante le giornate afose e torride e nelle notti soffocanti.

I Colli Albani erano un territorio dei Colonna, i loro servi erano campagnoli che guardavano Roma con sospetto. Se i loro padroni avevano concesso asilo al fuggiasco, loro, di riflesso, avrebbero automaticamente fatto altrettanto. Caravaggio li incuriosiva perché la notizia dell'omicidio si era diffusa, ma, agli occhi dei servitori rurali, Tomassoni rappresentava il lato peggiore degli eccessi romani e non suscitava alcuna compassione.

Dopo essersi sbarazzato della febbre che lo aveva perseguitato, Caravaggio ricominciò a dipingere. Su ordine di Costanza, gli furono forniti i materiali, mentre Cecco costruì le cornici e stirò le tele, applicando l'imprimitura e preparandole per le pitture a olio. A Zagarolo stava troppo male per dipingere, ma, quando fu trasferito a Paliano, di notte, gli furono offerte alcune stanze del palazzo e gli fu detto che avrebbe potuto allestire uno studio ovunque preferisse.

Caravaggio fu lieto di creare il proprio ambiente di lavoro in una scuderia in disuso, in un'area con un alto soffitto di legno a volta. Era spaziosa e pulita, e c'era un dolce odore di fieno che gli ricordava l'infanzia. In fondo alla scuderia c'era una piccola finestrella, mentre le altre erano sbarrate, e una scala di legno conduceva al mezzanino dal piano sottostante.

«Molto bene», aveva detto non appena l'aveva vista. Lo stanzone era in penombra e, quando aveva indicato la finestra, le particelle di polvere si erano messe a fluttuare nell'aria calda. «Molto bene».

Cecco si era guardato attorno, non molto colpito. «Ma c'è talmente poca luce».

«Non ne ho necessità. Ciò che mi serve è qua dentro». Si era dato un colpetto sulla tempia. «Sbarra la finestra e accendi le lampade. Ho bisogno di dipingere».

Cecco aveva ubbidito agli ordini, poi si era lasciato cadere su una pila di balle di fieno nell'angolo e si era appisolato in un attimo. Erano già stati trasferiti due volte a bordo di carrozze scure, nel cuore della notte, attraversando in gran segreto i Colli Albani e le cittadine dei Colonna, e Caravaggio non aveva mai mostrato il volto a nessuno, nemmeno ai cocchieri. I fuggitivi erano stati incitati a salire di corsa le scale di servizio, a entrare in stanze prive di illuminazione, ed erano riusciti a rilassarsi solo quando le porte erano state chiuse a chiave, piantonate dalle guardie. Le guardie dei Colonna, scelte dalle schiere personali del duca.

Caravaggio si era ritirato sempre di più in se stesso, restio a parlare. Ma i suoi riflessi, da sempre fulminei, si erano acuiti. Un semplice rumore riusciva ad allertarlo, passi inaspettati sul pavimento al piano inferiore, un'ombra sul muro, bastava un nonnulla a provocare una reazione. Tirava le tende alle finestre e controllava ogni uomo che entrava in cerca di indizi che gli rivelassero se era armato.

Era sospettoso nei confronti di chiunque. Chiunque avrebbe potuto intrappolarlo, tradirlo, riportare a Roma la sua testa sanguinante chiusa in un sacco. Pertanto, si sedeva con le spalle rivolte alla parete, girato verso la porta, con il pugnale sempre a portata di mano. La barba, un tempo curata secondo i dettami dell'ultima moda, era cresciuta ed era diventata ispida e incolta, e dopo aver mangiato la ripuliva dalle briciole con il dorso della mano. I capelli gli arrivavano alla base del collo. Al posto dell'immagine pulita e curata di Roma, Caravaggio era regredito alla versione campagnola, meno appariscente agli occhi di chi incrociava il suo cammino.

E dormiva da solo.

«Perché non mi posso coricare con te?», gli aveva chiesto Cecco.

«Se venissero a cercarmi, non voglio che facciano del male anche a te».

«Ma qui siamo al sicuro».

Caravaggio aveva fissato il suo amante; non il ragazzo spudorato di *Amor Vincit Omnia*, e neanche il giovane meditabondo del *San Giovanni Battista*. Quel Cecco aveva la pelle sottile sotto gli occhi, le guance pallide, la sua bellezza stava perdendo luminosità.

«Cosa ti ho fatto?»

«Niente», aveva risposto il ragazzo, agitandosi. «Tu non hai fatto niente».

«Ti ho rovinato la vita... Perdonami».

«Ma io non vorrei essere in nessun altro posto mondo. Persino adesso».

Caravaggio si era scostato in modo brusco. «Voglio che tu torni a Roma».

C'era stato un solo istante di pausa.

«No», aveva detto Cecco con voce decisa. «Il mio posto è accanto a te. Il mio destino è legato al tuo».

Di conseguenza, andando contro i desideri dell'amante, era rimasto.

Nonostante fosse un fuggitivo con una condanna a morte che gli pendeva sopra la testa, Caravaggio poteva dipingere e vendere le sue opere. Anzi, ne aveva bisogno per raggranellare denaro. Non voleva indebitarsi a vita con i Colonna. Dato che l'Italia era divisa in principati indipendenti, ciascuno con la propria alleanza straniera, avrebbe potuto lavorare per i potenti della regione, oppure per la Chiesa.

Continuavano a dargli la caccia, ma aveva ricominciato a dipingere. A luglio, con l'arrivo dell'umidità, i Colli Albani scintillarono in una foschia afosa; gli uccelli facevano il nido tra le travi del fienile e, mentre il cielo si riempiva di insetti, le temperature si alzavano.

Sorpreso dallo studio scelto dal suo ospite, il duca, Marzio Colonna, scrisse alla parente a Roma, avendo cura di alterare il significato delle parole, nel caso in cui il corriere fosse stato intercettato da qualcuno.

Cara Costanza,

qua stiamo patendo il caldo, è talmente intenso, anche se immagino che a Roma stia diventando intollerabile. Prossimamente ho intenzione di tornare a Milano. Tu non ti stai apprestando a lasciare la città per raggiungere la costa? Mio figlio è guarito dalla malattia, sia lodato Iddio, e mia figlia e mia moglie ti mandano parole di grande affetto e sperano che tu venga presto a trovarci.

Giulia ti ringrazia per la stoffa e per il profumo, quell'essenza cupa e rotonda. Io la trovo pungente, ma memorabile, è un odore che dipinge immagini vibranti. Unica.

Per il momento ti porgo i miei saluti e auguro a te e alla tua famiglia ogni bene e ogni gioia.

Felicitazioni,

Marzio

Quando ricevette la lettera, Costanza sorrise per la scelta delle parole. *La trovo pungente, ma memorabile, è un odore che dipinge immagini vibranti. Unica...* Capì subito che Marzio si stava riferendo a Caravaggio e gli rispose, usando a sua volta un linguaggio in codice, per dirgli che era riuscita a ottenere un lavoro per il fuggiasco. Credeva di poter blandire Scipione e indurlo alla compiacenza facendogli dono di un quadro.

Caravaggio si era rimesso? Lo domandò a Marzio. Stava lavorando?

Sì, stava lavorando.

Quando eravamo andati a letto insieme, non era stato come scopare Fillide. Lena era come un cerbiatto. Aveva toccato il mio corpo, il mio membro, come se avesse sfiorato un'ustione, temendo di farmi del male. La sua era una natura acquea: mutava forma e si increspava ogni volta che entrava in contatto con una persona. Ma la sua era una bontà profonda, quieta come la pozza in cui ero annegato.

La rammentai durante quella lunga estate angosciante.

Il fienile era incandescente; sudavo come un animale, ma riuscivo a sentire chiunque si avvicinasse. Quel posto era come una maledetta cattedrale, da tanto che riecheggiava. Ecco perché l'avevo scelto, e comunque, come avevo detto a Cecco, la luce non aveva importanza. Il volto di Lena era impresso nella mia memoria. Diventò la mia memoria, il simbolo della Maddalena penitente, addolorata, proprio come mi addoloravo io, la preda, il braccato. La Maddalena si rattristava perché aveva perso la sua innocenza, io mi crucciavo perché avevo perso la libertà. La Maddalena chiedeva perdono a Dio, io bramavo vendetta.

Dio non aveva niente a che vedere con l'uccisione di Ranuccio Tomassoni. Non si schierava dalla parte di nessuno. I soldati potevano anche pregarlo, le donne supplicarlo, ma Lui era immutabile. Vedete come scelgo le parole da usare? Sono un uomo educato, non sono il bastardo ignorante per cui mi stanno scambiando.

Non volevo dipingere il significato incarnato dalla Maddalena, ma la disperazione. Quella profonda bruciatura color carbone alla quale non sopravvive nessuno… Sto ascoltando, dipingendo, ascoltando, dipingendo, ricordando il momento in cui abbiamo fatto sesso, quando Lena ha reclinato la testa, le labbra leggermente dischiuse, gli occhi chiusi – ridotti a una fessura – e una lacrima che le tracciava una rovente scia salata lungo la guancia.

Mentre ne dipingevo il pallore sullo sfondo nero come ebano, riuscivo a vedere il ricordo come se fosse un bassorilievo. Tratti sottili. Non c'era tempo per stendere uno spesso strato di pigmenti e aspettare che asciugassero. La dipinsi rapidamente. Con la stessa rapidità con cui ci eravamo accoppiati. Con la stessa rapidità con cui ero fuggito da Roma. Vivendo in fretta, morendo in fretta.

Rosso, bianco, nero. Non mi servono altri colori.

Svelto, Cecco, mescolali!

Si volta, osserva il ritratto di Lena.

E mi domanda se ne sento la mancanza.

Il quadro sta già iniziando ad asciugare nel calore asfissiante. È voluto, nel caso dovessimo spostarci all'improvviso. Se così fosse, potrei staccare il dipinto dal telaio e arrotolarlo, infilarlo nella sacca e scappare portarmelo dietro.

Ti manca?

No, Cecco, la ricordo e basta.

La ami?

No, Cecco, è soltanto una sgualdrina.

Ma, del resto, siamo tutte sgualdrine…

Pianse, e quella notte dormì accoccolato nella piega del mio braccio.

Nove

Mentre Roma era ancora tappezzata dagli avvisi del bando capitale di Caravaggio, Fillide andò a fare visita ai vecchi alloggi di Cecco e parlò con la padrona di casa. No, non l'aveva visto e non sapeva dove fosse finito. Dalle ultime notizie che aveva ricevuto, stava vivendo con Caravaggio, tutti sapevano cos'era successo. Poi Fillide andò a trovare Andrea Ruffetti, l'avvocato dal quale l'artista aveva alloggiato e vissuto all'epoca del duello. Ruffetti non aveva tempo da dedicarle; non voleva parlare né di Caravaggio né di Tomassoni e le suggerì, da avvocato, che la cosa più saggia da fare era dimenticare la questione. Scipione si era sbagliato, Fillide era una pessima spia.

Orazio Gentileschi non era *mai* stato propenso a fare la spia e, non essendo neanche disposto a macchiare la propria reputazione a Roma, ben presto prese le distanze da Caravaggio. Ma se lui era in grado di accantonare senza alcun problema il vecchio compagno di bevute, la giovane figlia dal talento prodigioso, Artemisia, non ci riusciva. Piangeva Caravaggio, perché lo considerava un amico. Incostante, a volte crudele, ma pur sempre un amico. Era stato lui a incoraggiarla a dipingere, incitando suo padre a istruirla. Così, tra l'orgoglio e l'imbarazzo per la figlia talentuosa, Orazio aveva trascurato i figli, pittori mediocri, in favore della promettente Artemisia.

Nella Roma del diciassettesimo secolo, le donne non venivano incoraggiate alla carriera artistica, e il quartiere degli artisti era un posto pericoloso per qualunque donna, a meno che non fosse una prostituta. Artemisia, tuttavia, era cresciuta con un padre pittore, che aveva educato all'arte i suoi figli, senza distinzione.

«Due maledette capre saprebbero dipingere meglio…», era stata la rimostranza espressa da Orazio alla moglie, Prudenzia. «Tenendosi ritte sulle zampe posteriori».

Amareggiato, si era lamentato della levatura della prole, dando la colpa alla moglie, e aveva minacciato che se ne sarebbe andato e si sarebbe trovato un'amante. Non erano che parole vuote, perché i figli maschi potevano anche essere degli stupidi, ma Artemisia era eccezionale.

«Gira voce che Caravaggio stia tornando a Roma», disse emozionata, rientrando dalla strada.

Suo padre alzò gli occhi. «Forse la sua testa, ma non lui».

Orripilata, Artemisia fissò il padre. Non nutriva alcun rispetto per lui e disprezzava il modo in cui aveva trattato la defunta madre, ma era abbastanza astuta – persino a tredici anni – da sapere che il suo futuro da pittrice era racchiuso nello sgradevole nido familiare.

«*Come puoi dire una cosa simile!* Caravaggio era un tuo amico…».

Orazio scostò alcuni fogli, stizzito. «Lo è tuttora! Non sono stato io a uccidere Tomassoni, è stato *lui*. Smettila di darmi il tormento, cagnetta». Le rivolse un'occhiata beffarda. «Stai crescendo, stai diventando alta».

Riusciva a immaginare cosa gli stava passando per la mente. Ben presto l'avrebbe dovuta dare in moglie a qualcuno, ma ciò significava procurarle una dote, e Artemisia sapeva quanta importanza desse al denaro. Per quanto all'inizio si fosse dimostrato abbastanza indifferente all'idea di insegnarle a dipingere, forse adesso sarebbe riuscita a convincerlo che gli avrebbe fruttato di più come pittrice che come moglie. Alta e di bell'aspetto per la sua età, con una piccola fossetta sul mento, aveva realizzato copie ben fatte dei ritratti femminili del padre, imitando gli effetti dell'uso della luce che aveva adottato a sua volta da Caravaggio. A Roma erano tutti rimasti impressionati dal carattere innovativo di quella tecnica, e Orazio, opportunista come al solito, ne aveva tratto profitto diventando un seguace dello stile caravaggesco. Dopo Orazio, era venuta Artemisia.

«Caravaggio ha mandato a puttane le sue opportunità», le urlò dietro quando si allontanò. «Ha mandato a puttane la sua vita. Se tu avessi un po' di sale in zucca, ti troveresti un altro eroe».

Lasciando la cucina, Artemisia attraversò il corridoio pericolante che la collegava allo studio di suo padre e si richiuse la porta alle spalle. Le persiane erano chiuse, tra i dipinti giaceva una bottiglia di vino vuota, sdraiata su un fianco. Pensierosa, Artemisia si fermò davanti a una delle opere di suo padre e la esaminò con attenzione. La bravura c'era, ma mancava il fuoco. I dipinti di Caravaggio avevano l'odore della realtà, sfidavano l'osservatore a distogliere lo sguardo. I suoi personaggi erano umani: sudavano, avevano i denti marci, si grattavano e gesticolavano dalle tele. La frutta dipinta da lui era gonfia e fiorente, in piena maturazione, ma sotto sotto c'era sempre un accenno al declino, alla potenziale distruzione. Le Madonne di Caravaggio erano più ferrate in materia di prostituzione che di sacrificio, i suoi angeli erano *bardasse* dalla pelle liscia, le Vergini corrotte.

E Artemisia voleva dipingere allo stesso modo. A tempo debito, si ripromise, a tempo debito l'avrebbe fatto… Un ricordo le riaffiorò alla memoria, rammentò l'ultima volta che aveva fatto visita allo studio di Caravaggio, subito dopo il rifiuto della magnifica *Morte della Vergine* da parte dei Carmelitani a San Pietro. L'artista era furibondo, stava bevendo e maledicendo la Chiesa, poi aveva fatto cenno ad Artemisia di avvicinarsi e le aveva offerto il pennello.

«Lascia il segno».

Lei era arrossita. «Non posso!».

«Vuoi dipingere, sì o no?»

«Sì! Ma non posso!».

«Smettila di dire che non puoi!».

«Potrei rovinare il tuo dipinto…».

«Cristo! Tu non vuoi diventare una maledetta pittrice, vero?», aveva domandato lui con tono disgustato. «L'hai detto tu stessa, sei solo una femmina… Levati dalle palle, Artemisia, mi stai solo facendo perdere tempo».

In lacrime, con la mano che le tremava, Artemisia aveva accostato il pennello al dipinto finché le setole di zibellino si erano piegate a contatto con la tela. Aveva dischiuso le labbra, trattenuto il respiro e seguito la lunga linea rossa della veste della Vergine.

Caravaggio era rimasto a guardare, poi aveva ripreso il pennello.

«Quando sarò morto e sepolto, potrai dire di aver dipinto quelle linee...». Le aveva dato una pacca sulla spalla. «Cammina a testa alta anche se ti gettano merda addosso. E ricorda sempre chi sei, Artemisia Gentileschi, allieva di Michelangelo Merisi da Caravaggio».

«Non ti dimenticherò», sussurrò adesso tra sé. «Non ti dimenticherò mai».

Il torrido calore estivo si infranse come un vetro, mandato in mille pezzi dalla pioggia e dalle raffiche di vento. Al caldo e all'asciutto, nel fienile, Caravaggio osservò il nuovo dipinto, la seconda versione della *Cena in Emmaus*. Il duca l'aveva supplicato di trasferirsi all'interno del palazzo e di continuare a lavorare lì.

«Per te sarà un ambiente più sicuro e confortevole. Le mie guardie si assicureranno che tu non corra alcun pericolo».

«A me piace qui», aveva replicato Caravaggio, incrociando le braccia. «Ora non uso più la stessa quantità di olio. Non posso permettermi di dipingere quadri che impiegherebbero settimane prima di asciugare. E il calore che c'è qua dentro mi aiuta…».

«*Ma è un fienile!*», aveva risposto il duca, divertito, pulendosi le mani dalla polvere. «Caravaggio, non vorrai venirmi a dire che è il posto migliore dove dipingere?».

Si fermò di colpo, piegò la testa e si chinò sulla tela, fissando il quadro sul cavalletto da distanza ravvicinata. Osservò i personaggi con occhi bramosi, il locandiere e sua moglie, due apostoli vestiti di stracci seduti accanto a Cristo. Non era il Messia androgino che un tempo aveva scandalizzato Roma; quel Salvatore era più vecchio, esausto. La mano sollevata in segno di benedizione era stanca, tre dita piegate verso il palmo, simile a una foglia morta. Non c'era aria di giubilo; stava soltanto compiendo un dovere.

Era un Cristo che aveva visto l'Inferno, ne era fuggito, ma portava ancora le cicatrici.

Il *cri de coeur* di Caravaggio. Non espresso a voce, ma dipinto.

L'afa dell'estate si intensificò, la tregua fu breve. Dal palazzo, Caravaggio riusciva a scorgere le colline, i campi verdi che si stavano inaridendo, le mosche che ronzavano attorno agli alberi e ai frutti caduti. I moscerini svolazzavano e amoreggiavano con le libellule opalescenti, tremolavano sopra gli abbeveratoi dei cavalli, il cui livello, evaporando sotto un sole implacabile, calava non appena erano stati riempiti dai domestici. La frescura eburnea del palazzo era invitante, ma Caravaggio girava alla larga e lavorava nello studio improvvisato all'interno del fienile.

Era venuto dalla Lombardia – un bifolco di campagna, come lo avevano spesso definito i rivali per schernirlo – e, malgrado non avesse alcun desiderio di farvi ritorno, ricordava ancora lo stagno della sua infanzia, la peste, il rifiuto di sua madre. Era arrivato a Roma con appena due stracci addosso, affamato, deciso a fare fortuna. E Roma gli aveva sputato in faccia. La scalata alla vetta era stata ardua, e lui per primo non aveva agevolato il cammino. Il carattere infiammabile, l'arroganza, le zuffe, la frequentazione delle prostitute e il disprezzo nei confronti dei rivali avevano fatto sì che i nemici si moltiplicassero. Eppure, alla fine, era diventato "il primo pittore di Roma", il migliore.

E poi aveva lasciato cadere la corona…

Scostando la tenda dalla finestrella del fienile, Caravaggio guardò fuori. Due marcantoni stavano attraversando il cortile che conduceva dalle scuderie al palazzo, e lui si irrigidì. Fu una reazione istintiva; il cuore avrebbe presto cominciato a palpitare, pompando adrenalina nei muscoli, e lo stomaco si sarebbe contratto a causa di un'ondata di nausea. La paura era come un'erbaccia che gli cresceva dentro. Avrebbe potuto tollerare uno scontro faccia a faccia, forse l'avrebbe persino gradito, ma quell'insidiosa tensione strisciante era insopportabile. Si era ripreso fisicamente, era di nuovo un torello robusto, ma dal punto di vista psicologico era ancora gravemente turbato.

Gli uomini passarono oltre, attraversarono il cortile e superarono il fienile, perciò Caravaggio si rilassò e si rimise al lavoro. Dipingere cancellava tutto il resto. Si voltò verso l'ultimo quadro, un'opera che sperava di poter usare come puntata per una scommessa.

«Mettiti di nuovo in posa», disse mentre Cecco cambiava posizione.

«Fa caldo...».

«A Tor di Nona farebbe ancora più caldo», replicò il pittore in malo modo. «Questo dipinto è per Scipione».

Imbronciato, Cecco si mise in posa, interpretando il giovane Davide, con la spada di scena appoggiata sulla spalla, il braccio sinistro allungato e la mano protesa a sorreggere la testa di Golia. Ovviamente non c'era alcuna testa finta, Caravaggio l'avrebbe dipinta in un secondo momento. Adesso stava finendo la figura di Davide. Lavorava in fretta, con il pennello che di tanto in tanto graffiava la superficie della tela quando la vernice la impregnava.

«Scipione può farmi ottenere la grazia. Se solo volesse, quel bastardo ci potrebbe riuscire», disse, più che altro a se stesso. «So come ragiona, e quel maledetto del Papa gli presta ascolto. *Tre mesi*... Sono tre mesi che scappo e mi nascondo come un topo, dev'essere sufficiente...».

Cecco non disse niente, si limitò a restare in posa.

«...se revocassero il bando capitale, potrei tornare a Roma».

Se Scipione gli *avesse* fatto ottenere la grazia, sarebbe stato salvo. In caso contrario, era destinato a rimanere un fuggiasco per il resto della sua vita. La quale si sarebbe potuta rivelare davvero breve. In entrambi i casi, non poteva restarsene rintanato in un fienile. Se non avesse avuto modo di tornare a Roma, si sarebbe dovuto spingere ancora più lontano, dove i suoi dipinti erano conosciuti e il suo talento apprezzato. La domanda era: *dove*. In quale città sarebbe stato al sicuro? Di certo non a Milano, dove era rimasto coinvolto in un omicidio quando era soltanto un adolescente. Un altro incidente, un altro *deus ex machina*.

Si era rimesso in salute dopo la ferita inflitta dal cognato di Ranuccio Tomassoni, ma i mal di testa persistevano. Caravaggio ne soffriva da decenni, da molto prima dell'omicidio. Facevano parte della sua vita. Quando era in preda al dolore, beveva. E poi beveva ancora. Allontanandosi dal dipinto, si sedette sul bordo del mezzanino con le gambe ciondoloni, i piedi che dondolavano e una bottiglia in mano. Se lo avessero catturato, avrebbero potuto impiccarlo. Si chiese cosa si dovesse provare a essere strangolati lentamente, quanti sussulti gli avrebbero scosso le gambe una volta appeso alla fune.

A Milano aveva assistito a parecchie impiccagioni. Durante la peste, alcuni monatti – gli uomini che andavano a raccogliere i corpi dei defunti – erano stati sorpresi a rubare gli effetti personali delle vittime e a scaricare i cadaveri in un fosso. La punizione era l'impiccagione pubblica. Caravaggio, a cinque anni, aveva osservato lo spettacolo. Gli uomini dalle corporature robuste, uno ubriaco, l'altro con gli occhi spalancati dal terrore, si erano visti calare i cappi attorno al collo. Era notte, la piazza era illuminata dalle fiaccole di giunco. L'orrore seminato dalla peste aveva raggiunto l'apice, ma in tanti erano andati a vedere gli odiati monatti in preda agli spasmi della morte.

Da allora, li aveva visti ciondolare per anni nei propri sogni. I loro colli taurini erano stati brutalmente raffigurati nei suoi dipinti; personaggi feroci come boia, assassini, i cittadini ombreggiati con le tinte scure del suo inferno personale.

«Caravaggio?».

Si alzò, lanciò un'occhiata a Cecco, che era rimasto in posa, e ricominciò a dipingere, ma la mente rimase impelagata nei precedenti pensieri. Dove sarebbe andato? I Colonna avevano sfruttato i loro contatti e, grazie a loro, la *Cena in Emmaus* era stata acquistata da un banchiere, Ottavio Costa, il quale, ironia della sorte, era uno degli amanti di Fillide. Caravaggio aveva offerto il compenso ricevuto a Marzio Colonna, ma il duca non l'aveva accettato, e il pittore, sollevato, l'aveva messo nel suo fondo personale.

Provare a stabilirsi in un'altra città avrebbe richiesto molto denaro.

«Perché al cardinale non dai la *Maddalena penitente*?», domandò Cecco.

«Perché a Scipione piacciono i ragazzi, ecco perché. *Solo* i ragazzi. Se gli recapitassi il ritratto di una donna, come minimo aumenterebbe la taglia sulla mia testa», replicò l'artista con una punta di sarcasmo, avvicinandosi a Cecco per fargli sollevare ancora di più il braccio sinistro. «Tienilo così».

«Fa caldo», mormorò lui, insolitamente scontroso.

Il sudore gli gocciolava sulla guancia dall'attaccatura dei capelli e gli ricadeva silenziosamente sul petto nudo. Di sotto, gli instancabili grilli verdi frinivano tra le balle di fieno secco, ma un rumore improvviso sul pavimento della stalla lo spinse a mettere mano al pugnale appeso alla cintura. Per tre mesi aveva sussultato al minimo rumore di passi, per tre mesi aveva atteso un assalto.

Intimando a Cecco di fare silenzio, rimase in attesa. L'illuminazione che aveva predisposto per dipingere gli forniva un vantaggio, gran parte del fienile era avvolta dalle tenebre, e lui scivolò tra le ombre. Magari si trattava di uno sconosciuto, un opportunista a caccia della ricompensa, oppure di un membro della famiglia Tomassoni. Tutti i Tomassoni erano soldati, combattenti nati: non vedevano l'ora di riportare a Roma la sua testa sanguinante.

In tensione, restò in attesa che dal basso giungesse qualsiasi altro suono. Passò un istante, poi un altro, ma non accadde niente. Forse era stato un gatto. O un topo che si era aperto un varco tra le balle di fieno. Dopo aver atteso un altro minuto, non avendo udito alcunché, Caravaggio si fece avanti e, per un attimo, il bagliore della fiaccola lo illuminò mentre scendeva la scala per raggiungere la scuderia sottostante.

«Caravaggio?», lo chiamò Cecco dall'alto.

«Qua non c'è nessuno», rispose lui, tornando al mezzanino. Riprese i colori e si avvicinò alla tela. Stava lavorando sulla figura di Davide, ma passò alla testa di Golia, la grande testa *decapitata*, sorretta per i capelli.

Era quello il dipinto che avrebbe donato a Scipione. Possedeva tutti i requisiti necessari: la drammaticità della luce, una narrazione unica, un ragazzo bellissimo... e la testa del gigante caduto, Golia. Il tiranno, la cui tracotanza era stata battuta, la cui forza era stata stroncata.

La testa insanguinata si stagliava sullo sfondo nero, un macabro trofeo sollevato di fronte a sé da un Davide trionfante ma malinconico, e il volto di Golia era immortalato con un'espressione di fiacca sconfitta. Con gli occhi socchiusi, la bocca aperta, un riflesso della luce sui denti dell'arcata inferiore: pateticamente umano. Un autoritratto riconoscibile.

Caravaggio continuò a contemplare il suo operato. Scipione non era uno stupido, avrebbe compreso il significato del dipinto. Era un gesto generoso e di grande valore, certo, ma anche una supplica. "Solo tu puoi evitare che accada", diceva il dipinto. "Solo tu hai il potere di salvarmi, di farmi evitare di finire ammazzato. Solo tu puoi fare in modo che questa testa resti attaccata al collo".

Due settimane dopo, il quadro completato fu portato via dai Colli Albani a bordo di un'anonima carrozza dei Colonna e consegnato al cardinal Scipione a Roma.

Un elegante biglietto di ringraziamento a conferma che il dono era stato ricevuto giunse poco tempo dopo.

Ma la grazia non arrivò.

Napoli

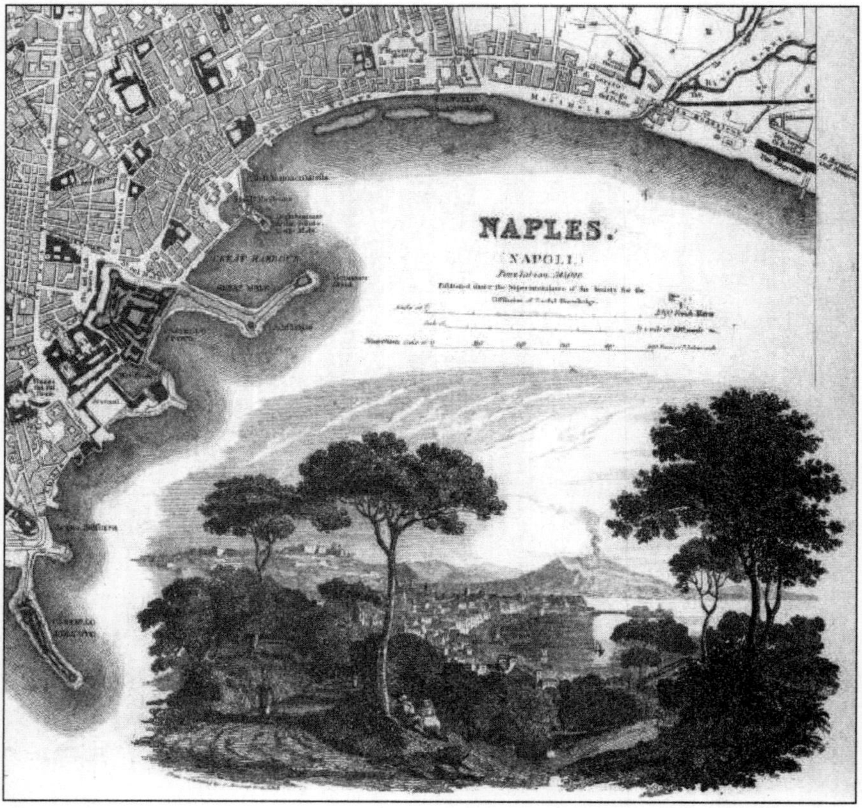
NAPLES.
(NAPOLI.)
GREAT HARBOUR

Dieci

L'immagine del bandito è affissa in luoghi pubblici per l'ignominia e la mortificazione di parenti e congiunti e affinché i cittadini... si sentano invitati a ucciderlo e a reclamare la taglia indicata.

Napoli, ottobre 1606

Il bando capitale era letale tanto a Napoli quanto a Roma, ma a Caravaggio non restò altra scelta che abbandonare i Colli Albani e la protezione offerta in gran segreto dai Colonna. A differenza di Longhi e dei Tomassoni, lui non aveva una famiglia a cui rivolgersi, dato che aveva tagliato tutti i ponti alcuni anni prima. L'unico rifugio a disposizione era stato sui Colli Albani, con i Colonna, e la buona sorte volle che la residenza principale di don Marzio Colonna si trovasse a Napoli. E fu su questa città che l'artista rivolse le proprie mire.

Nel 1606, era un territorio spagnolo, ed era lì che Marzio Colonna era stato ricompensato da Filippo III, il quale l'aveva nominato cavaliere e insignito del Toson d'oro. Il numero delle onorificenze ricevute aumentò quando Marzio fu eletto sindaco di Napoli e gli fu chiesto di presenziare i festeggiamenti per la nascita dell'Infanta. I Colonna prosperavano nel Sud Italia, ma Napoli non era Roma.

La città era tre volte più grande, eppure priva dello stesso retaggio culturale. I mercanti, i cardinali e gli aristocratici che si contendevano l'acquisto delle opere degli artisti romani erano più unici che rari. Napoli era un porto, viveva con il commercio: importava ed esportava merci – cibo, sete, legno, olio – e schiavi. Con il rapido aumento della popolazione e dei commerci, la città era stata costretta a estendersi attorno alla curva maestosa della baia. Le case che a Roma si sviluppavano generalmente su due o tre piani, a Napoli raggiungevano i sei, e con il fiorire dei commerci giunsero gli usurai, i criminali e i poveri.

Schiacciati sotto il pesante stivale spagnolo, i napoletani erano tenuti in scacco. La disciplina dei brutali delegati spagnoli e l'ombra dei tre castelli di Napoli fornivano un truce e costante promemoria che invitava a non ribellarsi. Le sommosse precedenti erano andate incontro a un castigo sanguinoso. Vent'anni prima, dopo aver sedato un'insurrezione cittadina, il viceré spagnolo aveva dato ordine che le mani e le teste mozzate dei capi della ribellione fossero esposte in bella vista su un monumento. Il resoconto di un napoletano dell'epoca descriveva l'orribile epilogo dello sciopero della fame: "Un uomo a dorso di cavallo, con le fiaccole nere, esce dalla prigione e supera il monumento, e le teste urlano...".

Ciononostante, mentre la povertà continuava a dilagare, le portantine di velluto dei ricchi continuarono a sfilare e i banchieri saziarono i loro appetiti per le cortigiane e per gli affari. Le famiglie degli ambienti rurali, cacciate via dalle loro terre dai banditi violenti e dalle micidiali tasse spagnole, arrivarono in città per cercare lavoro. C'era ben poco a disposizione: alcuni accettarono incarichi pericolosi e impieghi servili, altri furono costretti a mendicare per strada. Erano talmente tanti che i viottoli secondari cominciarono a brulicare di ladri e indigenti. Le ultimissime leggi che vietavano la costruzione di nuove case non fecero che aggravare il problema. Gli alloggi esistenti divennero sempre *più* affollati, squallidi e infestati dalle pulci. Le abitazioni erano addossate le une alle altre, tanto che le anguste stradine si trovavano perennemente in ombra, fino a diventare le umide segrete dei bisognosi.

Anche il cibo era difficile da trovare; al posto della carne e delle verdure, si mangiava la pasta, e molta gente pativa costantemente la fame. Le malattie si diffondevano a causa della malnutrizione, e i cittadini della fascia più povera della popolazione divennero noti come i *lazzari*. La parola significava lebbrosi, ma non nel senso letterale del termine; erano lebbrosi *sociali*, la sporca feccia di Napoli. E mentre i ricchi prosperavano nei loro palazzi sopraelevati, i lazzari dormivano ai loro piedi nei cortili delle chiese, nei cimiteri e sotto i banchi dei mercati, con le mani che si allungavano di scatto per ghermire i passanti in cerca di un'elemosina.

Ecco cosa attendeva Caravaggio, ma innanzitutto doveva arrivare a Napoli, e il viaggio dai Colli Albani al Sud Italia era lungo e pericoloso. Gli uomini che erano stati cacciati via dalle loro fattorie avevano cominciato a dedicarsi alle rapine per ottenere denaro, e i banditi si appostavano in attesa delle carrozze di passaggio, pronti a depredare gli abbienti viaggiatori. La punizione per tali crimini era la morte, eppure molti briganti riuscivano a evitare la cattura e diventavano ancora più abili nelle loro aggressioni.

I preparativi per la fuga di Caravaggio a Napoli erano terminati. Un'altra anonima carrozza dei Colonna fu messa al suo servizio, e il pittore partì accompagnato da Cecco e da due guardie, un saraceno e un romano taciturno. Sospettando di tutti, Caravaggio tenne d'occhio il saraceno che si arrampicava in cassetta per prendere posto accanto al cocchiere.

«Andrai con lui?», domandò all'uomo rimasto nella carrozza.

Questi sorrise, scosse la testa.

«Quindi sei stato messo di guardia?».

Aggrottò la fronte.

«Dobbiamo essere trattati come due prigionieri?».

L'uomo scrollò di nuovo il capo e si indicò la bocca.

«Non può parlare», sussurrò Cecco.

«Ma riesce a sentire», rispose Caravaggio, guardingo, mentre si appoggiava allo schienale del sedile.

Il muto rimase con loro. Pareva non dormire mai. Ogni volta che Caravaggio si appisolava e si risvegliava, si ritrovava gli occhi azzurri dell'uomo puntati addosso. Alla fine, quando si fermarono per far riposare i cavalli, l'uomo scese, si stiracchiò e svuotò la vescica, e Caravaggio gli si avvicinò.

«Riesci a sentirmi?».

La guardia annuì.

«Questa strada è pericolosa. È una tratta battuta dai banditi...». L'uomo gli stava prestando ascolto. «Se ci fossero dei problemi, io so combattere. Non mi aspetto che tu mi protegga».

Il romano lo osservò, piegò la testa, poi sguainò la spada. Sbigottito, Caravaggio indietreggiò e mise mano al pugnale, ma la guardia stava soltanto tracciando delle forme sulla terra secca. Le linee erano una rozza rappresentazione della strada sinuosa sulla quale stavano viaggiando, un sentiero che si snodava tra le colline e poi sbucava in un'ampia vallata aperta.

La guardia si fermò, indicò lo spazio aperto e aggrottò la fronte.

Caravaggio comprese. «Pericoloso?».

L'uomo annuì, poi disegnò un edificio e si diede una pacca sullo stomaco.

Divertito, il pittore sorrise. «Una taverna che offre buon cibo?».

La guardia rise, annuì di nuovo e si incamminò verso la carrozza.

Il resto della giornata trascorse senza incidenti. Viaggiarono a passo sostenuto e cambiarono i cavalli nel tardo pomeriggio, alla taverna dove cenarono. Il romano aveva ragione, gli alimenti erano freschi, il sapore era dolce. Cecco era stanco e dormì, mentre Caravaggio era irrequieto. Le guardie si erano scambiate i posti: adesso era il saraceno a viaggiare dentro la carrozza, mentre il muto era fuori. La giornata, che era stata torrida, cedette attorno alle otto di sera e, mentre si avvicinavano a un'area boschiva, cominciò a soffiare un venticello fresco.

Caravaggio lanciò un'occhiata al saraceno.

«Non ci dovremmo fermare? Perché attraversare la foresta con il buio?»

«Il duca ha dato ordine di portarvi a Napoli il prima possibile...».

«Tutto d'un pezzo», lo interruppe il pittore. Era sempre stato un combattente, riusciva a percepire il pericolo, e fissò il saraceno con aria diffidente. «Da quanto tempo lavori per Marzio Colonna?»

«Non da molto».

L'istinto di sopravvivenza di Caravaggio si ridestò. «Perché stiamo andando da questa parte?».

Il saraceno era impassibile. «La strada è questa».

«È la via più sicura?»

«Siete preoccupato?»

«*Sì o no?*».

Il saraceno scosse la testa. «Se avessimo preso la strada più sicura, avremmo dovuto allungare i tempi di viaggio. E un viaggio più lungo comporta più rischi. Siete al sicuro, signore, nessuno di noi desidera morire».

«*Mi credi un codardo?*», sbottò Caravaggio, sentendosi insultato da quelle parole. «Pensi che io abbia paura?»

«No, signor Caravaggio, non penso che abbiate paura…».

«Ah, sai come mi chiamo…». Sospirò. «Te l'ha forse detto il duca?».

L'atmosfera era tesa e i due uomini, entrambi armati, si stavano fronteggiando in uno spazio confinato. Se Marzio Colonna l'aveva tradito, quella era l'imboscata perfetta. O magari il saraceno aveva atteso il momento propizio per reclamare il bando capitale di propria iniziativa? In quell'istante, a Caravaggio balenò in mente una terza ipotesi. Là fuori, in aperta campagna, dove sarebbe stato esposto e vulnerabile, la famiglia Tomassoni sarebbe finalmente riuscita a mettere le mani sull'uomo che aveva assassinato Ranuccio.

Ma solo nel caso avesse ricevuto una soffiata.

Si protese verso il saraceno. «Per chi lavori?»

«Ve l'ho detto, per don Marzio Colonna».

«E poi?».

Il saraceno era imperturbabile come uno specchio d'acqua. «Lavoro per il principe, non c'è nessun altro».

«Sai chi sono io?»

«Il pittore, Caravaggio…».

«Sì, sì, sai come mi chiamo!», replicò spazientito. «Ma sai *perché* don Marzio mi ha protetto?»

«Io non faccio domande, signore. Obbedisco agli ordini».

Caravaggio scrollò il capo. «Te lo chiedo di nuovo, coglione. Perché mi sta proteggendo, lo sai?»

«C'è un bando capitale sopra la vostra testa».

Gli occhi neri dell'artista gli restituirono uno sguardo risoluto. «Sì, è così… E adesso mi ritrovo in aperta campagna con un uomo che non mi piace per nulla, diretto verso una maledetta foresta, al buio».

«Non c'è niente di cui temere...».

«Continui a ripeterlo, e più lo dici, meno ti credo. Mostrami quelle maledette mani!», ordinò.

«Io non...».

«Fammi vedere le mani!».

Osservò il saraceno che si appoggiava le mani sulle cosce, con i palmi rivolti verso il basso. «Non sono una minaccia per voi».

Caravaggio ignorò il commento. «Ho sentito dire che questa strada è frequentata dai banditi...».

«Non sono un bandito...».

«Quale modo migliore per uccidere un uomo se non fingendo che sia stato assalito dai briganti? Mi potresti uccidere, otterresti la ricompensa e poi scapperesti via...». Avvicinò la mano al pugnale appeso alla cintura. «Oppure sei stato assoldato da qualcuno?»

«Vi sbagliate».

Con un movimento fulmineo, Caravaggio premette il coltello contro la gola del saraceno.

«Non prendermi per uno stupido! Se mi costringi a farlo, bastardo, ti ucciderò. Non ho niente da perdere». Slacciò il fodero e sguainò la spada del saraceno per passarla a Cecco, che si era rannicchiato in un angolo della carrozza. «Dimmi soltanto una cosa. Ci attaccheranno?»

«Su questa strada ci sono sempre dei banditi...».

«*Ci attaccheranno, sì o no?*», ripeté Caravaggio.

Proprio mentre lo stava dicendo, sentì il rumore di alcuni cavalli che si avvicinavano. Cavalli veloci che sollevavano una scia di polvere sotto gli zoccoli. Due, forse tre uomini in sella, e stavano accerchiando la carrozza.

Undici

La carrozza si fermò con un sussulto improvviso, e Caravaggio balzò fuori con la spada sguainata e il pugnale nell'altra mano. Piantando i piedi sul terreno polveroso, osservò i tre cavalieri che lo stavano circondando.

«Volete combattere, bastardi?», gridò. «Forza, combattiamo! Io non ho paura». Girò su se stesso, guardandoli uno dopo l'altro, dando le spalle alla carrozza per avere un minimo di copertura. «Qual è il problema, coglioni? Siete in tre e non riuscite ad avere la meglio su un uomo solo?».

La luce del sole si stava affievolendo, e il più giovane del trio cercò di tenere a bada il cavallo che si era imbizzarrito.

«Solo i milanesi sanno usare una spada e tenere buono un cavallo», lo canzonò Caravaggio, mentre un altro aggressore gli urlava contro.

«Siamo venuti su ordine del principe. Inviati con il compito di scortarvi fino a Napoli».

«Ho *già* una scorta. Sono in due», replicò l'artista, sicuro che si trattasse di un trucco. Con la coda dell'occhio, scorse il cavallo imbizzarrito che nitriva e cercava di disarcionare il cavaliere.

«Non avete niente da temere da parte nostra...».

«C'è *sempre* qualcosa da temere», rispose Caravaggio. «Se non state mentendo e non volete farmi alcun male, gettate a terra le vostre spade».

Gli uomini tentennarono.

«*Cosa?*»

«Gettate a terra le armi...».

«Vi volete battere contro di noi? Siete in inferiorità numerica...».

«Mi sono sempre trovato in inferiorità numerica», ribatté Caravaggio. «Se avete intenzione di uccidermi, prima dovrete combattere. E non vi renderò la vita facile, stronzi».

Sapevano che un uomo con una condanna a morte e una taglia sopra la testa non avrebbe esitato a uccidere ancora. Dopo un ultimo istante di titubanza, due uomini sguainarono le spade e le gettarono ai piedi di Caravaggio.

«Tu!», disse, voltandosi verso il terzo. «Dammi anche la tua spada!».

Ma il giovanotto era ancora alle prese con il cavallo. L'animale terrorizzato aveva ribaltato gli occhi, mettendo in mostra il bianco. Caravaggio si avvicinò con calma, parlando a bassa voce, poi sfiorò la testa dell'animale e fece scivolare una mano sulle redini.

«Bravo ragazzo, nessuno ti farà del male».

Dopo essersi assicurato che la creatura si fosse calmata, restituì le redini al cavaliere e, con un unico movimento, afferrò la spada del soldato, sguainandola dal fodero.

Impressionato, il capo del drappello scosse la testa. «Siete all'altezza della vostra reputazione, signor Caravaggio».

«Come stalliere o come spadaccino?»

«Entrambi», rispose l'uomo, lanciando un'occhiata alle armi ai piedi del pittore. «Vi abbiamo consegnato le nostre spade. Ci credete adesso?»

«Potrebbe ancora essere una trappola».

«Se avessi un bando capitale sopra la testa, anch'io sarei diffidente», osservò l'uomo. «Ma non c'è nessuna trappola. Siamo qui perché Marzio Colonna ha saputo che la vostra carrozza sarebbe caduta in un'imboscata dopo essersi addentrata nel bosco. Ha mandato altri uomini per evitare che accada e per assicurarsi che arriviate vivo a Napoli».

Ottobre 1606, Palazzo Madama

Il cardinal Del Monte era stato il mecenate di Caravaggio da quando era arrivato a Roma. Aveva incoraggiato il torvo adolescente, gli aveva offerto alloggio e uno studio all'interno del palazzo, ed era stato ricompensato da un profluvio di genialità. Le prime opere commissionate da Del Monte erano state mostrate agli amici, ai contatti papali e all'aristocrazia, e l'affabile cardinale si era compiaciuto del proprio trionfo. Il vantaggio portato da un tale sostenitore aveva permesso a Caravaggio di fare rapidi progressi dopo un duro periodo di rifiuti e di lavori forzati per artisti dotati di meno talento.

Ma se Del Monte pensava di poter ammansire il lombardo, si sbagliava. Incapace di adattarsi, Caravaggio si era detto convinto di volersi inserire nei circoli dell'alta società, sebbene ne fosse affascinato e disgustato in ugual misura. Tuttavia, gli anni passati patendo la fame, vissuti in condizioni di estremo squallore, tra ladri e sgualdrine, lo avevano involgarito. Gli anni della formazione lo avevano reso freddo e distaccato, e per quanto fosse stato incoraggiato dall'affettuoso mecenatismo di Del Monte, non c'era voluto molto prima che facesse ritorno alla sua soffitta infestata dalle pulci nel quartiere degli artisti.

In numerose occasioni, era stato soltanto l'intervento del cardinale a evitare che finisse incarcerato a vita a Tor di Nona o sbattuto sulle famigerate – e spesso letali – galee. Nel tentativo di tenere l'artista lontano dalle bevute e dalle scorribande notturne con le prostitute, Del Monte gli aveva regalato un appartamento sontuoso, un enorme studio con il soffitto a volta, un domestico, un cavallo maestoso e abiti realizzati su misura da sarti veneziani. Non c'era niente che lo potesse fermare. Le zuffe erano frequenti e si era fatto molti nemici: la sua arroganza allontanava le persone, e i rivali erano invidiosi, ansiosi di assistere alla sua rovina. Se fosse rimasto tra i confini di Palazzo Madama, tra personalità abbienti e influenti, avrebbe avuto successo, ma gli impulsi sessuali, l'inclinazione alla violenza e le sue singolari fonti di ispirazione venivano dalla strada.

Ed era alle strade che Caravaggio faceva sempre ritorno.

Del Monte lanciò un'occhiata al suo ospite, il cardinale Scipione Borghese, che stava punzecchiando un piatto di fichi con una forchetta d'argento. «Odio i fichi», disse, facendo una smorfia. «Sono frutti talmente carnosi».

«Cosa preferireste?», domandò Del Monte. «Ho altra frutta fresca appena colta dai giardini».

Scipione sospirò languidamente. Gli occhi neri nascosti dalle palpebre pesanti sembravano attenti, ma era una finzione; la sua mente era scombussolata da altro, come la testa di un bambino gettato giù da una rampa di scale.

«I fichi fanno male all'intestino».

«Sono gli ultimi della stagione…».

«Una stagione *molto* tardiva», lo interruppe Scipione, facendo cenno a un domestico di Del Monte di portargli un panno con cui pulirsi le mani. Dopo aver tempestivamente ricevuto il panno e una scodella d'acqua, il cardinale bagnò le dita luccicanti nell'acqua fresca. «Mi fa proprio sorridere…».

«*Cos'è* che vi fa sorridere, amico mio?»

«Il fatto che la marchesa Colonna neghi di aver offerto asilo a Caravaggio dopo l'omicidio di Tomassoni».

«Non è stato un omicidio».

Scipione inarcò le sopracciglia nere. «Possiamo soltanto sperare che sia morto *davvero*, visto che è stato seppellito tre mesi fa». Aggrottò la fronte. «Malgrado i vostri approcci e il velato sostegno dei Colonna, il Papa non è ancora disposto a prendere in considerazione una grazia per Caravaggio. Non nutro chissà quale desiderio di vederlo esiliato a vita e non sono incline all'idea di ricevere la testa dell'artista in un sacco, consegnata da qualche mercenario… ma è troppo presto per pensare a una grazia».

«E poi c'è la questione del signor Baglione».

Scipione increspò le labbra, come se quel nome sapesse d'aceto. «Ah, Baglione, sta ancora provando a distruggere Caravaggio. Un tantino in ritardo, verrebbe da pensare, ma quel sordo sa cosa significa covare rancore. Sta accusando Caravaggio di aver cercato di assoldare qualcuno per ucciderlo».

«Dopo la messa, per giunta!», aggiunse Del Monte, facendo dell'umorismo. «Povero Baglione, non si è mai ripreso da quei poemi scritti da Caravaggio e dai suoi compari. "Cornuto" era uno degli insulti meno pesanti, se ben ricordo». Scosse la testa, sempre troppo benevolo nei confronti della natura umana. «Baglione immagina assassini ovunque. Come se Caravaggio volesse mettersi a tramare contro di lui mentre sta fuggendo per salvare la pelle».

Scipione valutò la questione per un paio di istanti.

«O magari i seguaci di Caravaggio stanno cercando di eliminare i suoi detrattori».

«Se così fosse, dovrebbero assassinare mezza Roma», replicò Del Monte. «E pare che il presunto sicario di Baglione, il pittore Carlo Bordello, indossasse una cotta di maglia quando l'ha aggredito. Tuttavia, l'armatura era talmente pesante da sbilanciarlo e farlo cadere dai gradini di Trinità dei Monti!».

Scoppiò di nuovo a ridere, con il pesante crocifisso che gli scintillava sulla pancia, il cappello da cardinale posato in testa e le vesti che ondeggiavano nel venticello che entrava dalla terrazza. Era una serata mite, profumata, e non vedeva l'ora di sbarazzarsi di quella tediosa compagnia. Se fosse stato da solo, gli sarebbe piaciuto passeggiare nei giardini, magari leggere un po', e se la temperatura serale fosse rimasta gradevole, avrebbe persino potuto sonnecchiare... Del Monte era del parere che quei piccoli momenti di tregua letargica dagli intrallazzi del mondo fossero uno dei vantaggi della vecchiaia.

E non c'era peggior intrallazzatore di Scipione. "Magari con il tempo si calmerà un pochino", pensò. Era ancora relativamente giovane. Ma era anche di un'avidità immensa, e mentre incrementava con assiduità le fortune della famiglia Borghese, ricopriva la carica di responsabile dei forzieri papali e di consigliere del Papa. Avido e scaltro. Individuando il punto debole di Scipione, il cardinale sorrise tra sé: un uomo avaro con un borsellino al posto del cuore poteva essere manipolato.

«Il quadro che vi ha mandato Caravaggio è magnifico. Penso che superi la prima versione di *Davide e Golia*». Del Monte prese un altro fico e ci giocherellò. «E il dipinto della *Cena in Emmaus* di Ottavio Costa è superbo. Caravaggio è all'apice della creatività. È incredibile. È un uomo su cui incombe la minaccia del bando capitale, sempre costretto a guardarsi le spalle... eppure continua a dipingere meglio di qualsiasi altro artista qua a Roma».

Scipione inclinò la testa in un rapido cenno d'assenso. «Per essere un latitante, Caravaggio dipinge bene».

«Caravaggio dipingerebbe bene anche se avesse entrambe le braccia spezzate».

«Oserei dire che la famiglia Tomassoni sarebbe lieta di fargli un regalo simile».

I due uomini sorrisero.

«Naturalmente», proseguì Del Monte, riportando subito la conversazione all'argomento originario. «*San Francesco in meditazione* è un capolavoro».

Gli occhi scuri di Scipione fissarono il cardinale, che stava dissezionando il fico con le dita, senza alcuna fretta, facendo fuoriuscire il succo dalla morbida polpa interna.

«*San Francesco in meditazione*? Che dipinto è? Non ne ho mai sentito parlare». Le mani oleose e paffute di Scipione svolazzarono per un momento a mezz'aria. «Perché non ho ricevuto questa notizia? Ci si aspetta che cerchi di ottenere la grazia per Caravaggio e mi si lascia all'oscuro di ciò che sta facendo!».

"Vuoi il quadro", pensò Del Monte, compiaciuto. "È chiaro. Lo vuoi dare alla famiglia Borghese, per le tue gallerie, vuoi metterlo in mostra e vantarti di averlo. Il *Davide e Golia* può anche languire nella tua cripta buia, e *San Francesco* diventerà senz'altro il suo compagno ostracizzato, ma tu lo vuoi comunque. Piccolo ometto ingordo".

«Non ho visto il dipinto, amico mio, ne ho soltanto sentito parlare».

Scipione arrossì. Non si tradiva mai quando si trattava di intrighi politici, ma a volte la sua brama di nuovi pezzi da collezione lo confondeva. «Allora come fate a sapere che è un capolavoro, se non l'avete neanche visto?»

«Ho sentito dire che è eccezionale...».

«*Sentito dire!*», sbottò Scipione. «Ho il potere di ottenere la grazia per Caravaggio, e cionondimeno mi tiene celate le sue opere. Me lo avrebbe dovuto far recapitare insieme a *Davide e Golia*».

«Magari...».

«Chi è in possesso di quest'opera?»

«Non lo so, non penso che l'abbia data via».

«E lui dov'è? Dove si nasconde con questo quadro fantasma?».

Del Monte sorrise. «Cardinale, possiamo anche mentirci a vicenda, se necessario e se è per il bene di tutti, ma non dobbiamo mentire ai nostri alleati. Sappiamo entrambi che il nostro comune amico si sta recando a Napoli».

«Dove sarà indubbiamente acclamato. Quel buco di città pieno di sguaiati accoglierà Caravaggio come se fosse un figlio». Pensieroso, Scipione fece una pausa. «Lo dobbiamo riportare a Roma».

«Per la gloria della città eterna e del papato?».

Scipione sostenne lo sguardo di Del Monte, non riuscendo a capire se lo stesse prendendo in giro. «Per quale altro motivo, cardinale? Non dobbiamo consentire che il signor Caravaggio si ritrovi a errare troppo, o troppo a lungo, lontano dal seno di mamma Roma».

Dodici

Soltanto un angelo potrebbe ritrarti, mia bella Fillide, ricreando il tuo bel volto, perché sei un angelo del Paradiso.

CITAZIONE DELL'EPOCA SU UN RITRATTO DI FILLIDE DIPINTO DA CARAVAGGIO

Roma

Il banchiere infatuato, Ottavio Costa, le aveva comprato una casa in via di San Celso, ma la natura di Fillide era troppo radicata nei bassifondi per potersi sistemare. Si vantava con aria trionfante dei gioielli, della casa e della carrozza, ma Ottavio era solo uno dei tanti amanti, e Fillide non aveva ragioni per essergli fedele. Roma era una città ricca di prime scelte benestanti, e lei nutriva l'ostinata ambizione che nessun'altra cortigiana la potesse eguagliare.

Avendo passato tutta la vita a mentire con candore, c'era ben poco che riuscisse a coglierla di sorpresa. Era risaputo che si portava dietro un coltello e non si faceva scrupoli a usarlo, contro uomini e donne, ma scoprire di essere stata indicata come la diretta responsabile dell'omicidio di Ranuccio Tomassoni la lasciò stupefatta. A causa dei pettegolezzi che avevano impazzato nel quartiere degli artisti, si era venuto a sapere che aveva scatenato la gelosia di Tomassoni parlandogli del rifiuto di Caravaggio, con la precisa consapevolezza che la notizia avrebbe acceso l'animo del suo ruffiano, portando a uno scontro i due nemici di lunga data. Per una volta, l'orgoglio ferito l'aveva spinta ad agire senza prendere in considerazione le conseguenze sul lungo termine.

Adesso, tuttavia, Fillide si trovava nella posizione nient'affatto invidiabile di capro espiatorio e, dato che prima di allora non era mai stata minacciata, le cattiverie indirizzate contro di lei la colsero impreparata. Orazio Gentileschi, le cui profferte sessuali erano spesso state respinte dalla sgualdrina, era impaziente di regolare il vecchio conto in sospeso. E lo stesso valeva anche per una vecchia rivale, Annuccia Bianchini, il cui volto era stato deturpato dallo sfregio, a garanzia che la sua carriera come cortigiana ne uscisse gravemente intaccata. Per Annuccia non c'erano più né principi, né banchieri o ricchi ecclesiastici, e il suo giro d'affari si limitava ai mercenari e ai tagliagole che bazzicavano nei vicoli del quartiere degli artisti.

Se un tempo aveva camminato impettita per la città, mettendo in mostra la scollatura davanti agli ecclesiastici che si camuffavano per andare dalle prostitute e bevevano con i soldati rimasti senza lavoro, impiegati come guardie personali da individui come Del Monte, Fillide si ritrovò a essere bersaglio di insinuazioni e di battute di scherno. Quello l'avrebbe potuto sopportare, ma c'erano anche le minacce d'aggressione che potevano avere un'origine inaspettata. La sicurezza in se stessa si capovolse come una tartaruga sul carapace, lasciando scoperta la pancia vulnerabile. Incapace di fare colpo sul cardinal Scipione e priva della grande protezione offerta dal suo influente ruffiano, Ranuccio Tomassoni, cominciò a bere pesantemente ed era sempre sulla difensiva. Sapendo che il suo potere stava scemando, gli sbirri la braccarono, e Fillide fu arrestata due volte per non aver rispettato il coprifuoco, un'infrazione minore per cui in passato avrebbero chiuso un occhio.

Ranuccio avrebbe comprato il silenzio degli sbirri, o minacciato di ricorrere alla violenza, perché lui e i ricchi fratelli tenevano in pugno la polizia romana. Ma Ranuccio era morto, e la notizia che la donna avesse giocato un ruolo nell'omicidio fu sbandierata per tutta Roma. Strano ma vero, Fillide aveva paura, perciò girò alla larga dai vecchi luoghi di ritrovo e cercò rifugio nella casa che le era stata comprata da Ottavio Costa. Protetta da una guardia del corpo e servita da un domestico, credeva di essersi messa in salvo.

Si sbagliava.

Quando si svegliò, lenta a ridestarsi e con le gambe malferme a causa dei postumi della sbronza, era già passato mezzogiorno. Con le persiane chiuse, la stanza era di fatto avvolta dall'oscurità, e le mani della donna cercarono a tastoni una candela che si accese solo al terzo tentativo. Dopo aver rimesso giù il candelabro, urinò in un vaso da notte e chiamò la cameriera, adirandosi quando la fanciulla tardò a presentarsi. Con i capelli sciolti e la camicia da notte macchiata che le scivolava giù dalla spalla, Fillide si avvicinò alla porta e la chiamò di nuovo:

«Marta! Vieni qui! Ti sento fare avanti e indietro, cagna!».

Frastornata, prese fiato e urlò ancora una volta. «Marta, pigrona schifosa, vieni qui!».

Nessuna risposta. Ancora ubriaca dalla notte precedente, Fillide si lasciò cadere di peso sul letto e fissò i drappeggi del baldacchino. I pettegolezzi su Caravaggio erano aumentati, non diminuiti. *Doveva tornare a Roma. Era stato catturato.* Del Monte, quel grasso coglione, aveva tramato con Scipione nel tentativo di ottenere una grazia. E le ultimissime voci dicevano che Caravaggio non aveva *mai* lasciato la città. Che si stava nascondendo.

Se aveva sperato che Caravaggio, e il ruolo che aveva giocato lei nella rovina del pittore, fosse finito nel dimenticatoio, ora stava cominciando a comprendere l'errore commesso. "Dovrei andarmene via", pensò, ansiosa. "Roma è piena di zanzare che ronzano, mordono e diffondono il loro veleno. Dovrei partire e andare a cercare fortuna altrove, magari a Milano".

Rotolando sulla pancia, sentì girare la testa e avvertì un'ondata di nausea. Poi, còlta da un attimo di panico, si allungò verso il comodino, aprì il primo cassetto e lo rovesciò per controllare che il borsello di cuoio fosse ancora fissato alla base. Lanciò un lungo sospiro. I soldi erano ancora lì. Sollevata, li strinse al petto e sprofondò di nuovo nel sonno, madida di sudore.

«Alzati, sgualdrina!».

Fillide fu strattonata e tirata su con forza da due ombre a malapena distinguibili nella semioscurità. Ritrasse il braccio con un movimento brusco, istintivo, e così facendo avvertì una strana sensazione di freddo all'altezza del collo. Spaventata, sussultò mentre uno degli uomini apriva le persiane, lasciando passare la luce. Non lo riconobbe, ma conosceva l'uomo che le stava tenendo un coltello puntato alla gola, Santino Ghiberti. Uno dei mercenari assoldati dalla famiglia Tomassoni come guardia del corpo privata.

«Dov'è Caravaggio?».

Ormai completamente sveglia, Fillide esitò. «Non lo so…».
«*Non lo sai?* Certo, come no».
«Sto dicendo la verità, non so dove sia quel bastardo».
Con la lama alla gola, osservò il secondo uomo che si guardava attorno e passava le mani luride sul profilo di un lavabo scolpito, poi sfiorava le tende e gli arazzi alle pareti. «Velluto, arazzi, seta… da Venezia, ci scommetto. Tutto pagato dal tuo lacchè, Costa». Aveva assunto un tono beffardo. «Che bel palazzo per una sgualdrina con la sifilide che puzza di sudore». Continuò a gironzolare per la stanza, lentamente, poi diede un calcio al vaso da notte, e l'urina si rovesciò sul tappeto orientale. «Hai provocato il duello tra Caravaggio e Ranuccio…».
«Non ho niente a che vedere con quel duello!».
Continuando a impugnare il coltello, Santino Ghiberti scoppiò a ridere e fece scivolare la lama dalla gola di Fillide alla scollatura tra i seni, indugiando sopra il capezzolo destro. Riusciva a scorgere la pulsazione della vena del collo, la respirazione accelerata.
«A noi è stato riferito diversamente. Ai genitori di Ranuccio è stato riferito diversamente. Hanno sentito dire che è stata una baldracca ubriaca a provocarlo…».
«Io non ho fatto niente!».
Le intaccò la pelle del capezzolo, facendola sanguinare, e Fillide boccheggiò. «…i genitori di Ranuccio Tomassoni hanno perso un figlio a causa tua».
«A causa di *Caravaggio*!», urlò Fillide. «È stato lui a uccidere Ranuccio…».
«Ma tu l'hai istigato a combattere. Gli hai detto che Caravaggio ti aveva insultata e respinta. L'hai fatto ingelosire talmente tanto che era tenuto a sfidarlo a duello per salvare l'onore».
Il secondo uomo aveva smesso di ficcanasare nella stanza e si era seduto ai piedi del letto, mentre Santino Ghiberti, continuando a tenere il coltello premuto sul seno di Fillide, le fece scivolare una mano sotto la camicia da notte.
Furiosa, lo costrinse a ritrarla dandogli uno schiaffo.
«Toglimi le mani di dosso, maiale!».
I due si scambiarono un'occhiata, poi Ghiberti si arrampicò sul

letto e si accomodò accanto alla donna. La stava osservando con aria beffarda, con un sorriso sbilenco e asimmetrico, il segno lasciato da una vecchia battaglia. Intrappolata tra i due uomini, il corpo immobilizzato, Fillide cominciò a respirare in modo ancora più affannoso.

«Guarda, la sgualdrina sta sudando».

«*Puzza* di sudore», confermò Ghiberti mentre infilava una mano sotto l'ascella della donna. Tastò la pelle umida, ritrasse la mano e l'annusò. «Hai bisogno di un bagno, Fillide Melandroni», proseguì, facendo scivolare le dita sopra la coscia mentre sfregava il viso contro il collo della sgualdrina. «Sai una cosa? Un tempo ti guardavo e mi chiedevo come sarebbe stato venire a letto con te. Non mi sono mai potuto permettere i tuoi servizi, non sono mai riuscito ad avvicinarmi... Ma, ehi, adesso sono vicino, no? Molto vicino».

Lei provò ad alzarsi, ma Ghiberti la fermò e le fece scorrere la lama del coltello lungo la linea della mandibola. «Ranuccio Tomassoni non avrebbe mai dovuto frequentare una puttana come te...».

«Se le portava a letto tutte!», replicò lei con tono di sfida. «Era un ruffiano. Dillo ai suoi genitori. Riferisci che quel coglione che avevano come figlio si montava e faceva prostituire mezza Roma». Lo fissò con aria provocatoria. «Ranuccio e Caravaggio si odiavano da anni e prima o poi si sarebbero scontrati comunque, ma non a causa mia».

L'altro uomo si strinse nelle spalle.

«Io ho sentito una versione diversa. Ranuccio si doveva battere con lui perché il pittore ti aveva respinta...».

«Caravaggio *non* mi aveva respinta...».

«A noi risulta di sì», insistette Ghiberti. «Eravate amanti, ma era finita...». Finse di provare compassione. «Dev'essere stato un duro colpo per la sgualdrina più famosa di Roma. Rifiutata. E da un ricchione, per giunta. Caravaggio aveva cominciato a preferire la carne maschile alla tua?». Le annusò il corpo. «E capisco il motivo, *puzzi*, forse è per questo. Per la tua puzza, per il tuo tanfo da puttana».

Fillide rimase in silenzio, ma era intimorita. Se la famiglia Tomassoni aveva mandato quegli uomini a cercarla, sarebbe finita male. La famiglia di Ranuccio voleva un capro espiatorio, qualcuno a cui attribuire la colpa, e una sgualdrina era l'ideale. Potevano pubblicamente dichiararla responsabile della loro vergogna privata.

Spaventata, in balia di un tremore incontrollabile, cercò di guadagnare tempo. Forse sarebbe tornata la cameriera. O magari Ottavio Costa avrebbe chiesto di vederla.

«Non dovreste dare credito ai pettegolezzi. Chi è stato a raccontarvi questa storia, una prostituta? Annuccia Bianchini? Quella puttana mi odia...».

«Le hai deturpato la faccia».

«...oppure è stato Orazio Gentileschi? Sono anni che quel coglione tenta di infilarsi nel mio letto, ma io non mi concedo. Sono due bugiardi e sono dei piantagrane...».

«Non hai via di scampo», le disse Ghiberti, «lo sanno tutti che sei stata tu. La famiglia Tomassoni lo sa e non ti permetterà di passarla liscia senza averne pagato le conseguenze...».

Fillide si aggrappò all'unica speranza che le era rimasta. «Ho dei soldi! Prendeteli». Indicò il comodino. «Li ho fissati sotto la base del cassetto. Forza, prendeteli».

«Ma non siamo venuti qui per i soldi».

Le si seccò la bocca, la voce diventò stridula. «Mi ucciderete? Due uomini contro una donna indifesa? Maledetti codardi!».

Ghiberti le afferrò i capelli e le strattonò la testa all'indietro.

«*Ucciderti?* No. Così non faremmo giustizia. Nessuno ti vuole morta, Melandroni».

Si mosse all'improvviso e le spinse la faccia sul letto mentre l'altro uomo le tirava su la camicia da notte e le stringeva con forza le braccia per evitare che si dibattesse. Continuando a tenerle la lama puntata alla gola, Ghiberti la penetrò da dietro, e Fillide si morse le labbra per evitare di urlare. Quando ebbe finito, il secondo sgherro lo spinse via e sodomizzò la donna, che aveva il viso premuto sul materasso e il fiato corto, mentre Ghiberti la teneva ferma.

Una volta terminato, i due uomini la fecero voltare. Santino Ghiberti brandiva ancora il coltello. Si chinò sopra di lei e la fissò dritto negli occhi, cercando le tracce della paura che aveva previsto di scorgervi, ma vide soltanto disgusto.

«Lo sai cosa succede adesso, giusto?».

Non si sarebbe messa a piangere e non l'avrebbe implorato.

«Vaffanculo».

Impugnava il coltello. Quando sollevò il braccio, la luce del sole fece risplendere la lama. Disegnò una curva, poi calò su di lei, squarciandole la rotondità della guancia.

Lo *sfregio*, il marchio dei bassifondi.

Tredici

> In ogni strada, in ogni vicolo, a ogni angolo, vedo così tanta gente... Entro nelle chiese, ce ne sono talmente tante, e le trovo gremite di persone... a piedi, a cavallo, in carrozza.
>
> CAPACCIO, DESCRIZIONE DELL'EPOCA DI NAPOLI

Caravaggio aveva paura dell'accoglienza che gli sarebbe stata riservata a Napoli, ma non ne aveva motivo. La città, dopo essersi ripresa dalla rivolta del 1585, che era stata sedata senza alcuna pietà, era di nuovo tranquilla. La fanteria spagnola si era insediata in cima a via Toledo, sopra il mercato, dove avevano luogo le esecuzioni pubbliche.

In alto, sopra la città, incombeva la minaccia del famigerato Castel Sant'Elmo, la truce prigione tozza e squadrata che era un tacito avvertimento funesto, mentre sotto la fortezza, in una semioscurità sinistra, si aggrovigliavano dedali di viuzze e viottoli simili a capelli annodati. Era lì che ladri, prostitute, mendicanti e ciarlatani si davano da fare per guadagnarsi da vivere, e negli androni in sfacelo e nei cortili delle chiese si consumavano vendette e si lanciavano minacce.

Il crimine giungeva insieme alla miseria, mano nella mano: un'accoppiata che non poteva essere tenuta sotto controllo, né contenuta. E Caravaggio, in fuga, si calò in una simile mischia. Dopo averlo tratto in salvo dall'imboscata tesa dalla famiglia Tomassoni, le guardie di Marzio Colonna avevano condotto l'artista incolume in città, e gli stretti rapporti che aveva Marzio con Napoli e la Spagna avrebbero garantito la protezione del lombardo.

I Colonna avevano influenza a Roma, e a Napoli esercitavano un potere simile. Il loro palazzo, il maestoso Palazzo Colonna, fungeva da ingresso a via Toledo, dove risiedeva il nipote di Costanza, Luigi Carafa. Acculturato, raffinato e pacato, era il mecenate e il protettore ideale, e quando riferì che l'artista più famoso d'Italia era un suo ospite, lanciò un tacito messaggio alla città. Il bando capitale era ancora in vigore, ma a Napoli persino la testa di Caravaggio aveva molte più probabilità di restare dov'era.

A patto che fosse prudente.

Quando Caravaggio fu condotto al suo cospetto, Luigi Carafa sedeva accanto a un enorme mappamondo. Si alzò in modo goffo: era un uomo dalle spalle strette, con una balbuzie intermittente, vestito di indaco scuro dalla testa ai piedi, con uno sbuffo di lino bianco e vaporoso attorno al collo. Alla mano sinistra portava un pesante anello d'ematite, che lanciava riflessi bluastri ogni volta che veniva colpito dalla luce del sole.

Solo pochi giorni prima, Luigi aveva ricevuto una lettera da Costanza Colonna, sua zia.

Mio caro nipote,

non lasciarti intimidire dal signor Caravaggio. Non è come sembra. Vai oltre l'apparenza, caro nipote, e osserva il suo cuore. Lo conosco da quando era bambino e l'ho visto faticare per farsi largo in un mondo che crede di poter dominare, anche se non ci riesce. Ha un carattere capriccioso, ostinato, insistente, e a volte aggressivo, ma in lui ho sempre intravisto del buono. E so che lo noterai anche tu.

Caravaggio sembrerà respingere ogni forma di gentilezza. In realtà, però, ne ha soltanto paura. Proprio come ha paura di essere rifiutato. Sua madre l'ha rinnegato, le amanti gli si sono rivoltate contro, i mecenati lo ammirano, ma lo temono. L'orgoglio è la sua principale debolezza. Non pungerlo mai sul vivo. Anzi, offrigli la tua bontà come offriresti dell'acqua a un cavallo sfiancato.

Come sai, è un fuggitivo, e ha nemici ovunque. Non mostrerà di avere paura, ma ne avrà. Il genio artistico è la sua linfa vitale. Dobbiamo assicurarci che quel talento non si affievolisca o vada sprecato. Incoraggialo a lavorare, procuragli qualche commissione, tienilo occupato – e vicino.

Affido a te quest'uomo difficile che mi sta molto a cuore.

Con tanto amore e un grande ringraziamento a te, mio caro ragazzo,

Costanza

«Vi do il benvenuto a Napoli e in ca-ca-casa mia, signor Caravaggio», disse Luigi, fronteggiando l'ospite corpulento che aveva di fronte a sé. «Avete mo-mo-molti ammiratori qua a Napoli».

Caravaggio si guardò attorno. Due pappagalli africani lo stavano osservando da una gabbia decorata, e un gatto si stava crogiolando al sole sulla sedia che era appena stata lasciata libera da Luigi. Malgrado la palese e sconcertante magnificenza del palazzo, quella stanza era relativamente sobria, con i libri impilati alla rinfusa, alcuni tomi aperti sui tavoli dalle superfici di marmo e altri appoggiati contro i mezzibusti o sparpagliati sui cuscini con gli stemmi ricamati. Un soffitto appesantito da cherubini affrescati incombeva sopra il disordine, e il dipinto accanto alla porta, un frate dipinto da Bellini, attirò l'attenzione dell'artista.

Si avvicinò e lo esaminò piegando la testa, prima da un lato e poi dall'altro.

«Vi pi-pi-piace questo quadro?»

«No», rispose onestamente il suo ospite.

Annuendo, Luigi osservò da vicino il piccolo ritratto. «Lo avreste di-di-dipinto diversamente?»

«Non l'avrei dipinto affatto», replicò Caravaggio. «Non ritraggo gli ecclesiastici».

«Ma avete ri-ri-ritratto il Papa».

L'artista fece spallucce. «Era il Papa. Se non l'avessi ritratto, la mia carriera sarebbe finita. E comunque, quel dipinto non gli ha impedito di emanare una condanna a morte contro il sottoscritto». Gli rivolse un sorrisetto ironico. «Forse ha pensato che non ci fosse una grande somiglianza». Poi, lanciando un'occhiata al ritratto di Bellini, chiese: «Chi è il modello?»

«Un frate domenicano, Tommaso Campanella. Pa-pa-parecchi anni fa, guidò un'insurrezione, ma fu tradito dai suoi stessi uomini».

«Bellini non ha mostrato niente di tutto questo».

«Fu di-di-dipinto prima che Campanella venisse sconfitto e ri-ri-rinchiuso a Castel Sant'Elmo».

«Quindi ci sono dei martiri anche qua a Napoli».

Còlto alla sprovvista e non sapendo come rispondere, Luigi fece tesoro degli avvertimenti preventivi contenuti nella lettera di sua zia.

«Sarei molto onorato se questa sera vo-vo-voleste unirvi a ce-cena con me e la mia famiglia».

Caravaggio esitò. Quell'uomo si stava forse dimostrando gentile o stava seguendo gli ordini di Costanza? O peggio ancora, si stava prendendo gioco di lui? Invitare a cena un assassino scontroso e il suo compagno e dividere il pane con loro?

«Desiderate un assassino alla vostra tavola?».

Luigi tentennò un attimo prima di rispondere. «La marchesa mi ha detto che avete agito per le-le-legittima difesa. Che è sta-sta-stato un incidente».

«E voi le avete creduto?»

«Non aveva mo-mo-motivo di mentirmi, signore».

Confuso, Caravaggio gli diede le spalle, e il suo sguardo si soffermò sui pappagalli.

«Sono animali domestici?»

«Sì».

«Si possono toccare?».

Sorpreso, Luigi si avvicinò alla gabbia, aprì la porticina e permise a un pappagallo di arrampicarglisi sulla mano destra. Poi si voltò verso Caravaggio. L'artista lo sorprese accarezzando la testolina del volatile; le dita macchiate gli lisciarono le piume con estrema delicatezza.

«Ho un compagno di viaggio...», spiegò, «...un ragazzo di nome Cecco».

«Mi è stato riferito».

«È con me da quando ho lasciato Roma, l'unico bastardo che è rimasto al mio fianco. Rispetto la sua lealtà, e mangio con lui... Quindi vi ringrazio, ma devo rifiutare l'offerta di cenare con voi».

Il momento che stavano condividendo si protrasse, con Luigi intento a osservare Caravaggio, il quale continuava ad accarezzare l'uccello. Capì che si trattava di una prova ed ebbe il sospetto che non sarebbe stata l'ultima alla quale sarebbe stato sottoposto dall'artista. In realtà, Caravaggio stava dicendo: "Questo sono io, questo è il mio amante, questa è la mia vita. Se non ti sta bene, pazienza, ma non abbandonerò l'unico amico che ho per un posto alla tavola di un aristocratico qualsiasi".

«Ci sa-sa-sapete fare con gli uccelli», mormorò Luigi.

«Anche con i cavalli».

«Sentitevi libero di mo-mo-montare qualsiasi cavallo della scuderia. Avviserò lo stalliere affinché vi fornisca assistenza. Possediamo un baio straordinario con un carattere forte e caparbio, una creatura me-me-meravigliosa che in tanti ci ammirano». Luigi prese fiato, poi aggiunse: «Vi prego, dite al signor Cecco che anche lui è il benvenuto a cenare con noi».

Non avrei mai pensato che avrebbe accettato, ma, in fin dei conti, era il nipote di Costanza Colonna. Un assassino e una bardassa alla sua tavola, come se fosse una cosa da tutti i giorni.

Strano ometto. Balbettava come mio fratello Giovanni, che si era fatto prete... Ero io l'unico demonio nella nostra famiglia... Immaginavo che Luigi Carafa pesasse poco più di una fanciulla, riempiva a malapena i vestiti, ma mi è piaciuto. Mi è piaciuto il modo in cui ha prestato ascolto. La sua attenzione non vacillava.

Cecco era terrorizzato. Era più spaventato dalle posate che dall'imboscata dei Tomassoni. Cristo, era pallido e ammutolito, ma era bellissimo, con un centinaio – be', forse un centinaio no, ma decine e decine – di candele che gli rischiaravano il viso.

Avrei voluto dipingerlo. Sentivo il desiderio che mi crepitava dentro. Lì a Napoli avrei potuto dipingere dei capolavori; l'avrei fatto. Avrei dipinto bene. Avrei dipinto grandi quadri maestosi con i quali mi sarei rifatto un nome. L'avrebbero acclamato con forza, così quel coglione del Papa e quell'imbecille di Scipione l'avrebbero sentito risuonare perfino a Roma.

La moglie di Luigi Carafa non era bella, non era Fillide, non era Lena: i lineamenti del volto erano quasi mascolini, tutti spigoli, con la mascella pronunciata come quella di un ragazzo, gli zigomi duri, la carne dura, gli occhi infossati, neri. Quando Isabella Carafa allungò un braccio verso il bicchiere, il risvolto dell'abito scivolò all'indietro, lasciando scoperto un polso bianco e nudo come l'osso di un macellaio. I gioielli che indossava non le rendevano giustizia. Forse sarebbero andati bene per qualche sgualdrina, ma non per quella donna.

Mi ha ricordato la statua di gesso di San Sebastiano alla quale mia madre era solita rivolgere le proprie preghiere. Dopo la morte di mio padre, di mio zio e di mio nonno a causa della peste. Pregava, pregava di continuo. Ma i suoi occhi mi seguivano. Pensava che non lo sapessi, ma riuscivo a percepire la sua condanna. La sentivo come si sente un pizzicotto attraverso un lenzuolo.

Luigi ha parlato d'arte e di libri e si è sforzato di nascondere lo stupore quando gli ho detto che i libri mi erano stati confiscati da ragazzo, quando ero appena arrivato a Roma…

«Che te ne fai di questi libri, stronzetto? Dammeli…».

Ogni cosa veniva controllata non appena entrava a Roma.

La gente, i vestiti, il cibo; io non avevo un bel niente.

La prima notte nel quartiere degli artisti mi furono rubate le scarpe.

La notte successiva un ruffiano provò a sodomizzarmi.

Ci provò, ma fui io a sfregiarlo.

Gli sbirri presero i miei libri, ma non il coltello…

È successo talmente tanto tempo fa. Ero un ragazzino più esile della norma, stavo morendo di fame. Tenevo d'occhio i cavalli dei mercenari per una lira, sorvegliavo la porta del bordello per un servizietto gratuito. Una volta trovai una mela in un canale di scolo accanto alla taverna del Turco e la portai a casa, dove la divisi con Mario Minniti. All'epoca era il mio compagno, adesso se n'è andato. Sposato, è diventato padre. Minniti, che non riusciva a sopportare il modo in cui vivevo, mi disse che ne aveva avuto abbastanza. Vaffanculo. No, non è vero, fui io a lasciarlo nello squallore del quartiere degli artisti per andare a vivere nel palazzo del cardinal Del Monte.

Quella notte, quando me ne andai, mi accorsi che Minniti mi stava guardando dalla finestra, chiedendosi se mi sarei mai voltato.

Non mi sono mai guardato indietro.

Non allora.

Adesso non faccio altro che guardarmi indietro.

Che guardarmi le spalle.

Per vedere chi sia venuto a cercarmi.

Una volta terminata la cena, Luigi mi ha invitato a fare una passeggiata in giardino. Era tutto illuminato, candele, fiaccole, proprio come illuminavo i miei dipinti. Ombre, luci. Luci, ombre. Visibile, invisibile. Stava chiacchierando, poi mi ha indicato uno stagno. E io ho pensato "Be', era ovvio che ci sarebbe stato uno stagno".

Ci siamo fermati davanti alla sponda, e io ho guardato l'acqua color inchiostro e ho ricordato quando ero quasi annegato e avevo fatto spaventare mia madre fingendomi morto. L'acqua era rischiarata dalle fiaccole, ma l'oscurità era sempre lì.

Sotto la superficie, sotto la luce.

L'acqua piena di giunchi e di alghe che si attorcigliano, mi tirano giù.

Erbacce in Lombardia, erbacce a Roma, piante acquatiche anche a Napoli; lo stagno profondo in cui ero annegato durante l'infanzia mi seguiva come una maledizione.

Avevi ragione, madre. Ho sempre portato sfortuna.

E adesso sono di nuovo in fuga, proprio come la notte in cui arrivò la peste.

E tu ti inginocchiasti ai piedi del santo di gesso.

Che non diceva niente.

E che fece ancor meno.

Resurrezione

Quattordici

Caravaggio arrivò a Napoli, dove fu ricevuto tra grandi acclamazioni sia dai pittori che dagli amanti dell'arte.

BERNARDO DE DOMINICI

Napoli, come Roma, aveva un vibrante quartiere degli artisti, e molti pittori erano immigrati olandesi che si erano ritagliati un posticino a Napoli quando i mercanti fiamminghi avevano portato in città i loro dipinti. Due dei migliori, Louis Finson e Abraham Vinck, condividevano uno studio e, andando incontro ai gusti dei collezionisti napoletani, dei ricchi mercanti e dell'aristocrazia locale, si erano elevati dallo squallore delle strade infestate dalla miseria.

Il quartiere degli artisti, con la Locanda del Cerriglio, si trovava in cima a via San Felice, tra un intricato groviglio di strade e vicoli dove, come a Roma, si radunavano gli artisti, le prostitute e i soldati. Si accapigliavano e si contendevano le commissioni, e dato che Napoli aveva fame di novità, molti pittori meno dotati copiavano il nuovo stile fiammingo.

Ma la città aveva anche i propri luminari. Il celebre Fabrizio Santafede e suo figlio, Sellitto, realizzavano dipinti superbi e dirigevano uno studio prestigioso. Le nature morte, le opere religiose e i ritratti facevano a gara per ricevere attenzione, con l'aristocrazia e i ricchi mercanti che concorrevano per qualsiasi novità. Giovanni Battista Caracciolo, l'artista napoletano più famoso dell'epoca, si spartiva le commissioni più grandi con il duo Santafede.

A Roma, uomini come i fratelli Giustiniani, Scipione Borghese e il cardinal Del Monte si disputavano i talenti e apprezzavano l'arte, vedendola come una forma di cultura. A Napoli, l'arte era motivo di vanto. Procurarsi l'ultima infatuazione – sia che fosse un alimento, un edificio, un abito o un artista – diventava un bisogno impellente. Le ingenti ricchezze compravano molteplici decorazioni per i palazzi sontuosi e mandavano avanti la sfida incessante della classe dominante, dove tutti si volevano surclassare a vicenda a ogni costo.

A Roma, Caravaggio si era fatto molti nemici e pativa la loro invidia, invece Caracciolo e Finson conoscevano i suoi dipinti e li ammiravano, e il primo lo accolse nel suo studio e gli offrì un posto dove lavorare. Pertanto, vivendo a Palazzo Colonna sotto la protezione del potente Luigi Carafa, il pittore riuscì a trovare un equilibrio tra le due realtà: il pericoloso alveare del quartiere degli artisti e la magnificenza del mondo sopraelevato degli abbienti napoletani.

Impressionato dall'artista, Caracciolo fu abbastanza astuto da capire che il prestigio derivato dall'aver invitato Caravaggio a lavorare nel suo studio avrebbe recato profitto anche a lui. Più giovane di soli cinque anni, Caracciolo era diventato un fervente seguace della tecnica del chiaroscuro del maestro e ne aveva adottato gli stupefacenti contrasti di luce, quindi avere nel suo studio il genio fuggito da Roma era stata una mossa davvero brillante. E nella brulicante realtà di Napoli, inquieta e violenta com'era, una testa calda come Caravaggio esercitava una potente attrattiva.

«Tutti noi attendevamo il vostro arrivo, signore. La gente non parlava d'altro», disse Caracciolo con garbo, ma anche con un certo nervosismo. Era un uomo compatto, con le spalle rotonde, i capelli che avevano già cominciato a diradarsi, ciuffetti di barba color rame e un bimbo piccolo che gli si era aggrappato all'orlo della giacca. Nato e cresciuto a Napoli, Caracciolo aveva dieci figli, a nessuno dei quali era vietato l'ingresso al laboratorio. Ce n'era un altro che giocava con i resti della buccia di un melone.

Nello studio alle loro spalle ferveva una grande attività: una schiera disordinata di cavalletti disposti su due file parallele lungo il laboratorio, ciascuno affidato a un pittore, ragazzi dai dodici ai sedici anni che lavoravano sui propri dipinti esclusivi, le spalle strette e curve sulle tele. L'odore dell'olio e dei semi di lino gli ricordò l'apprendistato con il pomposo Cesari a Roma. Il prediletto del Papa. L'uomo che aveva fatto tutto ciò che era in suo potere per limitare i progressi di Caravaggio, tenendolo con sé come "pittore fiorista", arrivando persino a rubarne le opere quando l'artista era stato ricoverato all'ospedale della Consolazione a causa della peste.

Quello studio, però, non era come quello di Cesari... Caravaggio tornò a guardare Caracciolo. «Grazie per avermi concesso di lavorare qui».

Lui fece spallucce e gli rivolse un sorriso cordiale. «È un grande privilegio. Ammiro i vostri dipinti e ho provato a seguire il vostro stile. Ovviamente, posso solo emulare la vostra maestria, non di certo competere».

Caravaggio si strinse nelle spalle e il suo sguardo si spostò su una Madonna con un lato del viso rischiarato da una luce drammatica, l'altro in ombra.

«Dipingete bene».

Il viso innocente di Caracciolo arrossì. «Le vostre opere sono state innovative, mi hanno aperto gli occhi», proseguì, chinandosi per prendere in braccio il bambino. «Eravamo così felici quando abbiamo saputo che sareste venuto a Napoli. Sono già stato contattato per alcune commissioni...».

«Per me?».

Caracciolo si accigliò e la fronte si riempì di pieghe, come un paravento chiuso.

«Non ho l'ardire di potervi organizzare il lavoro, signore, ma sono stato contattato da alcuni dignitari ecclesiastici che sono ansiosi di parlare con voi...».

"*Ansiosi di parlare con voi...* A Roma non erano tanto impazienti", pensò Caravaggio, stupido da un benvenuto così esuberante. Il bando capitale poteva anche averlo seguito fino a Napoli, ma i napoletani sembravano mostrare un'indifferenza sconcertante.

«...dovrei spiegarvi qualcosa. Posso offrirvi...», proseguì Caracciolo mentre spostava il peso del figlio da un braccio all'altro e imbrattava la camiciola del bambino con le dita macchiate di vernice, «...un ampio spazio al piano di sopra. Una discreta illuminazione, soffitti alti. L'ho fatto sgomberare per voi, signore. Prima era il mio studio...».

«Non dovreste rinunciare al vostro studio».

«Non lo farei per nessun altro», rispose con sincerità. «Nel vostro caso, invece, per me sarebbe un onore dire che Caravaggio lavora qui, sotto il mio tetto. Vi do il benvenuto, come tutta Napoli».

Ed era senz'altro vero. Pochi giorni dopo il suo arrivo, era stato avvicinato da un ricco e chiassoso mercante di grano, Niccolò Radolovich, agghindato di sete e velluti spumeggianti, calzoni alla cavallerizza imbottiti, imparruccato ed effeminato. Dopo aver finalmente conosciuto Caravaggio, al quale aveva dato la caccia per settimane, gli aveva commissionato una pala d'altare con una Vergine circondata da cherubini. Per quanto l'idea non lo avesse entusiasmato troppo, il pittore era stato lieto di aprire un conto in banca e di depositarci duecento ducati, con i quali aveva comprato le tele e i pigmenti, per poi spendere il resto in vestiti per sé e per Cecco. Alla città napoletana piacevano i damerini, e Caravaggio era più che disposto ad accontentarla.

Dopo mesi passati a guardarsi costantemente le spalle, cominciò ad accorgersi che poteva passeggiare per le strade di Napoli in tutta sicurezza, continuando al contempo a suscitare interesse. La gente non andava a caccia della sua testa, ma del suo carisma e della sua notorietà. Le donne gli sorridevano, gli uomini mormoravano, e un anziano uscì da una taverna per vederlo passare. Nessuno sputava ai suoi piedi, anzi, lo guardavano come se stessero contemplando un messia.

Per un uomo che era stato respinto e braccato, tanta adorazione dava le vertigini.

«Ti fissano tutti», sussurrò Cecco. «Quel prete ti ha visto ed è corso via».

«Dove?».

Cecco indicò l'ingresso di un vicolo, giusto in tempo per vedervi riemergere lo stesso prete, un chierico dal collo taurino che si fece incontro a Caravaggio e chinò la testa in segno di saluto.

«Signor Caravaggio, speravo di venirvi a trovare nel vostro studio, ma la bontà divina ha voluto che le nostre strade si incrociassero qui. Mi chiamo padre Pietro...». I lineamenti del viso erano stati induriti dal sole, la pelle tirata. «Magari potremmo parlare...», continuò, indicando gli astanti incuriositi, «...in privato?».

Destreggiandosi di strada in strada, con Caravaggio e Cecco al seguito, il prete raggiunse una chiesa in costruzione, con gli operai che stavano ancora intonacando le pareti e finendo gli intagli in legno all'interno.

«La chiesa appartiene a un'istituzione benefica, il Monte della Misericordia, fondata nel 1601 dai giovani nobili napoletani». Il prete prese fiato, poi continuò. «Si impegnano a offrire elemosine per i malati e a pagare per il loro sostentamento. Gli infermi risiedono nell'ospedale degli Incurabili...».

Caravaggio fissò quel viso dalla pelle sciupata. «Ho sentito che lo chiamavano ospedale del Vaiolo».

Il prete portò avanti il proprio discorso, come se non avesse sentito l'interruzione. «Gli atti caritatevoli riscuotono grande apprezzamento tra gli aristocratici e i mercanti, soprattutto gli atti di carità *cattolica*». Prese di nuovo fiato per arrivare alla conclusione. «Sono stato mandato a domandare se poteste mostrare la gentilezza di incontrare il signor Giovanni Battista Manso, marchese di Villalago».

«Adesso?»

«Se voleste essere così gentile, signore», replicò lui, poi lo condusse all'interno della chiesa e scansò gli operai per dirigersi verso l'altare. Il prete si inchinò, si fece il segno della croce e proseguì.

I fondatori del Monte della Misericordia avevano sempre ripudiato la frivola vita di corte del viceré di Spagna ed erano genuinamente mossi a compassione dalle sofferenze dei lazzari. Ogni venerdì, i giovani nobili si incontravano e sfamavano i malati in ospedale, dando vita alle sette opere della Misericordia. Dopo lunghi preparativi e una volta raccolti i fondi necessari, erano finalmente riusciti a costruire una chiesa tutta loro ove difendere i loro princìpi nella chiassosa città di Napoli.

Condotto da padre Pietro in un viottolo angusto, Caravaggio si guardò attorno, temendo che fosse una trappola. Ma non ci fu alcuna imboscata, solo uno stretto passaggio che conduceva all'entrata secondaria della nuova chiesa, dove padre Pietro lo fece accomodare in un'anticamera a volta.

Quando entrò, un giovane dotato di una bellezza maestosa e vestito completamente di nero si alzò in piedi.

«Signor Caravaggio», disse il prete, «vi presento il signor Giovanni Battista Manso, marchese di Villalago».

Indietreggiando, Pietro lasciò la stanza, e Manso indicò a Caravaggio di accomodarsi. L'erudizione e la cultura del marchese erano state cesellate alla perfezione, e il suo simpatizzare per Galileo e le continue gentilezze verso l'imprigionato Tommaso Campanella ne erano una dimostrazione. La curiosità nei confronti del pittore era stata alimentata dal suo pupillo, il poeta Marino, il quale aveva conosciuto Caravaggio a Roma. Due talenti avventati, uno più imprevedibile dell'altro.

«Signore, ho una confessione da farvi…».

«Non sono un prete», replicò l'artista con ironia.

Manso sorrise.

«Confesso che non vedevo l'ora di conoscervi. Le vostre opere hanno creato un certo scompiglio qua a Napoli, e in ogni angolo della città si è molto parlato della vostra partenza precipitosa da Roma». Gli occhi scuri del marchese brillarono. «Napoli ama le canaglie, lo sapete. Ecco perché qua Marino ha successo. Ecco perché voi dovreste prosperare. Amiamo le novità, ciò che è innovativo. Amiamo ciò che ha Roma, o nel vostro caso, signore, ciò che ha perduto…».

Caravaggio stava prestando ascolto.

«Questa chiesa è appena stata costruita, è quasi finita, e adesso ha bisogno di un'opera d'arte che rappresenti alla perfezione il nostro credo. Le sette opere della misericordia, che sono certo conoscerete bene…».

«Dar da mangiare agli affamati, dar da bere agli assetati, vestire gli ignudi, ospitare i pellegrini, curare gli infermi, visitare i carcerati e seppellire i morti», recitò Caravaggio con voce cantilenante, annuendo. «Sì, so quali sono le opere di misericordia».

Manso girò attorno a una scrivania e si sedette, indicando al pittore di fare altrettanto. A Cecco non fece alcuna offerta e non diede cenno di voler considerare la sua presenza.

«Qua a Napoli la povertà costituisce un grande problema. Troppe persone, poco spazio. E molti decessi. Il carcere potrà anche giustiziare i prigionieri, ma non li seppellisce. Ho visto di persona i cani che mangiavano i cadaveri degli uomini giustiziati abbandonati davanti ai cancelli».

La mente dell'artista tornò all'infanzia, all'insistenza con cui sua madre seguiva i dettami delle sette opere di misericordia. Ricordò che faceva la carità a chi era più povero di loro, ma la famiglia Merisi non era ricca, e i soldi erano limitati. Ricordò anche che sua madre donava i vestiti, e rammentò quel prete spregevole che chiedeva l'elemosina e minacciava chiunque rifiutasse di contribuire menzionando le fiamme dell'inferno. Ma, soprattutto, Caravaggio pensò all'ultimo atto di clemenza: la sepoltura dei defunti. Le vittime della peste. I morti della famiglia Merisi. Ranuccio Tomassoni, morto.

«Siete un uomo devoto?».

Caravaggio scosse la testa e osservò Manso. «No. Mia madre era molto devota. Amava Iddio più di quanto amasse il sangue del suo sangue». Poi si affrettò ad aggiungere: «Mi spiace dovervi dire che ho già accettato una commissione, signore, e che al momento sto lavorando a quella».

Il viso di Manso rimase impassibile, ma lo sguardo divenne freddo.

«Avete già una commissione? Capisco. Noi, ovviamente, vi pagheremmo bene, signor Caravaggio. Io, noi, questa chiesa e l'istituzione che rappresenta comprendiamo che, al fine di assicurarsi il meglio, è necessario essere pronti a pagare il massimo. Voi siete il miglior pittore d'Italia, pertanto, dietro suggerimento del nostro consiglio d'amministrazione, vorrei offrirle trecento ducati». Fece una pausa. Se stava attendendo una reazione da parte di Caravaggio, dovette far fronte a una delusione. «Potrei avere una risposta?»

«Come vi ho già detto, sto lavorando a un'altra commissione», ripeté l'artista, guardando il nobile seduto di fronte a sé. "Conosco il tipo", pensò. Era un uomo posato, temibile, il genere di persona che otteneva ciò che tutto il resto del mondo desiderava. "Be', se vuoi me", pensò Caravaggio, "dovrai sborsare di più".

«Non posso proprio lasciare un cliente senza il suo dipinto, non quando ha già pagato per averlo», disse, mettendo in gioco gli anni di blandizie romane. «Ho un debito d'onore».

«Potreste restituire l'acconto al vostro cliente, signore. Non ci rimetterebbe niente...».

«Tranne un dipinto», replicò il pittore.

Era calmo, più che consapevole di non avere affatto l'aria del ribelle violento che Manso si era aspettato. Caravaggio avvertì un mutamento interiore. Aveva di nuovo il potere. Era di nuovo voluto. Aveva in pugno l'uomo seduto di fronte a sé.

«Signor Manso, sarei onorato di realizzare quanto mi chiedete, ma...».

«Per voi sarebbe una commissione importante, signor Caravaggio», lo interruppe il marchese con grande schiettezza. Il suo contegno stava vacillando. «Sarò sincero. Voglio che per questa chiesa dipingiate un quadro che lasci tutti a bocca aperta. Così, di riflesso, il Pio Monte della Misericordia diverrà noto a tutti. Ciascuno di noi compra o vende qualcosa. Siete venuto a Napoli e siete stato accolto come un eroe. Siamo orgogliosi di avervi qui e non abbiamo alcun interesse per il bando capitale di Roma. *Se* siete prudente e non andate in cerca di guai, qua sarete al sicuro. Avete amici potenti, e spero che mi possiate presto annoverare tra loro».

Caravaggio lo guardò con aria sardonica. «Ovverosia *se* accetto la vostra commissione?».

Divertito, Manso annuì. «Voglio che dipingiate una pala d'altare che raffiguri le *Sette opere di misericordia*. Aumenterò il compenso e vi pagherò quattrocento ducati, con la garanzia che ogni personalità di spicco di Napoli vedrà la vostra opera. Se il dipinto si rivelerà impressionante come gli altri che avete realizzato, potreste lasciare un segno in questa città e diventare ricco. Non sarebbe prendersi una bella rivincita su Roma?».

"Quest'uomo pensa che io sia un pesce pronto ad abboccare", pensò Caravaggio. "Guarda come getta l'esca, lasciandola galleggiare a pelo d'acqua sopra la mia testa. Che coglione. Glu, glu, glu".

Sorpreso, eppure abituato alle negoziazioni, Manso rimase seduto di fronte all'artista, le mani appoggiate sui braccioli. Un anello con uno smeraldo delle dimensioni di un pisello, incastonato in un reticolo d'oro lavorato, gli scintillava al dito medio della sinistra, lanciando bagliori verdastri, e alla catena che portava attorno al collo ostentava la testa di una Medusa.

Caravaggio la indicò. «Quella è una copia della mia *Medusa*».

Manso annuì. «L'ho fatta fare appositamente per questo. Molti miei amici la ammirano. Il viceré voleva acquistarla, ma ho rifiutato l'offerta. Con educazione, ma ho rifiutato...».

Buttò lì la parola *viceré* come se fosse un altro pezzo d'esca, facendola cadere sull'acqua sopra la testa dell'artista, in attesa che la inghiottisse con la sua bocca ingorda.

"Non sono un pesce, non sono una carpa che sta boccheggiando. Non qui. Napoli mi vuole, non devo implorare nessuno. Sei *tu* che devi implorare".

«I Colonna sono molto generosi con le loro donazioni», proseguì Manso.

«State tentando di corrompermi?»

«No, niente di simile. Stavo solo menzionando i nostri amici in comune».

«Gli stessi amici in comune che mi hanno offerto asilo», replicò Caravaggio. «Pensate che un mio rifiuto offenderebbe i Colonna?»

«Non ho detto questo».

«L'avete insinuato».

«Avete frainteso».

«No, ho capito benissimo. Non sono stupido o ignorante come pensate», controbatté il pittore, alzandosi in piedi. «Sarò lieto di accettare la vostra commissione, signor Manso, ma a un'unica condizione: licenza assoluta di dipingere ciò che desidero. Nessuna interferenza, nessuna intromissione da parte di preti ficcanaso, nessuno che venga a spiare il mio lavoro». Fece una pausa. «Il poeta Giovan Battista Marino mi ha parlato bene di voi».

«A me ha detto che eravate un coglione».

Caravaggio rise. «L'ha detto anche di voi. Marino pensa che il mondo sia popolato da coglioni». Tornando serio, sostenne lo sguardo del marchese. «Siamo d'accordo? Nessuna interferenza?»

«Nessuna interferenza».

«Nessuno che venga a spiarmi?»

«Nessuno verrà a spiarvi», confermò Manso. «Ma anch'io ho una condizione».

Sospettoso, Caravaggio inarcò le sopracciglia. «E quale sarebbe?»

«Voglio un dipinto che scuota le fondamenta di questa città. Mi avete sentito, signore? Voglio che questa nuova chiesa diventi la più famosa di Napoli, e di tutta Italia. Di conseguenza, mi occorre un dipinto completamente diverso da ciò che è stato visto finora. Mi occorre qualcosa per la quale la gente faccia a spintoni e gomitate». Lanciò la sfida. «Mi occorre un miracolo sotto forma di dipinto. Un'opera che nessuno potrà mai dimenticare».

Quindici

Napoli , Pio Monte della Misericordia

«Un dipinto per la nuova chiesa?», domandò Caracciolo, seguendo Caravaggio sulla scala di legno che conduceva al suo studio. «Ma è meraviglioso. Meraviglioso».

«Avrò bisogno di un po' d'aiuto…».

«Ma certo, ma certo».

«Dove mi posso procurare le tele migliori?», chiese Caravaggio, sfiorando i campioni di stoffa appesi a un gancio sulla parete. «Queste sono uno schifo, troppo sottili, non hanno corposità. Voglio del lino, lino spesso».

«La bottega degli artisti del vicolo. Posso accompagnarvi io, se volete. È il posto migliore. Non andate da Ferdinando Cassini, è un impostore. Gli oli non sono buoni, il colore non ha forza». Mentre continuava a parlare, Caracciolo prese in braccio uno dei suoi bambini e lo passò alla moglie. «Se desiderate andare da solo da Guido, fate la cortesia di dirgli che vi ho mandato io. Non che vi serva il mio aiuto, il vostro nome parla da solo».

«E i pigmenti? Ho i miei, ma non bastano». Caravaggio aprì un flacone, poi fece una smorfia. «Questa è merda di cane. Mi serve il pigmento rosso, questo si è rovinato. E olio di semi di lino, doppia spremitura. Che non sia mischiato con altro olio. Alcuni commercianti provano a tirare delle fregature, ma io lo voglio puro. Raffinato, come lo fanno a Roma».

«Guido non vi trufferà. È un uomo onesto».

«Deve soffrire la solitudine», replicò il pittore con sarcasmo, guardandosi attorno. «Devo oscurare queste finestre. Non voglio la luce del giorno, neanche un filo, solo luce artificiale».

«Sì, sì, ma certo», confermò Caracciolo, afferrando la mano di un altro bambino. «Farò in modo che i piccoli non vi stiano tra i piedi».

«I più grandi non mi disturbano, a patto che stiano buoni», disse Caravaggio. Portò un tavolo da disegno al centro dello studio e ci mise sopra il pestello, il mortaio e alcuni pigmenti. «La bimba mi piace, Claudia».

Caracciolo sorrise. «Se glielo domandate, vi aiuterà volentieri». Abbassò la voce. «Vi ammira moltissimo. L'ho sentita parlare di voi con i suoi amici. "Il signor Caravaggio sta lavorando nello studio di mio padre, è un genio". È insolito da parte sua. In genere è molto silenziosa, molto posata».

«Mi ricorda qualcuno», replicò l'artista. «La figlia di Orazio Gentileschi, Artemisia. Hanno la stessa espressione».

Prima che Caracciolo potesse rispondere, Caravaggio si allontanò, prese la sacca sbiadita con i suoi materiali e ne rovesciò il contenuto sul tavolo. Poi frugò alla svelta tra i pennelli, ne scostò alcuni e sfiorò le setole degli altri, e alla fine infilò dietro l'orecchio sinistro quello che preferiva. Caracciolo lo osservò in silenzio, sapendo che la conversazione era finita. L'artista non era più con lui, era già con il suo dipinto, le *Sette opere di misericordia*, e lo stava preparando nella propria mente. Lo vedeva stagliarsi sui fedeli, appeso nel Pio Monte della Misericordia, in alto, sopra l'altare, con le finestre che illuminavano da ambo i lati una raffigurazione che avrebbe galvanizzato Napoli e non solo.

Nei viottoli e nei vicoli del quartiere degli artisti, tutte le chiacchiere vertevano attorno a Caravaggio e all'opera commissionata per la nuova chiesa. Le sgualdrine, che erano abituate a raggranellare qualche soldo in più posando per gli artisti napoletani, erano state allontanate dallo studio di Caracciolo, deluse. Il messaggio era sempre lo stesso: Caravaggio avrebbe scelto da solo le proprie modelle.

Ma alcune continuavano a insistere, bramando il denaro e la fama portati da una simile opera.

«Non so perché tu voglia essere ritratta da lui», disse una cortigiana a una compagna più giovane.

«Ha reso celebre Fillide Melandroni...».

«E guarda cosa le è successo, Gabriella. Le hanno aperto la faccia. Non può più lavorare a causa sua».

«Non è stato Caravaggio a sfregiarla. Ho sentito dire che sono stati i fratelli di Tomassoni».

La donna le fece cenno di abbassare la voce e la trascinò via dalla strada, portandola in un androne.

«Non li nominare». Si guardò attorno, a disagio. «Gira voce che adesso abbiano delle spie anche qua a Napoli. Vogliono prendere Caravaggio, vendicarsi per quello che ha fatto». Scostò i capelli dal viso della ragazza. «Lascia che siano le altre sgualdrine a posare per Caravaggio. Sono prostitute, sono più tignose di te, sanno come cavarsela».

Gabriella non accettò il suggerimento. «Devo posare per lui. Sono *tenuta* a farlo. Domani sera sarà al Galletto per scegliere le ragazze che preferisce...».

La donna più anziana lanciò una risata amara. Il Galletto era una taverna frequentata da artisti, mercenari e prostitute, un posto famoso per il gioco d'azzardo e per i borseggiatori. Su tre piani, svettava verso il pezzetto di cielo napoletano che lo sovrastava, ma, di notte, la spirale di stradine attorno al Galletto era avvolta dalle tenebre, rischiarata soltanto da alcune torce. I ladri, che conoscevano quel labirinto, si appostavano in attesa degli ubriachi o degli ignari visitatori, mentre il rumore dei passi riecheggiava tra le pareti imponenti e fuorviava gli ascoltatori. Nell'oscurità più totale, i sensi di uno straniero potevano confondersi facilmente, e i finti preti che offrivano aiuto lo spingevano in realtà ad addentrarsi ancora di più in quel dedalo di viuzze affinché venisse derubato.

«Non andare, Gabriella, non sei...».

«Non sono cosa? Abbastanza bella?»

«La bellezza si può distruggere fin troppo facilmente. Gabriella, ti prego, ascoltami...».

«Non ti voglio ascoltare!».

«Allora sei una maledetta stupida! Te l'ho detto e te lo ripeto: stai lontana da Michelangelo Merisi da Caravaggio, porta sventura».

La sera successiva, Gabriella Savelli andò al Galletto e dovette sgomitare per superare un capannello di persone e riuscire a entrare. La taverna era piena di bevitori e cortigiane, con qualche vecchia che un tempo aveva battuto le strade e adesso mendicava o puliva le bettole delle sgualdrine più giovani. Addossato alla parete più distante, in una piccola nicchia, c'era un gruppo di uomini che giocava a carte, con la porta aperta alle loro spalle per consentire all'aria viziata di uscire e a quella fresca di circolare.

Mentre passava, un soldato ci provò con lei, ma Gabriella lo ignorò, si fece strada fino ai giocatori e diede un colpetto sulla spalla al più giovane del gruppo.

Stizzito, suo fratello alzò gli occhi e la fissò. «Avevo una mano vincente, Gabri, levati di torno!».

«C'è Caravaggio?»

«Gesù». Rise. «Viene da pensare che sia il dannato Papa. Lo stanno aspettando tutti. Credi di avere delle possibilità, Gabriella?»

«Giochi a carte, sì o no?», chiese il suo compagno. Il giovanotto diede una pacca sul sedere alla sorella e si voltò.

Mettendosi in punta di piedi, la ragazza provò a sbirciare sopra l'assembramento di teste e, notando un certo trambusto in prossimità della porta, si voltò verso il soldato in piedi al suo fianco. «È qui?»

«Chi?»

«Caravaggio».

«È andato e venuto, bellezza», replicò lui.

«Ha scelto qualche ragazza?», lo pressò Gabriella.

«Nessuna carina come te».

«Ma ne *ha* scelta qualcuna?».

L'uomo scosse la testa, ridendo. «No. Non ne ha scelta neanche una e ha detto che a Napoli non c'era nessuna fanciulla che facesse al caso suo. Che stronzo arrogante».

Appoggiato al muro del vicolo, Caravaggio esaminò l'ingresso fiocamente illuminato. Riuscì a sentire un paio di voci che litigavano, poi il rumore delle porte sbattute e un'imprecazione. Un attimo dopo, un uomo uscì dal bordello riallacciandosi i calzoni, seguito a ruota da una donna, che gli rovesciò in testa il contenuto di un pitale da una finestra al piano di sopra.

«'Fanculo, stronzo!», gridò lei. «La prossima volta ti stacco l'uccello!».

«Entri?», domandò Cecco, in piedi accanto a lui.

Caravaggio si strinse nelle spalle, sfilò il coltello dalla cintura e cominciò a grattare via la vernice secca dalle dita.

«No, qua dentro non c'è niente di interessante. Ho controllato prima. Come al Galletto, non ci sono ragazze che valga la pena scegliere. Nessuno mi aveva detto che le donne napoletane avevano una carnagione così scura». Agitò la lama del coltello, facendo cadere un pezzo di vernice. «E corporature robuste, non come quelle delle donne romane».

Si scostò dal muro dandosi una spinta, e Cecco lo seguì. Il richiamo della taverna lo aveva attirato, ma non era riuscito a *trattenerlo*. Non era il momento di ubriacarsi o di dare vita a una rissa, non era il momento di mandare a monte una possibilità di salvezza. Inoltre, era ancora nervoso. La voce sui fratelli Tomassoni non aveva raggiunto soltanto le orecchie di Gabriella Savelli; anche Manso ne aveva sentito parlare e aveva riferito la notizia. Sommandola all'ammonimento precedente: "Se siete prudente e non andate in cerca di guai, qua a Napoli sarete al sicuro".

Motivo per cui non era rimasto a bere e non era salito al piano di sopra con una prostituta. Il Galletto era troppo affollato per essere sicuro. Chiunque gli avrebbe potuto piantare un coltello tra le costole e andarsene prima ancora che la vittima crollasse a terra. Inoltre, Caravaggio era conosciuto, riconoscibile, un bersaglio troppo facile per comportarsi in modo imprudente.

«Hai preso le tele?».

Cecco annuì, tossendo.

«Sei malato?», domandò Caravaggio, guardandolo, poi gli sfiorò la fronte. «Hai la febbre».

«Solo soltanto stanco...».

«No, stai sudando...».

«Passerà».

«Sei malato. Ti serve un medico».

Senza attendere una risposta, Caravaggio se lo caricò in spalla, si incamminò verso Palazzo Colonna ed entrò dall'ingresso secondario, quello usato principalmente dalla servitù. Una volta dentro, lasciò Cecco in camera sua e tornò nel salone principale, dove chiese di poter parlare con Luigi Carafa. Pareva, però, che fosse andato a Roma per affari, e fu sua moglie Isabella a riceverlo.

Era seduta su un divanetto imbottito, con i braccioli intagliati che raffiguravano due teste d'aquila con i becchi aperti. Quando si alzò, il suo vestito parve crepitare.

«Signor Caravaggio», disse. Il viso mascolino non era ingentilito dall'alto colletto di seta. «Avete tutto ciò che vi serve?».

Caravaggio inclinò la testa, consapevole della freddezza con cui gli si rivolgeva, una freddezza che Luigi non gli mostrava mai.

«Il mio compagno è malato, duchessa. Ha bisogno di un medico, e mi chiedevo a chi mi potrei rivolgere».

La donna inarcò le sopracciglia. «Affinché visiti il vostro *compagno*?».

La pronunciò come se fosse una parola oscena, come se le avesse sporcato le labbra, e Caravaggio sentì crescere l'irritazione.

«Io non vi piaccio, vero?»

«No, non mi piacete. Tollero la vostra presenza perché è un desiderio di mio marito e della sua famiglia. Se la decisione fosse spettata a me, non vi avrei mai permesso di entrare in casa mia».

Caravaggio non si scompose.

«Ciononostante, adesso sono qui, e il mio compagno è malato», ripeté. «Potrebbe essere visitato dal vostro medico, duchessa? Pagherò il disturbo...».

Gli occhi di Isabella lo fissarono senza battere ciglio: pronti a giudicarlo, spietati, crudeli. E in loro c'era l'ombra dello sguardo di sua madre.

«...punireste un uomo malato solo per mancare di rispetto a me?».

La donna si voltò e gli rispose dandogli le spalle.

«Manderò un medico dei Colonna a occuparsi del vostro *ragazzo*. Comunque, se la sua malattia fosse contagiosa, chiederò che venga trasferito per risparmiare gli altri occupanti della casa».

«Se si scoprisse che il male di Cecco è la sua gentilezza», replicò Caravaggio con tono glaciale, «fareste bene a farvi infettare».

Sedici

La tela di lino – tre metri e sessanta d'altezza per due e quaranta di larghezza – era stata preparata con la colla di coniglio e l'olio gessoso, steso due volte, per ottenere la superficie liscia desiderata da Caravaggio. Una grana grezza con una trama irregolare avrebbe fatto sì che la pittura non asciugasse in modo uniforme, ritardando il completamento del lavoro, che Manso voleva ricevere il prima possibile.

In genere, fissare le tele sulle basi delle cornici e applicare l'imprimitura sulla superficie era un lavoro che spettava a Cecco, ma il ragazzo era malato e il compito era ricaduto sulle spalle del pittore.

«Potrei aiutarvi io...», suggerì Caracciolo. «Sarebbe un onore».

«Con l'imprimitura di una tela?», replicò Caravaggio. «Vi accontentate di poco. Vi ringrazio, ma faccio da solo. So come la preferisco».

«Ma certo, ma certo», rispose Caracciolo, mentre sua figlia Claudia se ne stava in disparte, sulla soglia. «Pensavo che un paio di mani in più...».

«Cecco è molto attento, sa come voglio la superficie. Ha la delicatezza di una donna». Caravaggio lanciò un'occhiata alla ragazzina che stava assistendo alla conversazione e le fece cenno di farsi avanti. «Mi vuoi dare una mano?».

Annuendo, si avvicinò al pittore, il quale le indicò la tela. «Vedi dov'è umida? È dove ho steso una seconda mano di imprimitura. Ma devo sbrigarmi a coprire *tutta* la tela, perché deve asciugare alla stessa velocità». Le porse un grosso pennello e indicò il barattolo di mestica sul pavimento. «Pensi di potercela fare?».

Sì, poteva e lo fece, mentre Caravaggio abbozzò i disegni a carboncino sulla superficie del tavolo, cancellò il progetto e lo rifece tre volte. Una volta finito, cominciò a mescolare i colori e preparò i pigmenti in modo da potersi mettere all'opera l'indomani. La ragazzina era svelta, silenziosa e attenta, ma sentiva la mancanza di Cecco. Erano anni che il giovane gli preparava tutto, dai pigmenti alle tele, dai pasti al vino, qualunque cosa potesse fargli comodo, e si era messo pazientemente in posa per lui, per ore e ore. Dava, dava sempre, senza chiedere niente per se stesso.

«Io non voglio altro, voglio solo stare con te», aveva ripetuto spesso.

«Non vorresti un'altra vita?»

«Perché dovrei?», aveva replicato, agitandosi. «Ti sei stancato di me?».

"No, Cecco, non mi sono stancato di te", pensò. "Ma stai male, sei bianco come uno straccio, sudi. Il medico dice che è la febbre e che hai bisogno di riposare, che la malattia passerà da sola".

«Che cos'è...?»

«Questo giovane uomo ha strapazzato il suo cuore», aveva risposto il medico.

"Cecco, con il cuore ridotto a un baccello sfilacciato a causa mia...".

«È stanco», aveva ripetuto il dottore. «Stanco come un uomo gravato dal peso degli anni».

Caravaggio restava seduto al capezzale di Cecco a palazzo per ore e ore, e smontava la guardia solo quando era sicuro che il ragazzo si fosse addormentato. "Quanto sta male?", si domandò. Cecco era invecchiato nei mesi passati in fuga: gli erano apparse delle rughe attorno agli angoli della bocca, la pelle era diventata cerea. Carenza di sonno, mancanza di serenità. L'assenza di una casa... Ed era stato *lui* a ridurlo così. Caravaggio se ne rese conto. "L'ho punito. E per cosa? Perché mi ama".

Tornò a guardare il letto dove il ragazzo stava riposando tranquillo e lasciò la stanza, chiudendosi la porta alle spalle, per incamminarsi verso le stalle. Le scuderie erano sontuose quanto il palazzo, le stalle realizzate con intricate lavorazioni in ferro battuto, i box dei cavalli sormontati dallo stemma dei Colonna. Mentre si avvicinava, la giumenta baia sbuffò delicatamente e si sporse per accoglierlo. Caravaggio appoggiò la fronte sul muso della cavalla; l'odore del fieno e il calore della pelle dell'animale lo calmarono.

Poi, all'improvviso, sentì un rumore di passi e si voltò di scatto.

«So-so-sono io», lo rassicurò Luigi Carafa, e l'ombra della sua figura prese consistenza passando sotto la luce di una lampada. «Come sta il vostro amico, Cecco?»

«Non lo so», ammise il pittore. «Sembra che stia meglio, ma non ne sono sicuro… Volevo ringraziarvi per aver mandato il vostro medico a visitarlo…». Fece una pausa. «E scusarmi. Ho offeso vostra moglie».

Luigi allungò una mano e accarezzò il muso della cavalla.

«Riuscite a governarla?»

«È ombrosa», confessò Caravaggio. «Un po' pazza».

«È una fe-fe-femmina…», replicò Luigi, sorridendo. «Mia moglie mi ha parlato del vostro diverbio».

«Non avrei dovuto dire ciò che ho detto».

«Isabella non ca-ca-capisce. Mia moglie è una donna intransigente. Irremovibile come uno scoglio nell'oceano, ha ra-ra-radici profonde».

«E sopporta controvoglia la mia presenza qui per la vostra famiglia, non per sua scelta», rispose l'artista. «Ero preoccupato per Cecco, ho parlato senza pensare, e adesso ho offeso le persone che mi hanno ospitato e ho di nuovo deluso la marchesa Costanza».

«Ma come farà mi-mi-mia zia a venirlo a sapere, se io non glielo dico?», disse Luigi, cambiando discorso e passando ad altro. «Cecco si riprenderà, non ho du-du-dubbi. Ma voi, amico mio, dovete concentrarvi sul vostro dipinto. Napoli vuole essere stu-stu-stupita». I suoi occhi chiari erano solidali. «Il Pio Monte della Misericordia vi sta chiedendo una grande impresa».

«Non ho ancora trovato una modella per la figura femminile principale», confessò Caravaggio. «Ho in testa un'immagine per la Vergine, un volto, ma per l'altra donna… no. Non riesco a trovare la ragazza giusta. Le vostre donne napoletane hanno una carnagione così scura, e a me serve un contrasto, una figura...».

Lasciò la frase in sospeso e pensò all'esilità di Fillide. Era vero quello che aveva sentito dire, era stata marchiata con lo sfregio? Il suo splendido viso era stato distrutto. "Quanto sopravvivrà adesso?", si chiese. Senza il proprio erotismo come moneta di scambio, quanto ci sarebbe voluto prima che diventasse una sciattona piena di risentimento? Gli venne spontaneo rammentare l'odore della sua pelle, ricordare come si muoveva sotto di lui, con le dita che avevano premura di esplorargli tutto il corpo, mani calde sulle natiche, la lingua intrecciata alla sua.

Amarla, possederla, odiarla. C'era un'unica Fillide Melandroni. Un'unica donna come quella nella vita di ogni uomo.

«Devo trovare qualcuno», disse, riportando la mente al presente. «Ho ingaggiato due modelli, è stato semplice. Uno è un soldato in pensione con la barba bruna che ho trovato in una taverna, l'altro è un corpulento mercante di grano che vuole essere immortalato nel mio dipinto. Ma neanche una donna».

Era vero, la modella continuava a sfuggirgli, e la settimana successiva, alle prime luci di un'uggiosa mattinata di novembre, con la nebbia che si alzava dalla baia di Napoli, Caravaggio si occupò dei modelli e li fece mettere in posa nel gruppo di figure maschili che avrebbe dipinto sul lato sinistro della tela. Oltre all'ex soldato e al mercante di grano, aveva ingaggiato anche un giovane acrobata muscoloso che era venuto a Napoli con un circo. Il circo se n'era andato, l'acrobata era rimasto.

Il mercante di grano, tuttavia, era un modello mediocre e si annoiò in fretta.

«Stai fermo!», sbottò Caravaggio. «Se non ci riesci, vattene. Devi restare nella posizione in cui ti ho messo, cazzo».

Risentito, l'uomo in carne si rimise in posa, mentre il giovane dietro di lui teneva in spalla un mantello rosso, avendone dato un pezzo all'uomo seminudo ai suoi piedi. Una delle opere di misericordia: vestire gli ignudi. La storia di San Martino che aveva donato metà del suo mantello a un mendicante gli era stata raccontata dalla madre.

«Anche lui era nudo?».

Sua madre l'aveva guardato con aria assente. «No, San Martino era vestito».

«Allora perché non ha dato l'intero mantello al mendicante invece di regalargliene soltanto metà?».

"Non sai mai quando fare silenzio, vero?", pensò Caravaggio, spostando l'attenzione sull'angolo in basso a sinistra del dipinto. Aveva riempito la schiena nuda dell'acrobata che stava posando nei panni di un mendicante, ma a sinistra c'era un'altra persona rimasta nell'ombra, una testa appena visibile, con le mani giunte. Come se stesse pregando? Forse. Non ne era sicuro, ma sapeva che il giovane esangue rappresentava un'altra opera di misericordia: curare gli infermi.

«Mi serve altro colore...». Caravaggio si interruppe prima di completare la frase. Aveva dimenticato che Cecco non era nello studio con lui. Ma era sulla tela, il giovane malato che lo osservava dal dipinto.

«Possiamo parlare mentre stiamo in posa?»

«No!», esclamò l'artista, rivolgendosi al mercante di grano. «Non puoi grattarti il culo né infilare le dita nel naso, e neanche metterti a giocherellare con le palle».

Esasperato, si voltò verso la porta dello studio che si stava aprendo. Era un'anziana ingobbita che gli stava portando da mangiare. «Il signor Caracciolo vi ha mandato questo. Ha detto che dovreste mangiare», spiegò, appoggiando un vassoio sul tavolo da disegno. La schiena era ricurva, il petto incavato come il tronco di un albero morente, il viso segnato da troppe torride estati napoletane.

«Lascialo lì», disse il pittore, «e porgi i miei ringraziamenti al signor Caracciolo».

La donna annuì, ma non si mosse e indugiò accanto al tavolo. «Signore...», disse con voce stridula, guardandolo. «Il signor Caracciolo ha detto che vi dovrei parlare».

«Di cosa si tratta?»

«Di mia nipote», rispose, titubante. «Ho saputo che stavate cercando una modella per il vostro dipinto. Mi hanno detto che avete fatto il giro delle taverne e ingaggiato alcuni uomini, ma che tra le prostitute non c'era nessuna che facesse al caso vostro...». Era imbarazzata e parlava a bassa voce, e Caravaggio si protese ad ascoltare. «Gabriella, mia nipote, è molto bella. Le dareste un'occhiata?».

Il viso dell'anziana era rivolto verso di lui, i capelli coperti da una cuffia bianca; capelli grigi, in parte ingialliti, che cercavano di sfuggire alla costrizione.

«È qua fuori».

«Qua fuori?».

L'anziana annuì di nuovo. «Dice che aspetterà tutto il tempo necessario».

Caravaggio si voltò a guardare i modelli, consentì a tutti di fare una pausa e disse che sarebbe tornato subito. Poi scese le scale seguendo l'anziana e uscì dal retro del laboratorio di Caracciolo. Accanto a un grande barile d'acqua c'era una donna esile con un vestito di lino e uno scialle giallo sulle spalle. Quando lo sentì avvicinarsi, si voltò, mostrandogli il viso pallido, le guance rotonde, un naso delicato sopra una bocca morbida.

Era una sgualdrina, lo intuì subito. Ma lui voleva proprio una sgualdrina, voleva una donna che la gente riconoscesse, sapendo che veniva dalla loro città, dalle loro strade. Il suo *Sette opere di misericordia* avrebbe offerto uno scorcio di vita napoletana, non riprodotto una parodia degli antichi classici. Avrebbe dipinto le persone che frequentavano gli squallidi vicoli del quartiere degli artisti, così, quando il quadro sarebbe stato appeso nel Pio Monte della Misericordia, tutti coloro che avrebbe guardato sopra l'altare avrebbero visto le opere di misericordia messe in atto nelle loro strade, da gente come loro.

«Signor Caravaggio...», esordì Gabriella.

La interruppe. «Sei assunta. Ti pagherò due lire ogni mezza giornata. Dovrai mantenere la posa che ti assegnerò. Muoviti, e sei fuori».

Si voltò e si allontanò, e Gabriella gli corse dietro mentre si affrettava a risalire la scala che portava nel suo studio. Una volta entrato, la fece mettere davanti alla tela, sulla destra, dove avrebbe raffigurato gli affamati da sfamare e i carcerati a cui fare visita.

«Mi chiamo…».

«*Gabriella*», la interruppe di nuovo, sostenendo il suo sguardo. «Lo so. Hai il nome di un angelo. E devi essere il mio angelo, Gabriella, perché ne ho bisogno».

Diciassette

Roma, Palazzo Madama

«Ho sentito dire che Caravaggio sta evitando di cacciarsi nei guai e di sguainare la spada», disse il cardinal Del Monte, sorridendo a Scipione Borghese. «Che Napoli stia facendo al caso suo?»

«Napoli canta vittoria perché ci ha rubato il nostro pittore migliore». Era addolorato dalle notizie che giungevano dalla città costiera. Caravaggio, lungi dall'essere un fuggitivo intimorito, era adorato come una divinità.

Del Monte si diede un colpetto sulla pancia. La costipazione era una seccatura. Nessun Dio poteva aver creato una simile spiacevolezza, giusto?

«La confraternita del Pio Monte della Misericordia è rimasta abbagliata dalla propria abilità, perché è riuscita ad assoldare Caravaggio per la creazione di un capolavoro per una chiesa che hanno a malapena finito di intonacare», proseguì Scipione, indispettito, «e mi è stato riferito che il viceré spagnolo attende con impazienza di vedere le *Sette opere di misericordia*. Dopo questo incarico, Caravaggio si ritroverà senz'altro sommerso di commissioni. Ovviamente, però, il dipinto potrebbe rivelarsi un fallimento. Come dimenticare che *San Pietro* e la *Morte della Vergine* sono state rifiutate. Non possiamo dare per scontato che Caravaggio ne esca trionfante». Lanciò un'occhiata a Del Monte. «State male?».

Imbarazzato, agitò una mano per liquidare la domanda.

«Ho sentito dire che stavate facendo ricerche su Cesari e sui primi dipinti di Caravaggio, quelli che aveva *ereditato* quando il suo assistente stava morendo nell'ospedale della Consolazione».

Scipione sorrise, aveva uno sguardo viscido. A Roma, niente rimaneva segreto. Gli intrighi politici, le tresche, gli inganni; non c'era niente che restasse nascosto troppo a lungo.

«Sto facendo qualche indagine», ammise, tenendo le mani lisce giunte in grembo. «Forse il signor Cesari si è dimostrato un tantino ingordo arraffando i dipinti di Caravaggio».

Del Monte si meravigliò sentendo la parola "ingordo" uscire dalla bocca dell'avido Scipione.

«I napoletani non sembrano condividere il nostro ribrezzo per i criminali...».

«Caravaggio è più di un criminale. È un genio».

«Forse», ribatté il cardinale con tono untuoso. «Ho saputo che le sue opere hanno riscosso un certo interesse anche al di fuori di Napoli, a Malta. Da parte dei Cavalieri di Malta, per essere precisi». Lanciò un'occhiata a Del Monte, chiedendosi se avrebbe avuto una qualche reazione. Non batté ciglio, quindi Scipione proseguì: «Hanno mandato un emissario a visionare le *Sette opere di misericordia*...».

«Non è ancora finito».

«È stato quasi ultimato».

«Dopo otto settimane?», replicò Del Monte, sbalordito. «Caravaggio ha iniziato a lavorare su questa commissione soltanto a novembre...».

«E adesso siamo quasi a gennaio ed è quasi finito», rispose Scipione. «Pare proprio che abbia fretta di rifarsi una reputazione». Ripensò a Malta. «Costanza Colonna disse che da bambino voleva fare il soldato. Che subisca ancora il fascino dell'idea di diventare un cavaliere? Magari la marchesa immagina che lo renderebbe più rispettabile, che aumenterebbe le sue possibilità di ottenere la grazia dal nostro misericordioso pontefice».

«Caravaggio è milanese, sono abili cavalieri».

«E abili spadaccini», replicò Scipione con aria allusiva. «Ma è impensabile che il rispettato Alof de Wignacourt accolga un fuggitivo, no?».

Del Monte pensò al nobile francese, cinquantaquattresimo Gran Maestro dell'Ordine di San Giovanni di Gerusalemme, che era diventato un eroe durante il grande assedio di Malta, dopo il quale si era assicurato la notorietà e il rispetto del popolo maltese. Soldato brusco e tarchiato, era un uomo d'onore e dalle ambizioni feroci... E così Alof de Wignacourt stava seguendo i progressi di Caravaggio a Napoli? Forse il suo sogno di diventare un cavaliere non era poi così improbabile come sembrava.

«Ho sentito dire che il Gran Maestro Wignacourt è sempre propenso ad accrescere la levatura dei Cavalieri di San Giovanni», suggerì Del Monte. «Magari assicurarsi i servigi di Caravaggio potrebbe apparirgli come una sorta di colpo da maestro?»

«Suppongo di sì, tutto dipende dalle *Sette opere di misericordia*», rispose Scipione con tono stizzito. «*Se* avrà successo...».

Sbadigliò, fingendosi annoiato, con la bassa statura che stava già cominciando a riempirsi, il mento in carne, i segni di una precoce pinguedine ormai evidenti. Protetto e adorato dal pontefice, con le inclinazioni omosessuali passate sotto silenzio, l'acume politico e la formidabile capacità di accrescere le fortune della famiglia Borghese, il suo sostegno era ricercatissimo. Con papa Paolo V che gli prestava ascolto, Scipione poteva garantire, o distruggere, la reputazione di chiunque. Le mani curate di quell'uomo tenevano in pugno il destino di molti uomini, non da ultimo quello di Caravaggio.

Quando il suo stomaco brontolò e gli provocò un fastidio, Del Monte fece una smorfia e cambiò posizione sulla sedia. E così l'artista stava per rivelare al mondo il suo ultimo dipinto, *Sette opere di misericordia*?

Lo sguardo del cardinale si posò di nuovo su Scipione. Si domandò come facesse a essere così ben informato. Caravaggio aveva proibito che in fase di lavorazione venisse visto da chicchessia. Soltanto Cecco aveva il permesso di entrare nello studio preso in prestito, dal quale persino Caracciolo veniva tenuto alla larga. D'altro canto, Scipione aveva spie ovunque.

«Qualcuno è riuscito realmente a vederlo?»

«No, non ancora». L'altro cardinale scrollò le spalle con eleganza. «Si augurano di erigerlo nel Pio Monte della Misericordia il prossimo lunedì, dinanzi a un coro di angeli, non v'è ombra di dubbio».

«Sembrate un tantino seccato», replicò Del Monte, ridacchiando tra sé. L'irritazione dell'ospite lo riempiva di gioia.

Se il cardinale aveva sperato che a Napoli il pittore venisse ostracizzato e costretto a ripiegare sulla clemenza dei Borghese, si era sbagliato di grosso. All'artista poteva anche mancare la scaltrezza necessaria agli intrighi politici, ma Caravaggio era un opportunista e aveva astutamente affondato i piedi sull'accogliente suolo napoletano.

Ed era in procinto di dargli un dipinto che avrebbe sbalordito il mondo intero.

Diciotto

Napoli

Scorgendo l'arrivo della zia, Luigi Carafa le andò incontro e le diede un bacio affettuoso su entrambe le guance. Costanza aveva affrontato il viaggio da Roma a Napoli, curiosa di vedere le *Sette opere di misericordia* di Caravaggio ed estasiata all'idea che fosse riuscito a ottenere la commissione per il Pio Monte della Misericordia, sebbene non avesse alcuna intenzione di fargli sapere che era stata lei a raccomandarlo a Manso. Non sarebbe neanche stato del tutto necessario, perché era stata la fama del pittore a garantirgli un'accoglienza trionfale nella città meridionale, mentre la protezione dei Colonna aveva assicurato la sua incolumità.

Il dipinto era stato il principale argomento di conversazione da quando era arrivata. L'aristocrazia napoletana attendeva con ansia di vedere quale incantesimo avrebbe lanciato sulla città. L'invidia era lampante e prevedibile, a Napoli c'era sempre stata una grande competizione per il nuovo e l'inafferrabile. Per quanto fosse consapevole delle gelosie scatenate dal suo mecenatismo, Luigi non nutriva timori, ma in seguito, quando Isabella tornò a palazzo, la tensione tra i due divenne palpabile, e il duca, scalpitando per andarsene, accampò scuse e promise che sarebbe tornato presto.

Lasciata da sola con Isabella, Costanza si complimentò con lei per i tendaggi che aveva commissionato e per le nature morte tornate in voga che erano giunte dall'Olanda a bordo di navi mercantili. Isabella accolse di buongrado i complimenti, ma tra le due c'era una forte ostilità e il motivo fu presto svelato.

«Ora che siamo sole, Costanza», esordì, «c'è una questione di cui vorrei parlarvi».

«C'è qualcosa che non va?»

«Se mi è concesso di essere schietta, mi fa rabbia che abbiate imposto a mio marito di occuparsi di Michelangelo Merisi da Caravaggio. Non gli avete lasciato altra scelta che trovargli un alloggio e offrirgli la sua ospitalità». Levò le grandi mani al cielo, mostrando i palmi. «Luigi vi è molto affezionato e accetterebbe ogni vostro suggerimento, per quanto inappropriato».

Era un'accusa inaspettata e Costanza, còlta alla sprovvista, si insospettì. «Sono parole che vorrei sentire uscire dalla bocca di mio nipote».

«Ve ne sto parlando in confidenza...».

«Quindi state facendo le sue veci, ma ho solo la vostra parola come garanzia», replicò la marchesa. «Forse potremmo discuterne in un secondo momento. Sono ancora stanca dal viaggio e non intendo trattenermi a lungo...».

Ma non c'era modo di mettere a tacere la duchessa.

«Il sostegno che offrite a quest'uomo mi lascia allibita. Mi disgusta, con quel ragazzino al seguito, le mani sporche, la voce rauca, e poi quell'arroganza, quando si comporta come un animale».

«Caravaggio è...».

«Cosa?», ribatté Isabella. «Cos'è per voi Caravaggio, Costanza? Me lo chiedevo da tempo, ma da quando vive sotto questo tetto e ho modo di osservarlo, me lo chiedo ancora *di più*. Insistete nel dire che è un genio, un povero disgraziato che è stato cacciato via da Roma. Ah!». Lanciò una risata stridula. «È un assassino, più adatto a Tor di Nona che a una corte. Avete implicato la famiglia Colonna con questo pittore, contro la volontà del Papa».

L'espressione di Costanza era un chiaro ammonimento. «Paolo V ha messo un bando capitale sulla testa di Caravaggio...».

«Una punizione per un assassino!», esclamò Isabella di rimando.

Stupita dalla sfuriata di Isabella, che in genere era una donna pacata, la marchesa si sforzò di mantenere la calma. «Lo conosco da quando era un bambino...».

«E infatti lo difendete come farebbe una madre. Ma voi non siete sua madre, Costanza. Siete… *cosa*?». Lo sguardo duro e freddo della duchessa era carico di malizia. «Una sua ammiratrice? O magari desiderereste qualcosa di più?»

«Siete una sciocca! Lo sospettavo, ma adesso me ne avete data conferma».

«*Io* sarei una sciocca?»

«Sì, una sciocca, e anche una sfacciata, dato che osate parlarmi in questo modo!».

«Vedo che ho suscitato una reazione. Ho svelato un segreto, magari?», la stuzzicò. «Vi state avvicinando al sessantesimo compleanno, la vostra bellezza è sfiorita da tempo, camminate con passo rigido sui piedi zoppi. Presto non sarete che una vecchia, una storpia». La cattiveria le assottigliava le labbra. «Siete talmente cieca da pensare che la vostra ossessione sia un segreto? Forse sono l'unica che riesce a vedere quanto sia evidente: avete un'infatuazione per quell'uomo spregevole».

L'aria nella stanza parve crepitare, ma Costanza tenne a freno la collera. «Se non foste sposata con mio nipote, io…».

«Voi *cosa*? Cosa fareste, Costanza? Non siamo due sgualdrine che si accapigliano per un uomo. Siamo Colonna…».

«No, Isabella, *io* sono una Colonna. Voi avete preso il nome in matrimonio, io ce l'ho per diritto di nascita».

L'insulto centrò il bersaglio, e il volto mascolino di Isabella arrossì.

«Sono la figlia del duca di Sabbioneta. Veniamo entrambe da nobili famiglie, Costanza, ed è il motivo per cui dovremmo rendere onore al loro nome».

«I Colonna esercitano un potere e un'influenza molto più grandi di quelli che la vostra famiglia abbia mai avuto, o mai avrà», replicò la marchesa. Era indignata, ma scelse con cura le parole da pronunciare. «Mi avete insultata, mi avete parlato in un modo che da voi non mi sarei mai aspettata. Posso soltanto presumere che siate indisposta, o che la rabbia nasconda un altro malessere, che ha radici molto più profonde». Fece una pausa e inspirò una lunga boccata d'aria. «La violenta reazione che avete avuto contro Caravaggio suggerisce un interesse del quale vi vergognate».

L'insinuazione la fece infuriare. «Non presterò ascolto a certe...».

Fu interrotta a metà frase. Costanza si ricompose, creando un netto contrasto con l'aggressività dell'altra donna.

«Invece presterete ascolto, Isabella, fino alla fine. Chiedo rispetto da parte vostra, ma forse va al di là delle vostre capacità. È un peccato, ma dato che siete stata così schietta, forse è mio dovere restituirvi il favore. Pensate che mio nipote non mi parli mai?»

«Qui non stiamo parlando di Luigi».

«*Io* sto parlando di Luigi, e voi starete ad ascoltare», disse Costanza con tono autoritario. «Un uomo che non trova consolazione nella moglie si rivolge a un'altra donna, e se l'altra donna è una parente, anche meglio».

«Questo è...».

Le fece cenno di tacere. «Come avete detto voi, non sono più giovane e bella, ho difficoltà a camminare, aspetto che sembra divertirvi, e ho i piedi fasciati, nascosti sotto i vestiti. Comico? Evidentemente per voi lo è. Ma io ho qualcosa che voi non avrete mai: un marito che mi ama».

«Luigi mi ama!».

«No», la corresse Costanza. «Oggi avete messo le carte in tavola. Avete rimproverato Caravaggio dandogli dell'animale». Sorrise. «E voi, allora? Vi comportate come una gatta in calore, sbavando dietro a un uomo che volete, ma che non ammettete di desiderare...».

«Voi siete pazza!».

Isabella provò ad allontanarsi, ma la marchesa le afferrò un braccio. «Sono più anziana e più saggia di voi. Ho visto molte più cose e sono molto più intelligente di quanto voi non sarete mai. Luigi vi ha tenuta qui, al sicuro, lontana dai bassifondi di Napoli. Vi ha custodita come un'orchidea, senza rendersi conto che stava nutrendo un'erbaccia qualsiasi». Abbassò la voce, la bocca a pochi centimetri dall'orecchio della duchessa. «Vi avviso, non da amica, ma da donna. Se non cambiate atteggiamento, perderete vostro marito».

«Luigi mi ama!».

«Mio nipote ha un interesse altrove». Strinse con più forza il braccio di Isabella. «Lo so soltanto io, e se ve lo sto dicendo non è perché mi state a cuore, ma perché voglio proteggere il nome dei Colonna. Oggi avete lanciato accuse infondate contro la sottoscritta. In cambio, potrei incoraggiare mio nipote a cercare altrove la felicità che merita...».

Spiazzata, Isabella cercò di difendersi. «Lo dite solo per ferirmi...».

Costanza rise.

«No, non sono mai stata una persona meschina. Sono una donna che fa politica. Una sopravvissuta, come tutti i Colonna. Non gioco d'azzardo se non sono sicura della mia puntata». La sua voce si indurì. «Non voglio anelli deboli nella mia famiglia, o nelle famiglie acquisite col matrimonio, ci siamo capite?».

Isabella serrò la mandibola. «Io non voglio...».

«Ciò che volete *voi* non ha alcuna importanza».

«Se permettiamo a quell'uomo di restare sotto il nostro tetto, rischiamo di cadere in disgrazia agli occhi del Papa».

«Di cadere in disgrazia? O di cadere in tentazione?», fu la sagace risposta di Costanza. «Vi consiglio di concentrarvi maggiormente su vostro marito. Cercate di compiacere lui invece di alimentare la vostra ossessione per Caravaggio». Vide il viso di Isabella tingersi di un rossore che non le donava affatto. «Avete trovato un rivale per Luigi. State attenta a non perderlo per un'altra donna, *più giovane e graziosa* di voi».

Trionfante, la marchesa lasciò la stanza e fece chiamare la sua carrozza, e il palafreniere l'aiutò a salire i gradini per montare a bordo. Si appoggiò allo schienale imbottito e allentò il collare che le stringeva il collo. Inspirò con una certa difficoltà. Sentirsi rinfacciare i difetti e l'età in modo così sfacciato era stato sconvolgente, ma l'insinuazione che avesse instaurato un legame affettivo inappropriato con Caravaggio era ancora peggio.

Con le mani che le tremavano, Costanza guardò fuori dal finestrino del cocchio. Gli anni scivolarono via, il ricordo era vivido: era di nuovo in Lombardia, in visita alla famiglia Merisi, e vide un ragazzino robusto, con i capelli neri, che trascinava i piedi sollevando la polvere nel cortile. Il fratello maggiore, Giovanni, si era mostrato partecipe, impressionato dalla visita della marchesa, ma Caravaggio l'aveva ignorata, preferendo osservare le galline che razzolavano nel loro recinto.

Mentre il ragazzo cresceva, gli aveva fatto visita in molte altre occasioni, aveva trovato lavoro per suo padre, uno scalpellino, e il suo intervento tempestivo aveva condotto la famiglia lontana da Milano quando la città era stata colpita dalla peste.

«Potrei fare il soldato...».

«No», aveva detto a un Caravaggio adolescente. «Tu vali molto di più. Tu diventerai un pittore».

Anni dopo, lo aveva invitato a Roma. Un ragazzino trascurato da una madre superstiziosa, fuori luogo, abrasivo. Gli aveva fatto da mamma, lo aveva incoraggiato quando tutti gli altri gli avevano voltato le spalle, aveva sfruttato il nome dei Colonna per esercitare pressioni e si era rallegrata quando il cardinal Del Monte, l'ecclesiastico più raffinato di Roma, era diventato il suo mecenate.

Quante volte aveva parlato con Del Monte del loro comune pupillo? Dapprima entusiasta, poi, anni dopo, esasperata dalla piega che aveva fatto prendere alla sua vita. Il cardinale, uomo ironico e intelligente, aveva visto il potenziale del ragazzo, ma non aveva fatto i conti con la vena nociva che era insita nella natura di Caravaggio, tesa come un nervo spinale. Il successo, conquistato a caro prezzo, non aveva raffreddato i suoi bollenti spiriti. Anzi, era diventato capriccioso, un cavallo che a volte assisteva il padrone e subito dopo lo disarcionava con una sgroppata. E lei l'aveva sempre difeso a spada tratta.

Ripensò alle parole di Isabella, ferita dalle accuse che celavano. No, non era innamorata di Caravaggio. Non lo era mai stata. Ma aveva provato qualcosa che andava *al di là* dell'istinto materno... Scoraggiata, Costanza appoggiò la testa allo schienale e chiuse gli occhi grigi. Non aveva forse scritto al cardinal Borromeo, chiedendogli clemenza per Caravaggio? Non aveva forse implorato Del Monte affinché lo spalleggiasse dopo l'aggressione a Pasqualone? Non l'aveva nascosto a Palazzo Colonna dopo l'omicidio di Ranuccio Tomassoni? Non stava sfidando la volontà del Papa, mettendo in pericolo il nome dei Colonna?

Qualunque madre avrebbe fatto la stessa cosa per suo figlio.

"Ma non è tuo figlio", si disse. "È un uomo turbolento che mette a rischio chiunque e qualsiasi cosa sfiori...". Riaprì gli occhi, la vista annebbiata, e riconobbe una verità che teneva nascosta da tempo. Caravaggio era più di un figlio. Più di un amante. Era il suo barometro, l'antidoto alle convenzioni sociali, la presenza disorientata e disorientante che prometteva poco e garantiva ancor meno. Orgogliosa della sua genialità, protettiva quando si trattava del suo benessere, anche le sfide maniacali che lanciava al destino la stimolavano. Per più di trent'anni, Caravaggio era stata l'unica persona che Costanza Colonna, a dispetto delle ricchezze e della sua posizione sociale, non era riuscita a tenere sotto controllo. Amarla, proteggerla, ammirarla. Sì. Ma controllarla? Mai.

Isabella Carafa non avrebbe mai potuto capire. Si era infatuata di Caravaggio e pensava di aver intravisto la stessa debolezza in Costanza. Forse ci aveva *sperato*. Ma le storie d'amore si fiaccavano e morivano, mentre l'amicizia, la simpatia, erano eterne.

"È vero", ammise alla fine. "Per me Caravaggio conta molto di più di quanto dovrebbe".

Diciannove

Le *Sette opere di misericordia* fu svelato di fronte alla collettività rimasta con il fiato sospeso. L'enorme tela appesa in alto sopra l'altare vibrava con la vita delle strade di Napoli. Non c'erano tracce della leggenda: il dipinto raffigurava la realtà. Una realtà che ogni uomo, donna e bambino poteva comprendere. Il ragazzo affamato riceveva il cibo, l'uomo nudo veniva vestito, lo straniero accolto, la sete estinta. Un vespaio eterogeneo di figure raggruppate sul lato sinistro della tela, proprio come si radunavano nella vita. Sporche, spaventate e rannicchiate nei bassifondi di Napoli in cui proliferavano.

Sulla destra del dipinto, là dove le era concesso più spazio, più luce, una giovane donna tirava fuori il seno e sfamava il padre affamato attraverso la finestra di una prigione, e la morbida bocca di Gabriella era aperta, l'espressione vigile. Alle sue spalle, rischiarati da una fiaccola, alcuni uomini portavano via un corpo pronto per la sepoltura, il cadavere a malapena visibile prima che scomparissero in un vicolo umido e buio. E a sovrastare la scena, a guardare dall'alto la clemenza concessa, c'erano la Vergine Maria con Gesù bambino, sorretti da angeli robusti, circondati dalle vesti gonfie e da ali massicce che sembravano più che capaci di portarla nell'alto dei Cieli e ben oltre. E tutto ciò, ciascuna delle sette opere di misericordia, aveva luogo nelle strade della Napoli di quel tempo. Chi osservava il dipinto poteva uscire dalla chiesa e vedere le stesse strade, molti dei personaggi ritratti.

Era un'opera piena di compassione, di sofferenza, ed era una dimostrazione del talento di un uomo che aveva ritrovato la sua forza formidabile. La notizia si diffuse con la stessa rapidità del mercurio su un pendio ghiacciato. Caravaggio aveva trionfato e, nel giro di poche settimane, la sua grande abilità stava cambiando le sorti della pittura napoletana: il realismo stava scalzando i ghirigori privi di nerbo dei rivali che aveva in città.

Con l'arrivo della primavera, il primato di Caravaggio a Napoli era incontrastato.

«È un dipinto che fa battere il cuore», diceva a tutti Giovanni Battista Manso. «Vado ogni giorno al Pio Monte della Misericordia per vedere quest'opera. Non mi stancherà mai».

Il successo di Manso nell'assicurarsi i servigi del pittore aveva impressionato il gruppo di fondatori, e aveva dato esattamente i frutti sperati: attirare fedeli nella nuova chiesa. Quando l'ammirazione di Manso per l'artista si era tramutata in un'amicizia improbabile e titubante, persino i napoletani ne erano rimasti colpiti.

«Voi siete Lazzaro», disse Manso a Caravaggio.

«Io non sono Lazzaro», rispose lui, confuso. «Non ne ho nemmeno dipinto uno».

«Oh, invece sì. Questo quadro rappresenta la vostra resurrezione dalla morte».

Gli occhi di Caravaggio si spostarono sulla pallida figura dipinta nell'angolo sinistro del dipinto, Cecco, ritratto quando aveva la febbre. Cecco, cereo in volto, accartocciato su se stesso. Lo stesso Cecco che era cambiato, che parlava di fare ritorno alla sua città natale.

"È giunto il momento, non hai bisogno di me, e io sono stanco. Tu hai trionfato, e io sento la mancanza di Roma...".

Cecco, di *Amor Vincit Omnia*.

Cecco, delle *Sette opere di misericordia*.

"Cecco, del mio letto e del mio cuore".

«Ho sentito che avete una nuova commissione», disse Manso. «Sta andando bene?».

Caravaggio annuì e grattò una macchia di vernice che aveva sulle dita. «L'ho quasi completata. Una *Flagellazione di Cristo*, per la cappella del monastero di San Domenico...». I pensieri tornarono a Cecco.

"Ti manderò da Orazio Gentileschi, ti darà da lavorare. Non si azzarderanno a farti del male se sei con lui. Gentileschi è un bastardo, ma è quello che ti ci vuole…".

«Lavorate così in fretta. Nessuno può competere con voi», proseguì Manso, e il pittore si voltò a guardarlo.

«Mi devo tenere impegnato».

«State facendo una fortuna».

«Mi sto facendo un nome».

«Il nome l'avete sempre avuto», lo corresse Manso. «Nessuno ha mai dubitato del vostro talento. Qualunque cosa vi sia accaduta, quale che sia la ragione per cui siete venuto a Napoli, nessuno ha mai messo in discussione il vostro genio».

Era vero, e negli ultimi mesi la famosa scelleratezza di Caravaggio era stata stemperata dalla mole di lavoro. O era semplicemente diventato prudente? Quando a Napoli non era che l'ultimo arrivato, ansioso di fare successo, si era mostrato chiuso, riservato. Ma adesso che era famoso, e celebrato, avrebbe continuato a tenersi alla larga dai bordelli e dalle partite a carte? I bassifondi della città erano una pila di letame piena di buchi scavati dai vermi per catturare gli incauti. O gli incoscienti.

D'altro canto, però, il pittore sembrava cambiato, e la diligenza era alimentata dall'amicizia con Louis Finson e Abraham Vinck, gli artisti fiamminghi che erano subito diventati seguaci del suo stile. Caracciolo, che lo guardava sempre con ammirazione, aveva ben poco in comune con l'astioso Orazio Gentileschi o con quel disonesto di Onorio Longhi, suoi compari ai tempi della permanenza a Roma. Lontano dall'alcol e dalle bande violente e sconsiderate, il suo temperamento divenne meno abrasivo. La città, a differenza di Roma, era orgogliosa di quel genio trapiantato a Napoli.

Ciononostante, tutti i tentativi di convincerlo ad aprire un laboratorio furono respinti. "Non prendo allievi". Era disposto ad accettare che i pittori fiamminghi adottassero il suo stile e permise a Caracciolo di realizzare una copia della *Flagellazione*, ma le sue opere facevano parte di una visione più ampia in cui gli allievi non erano mai stati contemplati. Era solitario, come una lince; e da quando Cecco era tornato a Roma, Caravaggio viveva da solo, senza un compagno. Ricevuto l'intero compenso per le *Sette opere di misericordia*, lasciò lo studio che gli era stato prestato da Caracciolo e ne affittò uno tutto per sé, nel cuore in fermento del quartiere degli artisti. L'unica persona alla quale *permetteva* di far parte della sua vita era Gabriella, la modella che aveva posato per il ruolo femminile nel dipinto. Spesso silenziosa, l'artista la trovava rilassante, una placida bellezza.

Lavorava per le strade del quartiere degli artisti e, come la maggior parte delle sgualdrine, guadagnava qualche soldo in più facendo la modella. Ma non c'era alcuna volgarità in lei. I suoi genitori erano morti, e la nonna l'aveva presa con sé. Prostituirsi era il suo modo di vivere, non ne conosceva altri. Dopo aver finito di posare per le *Sette opere di misericordia*, aveva cominciato a presentarsi allo studio di Caravaggio, spesso a tarda notte, e una volta l'aveva trovato accasciato su una sedia, intento a fissare la tela che aveva di fronte.

«Che vuoi?»

«Niente», aveva risposto Gabriella, sedendosi ai suoi piedi e appoggiandogli la testa sulle ginocchia. Sovrappensiero, lui le aveva accarezzato i capelli, sfiorandole lo scalpo e la curva del cranio. Si era sentito assalire da un desiderio improvviso e si era chinato a baciarle i capelli, poi le aveva fatto reclinare la testa.

«Che vuoi?»

«Niente», aveva ripetuto lei. Una mano si stava muovendo tra le gambe di Caravaggio, le dita ne sfioravano l'erezione.

Per un attimo aveva avuto la tentazione di spingerla via, invece se l'era fatta arrampicare in grembo, le aveva sollevato la sottana ed era entrato dentro di lei. Gabriella si era mossa a ritmo sopra di lui, con il bagliore della fiaccola che avvampava e faceva tremolare le ombre mentre la sedia scricchiolava sotto il peso di entrambi. Spinto da un bisogno impellente, Caravaggio l'aveva penetrata con foga, seppellendo il viso nella candida piega del collo. E aveva ricordato Fillide.

Non avevano mai più fatto sesso. Ma non fu causa di imbarazzo, e Caravaggio le permise di stare nel suo studio. Gabriella cucinava per lui, gli raccontò di come era arrivata a Napoli per andare a vivere con la nonna dopo la morte dei genitori.

«E ha lasciato che tu diventassi una sgualdrina?».

Sorpresa, Gabriella annuì. «Quando era giovane, lavorava per strada. Ma ha anche altri talenti».

«Tipo?», domandò lui, concentrato a mescolare il pigmento rosso cadmio con l'olio e a macinarlo con mortaio e pestello fino a farlo diventare liscio, come vetro imbrattato di sangue.

«Legge le carte dei tarocchi».

Caravaggio rise, divertito. «Ogni coglione a ogni angolo di queste strade sa leggere le carte. Sono impostori, chiedono soldi in cambio di un imbroglio. L'unica cosa da fare con le carte è puntarci sopra delle scommesse». Continuò a macinare la pittura a olio. «C'è un trucco, Gabriella. Quando predici il destino, alla fine giri la carta della Morte». Si protese verso di lei. «L'ultima è sempre quella cazzo di carta della Morte. Perché quel bastardo di un truffatore, facendosi pagare, dice che può toglierti la maledizione e salvarti il culo».

«No!».

«Sì! È il classico trucchetto di strada. Tanto varrebbe che si mettessero a borseggiare gli stupidi, sarebbe più veloce».

Imperterrita, Gabriella infilò una mano nel soprabito e tirò fuori un mazzo di tarocchi con i bordi consumati, e le immagini dipinte, visibili mano a mano che le sparpagliava sul banco da lavoro, erano sbiadite. A Napoli la lettura delle carte era illegale, come il gioco d'azzardo e la frequentazione delle prostitute, ma era come una pandemia, e le corti italiane importavano i tarocchi francesi, all'apparenza per giocarci a carte, quando in realtà erano sempre più usati per scopi divinatori. Il clero disapprovava e la punizione poteva essere severa, ma gli indovini e i mistici prosperavano.

Mescolò con cura le carte, le mani bianche si muovevano con rapidità, i bordi rovinati catturavano la luce della lanterna.

«Dimmi quando smettere di mescolare».

Caravaggio fece una pausa e, malgrado tutto, la osservò incuriosito. Poi annuì. «Ferma».

Gabriella dispose abilmente le carte sul tavolo, e l'artista scosse la testa, incredulo. «Niente carta della Morte? Hai sbagliato qualcosa».

Quante volte aveva visto leggere le carte nel corso delle celebri feste del cardinal Del Monte, con gli aristocratici che tentavano di sbirciare sopra la spalla della cartomante, in genere una gitana o una prostituta troppo vecchia per le strade. Aveva persino dipinto la scena nel quadro *I bari*, deliziando il cardinal Del Monte con la sua capacità di catturare la scaltrezza dei giocatori e la vulnerabilità del giovane imbrogliato.

Gabriella alzò timidamente lo sguardo.

«Hai intenzione di lasciare Napoli?», domandò, cogliendolo alla sprovvista. «Dovresti. Sarebbe meglio per te».

Il tono dell'artista era noncurante. «Non sto per lasciare Napoli...».

La donna lo zittì, poi tornò a esaminare i tarocchi. «C'è un cavaliere nelle tue carte, e l'onore...». Scrutò la fila di tarocchi. «Non riesco a vedere altro».

Sapeva che gli stava nascondendo qualcosa e la incitò. «Che c'è?»

«Ci sono degli uomini che ti stanno tenendo d'occhio».

«Non serve mica che te lo dicano le carte!», esclamò stizzito. «Chiunque a Napoli sa che c'è un bando capitale sopra la mia testa». Fece calare una mano sopra i tarocchi e coprì il cavaliere di spade con le dita. «Tutta questa superstizione, i segni premonitori, i presagi. Mia madre viveva in funzione di queste cose. Io no».

Gabriella scosse la testa. «Ciò che vedo è reale...».

«No, la realtà è *questa*». Sbatté il palmo della mano sul tavolo, poi agitò un braccio per indicare lo studio. «*Questo* è reale. Siamo ciò che vediamo. Non c'è nient'altro».

Dopo aver raccolto le carte, Gabriella le rimise in tasca e abbassò la voce. «C'è onore nel tuo futuro, ma non a Napoli». Si affrettò a raggiungere la porta senza voltarsi a guardarlo. «Mi mancherai».

La notizia del nuovo indirizzo di Caravaggio corse veloce di bocca in bocca e gli artisti andarono a cercarlo, solo per essere ignorati o cacciati via. Anche le sgualdrine e la bardassa andarono a cercarlo, perché la famigerata vita amorosa dell'artista era celebre quanto il bando capitale che pendeva sopra la sua testa. Caravaggio non aveva tempo per l'amore, adesso il suo unico compagno era il successo. Quando fu esibita, la *Flagellazione di Cristo* travolse l'intera città di Napoli: i mercanti implorarono il pittore di ritrarre le loro signore, gli aristocratici lo supplicarono di immortalarli su tela e gli ecclesiastici vollero contrattare per nuove Assunzioni in chiaroscuro e cupi Martiri.

Caravaggio aveva respinto tutti, sapendo che la *Flagellazione di Cristo* avrebbe dovuto dimostrarsi all'altezza dello splendore delle *Sette opere di misericordia*. Aveva passato due settimane a setacciare le strade in cerca dei modelli. I carnefici non li doveva assoldare. Li aveva già in testa, i monatti della sua infanzia. Il modello per il Cristo, invece, aveva continuato a sfuggirgli, finché non aveva trovato un uomo che stava badando ai cavalli nei vicoli del quartiere degli artisti. Un uomo pallido che era venuto a Napoli dalla campagna in cerca di un lavoro.

«Ho bisogno di un modello. Posa per me».

L'uomo aveva inclinato la testa. «Chi sei?»

«Caravaggio...».

«Ti ho sentito nominare».

«Allora sei avvantaggiato, perché io non so come ti chiami tu».

«Marco Ricci», aveva risposto l'uomo. «Quanto mi pagheresti?»

«Tre lire l'ora», aveva replicato Caravaggio, allontanandosi. Poi si era voltato a chiamarlo. «Vieni o no? Non abbiamo raggiunto un accordo? Sbrigati, non ho tutta la giornata».

All'inizio si era mostrato impacciato, restio all'idea di togliersi i vestiti e di indossare soltanto un panno attorno ai fianchi. Esaminato con occhio attento da Caravaggio, con le braccia legate dietro la schiena e il corpo adagiato contro una colonna di scena eretta sul palchetto all'interno dello studio, Marco aveva lanciato tante occhiate furtive all'artista e, poco a poco, gli aveva raccontato la sua storia. I banditi lo avevano cacciato via dalla sua terra, così era venuto in città con sua moglie per trovare un impiego e il denaro per comprare da mangiare.

Come tanti altri, Marco aveva accettato qualsiasi offerta. Aveva pulito le stalle, scavato fosse, e quando sua moglie lo aveva lasciato – non sapeva dove fossa andata, né con chi –, aveva dormito rannicchiato contro la parete della cappella insieme ai mendicanti della città. Gli aveva raccontato che un tempo faceva il maestro in una scuola di campagna e, mentre posava rischiarato dalla luce della fiaccola, a torso nudo, aveva tenuto il capo chino come una luna morente.

Quando il dipinto fu esposto, Napoli si accalcò per vedere l'opera, e l'ansia di Caravaggio aumentò di pari passo con il riaffiorare dell'antica arroganza. Il debito con i Colonna teneva a freno i suoi eccessi, ma l'innata insofferenza e il carattere facilmente infiammabile non potevano essere imbrigliati più di tanto. La *Flagellazione di Cristo* fu accolta come un capolavoro – a differenza di Roma, Napoli non disdegnava alcuna opera dell'artista –, ma alcuni dignitari ne rimasero scandalizzati, reputando offensivo che per la figura del Cristo fosse stato scelto un mendicante.

Mandato in collera dalla critica, ma al contempo stimolato, Caravaggio, consapevole di aver sconvolto Napoli, aveva poi dipinto la *Crocifissione di Sant'Andrea*, commissionata dal viceré spagnolo, don Juan Alonso de Pimentel y Herrera. Il viceré lo aveva avvicinato personalmente, chiedendogli un quadro che raffigurasse la morte di un martire crocifisso a testa insù. Sant'Andrea, invece di essere stato inchiodato alla croce, affinché il dissanguamento accelerasse il decesso, era stato legato alla croce con delle funi per fare in modo che la morte, dopo un'agonia tremenda e prolungata, sopraggiungesse a causa dell'esposizione agli agenti atmosferici; il corpo era stato bruciato da giorni e giorni di sole cocente.

Il viceré si era atteso un dipinto che lo commuovesse, come di fatto l'aveva commosso il martirio, e lo sconvolgesse al tempo stesso. Non c'era dignità nella morte dell'anziano, raffigurazione nuda e cruda della disumanità e di una crudeltà bestiale. Com'era già accaduto prima con le *Sette opere di misericordia*, la *Flagellazione di Cristo* e il *Cristo alla colonna*, la *Crocifissione di Sant'Andrea* sbaragliò tutte le versioni che lo avevano preceduto. E nei dieci mesi che erano trascorsi da quando era arrivato – e aveva conquistato – a Napoli, Caravaggio aveva lavorato sodo e aveva tentato di non pensare al passato. Aveva cercato di dimenticare.

«Vi devo mettere in guardia, Caravaggio...».

Alzò lo sguardo mentre Manso proseguiva. «...ho sentito dire che vi stanno tenendo d'occhio. Le mie guardie hanno visto degli uomini attorno al vostro studio, di notte».

«Vengono in tanti a cercarmi», replicò l'artista, intenzionato a fare luce sulla questione. Tuttavia, rammentava ciò che gli aveva detto Gabriella. «A Napoli sono al sicuro».

«Forse, ma le persone vendicative non si lasciano fermare dalla distanza».

«Le vostre guardie hanno scoperto il nome di questi uomini?».

Manso scosse la testa. «No, ma sono stati interrogati».

«E cos'hanno risposto?»

«Che stavano visitando la città, esplorando i monumenti famosi e il quartiere degli artisti».

A capo chino, Caravaggio grattò via la vernice dal tavolo da disegno con un coltello. «E non pensate che sia vero?»

«I vicoli del quartiere sono pericolosi. Solo gli stolti e i malintenzionati ci si aggirerebbero nel cuore della notte». Manso sospirò. «Siate prudente, amico mio. I vostri sostenitori non possono proteggervi più di così».

A disagio, il pittore rimuginò sulle parole di Manso. Era a Napoli da dieci mesi e la mole di lavoro gli permetteva di scacciare dalla mente i ricordi del duello. A volte, però, gli si ripresentava alla memoria, inatteso e sgradito, lasciando un segno profondo, come un'incisione. Il campo della pallacorda, gli spettatori, i suoi compari, e Ranuccio Tomassoni che cercava di colpirlo per primo. L'aveva mancato. Poi Caravaggio aveva contrattaccato.

Sì, ecco il momento, era come se stesse facendo di nuovo lo stesso affondo, rivedendo l'istante in cui la spada era entrata nella coscia di Tomassoni, recidendogli l'arteria femorale. Poi riaffiorava il ricordo dell'espressione che aveva avuto sul viso mentre cadeva a terra. Gli occhi che si chiudevano mentre ruzzolava indietro, dal regno dei vivi a quello dei morti. Sconvolto, a bocca aperta, Caravaggio aveva lasciato cadere la spada, e il cognato di Tomassoni si era gettato nella mischia e gli aveva aperto il cranio, arrivando all'osso.

Quando si voltò verso Manso, si sentì percorrere da un brivido. «A Napoli sono al sicuro».

«E se quegli uomini vi stessero dando la caccia?»

Hai intenzione di lasciare Napoli? Dovresti. Sarebbe meglio per te.

«Hanno sentito parlare del dipinto, hanno detto di essere venuti da Roma...».

Ci sono degli uomini che ti stanno tenendo d'occhio...

Il pericolo si stava nuovamente facendo sotto. Caravaggio riusciva a sentirlo, a percepirlo, era un formicolio sulla pelle. Poteva scappare, trasferirsi in un'altra città, ma qualcuno sarebbe venuto a reclamare la sua testa, la ricompensa. La famiglia Tomassoni non l'avrebbe ucciso per il denaro. Loro volevano vendetta. Un debito d'onore. Napoli poteva anche corteggiarlo, il viceré riempirlo d'onori e i Colonna proteggerlo, ma ci sarebbe sempre stato qualcuno in un vicolo, dietro un portone, in un posto conosciuto e in un ambiente poco familiare. Avrebbero potuto aggredirlo per strada o attenderlo nella sagrestia di una chiesa, sarebbero potuti arrivare in pieno giorno o nelle ore piccole della notte. Avrebbero potuto presentarsi come un amico, un ammiratore, o un mendicante.

Ma ci sarebbe sempre stato qualcuno.

Era tempo di scappare di nuovo.

Sto cominciando ad abituarmi a scappare. Tutti i cani scappano.

Cecco è tornato a Roma. Ne sono lieto, non potevo avere un'altra morte sulla coscienza. Non quella di una persona che avevo amato. Quella lingua lunga di Orazio Gentileschi poteva anche incutere timore, ma in casa sua Cecco sarebbe stato al sicuro e, inoltre, c'era Artemisia.

Dille di continuare a dipingere. Dille di scrivermi.

Lei sa scrivere, Cecco. Sei tu che non ne sei capace. Non posso chiederlo a te.

Ma posso chiederti di rimetterti in salute, di tornare a essere quello di Amor Vincit Omnia, dei tempi in cui avevamo Roma ai nostri piedi.

Neanche avesse sospettato che fossi in partenza da Napoli, Alof de Wignacourt mi ha invitato a Malta, mi ha promesso delle commissioni e ha fatto accenno alla possibilità di conferirmi il titolo di Cavaliere di San Giovanni. Sì, ho ripensato a quello che mi aveva detto Gabriella con le sue luride carte… Ho sempre desiderato di ricevere un'onorificenza, di mostrare alla feccia di Roma cosa può fare uno venuto su dal nulla. I Cavalieri di Malta indossano una camicia di seta nera con una grande croce bianca cucita davanti. Un emblema, oppure un maledetto bersaglio.

Costanza Colonna è venuta a farmi visita prima che partissi e mi ha dato un bacio sulla guancia, come avrebbe fatto una madre. O almeno credo, perché alla mia non ricordo di averlo mai visto fare.

«Nessuna novità sulla grazia?», le ho domandato.

Si stava sedendo, nascondendo i piedi sotto la sottana come una chioccia metterebbe al riparo i propri pulcini. «Il Papa è riluttante. Sto parlando con il cardinal Del Monte…».

«E quel coglione di Scipione? Ha tutta l'attenzione del Papa».

«Ci stiamo dando da fare per te, Caravaggio. Otterremo la grazia e ti riporteremo a Roma».

Eppure, sono ancora in fuga.

E la condanna a morte pende ancora sopra la mia testa, come la corona di un buffone… Ho fatto i bagagli, ho radunato i miei colori, i pennelli. Stavolta da solo. Da solo, spaventato. Verso Malta, verso i Cavalieri di San Giovanni, verso le fortezze imponenti che sorvegliano con occhio truce le coste color smeraldo del mar Mediterraneo.

Il viaggio è stato duro, ho vomitato a causa del mal di mare, ciondolando dal fianco della barca come un cane avvelenato. Manso mi ha offerto una guardia del corpo, un mercenario della stazza di un cavallo da tiro, pagato per proteggermi. È stato gentile, ma Manso non ha dimestichezza con un simile tipo d'uomo. Si ubriacherebbe alla prima occasione, oppure andrebbe in cerca di una donna, e poi, una notte, qualche figuro emergerebbe tra le ombre e gli offrirebbe le monete di Giuda per darmi il benservito. Quanto sarebbe facile tagliarmi la gola e ripresentarsi a Roma con la mia testa.

No, Manso, vi ringrazio.

Sto meglio da solo.

Penso che altrimenti potrei morire…

Parlo come una donnicciola, con gli occhi inumiditi. Lena avrebbe pianto per me. Cecco l'ha fatto. Fillide non ha mai pianto per nessuno. Mentre io ho pianto per lei. Tanto tempo fa. Le scopate, la pelle bollente, avvolti nelle lenzuola bagnate, i corpi avvinghiati… questo lo ricordo a malapena. Forse a forza di non andare a puttane mi si sono avvizzite le palle. A volte, quando dipingo, sento che mi diventa duro, ma la pittura è un'amante fiacca. Costante, ma fredda.

Sono quello che dipingo.

Ciò che dipingo è quello che sono.

Il mare si è calmato, il sole sta sorgendo, reclino indietro la testa per avvertirne il calore mentre le mani stringono la sacca di tela che ho in grembo. Sto scappando di nuovo. Scappando via terra.

Scappando via mare. C'è sempre dell'acqua. E ho paura di morire annegato, lo scherzo d'infanzia trasformato in realtà. La barca solca le onde verdi, sobbalza come un uccello marino, e la promessa della salvezza mi attira verso di sé.

E verso il basso.

Malta

Venti

Era il Caravaggio desideroso di ricevere la Croce di Malta solita darsi per grazia a uomini riguardevoli per merito, e per virtù.

PIETRO BELLORI

Estate 1607

Il grande assedio di Malta aveva visto i Cavalieri di San Giovanni impegnati a respingere uno schiacciante attacco da parte degli Ottomani, guidati da Solimano il Magnifico. Per quanto fossero in grave inferiorità numerica, i cavalieri difesero l'isola, e gli Ottomani fecero ricorso ad atroci atti di barbarie: inchiodarono i corpi dei cavalieri decapitati su alcune croci e li lasciarono galleggiare nel porto. Rifiutando di farsi intimidire, il Gran Maestro dell'Ordine aveva risposto sparando le teste decollate dei turchi dai cannoni del forte di Sant'Angelo.

Il coraggio dei Cavalieri di San Giovanni era sempre stato leggendario, e tutti loro erano membri della prestigiosa aristocrazia europea, soldati che avevano fatto voto di castità, povertà e obbedienza. Avevano fede cristiana, e la loro presenza fungeva da barriera erta a protezione contro gli Ottomani, perché Malta era vicina alla Sicilia, all'Italia e al resto dell'Europa meridionale. Al vertice della loro fama, rappresentavano la cavalleria cristiana e colpivano la fantasia di molti giovani nobili, richiamando alla mente l'immagine della leggendaria corte di re Artù.

Da sempre sulla difensiva quando si parlava della sua reputazione e suscettibile in merito alle proprie umili origini, Caravaggio vedeva nei Cavalieri di San Giovanni il suo personalissimo Santo Graal. Anch'egli, un po' come Costanza Colonna, si era reso conto che essere incluso tra i ranghi di una simile élite avrebbe elevato la sua posizione sociale e sbiadito il ricordo del duello con

Tomassoni, spianandogli la strada verso l'inafferrabile grazia. E c'era anche un tacito accordo per il quale, se fosse stato nominato cavaliere, il bando capitale sarebbe stato ritirato. La condanna a morte revocata.

Costanza non gli aveva mentito, aveva *veramente* lavorato dietro le quinte, inducendo il figlio, Fabrizio Sforza Colonna, il quale era già un Cavaliere di Malta e generale delle galee dell'Ordine, a sondare il terreno con Alof de Wignacourt, il Gran Maestro. Per quanto il ragazzo non fosse esente da misfatti di gioventù, la famiglia di Fabrizio era abbastanza influente da assicurare che l'impegno del rampollo non passasse in sordina, e Wignacourt, che nutriva una grande stima nei suoi confronti e nel peso del nome Colonna che si portava alle spalle, si rivelò più che disposto ad ascoltarlo e a estendere l'invito al pittore più famoso d'Italia.

Agli occhi di Caravaggio, i cavalieri rappresentavano tutto ciò che ammirava. Nonché una ricompensa adeguata per la sua bravura. Quando era a Roma, Baglione e altri artisti meno talentuosi di lui avevano ricevuto il cavalierato, mentre lui aveva collezionato rifiuti. Per un uomo con un talento infinito e la miccia sempre pronta a infiammarsi, l'affronto aveva colpito in profondità. Tuttavia, per quanto bramasse il cavalierato, Malta gli avrebbe anche offerto la formidabile protezione del Sovrano Ordine. Dato che gli era stata concessa una dispensa papale, era al di sopra della legge e rispondeva soltanto al proprio codice d'onore. Ora che i nemici avevano ricominciato a farsi avanti, Malta gli avrebbe garantito il rifugio di cui aveva bisogno.

Arrivò nel pieno dell'afa abbacinante dei primi di luglio, e l'imbarcazione attraccò nel porto della Valletta, la capitale dell'isola. Alla sinistra del porto c'erano i patiboli, mentre il monumentale forte di Sant'Angelo sorgeva all'interno della baia. La città creata di recente era stata costruita come se fosse una fortezza e sorgeva all'interno di alte mura di pietra con le inespugnabili guarnigioni dei cavalieri.

Ancora nauseato per il mal di mare, Caravaggio lanciò un'occhiata all'uomo seduto al suo fianco, Fabrizio, il figlio di Costanza. Sebbene avessero la stessa età, la pelle di Fabrizio era lucida, segno che godeva di buona salute, del tutto diversa dalla carnagione bruciata dal sole del pittore, con la sua fronte rugosa e la barba che cominciava a mostrare i primi fili argentati.

«Questa è Malta», disse Fabrizio, indicando l'isola aspra e rocciosa che si stagliava davanti a loro. «È nostra speranza che riusciate ad ambientarvi».

Caravaggio annuì. «Sono impaziente di incontrare il Gran Maestro dell'Ordine», disse garbatamente, impacciato, mentre si alzava in piedi, continuando a stringere a sé la sacca con il materiale da pittura.

«È un onore che siate venuto a Malta», proseguì il nobile Colonna, aiutandolo a scendere dalla barca per condurlo verso l'ingresso della città. La salita era ripida e Caravaggio si ritrovò ben presto senza fiato, perciò Fabrizio fece cenno a un servitore di portare su i loro bagagli. «Non vi sentite bene?»

«Sono un uomo, non una capra», replicò l'artista. «Questa città è tutta in verticale?».

Fabrizio rise. «Una volta superati i cancelli, la Valletta è tutto un altro mondo. Vedrete, può competere con qualunque altra città».

Rallentò un po' il passo per adeguarsi all'andatura di Caravaggio. Sua madre, Costanza, gli aveva fatto accenno alla salute cagionevole del pittore, alle emicranie e ai dolori allo stomaco di cui aveva sofferto dopo essersi ripreso dalla peste, al lento recupero dopo la ferita alla testa. La sincerità era stata indispensabile, perché nemmeno i Colonna avevano il potere di introdurre un fuggitivo all'interno del Grande Ordine dei Cavalieri di San Giovanni, non di nascosto e agendo indisturbati. Alof de Wignacourt non era uno stupido, era a conoscenza del bando capitale che pendeva sopra la testa di Caravaggio, ma sapeva anche che la reputazione dell'artista superava di gran lunga i suoi crimini.

Il Gran Maestro era un esteta, ma era anche un francese ambizioso e affamato di successo.

Mentre Roma piangeva la propria stella esiliata, nella città eterna giunse un altro artista dotato di talento e diplomazia. Peter Paul Rubens si presentò subito in netto contrasto con Caravaggio. Uomo sicuro di sé, camminava impettito, aveva un'aureola di capelli ramati e una barba elegante e curata sopra un collare bianco e inamidato, come dettava la moda fiamminga. Raffinato, mondano e intelligente, Rubens arrivò a Roma con un'ottima reputazione e l'incarico di dipingere un'enorme pala d'altare per la chiesa di Santa Maria in Vallicella. La stessa in cui era appesa la *Deposizione di Cristo* di Caravaggio.

Al soldo di Gonzaga, il duca di Mantova, Rubens, al quale era stata commissionata una serie di sensuali ritratti femminili, aveva spesso consigliato al mecenate quali dipinti acquistare. Socievole e imperturbabile, non provava alcuna gelosia ed era insolitamente generoso con i colleghi artisti. Pertanto, quando apprese che la magnifica *Morte della Vergine* era ancora disponibile dopo essere stata rifiutata dai Carmelitani, raccomandò l'opera a Gonzaga.

Il duca ritenne doveroso mandare un suo ambasciatore a visionare il capolavoro di Caravaggio, il quale riferì: «Il pittore è uno degli artisti innovativi più famosi di Roma, e si ritiene che questa sia una delle sue opere migliori... alcune parti sono di squisita fattura».

Convinto a dovere, il duca acquistò il dipinto, e lo scaltro Rubens ricevette una provvigione di cento scudi.

Ma l'artista fiammingo non fu l'unico ad approfittare delle opere disponibili. Caravaggio poteva anche essere un fuggitivo, ma i suoi dipinti erano più richiesti che mai. Atteso il momento opportuno, Scipione Borghese comprò la *Madonna dei Palafrenieri* a metà del prezzo pagato dall'Arciconfraternita di San Pietro. Tuttavia, dopo aver scoperto che Rubens lo aveva battuto sul tempo e che la *Morte della Vergine* era entrata a far parte della collezione dei Gonzaga a Mantova, il cardinale decise che era giunto il momento di sbaragliare i rivali e di incrementare la collezione privata di opere caravaggesche.

Accecato da una determinazione spietata, Scipione rivolse le proprie mire verso il famoso e pomposo Giuseppe Cesari, la nemesi di Caravaggio, l'uomo che aveva ostacolato i progressi del suo assistente, sminuito i suoi lavori e trafugato i dipinti ai quali aveva lavorato nel suo studio. Era stata la gelosia a provocarlo, perché il talento di Caravaggio aveva enfatizzato i suoi limiti artistici.

Tra i prediletti del Papa, Cesari era un uomo ricco e arrogante, con i baffi impomatati che si allungavano oltre le guance come due corna fuori posto. Ostentando la propria fortuna, girava per Roma in sella a una cavalla nera, e girava voce che Caravaggio avesse tentato di rubargliela. Il fenomenale successo ottenuto gli aveva permesso di comprare e riammobiliare due palazzi, viveva in una sfacciata opulenza e disponeva di notevoli collezioni. E Scipione Borghese aveva seguito tutto con grande interesse. Giocatore esperto, aveva da tempo posato gli occhi sulla collezione di Cesari, soprattutto sui dipinti dell'assistente di un tempo. La domanda era: come fare per metterci sopra le mani?

«Signor Cesari?», disse Scipione con tono gioioso, giungendo senza preavviso nello studio del pittore, dove stuoli di assistenti si piegarono come cipressi in mezzo a una bufera di vento. «Desidero scambiare due parole con voi».

Cesari si lasciò cogliere impreparato da quella visita, ma non era allarmato. Avendo già ricevuto in passato alcune commissioni dai Borghese, immaginò che stessero per arrivare ulteriori lavori e non nutrì alcuna preoccupazione.

«Cardinale», disse, inchinandosi a baciare l'anello di Scipione. «Vorrei essere stato avvisato della vostra visita. Vi avrei potuto riservare un'accoglienza migliore...».

«Tra amici non c'è bisogno di alcuna accoglienza», replicò il cardinale, incamminandosi tra le file di cavalletti ed esaminando l'operato degli assistenti. "Guarda quante produzioni", pensò Scipione, "ma, d'altro canto, è necessario sfruttare la manovalanza se si vogliono continuare a sfornare quadri per riempire la bocca più ingorda di Roma".

«C'è niente in particolare che vostra Eminenza desideri?»

«Due parole in privato, magari?».

Cesari annuì e indietreggiò verso il suo ufficio mentre il cardinale gli piombava addosso. Una volta dentro, indicò all'ecclesiastico di accomodarsi e lo osservò mentre risistemava i paramenti voluttuosi.

«So che siete in possesso delle prime opere di colui che fu un vostro assistente, Caravaggio». Fece una pausa e sbatté lentamente le palpebre. «Tutta Roma sa che siete un collezionista, ma mi stavo domandando dove fossero finiti quei dipinti in particolare».

Cesari si torse le mani, le sentiva prudere dalla voglia di mentire.

«Penso che siano in magazzino, Eminenza. Non erano bei dipinti…».

«Questa non è che la vostra opinione. Possedete alcune opere di valore, come il *Ragazzo che monda un frutto* e il *Bacchino malato…*».

«Che ha realizzato qui, quando era un mio apprendista! Con tutto il rispetto, Eminenza, era un allievo difficile…».

«*Difficile?* In che senso?»

«Non era disposto a imparare».

«Forse, caro Cesari, non avevate niente da insegnargli…».

Quelle parole cambiarono l'atmosfera tra i due. Cesari si sedette e sorrise, imbarazzato, con i baffi che fremevano come le vibrisse di un ratto.

«Dopotutto, Caravaggio è diventato il miglior pittore di Roma».

«E un fuggiasco con una condanna a morte sopra la testa».

«Non è la prima volta», replicò Scipione con tranquillità. «Quando si riteneva che Caravaggio stesse morendo a causa della peste, credo che abbiate rubato…».

«Custodito al sicuro».

«…i suoi dipinti». Scipione sospirò e si guardò attorno. Una mosca gli si posò sul polsino di pizzo. «Gli uomini sono come le mosche. Troppo industriosi, irritanti, sempre intenti a ronzare nelle vite altrui senza pensare alle conseguenze». Si diede uno schiaffo sul polso e la mosca morta cadde a terra. Cesari cominciò a sudare.

«Perdonatemi, Eminenza, ma da un punto di vista legale i dipinti sono di mia proprietà. Caravaggio lavorava alle mie dipendenze, usava i miei materiali e a volte approfittava anche di un alloggio gratuito…».

«Un giaciglio di paglia sotto un banco da lavoro?». Scipione fece schioccare la lingua. «Non ci siamo, non ci siamo per niente.

Ora dobbiamo smetterla di giocare, Cesari. Voglio quei dipinti. Fatemeli recapitare».

La presunzione ebbe la meglio sul buonsenso di Cesari. «Eminenza, perdonatemi, ma devo dissentire».

«Siete sicuro di volerlo fare?».

Sicuro di avere un vantaggio morale, Cesari annuì. «Vi invito a visionare le mie collezioni, Eminenza, e sarò lieto di farvi dono di tre pezzi a vostra scelta. Possiedo opere di grande qualità, all'altezza di qualsiasi quadro dipinto da Caravaggio. Inoltre», aggiunse, «quell'uomo è un volgare criminale, un assassino caduto in disgrazia che non potrà più mostrare la sua faccia qua a Roma».

«Avevo sentito dire che eravate invidioso di lui, ma non avevo ancora compreso fino a che punto», replicò Scipione, alzandosi in piedi.

Gli occhi, da acquosi e divertiti, erano diventati duri come la pietra focaia. Quel Giuseppe Cesari osava dettargli delle condizioni! Pensava che un Borghese si sarebbe tirato indietro? Che si sarebbe accontentato di ciò che aveva deciso di offrirgli un simile imbrattatele? Scipione si diresse verso la porta e Cesari restò a guardare mentre se ne andava, senza rendersi conto della tempesta che aveva appena scatenato. "Il prediletto del Papa? Per quanto ancora?", si chiese il cardinale. Non avrebbe scambiato nemmeno una parola in più con Giuseppe Cesari, figurarsi se avrebbe stretto un accordo con quello stupido pomposo. Ma avrebbe avuto i dipinti di Caravaggio.

Scipione aspettò due giorni prima di colpire e scelse con cura il momento adatto, tenendosi distante dagli eventi che ebbero luogo. Mentre stava cenando con l'ambasciatore spagnolo e l'artista Rubens, gli sbirri fecero irruzione nello studio di Giuseppe Cesari e lo arrestarono per il possesso di una collezione di archibugi. Era contro la legge, dissero. Tutta Roma sapeva che il possesso d'armi era proibito… Mentre Scipione spezzava il carapace di un'aragosta e ne sbocconcellava la carne, la polizia confiscò tutti i beni di Cesari e trascinò fuori dal palazzo un uomo traumatizzato, per poi condurlo al famigerato carcere di Tor di Nona. E mentre Scipione sciacquava le mani unte in una scodella d'acqua profumata e rideva con i suoi ospiti, Giuseppe Cesari fu condannato a morte.

Subdolo e minaccioso, il cardinale attese e rimase a guardare mentre la reputazione di Cesari colava a picco e i suoi beni venivano sequestrati. Con il laboratorio chiuso e la famiglia cacciata via da Roma, il pittore languì in galera, condividendo la cella con mendicanti e ladruncoli infestati di pulci. Quel rovesciamento della sorte lo gettò in depressione. Implorò indulgenza, chiese di parlare con il cardinal Borghese, ma l'ecclesiastico non si presentò. Anzi, inzaccherato e terrorizzato, Cesari fu trascinato fuori dalla sua cella a stringere un accordo con gli ufficiali giudiziari per cedere le sue collezioni alla Camera apostolica in cambio della revoca della condanna a morte.

Tre mesi dopo, papa Paolo V affidò tutti i dipinti di Cesari alla custodia di suo nipote, Scipione Borghese.

Il piano aveva funzionato e, a Roma, la rovina di Giuseppe Cesari era sulla bocca di tutti. Scipione Borghese si impossessò dei dipinti di Caravaggio, facendo salire a cinque il totale. La crudeltà delle azioni intraprese non lo preoccupava. Aveva avuto ciò che desiderava: una moneta di scambio con la quale controllare e manipolare lo scomodo pittore. Diventando il suo principale sostenitore, avrebbe potuto fare pressioni sull'artista ed esigere altre opere in cambio della clemenza papale.

Il futuro incerto e insidioso di Caravaggio si trovava nelle mani untuose di Scipione Borghese.

Ventuno

Malta

Nonostante la fede cristiana dei Cavalieri di San Giovanni, il loro era un Ordine privilegiato e autocratico, del quale si diventava membri soltanto dietro un invito. Sfoggiando la rispettata croce a otto punte sulle loro tuniche, i cavalieri si vantavano delle prodezze militari e del loro spirito avventuroso, e i racconti di tali prove d'eroismo suscitavano invidia da parte di tutti. Tuttavia, qualsiasi gruppo di giovani nobili privilegiati doveva essere tenuto a bada da un comandante forte, che inculcasse in loro i voti di povertà, castità e obbedienza con l'onnipresente minaccia di una punizione.

A Caravaggio non interessava infrangere le regole. Aveva visitato e vissuto nei palazzi dei Colonna e a Palazzo Madama, dal cardinal Del Monte, ma non aveva mai visto niente che somigliasse alle sedi dell'Ordine. Le pareti di pietra, in alcuni punti spesse più di un metro, ospitavano enormi sale da pranzo e cortili fortificati con i soffitti a volta, una cittadella militare all'interno di una città, e la chiesa dell'Ordine era un monumento alla loro fede cristiana, un luogo di culto imperioso e appariscente, una cattedrale con altissime colonne di marmo, soffitti affrescati e pareti decorate punteggiate da una collana di finestre circolari provviste di inferriate.

La ricchezza dell'Ordine era evidente persino negli alloggi più spartani. I giovani cavalieri vivevano negli Auberges: edifici a due piani, ciascuno appartenente a una diversa nazione, inseriti nelle strade affollate della Valletta. Lunghe logge austere abbellite da stendardi e blasoni, dove il rumore dei passi riecheggiava sui lunghi selciati di pietra. Facendo parte della città e non essendo esclusi dalla sua vita quotidiana, i cavalieri venivano assediati dai mercanti che vendevano beni di lusso importati dall'Europa e dall'Est, pronti a soddisfare le esigenze più stravaganti, perché i loro gusti raffinati erano un invito a nozze per i commercianti della capitale. Come Caravaggio non tardò ad apprendere, la sobrietà mostrata in pubblico nascondeva gli eccessi privati.

Per i giovani uomini che facevano voto di castità, povertà e obbedienza era difficile resistere alle tentazioni. Le donne maltesi avevano sempre il volto coperto, ma, di notte, le prostitute si riversavano per le strade, e le zuffe erano abbastanza frequenti. Le mancanze di rispetto provocavano discussioni, gli insulti dovevano essere puniti per una questione d'onore, e i cavalieri più turbolenti si ritrovavano imprigionati nel forte di Sant'Angelo. Sebbene il terrore causato dall'Inquisizione fosse stato bandito da Malta, in seguito ammisero la presenza di un inquisitore con le ali tarpate per contingentare "le compagnie rissose e violente dei cavalieri, giovani uomini con poca esperienza e disciplina, grandi amanti della licenziosità, con i quali, pertanto, l'inquisitore dovrà usare gentilezza...".

E a svettare come un colosso armato sopra quello schieramento di cinquecento uomini c'era il Gran Maestro, e la sua corte era il temibile cuore opulento dell'Ordine. Da soldato con tante battaglie alle spalle, Wignacourt non tollerava la disobbedienza e non indugiava a sopprimere qualsiasi sentimento anarchico. In chicchessia.

«Signor Caravaggio», disse Alof de Wignacourt, facendosi incontro all'artista in arrivo. «Per me e per i Cavalieri di San Giovanni è un onore riceverVi».

Aveva l'aspetto del combattente tenace, il tipo d'uomo che Caravaggio conosceva bene. Massiccio, quasi calvo, con una grossa ciste sul lato destro del naso e un marcato accento francese che non tentava di mascherare. Quando Wignacourt si incamminò, due giovani attendenti lo seguirono, uno sulla sinistra e uno sulla destra, mentre i paggi attendevano a sua disposizione accanto agli ingressi ad arco, in silenzio, con le mani giunte dietro la schiena. Fuori, in cortile, la debolezza di Wignacourt per i domestici risultò ancora più lampante, e Caravaggio li intravide muoversi tra le colonne e i filari d'aranci, silenziosi, ossequiosi, all'insaputa dei cavalieri che stavano chiacchierando in giardino, all'ombra.

«Ora la temperatura è calata», proseguì Wignacourt. «Vi va di passeggiare con me?».

Seguendolo in cortile, Caravaggio si accorse che il suo arrivo aveva attirato qualche attenzione. Le facce che stavano facendo capolino dietro le finestre lo fissavano imbambolate.

«Passo la vita a occuparmi dei cardinali», disse Wignacourt con voce esasperata. «Sono sempre a chiedere favori. A invocare trattamenti speciali. L'Ordine non è una scuola per ragazzini aristocratici. Siamo soldati, *soldati*». Assaporò la parola, rigirandosela sulla lingua. «Ho sentito parlare moltissimo delle vostre opere, signore, e dei vostri… problemi».

Caravaggio scelse con cura la propria risposta. Non era il momento di essere bruschi o di parlare senza riflettere. Quell'uomo – quel soldato dalla scorza coriacea – poteva concedergli un cavalierato e, così facendo, spianargli il cammino per fare ritorno a Roma.

«Il duello con Ranuccio Tomassoni…».

Wignacourt levò le mani al cielo. «So come sono andate le cose, non mi dovete spiegazioni o giustificazioni. Siete mio ospite e giungete con la raccomandazione di fonti affidabili. Ho ascoltato le persone che mi hanno parlato a vostro favore, Caravaggio. I vostri sostenitori, Del Monte e i fratelli Giustiniani. E naturalmente mi fido del parere di Costanza Colonna. Se vi è affezionata e nutre delle preoccupazioni per voi, per me è sufficiente». Sorrise. Aveva denti larghi e dal lato destro della bocca gliene mancavano alcuni. «E poi, suo figlio è un Cavaliere di San Giovanni».

«Fabrizio».

Wignacourt annuì. «Sì, Fabrizio. Anche lui ha avuto i suoi problemi in passato. Immagino sappiate che è stato incarcerato per un certo periodo. Voi due avete molte cose in comune, ma il passato è ormai superato. A differenza di tanti altri, io credo che un uomo possa cambiare».

«Se lo desidera».

Wignacourt si fermò e ci pensò per un istante. «Questo è vero… E voi desiderate cambiare, signore?»

«Io non desidero niente», rispose Caravaggio, osservando il volto carico d'aspettative del Gran Maestro. «Desidero solo dipingere».

Continuarono a passeggiare per parecchi minuti, con le ombre che si stringevano attorno a entrambi. Wignacourt era intrigato dal suo ospite, mentre Caravaggio stava ricordando ciò che gli aveva detto Costanza Colonna a proposito dell'Ordine. La disciplina era rigorosa, ed era Wignacourt a decidere su quali infrazioni poteva sorvolare e quali doveva punire. Era abbastanza scaltro da lasciar perdere i bordelli, ma un cavaliere sorpreso a non indossare la croce dell'Ordine veniva messo in quarantena, confinato per quaranta giorni, a digiuno, e sottoposto alla pubblica fustigazione. Se ricadeva in errore, veniva incarcerato per tre mesi. Azzuffarsi significava perdere tre anni di anzianità di servizio, e un'aggressione ai danni di un compagno dell'Ordine dalla quale derivasse la morte del cavaliere meritava lo strangolamento, e il corpo dell'aggressore veniva gettato in mare al calare delle tenebre.

Non era il luogo adatto per un uomo caparbio e violento come Caravaggio, ma, al pari di Wignacourt, neanche lui era uno sciocco. Era concentrato su un'unica cosa, la grazia, e a tale scopo avrebbe mitigato la propria natura e imparato a tenere a freno la lingua.

Caravaggio,

Cecco è qua a Roma e mi ha chiesto di scriverti. È un grande piacere per me.

Ci manchi.

Mio padre sostiene che otterrai la grazia, dice che non c'è nessun altro pittore in grado di competere con te.

Dice che il Papa è uno stupido.

Ma lo sai – no, come potresti? – che Giuseppe Cesari è caduto in disgrazia? È un uomo distrutto e nessuno gli affida più commissioni. Non mi fa alcuna pietà. So che era un tuo nemico.

Cecco mi ha riferito il messaggio da parte tua. Continuare a dipingere. Lo sto facendo, ogni giorno. Mio padre mi permette di dipingere gli sfondi dei suoi quadri. Dice che ho talento, ma che sarebbe meglio se mi trovassi un marito benestante. Sta sprecando il fiato. Prima diventerò una pittrice, poi una moglie.

Sono andata a vedere il tuo *San Girolamo* e ho provato a disegnarlo. Non è venuto bene, ma ci riproverò ancora e ancora…

Qua a Roma sentiamo la tua mancanza,

Artemisia

Aggrottando la fronte, Caravaggio aprì il foglietto racchiuso all'interno della lettera. Artemisia gli aveva mandato il disegno di San Girolamo. L'esecuzione era mediocre, ma c'erano ardore e vigore, c'era concretezza nella figura. Compiaciuto, pensò a lei: seria, distaccata da un padre con la lingua biforcuta, con un talento che già a quattordici anni superava quello dei fratelli.

Caravaggio non aveva figli, non si era mai voluto costruire una famiglia, era un solitario convinto. Ma Artemisia, contraddistinta da quel talento, gli aveva sempre scaldato il cuore. Dopo aver capovolto il bozzetto, cercò un pennino, ma, non avendone uno a portata di mano, intinse la punta di un pennello nella vernice nera e buttò giù le parole.

Continua a lavorare, Artemisia, in te c'è una genialità che il tempo porterà alla luce.

Sei la mia erede. Ricordalo.

Caravaggio

Quella settimana arrivò un'altra lettera. Consegnata a mano, fu fatta scivolare sotto la porta dell'Auberge italiano di Caravaggio, la calligrafia familiare, il ricordo di tanti anni prima, di un ragazzo con il viso rotondo che aveva vissuto con lui nel quartiere degli artisti a Roma. Il volto del *Ragazzo che monda un frutto* e del *Suonatore di liuto*, l'amante che aveva lasciato Roma per sposarsi e diventare padre.

Caravaggio,

mi farebbe piacere vederti, dato che adesso mi trovo a Malta.

Parlano tutti di te, vorrebbero conoscerti, ma forse ricorderai un amico fedele.

Io mi ricordo di te.

Mario Minniti

Se c'è un Dio, allora è un buffone capriccioso.

Pochi giorni dopo il mio arrivo a Malta, sono stato convocato dall'Inquisizione, spintonato in una cripta con il soffitto a volta, tetre pareti di pietra e un tavolo dietro cui sedevano tre uomini. La figura al centro era incappucciata, il viso corroso dall'età. Giudici, avvocati, polizia, inquisizione… mi seguono come la catena di una galea.

Ormai dovrei esserci abituato, verrebbe da pensare. Ma prima, in genere, ero ubriaco o belligerante, mentre in questo caso ero il pittore dell'Ordine dei Cavalieri di San Giovanni, quindi non potevo mandare tutto a monte.

Davanti ai tre uomini c'erano pile di lettere e verbali, mentre Wignacourt era rimasto a guardare con le braccia conserte. Furioso. Malgrado avesse superato i sessant'anni, la stazza e la grinta lo rendevano un osso duro. C'erano centinaia di Wignacourt nei bassifondi di Roma. Vecchi soldati abituati a uccidere che cercavano di trovare un po' di pace prima della battaglia che non avrebbero potuto vincere. Fillide se lo sarebbe portato a letto, Scipione l'avrebbe fatto arrestare, Orazio Gentileschi l'avrebbe spennato in una partita a carte. Ma nell'Ordine, mentre scrutava l'Inquisizione, Wignacourt era impressionante.

«Ho saputo che vi coricavate con i fanciulli, Caravaggio…», aveva detto la sera prima.

«Anche con le donne», l'avevo corretto, con il biglietto di Minniti che mi bruciava dentro la tasca.

«Mi domandavo…».

Wignacourt aveva mosso qualche altro passo, ma avevo intuito a cosa stava pensando. Se era abile con la spada, un pederasta poteva essere perdonato.

L'anziano incappucciato mi ha guardato e ha inspirato dalla bocca. Quando ha parlato, ho immaginato il fetore dei suoi denti marci. «Siete stato invitato a casa di un cavaliere siciliano in compagnia di un pittore greco, è corretto?».

Ho annuito.

«E tale pittore è stato accusato di bigamia. Un testimone ha dichiarato, cito testuali parole, che "un pittore greco sta alloggiando in casa di fra' Giacomo Marchese… e stava parlando con il pittore Michelangelo da Caravaggio". Cosa sapete a proposito di quest'accusa di bigamia, signore?».

Se avessi saputo gli affari di quell'uomo, oppure i nomi e i luoghi ove si trovavano le due mogli, avrei mentito. Invece mi sono limitato a dire:

«In casa di fra' Giacomo Marchese alloggia un pittore greco arrivato quindici giorni fa a bordo delle galee. È tutto ciò che so».

L'inquisitore mi ha fissato, provando a intimidirmi, con il cappuccio nero sul cranio, le spalle ossute e ricurve come una falce, il viso simile al muso di un vecchio asino stanco che aveva trainato troppo a lungo un carretto. E i suoi occhi dicevano: "Io ti conosco, Caravaggio. Assassino, delinquente, sodomita".

Se mi avesse potuto sbattere in carcere solo perché respiravo, l'avrebbe fatto.

Invece mi ha liquidato con un cenno della mano, e Wignacourt mi ha dato una pacca sulla spalla mentre gli passavo accanto. In un'altra vita, avrei dato un calcio alla sedia di quel maledetto prete, gli avrei infilato il rosario in quel buco riarso che era la sua bocca da serpe. Ma ero cambiato, al guinzaglio, domato e coccolato, ubbidiente e casto.

Aspettavo, pianificavo, complottavo, in vista della grazia che un giorno o l'altro sarebbe arrivata.

Ventidue

Wignacourt non perse tempo e presentò Caravaggio alle personalità più ricche e influenti della Valletta. Tuttavia, l'episodio con l'Inquisizione aveva permesso all'artista di farsi un'idea inaspettata sulle dinamiche interne dell'Ordine: gli onorevoli cavalieri tradivano il prossimo, come il povero pittore bigamo che era diventato il bersaglio di uno scherzo. L'Inquisizione aveva fatto cadere tutte le accuse, ma l'incidente aveva reso Caravaggio diffidente. C'erano spie ovunque.

Poco dopo il suo arrivo, il pittore era stato avvicinato da Ippolito Malaspina e Antonio Martelli, uomini di grande potere e consiglieri di Wignacourt. La gloriosa carriera militare e il coraggio di Malaspina lo avevano reso un eroe dell'assedio, e anche Martelli aveva giocato un ruolo importante durante l'attacco ottomano. Erano rimasti impressionati da Caravaggio e dall'abilità dimostrata da Wignacourt assicurandosi che entrasse a far parte dell'Ordine. Era stato, dichiararono, un trionfo.

Il Gran Maestro voleva un ulteriore successo. In fretta. Un ritratto. Suo. Un ritratto monumentale da lasciare ai posteri. Tuttavia, per quanto fosse abituato a comandare centinaia di uomini, posare per farsi dipingere lo rendeva insicuro, e l'esame minuzioso che comportava lo metteva in imbarazzo. Stizzito, mandò il suo paggio a prendere dei costumi di scena. Poi li rimandò indietro. Ne mandò a prendere altri. Alla fine, su ordine di Wignacourt, uno specchio a figura intera fu portato nello studio e appoggiato al muro, in modo che il Gran Maestro potesse vedere il proprio riflesso, con la luce del sole che gli faceva scintillare l'armatura.

Girando la testa per nascondere la grossa ciste che aveva sul naso, Wignacourt annuì.

«Sono pronto».

«Io no», replicò Caravaggio, andando a chiudere gli scuri e accendendo due torce appese alla parete nei rispettivi portafiaccole in ferro.

«*Dipingerete al buio?*», domandò Wignacourt, sbigottito. «Come fate a vedere?»

«Come un uccello, grazie all'istinto», rispose l'artista mentre il bagliore si espandeva e rischiarava il soggetto da ritrarre, facendo piombare nell'oscurità l'ambiente alle sue spalle.

Aggrottando la fronte, si avvicinò al Gran Maestro e lo fece mettere in posa di tre quarti. Wignacourt continuava a tenere lo sguardo fisso sul proprio riflesso e impugnava il bastone cerimoniale, il corpo cinto nell'armatura nera mentre gli occhi guardavano lontano, come se stesse ricordando le dimostrazioni di coraggio dei tempi andati. In netto contrasto accanto al Gran Maestro, un paggio, poco più che un fanciullo con il viso liscio, gli porgeva l'elmo. Le piume sul cimiero e le calze del valletto erano di un bel cremisi acceso, e il rosso si rifletteva sulla superficie nera della rigida armatura di Wignacourt.

Se si era messo in testa di stupire il Gran Maestro, Caravaggio riuscì nell'intento. Wignacourt, il guerriero avanti con gli anni che svettava sopra i propri cavalieri e brandiva il bastone cerimoniale, fu entusiasta del ritratto e concesse all'artista la Croce di Malta. Fu un dono straordinario e inaspettato con il quale ricompensò il pittore, tributandogli un riconoscimento del suo talento e una dichiarazione d'affetto. Sollevato, Fabrizio Colonna scrisse alla madre e le assicurò che il suo pupillo stava trionfando. Malgrado inserirlo tra le schiere di un Ordine formato da soldati aristocratici fosse stato un rischio, non si erano verificati scontri né di carattere personale né sociale.

Proseguì dicendole che Caravaggio aveva ricevuto altre commissioni, e che l'amico più intimo di Wignacourt, Malaspina, gli aveva richiesto un *San Girolamo scrivente* davanti al quale pregare in privato. Uomo rigoroso ma comprensivo, Malaspina era stato un generale straordinario e aveva trattato i suoi uomini con una compassione inusuale. Quando il suo equipaggio era stato colpito dalla febbre, Malaspina aveva ordinato che i ponti venissero lavati con l'aceto per eliminare il morbo, poi li aveva fatti risciacquare con il profumo per dare sollievo ai malati.

Incoraggiato dal balsamo del generoso encomio, Caravaggio lavorò in modo febbrile, sapendo che gli aggiornamenti sul suo comportamento sarebbero stati riportati ai Colonna. Il morso che gli era stato infilato in bocca, tuttavia, non teneva completamente a bada il cavallo.

«Non hai risposto al mio biglietto».

Caravaggio si voltò e vide un'esile figura che si profilava nel bagliore di una fiaccola. «Minniti?».

Mai Mario, sempre Minniti.

Si avvicinò, il viso rischiarato dalla luce. Era ancora attraente, ma le guance erano meno piene, la bocca meno invitante.

«Avevi intenzione di rispondere?»

«Non mi hai dato un indirizzo al quale trovarti».

Minniti sorrise. «Un tempo questo non ti avrebbe fermato». Le mani scivolarono nelle tasche dei calzoni di seta, chinò la testa. «Mi sono sposato...».

«Lo so. Hai avuto anche dei bambini».

Minniti annuì. «Due figlie. Ormai sono quasi adulte».

«E tua moglie?»

«È morta, ma non siamo mai stati uniti e conducevamo vite prevalentemente separate... Tu non ti sei mai sposato, vero?». Caravaggio fece spallucce, eludendo la domanda, e Minniti proseguì. «Ho sentito parlare delle tue disavventure. Tutta Italia ne ha sentito parlare. Il bando capitale è stato un castigo severo... Ti concederanno la grazia per tornare a Roma?»

«Ne stanno discutendo in questi giorni», mentì il pittore, non volendo apparire vulnerabile di fronte all'amante di un tempo, che in passato non poteva fare a meno di lui. «La morte di Tomassoni è stata un incidente...».

«Ho saputo».

«La grazia arriverà», ripeté Caravaggio. «*Arriverà*».

«E nel frattempo ti fai una reputazione e abbagli Malta». La voce di Minniti aveva una strana inflessione, una sorta di tristezza quasi dimenticata. «Possiamo vederci? Non intendo per strada, e non intendo neanche in un letto. Voglio dire... possiamo vederci come amici? Non ti ho mai dimenticato e non ti ho mai serbato rancore. Hai scelto la tua strada, e io ho la mia».

Caravaggio esitò, assalito dalla vergogna. «Non avrei mai dovuto lasciarti».

«Sì», mormorò Minniti, «dovevi, e l'hai fatto. E adesso stiamo invecchiando e abbiamo tanto di cui parlare. Il tempo consuma ogni uomo».

«Stai diventando un poeta», lo prese in giro il pittore. «Avevi talento. Dipingi ancora?»

«Dipingo come un manovale», rispose Minniti. «Mentre tu dipingi come un dio».

Si incontrarono la settimana successiva, mentre Caravaggio stava lavorando al *San Girolamo scrivente* per Malaspina e aveva un'altra commissione importante in arrivo, la richiesta di un ritratto da parte di Antonio Martelli. Aveva visto il dipinto del Gran Maestro e desiderava che anche il suo aspetto venisse immortalato, così Caravaggio dipinse un ritratto di tre quarti dell'anziano soldato. A differenza della raffigurazione di Wignacourt, quel dipinto aveva un'atmosfera più sobria, con Martelli che guardava altrove e impugnava l'elsa di una spada perlopiù immersa nell'ombra, una cinta attorno al ventre prominente e l'orecchio prestato all'ascolto di una battaglia dimenticata da tempo. Gli occhi ricordavano lo sguardo di un vecchio santo, la bocca era una mezzaluna rovesciata. Era il ritratto di un uomo che stava invecchiando e ricordava il passato, e Martelli lo capì e lo adorò.

Tenendosi alla larga dai guai, passarono i mesi, e Caravaggio, sentendosi fiducioso sotto la protezione dell'Ordine, terminò il dipinto di *San Girolamo scrivente* per Malaspina, una rappresentazione diversa dalle versioni precedenti del santo. Quello non era un anziano ingobbito. Quel Girolamo non era giovane, ma in forma, muscoloso, sedeva a uno scrittoio con la schiena dritta e lavorava. Era una rappresentazione dell'esperienza umana, dell'umiltà e del coraggio, della saggezza e della compassione, e riscosse un successo immediato.

La notizia corse da Malta a Napoli e si diffuse anche altrove. Con il sostegno del Gran Maestro, Caravaggio si mescolò alle personalità influenti e agli uomini di cultura che lo circondavano. Colpito dalla loro posizione sociale, prosperò e fu contattato dal cavaliere fra' Francesco Dell'Antella, segretario di Wignacourt. Impaziente di avere un dipinto tutto suo, commissionò l'*Amorino dormiente*, un soggetto con cui Caravaggio aveva poca dimestichezza, ma al quale si dedicò con slancio. Una volta finito, il quadro fu appeso negli alloggi di Dell'Antella e mostrato ai dignitari in visita. Nessuno menzionò mai la morte di Tomassoni o il bando capitale che pendeva sopra la testa del grande artista, e anzi, tutti serrarono i ranghi attorno al pittore.

Dopo un anno intero in cui gli fu impedito di lasciare l'isola, essendo un requisito richiesto per entrare a far parte dell'Ordine, Wignacourt mantenne la parola data. Propose al Papa il cavalierato di Caravaggio, omettendo con cura il nome dell'artista. Con le influenze congiunte del Gran Maestro, dei Colonna e di una folta schiera di uomini còlti e abbienti, l'attesa cominciò. E mentre attendeva l'inizio del noviziato, Caravaggio visse nell'Auberge italiano vicino ai cancelli d'entrata della città. L'ambiente era monastico, ma poteva godersi le fastose sale comuni dell'Ordine e ci si aspettava che andasse a fare visita agli ammalati in ospedale. Fece tutto quello che era tenuto a fare.

Malgrado fosse tentato dai bordelli che sorgevano nelle strade adiacenti e sentisse il doloroso richiamo delle partite a carte disputate poco lontano, condusse una vita tranquilla. Minniti andò a fargli visita, ma Caravaggio rifiutò di parlare dei vecchi tempi: i ricordi allettanti delle risse, delle prostitute e delle bevute, le sue vecchie debolezze, erano banditi. Per la prima volta in vita sua, aveva soggiogato la propria natura al servizio dell'ambizione, e nell'estate del 1608 fu approvato che venisse accolto nell'Ordine dei Cavalieri di San Giovanni.

Wignacourt lo nominò: «...Onorevole Michelangelo... che ha fatto approdo in questa città con un ardente fervore per il Cavalierato… affinché il nostro Ordine possa infine gloriarsi di aver adottato questo discepolo…».

Il ragazzino respinto venuto dalla Lombardia, l'adolescente affamato che si era spezzato la schiena per guadagnarsi da vivere per le strade di Roma, l'assassino, il fuggitivo, il genio invidiato e sminuito da chi aveva meno talento, era finalmente giunto all'apice del suo potere. Corteggiato dai nobili, accettato dai Gran Maestri, ammirato dai rivali, Caravaggio era finalmente stato ripagato per aver tenuto sotto controllo la propria natura avventata.

Ma il morso stava scivolando e il cavallo era pronto a sgroppare.

Ventitré

> Quasi non l'abbia colpito alla prima con la spada, prende il coltello dal fianco, afferrando i capelli del santo per distaccargli la testa dal busto.
>
> PIETRO BELLORI

Nonostante i dogmi e i canoni cristiani secondo i quali vivevano i membri dell'Ordine dei Cavalieri di San Giovanni, Wignacourt era anche un politico di grande esperienza. Aveva grandi ambizioni per la nuova città della Valletta ed era determinato a tenere alta la reputazione dell'Ordine, consacrando le virtù del nobile soldato cristiano. Ora che si era assicurato i servigi del pittore più famoso d'Italia, Wignacourt era intenzionato a tenerlo con sé e, a tale scopo, si calò nei panni di Aracne alla spola.

Ciò che Caravaggio non aveva compreso era che, per essere nominato cavaliere, avrebbe dovuto versare un tributo monetario, un *passaggio*. Difficile per un fuggitivo impoverito che stava scappando dal bando capitale. Wignacourt, naturalmente, aveva la risposta pronta e gli suggerì di dipingere un quadro che sarebbe stato accettato al posto del pagamento.

Devo dipingere un quadro, un soggetto scelto dal Gran Maestro – la *Decollazione di San Giovanni Battista* – e completarlo per la fine dell'estate, data della mia investitura a cavaliere, affinché possa essere esposto in occasione della festa del Santo patrono, il 29 agosto…

Costanza lesse la lettera di Caravaggio, poi ebbe un attimo di esitazione. Si sarebbe potuta offrire di pagare il *passaggio* al posto suo, ma così facendo avrebbe rischiato di offenderlo, un'eventualità da evitare a tutti i costi. Caravaggio aveva tenuto a freno i lati peggiori del suo carattere e non era ammissibile turbarlo in alcun modo.

Pertanto, gli scrisse una risposta affettuosa e incoraggiante.

Non avevo dubbi che avresti realizzato un dipinto magnifico, tanto che non si parla d'altro da Malta a Napoli, fino a Roma e oltre. È giusto che il tuo genio sia stato riconosciuto e ricompensato, e il Cavalierato, l'ammissione tra le schiere dell'Ordine dei Cavalieri di San Giovanni, ripaga la fiducia che ho sempre riposto in te... Mi hai resa molto orgogliosa, e ti ringrazio per questo...

Mancavano solo pochi mesi d'attesa prima della nomina a cavaliere. Una volta ricevuta, il bando capitale sarebbe stato automaticamente revocato. Proprio ciò che desiderava con tutto se stesso. Malta era un posto sicuro, ma un uomo condannato a morte non era mai completamente fuori pericolo. Ciò che Caravaggio non sapeva – e di cui non si sarebbe reso conto finché non sarebbe stato nominato cavaliere – era che dal giorno della sua investitura avrebbe dovuto chiedere il permesso del Gran Maestro per lasciare l'isola. Persino per un giorno solo. La sua testa sarebbe stata al sicuro, ma avrebbe vissuto un'esistenza confinata.

Mentre la trappola dorata di Wignacourt rimaneva un segreto, Caravaggio cominciò a progettare l'imponente pala d'altare della *Decollazione di San Giovanni Battista*. Doveva raffigurare la morte del santo che i cavalieri veneravano sopra ogni altro. Il dipinto era destinato all'oratorio, dove i cavalieri accettavano le regole e le aspettative dell'Ordine. Doveva essere un'immagine che abbracciasse tutti i princìpi dei Cavalieri di San Giovanni, ritratta però con il brutale realismo che era tipico di Caravaggio. Nella sua versione, San Giovanni non sarebbe stato una figura trionfante, ma lo avrebbe dipinto disteso sul pavimento del cortile di una prigione tetra, con due persone che lo osservavano imbambolate dietro le sbarre di una finestra. Non sarebbe stata la semplice rappresentazione di un sacrificio, ma anche un brutale ammonimento e, in quanto tale, il modello che avrebbe impersonato il santo doveva essere eccezionale.

Data la dimensione della tela, gli fu fornita un'altra stanza da usare come studio, una sala imponente con le pareti di pietra che gli concedeva spazio per allontanarsi e considerare quale effetto avrebbe avuto il quadro dopo essere stato appeso. Aveva comprato la tela e, scoraggiato, non tanto dalla sua dimensione quanto dal tempo che aveva a disposizione per completare l'opera, aveva chiesto aiuto a Minniti.

«La tela è stata realizzata con quattro strisce orizzontali di tessuto cucite con un sopraggitto. Voglio una doppia imprimitura. Ricordi come la preparavo?».

Minniti, pallido nei suoi abiti scuri, annuì. «Me lo ricordo».

«Non lesinare sull'olio. Assicurati che la superficie sia liscia e regolare… Mi serve il modello giusto, Minniti. San Giovanni è il santo patrono dell'Ordine, e ho bisogno dell'uomo *giusto*, altrimenti il quadro non funzionerà…», proseguì Caravaggio. «Ho la ragazza per il ruolo di Salomè e anche un'anziana dell'ospedale. Ha bisogno di soldi ed è stata malata». Osservò la tela vuota di fronte a sé. «Il carnefice non è un problema, ce l'ho qui dentro». Si indicò la testa. «Il carceriere sarà un giannizzero ottomano…».

«Cosa?»

«Un soldato, un turco. I cavalieri rappresentano questo: la sconfitta degli Ottomani. Quando guarderanno il dipinto e vedranno San Giovanni ucciso per mano di un turco, ricorderanno la loro promessa: combattere o morire». Era agitato, consapevole di quante cose dipendessero dal successo dell'opera.

«Sei agitato», disse Minniti, sorpreso.

«Ne ho ben donde. Ti ripeto, mi serve l'uomo giusto per il ruolo di San Giovanni…».

Impaziente, irritabile e frenetico, Caravaggio uscì in strada per cercare il suo santo. Esaminò decine di uomini, ne respinse molti di più, e passò un'intera settimana prima che avvistasse un uomo seduto in una taverna, da solo, con la testa china sul tavolo su cui dormiva. Gli si avvicinò immediatamente e gli toccò la spalla. L'uomo si svegliò, tirò indietro la testa e gli scivolò via il cappello. A differenza della maggior parte dei maltesi, aveva i capelli chiari, la carnagione pallida e gli occhi celesti, color delfinio.

«Che c'è?»

«Sono Caravaggio…».

L'uomo si stropicciò gli occhi per svegliarsi. «Mi devo alzare da tavola?»

«Non sono l'oste! Sono un pittore, mi serve un modello per San Giovanni, per un dipinto che sto realizzando per l'Ordine». Caravaggio fissò lo sconosciuto, sorpreso dall'assenza di reazioni. «Da dove vieni?»

«Sono arrivato dalla Sicilia a bordo delle galee».

«Non sembri siciliano».

«Mia madre era olandese», rispose l'uomo. «Mi chiamo Sem Bos».

Caravaggio annuì. «Vuoi posare per me? Ti pagherò».

«Quanto ci vorrà?»

«Perché? Hai fretta di andare da qualche parte?».

Sem scosse la testa e raccolse il cappello e il mantello. «No», mormorò. «Non ho nessuna fretta».

Caravaggio, invece, ne aveva eccome. Sapendo quanto poco tempo aveva per completare il dipinto, fece un paio di schizzi preliminari e tracciò le linee guida del progetto, il più grande che avesse mai intrapreso. Mentre Minniti finiva di dare l'imprimitura alla tela e la bloccava su un pesante cavalletto rialzato sistemato su una piattaforma, Caravaggio fece arrivare i modelli. Nel gruppo a sinistra collocò una giovane domestica che sorreggeva il vassoio d'argento sul quale avrebbero adagiato la testa del santo. Alle sue spalle mise l'anziana, che osservava la scena con orrore, e alla sua sinistra il carceriere.

Indietreggiò, contemplò la sistemazione e si mise all'opera. Smanioso, delineò le figure con la terra d'ambra bruciata e impresse alcune tacche nella vernice umida per avere una griglia di riferimento. Dopo aver abbozzato le prime figure, concesse loro di fare una pausa e chiamò l'olandese, Sem Bos. Quando Sem mise piede sul palco, la giornata era ormai finita, anche se nello studio avvolto dall'oscurità, con le fiaccole che tremolavano, non cambiava poi molto.

«Togliti i vestiti e metti quelli», disse Caravaggio, indicando un mantello rosso e una pelle di pecora abbandonati a terra. «Sdraiati sulla pelle, sì, pancia a terra». Si avvicinò all'olandese e gli coprì le natiche con il mantello rosso, altrimenti sarebbe stato completamente nudo. «Adesso gira la testa verso di me».

L'uomo ubbidì, e il bel volto immobile, dai colori chiari, fu rischiarato dal bagliore della fiaccola. Sia Caravaggio che Minniti lo fissarono per un momento: era etereo, quasi ultraterreno. Il martire perfetto che sapeva di essere destinato a Dio.

«Bene, bene... Fai venire il maniscalco, Minniti», disse il pittore, e un uomo voluminoso si presentò nella sala dal soffitto a volta. Con le gambe possenti, nudo a parte il panno legato attorno ai fianchi, entrò fischiettando tra sé un motivetto stonato e si fermò di colpo non appena vide la figura prona.

«Ma che...?»

«Metti questa attorno alla vita», disse Caravaggio, porgendogli una cinta di pelle. «E adesso prendi il coltello nel fodero... Sì, sì, così!», proseguì, inclinando la testa per valutare la posizione. «Ora voglio che afferri la testa del santo...».

«La *cosa*?»

«La testa del santo», spiegò l'artista con tono stizzito. «Stai per giustiziare San Giovanni Battista».

«Col cazzo che lo faccio!».

«Col cazzo che non lo fai!», replicò Caravaggio. «Ti pago profumatamente per metterti in posa, quindi fallo. Se non ci riesci tu, troverò qualcun altro che lo sappia fare». Si avvicinò al maniscalco, gli sistemò la linea delle spalle e cambiò la posizione del braccio con cui stringeva i capelli dell'olandese. «Tiragli indietro la testa, come se stessi per tagliargli la gola».

Con riluttanza, l'uomo fece come gli era stato detto, e Caravaggio indietreggiò per osservare il quadro plastico di fronte a sé. Al suo fianco, in silenzio, c'era Minniti. Aveva visto sbocciare il talento dell'artista ai tempi di Roma, quando l'aveva dipinto come un fanciullo dalle labbra rosee, sul quale gli ecclesiastici potevano sbavare in privato, al miracolo di quel grande palcoscenico. Il dipinto era appena cominciato, ma la sua potenza era già palpabile.

«Non voglio che lo veda nessuno finché non sarà finito». Caravaggio diede un colpetto sulla spalla a Minniti. «Hai capito? Nessuno».

E difatti, nel corso dell'estate, nessuno riuscì a vedere il dipinto, e il pittore sgobbò per completarlo entro la scadenza del 29 agosto, in occasione della festa patronale di San Giovanni Battista. A volte, Wignacourt si affacciava alla porta dello studio improvvisato, ma veniva cacciato via. Caravaggio era educato, ma irremovibile. I cavalieri non si azzardavano ad avvicinarsi e solo a Minniti era permesso entrare. Caravaggio lavorava talmente in fretta da non fermarsi neanche per mangiare. Spezzava tozzi di pane e pezzi di formaggio con le mani sporche di vernice, e a volte qualche coscia di pollo mandata dalla tavola del Gran Maestro. Beveva minime quantità di vino e dormiva quel tanto che bastava per recuperare le energie: si stava incamminando verso un traguardo personale, l'apice della sua carriera, e la concentrazione era assoluta.

I pettegolezzi spuntarono come funghi su una pila di letame. Caravaggio era risorto come Lazzaro, presto sarebbe diventato un Cavaliere di San Giovanni e i suoi lavori erano più richiesti che mai. Le notizie raggiunsero Roma e l'orecchio dell'astuto Scipione, e il cardinale decise che era giunto il momento di ritirare fuori l'argomento della grazia con il Papa. Il suo non era un gesto altruistico. Scipione voleva riportare Caravaggio nella capitale tanto quanto voleva estendere la propria collezione. Le voci continuarono a diffondersi, raggiunsero Napoli e la Sicilia, e incuriosirono Rubens che si trovava ad Anversa. Alla fine di luglio, il principe di Lorena si recò a Malta per fare visita al Gran Maestro insieme a un seguito di cortigiani e amici.

In onore degli ospiti in visita, l'Ordine preparò allestimenti spettacolari, alloggi sfarzosi e banchetti sontuosi, e concesse a ciascun ospite un servitore che, di sera, si affrettava a precederli nei giardini per illuminare il cammino tra gli alberi. Avendo visto gli impressionanti ritratti e i dipinti realizzati da Caravaggio a Malta, Enrico II di Lorena gli commissionò un'*Annunciazione*.

Era tornato a essere un astro nascente. Brillante, inarrestabile.

L'unica cosa che doveva fare era realizzare un capolavoro degno di un genio con la *Decollazione di San Giovanni Battista*... Appoggiato al banco da lavoro, il pittore esaminò il dipinto. Aveva completato le figure delle due donne, del carceriere turco e dell'animalesco carnefice, ma aveva cambiato idea per quanto riguardava San Giovanni. Immobile, silenzioso, Sem Bos rimase in posa con gli occhi chiusi, e Caravaggio dipinse il suo martirio, la decapitazione. Tuttavia, per il Battista della sua versione la fine non sarebbe giunta tanto in fretta. Invece di un taglio netto, il boia era riuscito a decollarlo soltanto in parte, ed era raffigurato nell'atto di sguainare il coltello per finire il lavoro e recidere la pelle rimasta.

Continuando a fissare l'opera, Caravaggio spostò l'attenzione sul sangue che aveva dipinto sgorgare dal collo del santo, che aveva il viso già pallido a causa del dissanguamento e le mani legate dietro la schiena. Brutale, onesto. La morte di un brav'uomo. La morte di un delinquente. La morte, la grande livella universale... Sem Bos aveva posato con grande diligenza, senza lagnarsi. Il finto carnefice aveva imprecato e si era grattato il sedere, l'anziana si era lamentata perché le dolevano i piedi, mentre l'olandese era rimasto spiritualmente e ipnoticamente quieto.

«L'ho firmato», disse Caravaggio a Minniti, indicando la firma scritta nel sangue del santo: *f. Michelangelo*, con la *f* puntata che significava "frater", a indicare il suo sodalizio con l'Ordine. Era il primo, e anche l'ultimo, dipinto sul quale avesse mai apposto il proprio nome.

«Non ha mai aperto bocca?», domandò Minniti, osservando il ritratto dell'olandese.

«Quando ci siamo conosciuti, poi ha pronunciato un paio di parole ogni tanto, ma in genere è rimasto in silenzio».

«Dov'è andato adesso?».

Caravaggio si strinse nelle spalle. «Non lo so. Gli ho pagato metà di quanto pattuito e gli ho detto di tornare a prendere il resto. Quando sono uscito dallo studio, stava osservando il dipinto. Quando sono rientrato, se n'era andato».

Minniti aggrottò la fronte. «E non è più tornato?»

«No», rispose l'artista, scuotendo la testa. «Sono andato a cercarlo alla taverna per dargli i soldi, ma non c'era. Non c'era neanche nessuno che si ricordasse di lui. Magari era un fantasma», disse con leggerezza, ma in realtà era turbato. L'olandese era arrivato al momento giusto, poi era scomparso senza lasciare traccia. Il pensiero lo snervava, come un presagio confuso.

«È il miglior dipinto che tu abbia mai realizzato…», disse Minniti, sbalordito.

Caravaggio annuì. «Forse. Sì, sì, hai ragione».

«E il miglior dipinto che io abbia mai visto».

Finalmente gli dèi erano dalla sua parte. Non era più il ragazzo che portava sfortuna, il genio defraudato… Caravaggio espirò lentamente, lanciando un sospiro di sollievo. Aveva dimostrato quanto valeva, e adesso l'avrebbero visto tutti. Avrebbe mostrato al mondo la *Decollazione di San Giovanni Battista* e avrebbe avuto un futuro assicurato.

Quella notte, però, sognò lo stagno in cui era annegato e si svegliò, madido di sudore, alle prime luci di una lunga alba.

Ventiquattro

Malta, agosto 1608

La meraviglia di Wignacourt di fronte al dipinto si rifletté sull'intero Ordine, ma l'esposizione pubblica non ebbe luogo fino al 29 agosto, festa patronale del Battista. Sbalordito dalla bellezza della *Decollazione di San Giovanni*, Wignacourt ricompensò Caravaggio con una catena d'oro lavorato, due servitori e il suo affetto. Come Del Monte prima di lui, il Gran Maestro aveva maturato una predilezione per il pittore, insieme a un profondo rispetto. Così Michelangelo Merisi da Caravaggio si ritrovò finalmente al sicuro, stimato e ben ripagato.

Ma c'erano delle condizioni, un aspetto che il pittore non aveva messo in conto. Era legato a Malta e ai capricci del Gran Maestro, ed era tenuto – anzi, costretto – a rispettare le regole dei Cavalieri di San Giovanni. Se agiva con discrezione, in privato poteva concedersi qualche scappatella amorosa, ma una condotta volgare o sregolata non sarebbe stata tollerata, e per "condotta sregolata" si intendevano anche gli scambi d'insulti con gli altri cavalieri, azzuffarsi in qualsivoglia maniera e duellare con le spade.

Sorpreso che la posizione privilegiata di pittore dell'Ordine non lo esentasse da tali regole, si ritrovò confinato a Malta, sotto il rigido controllo del cavalierato. Per un anno aveva esercitato uno strenuo autocontrollo, impegnandosi per ottenere la nomina a cavaliere e, con essa, la revoca del bando capitale, ma adesso che si era sbarazzato della condanna a morte emanata a Roma si aspettava di essere libero di dare sfogo alla sua vera natura e, ebbro di successo, il suo autocontrollo vacillò.

I giovani cavalieri aristocratici erano molto protettivi nei confronti dei loro Paesi e del loro retaggio, e si offendevano per un nonnulla. Come aveva osservato Wignacourt in un'occasione: «In un ambiente in cui così tanti uomini si dedicano alla professione del soldato e dove alle questioni d'onore è data così tanta importanza, è impossibile pensare che non si verifichino numerose zuffe e contese...».

Investito cavaliere, con la stella bianca a otto punte sulla tunica e una catena d'oro attorno al collo, Caravaggio cominciò a mettere alla prova i limiti che gli erano stati imposti. La *Decollazione di San Giovanni Battista* aveva riscosso un successo monumentale, dovevano senz'altro concedergli di riposare un po' e di godersi i risultati. Ciò che non capiva era che un bambino di umili origini, un ragazzo che si era spezzato la schiena per guadagnarsi da vivere nei bassifondi romani, non diventava automaticamente nobile grazie a una croce appuntata sul petto.

Arrogante e baldanzoso, diede uno strattone alle briglie tirate a lucido. A differenza di Rubens ad Anversa, lui non era un diplomatico e non riusciva a vivere sottostando alle regole altrui. Era riuscito a controllarsi per un anno, ma in quel lasso di tempo la moderazione aveva avuto uno scopo. Ora che aveva raggiunto l'obiettivo, era di nuovo irrequieto. Sentiva il richiamo di Roma, gli sussurrava all'orecchio. Sognava un ritorno trionfale come Cavaliere di San Giovanni, di essere idolatrato, che il Papa gli concedesse la grazia, cancellando il passato.

L'idea di essere legato a Malta gli dava sui nervi, come il pensiero di dover chiedere il permesso del Gran Maestro per lasciare l'isola, persino per un breve periodo. Contrariato, Caravaggio accantonò i pennelli e tornò alle vecchie abitudini, trascurando la pittura per passeggiare per la Valletta con aria da gradasso, in compagnia di Minniti, e le prostitute e i bari gli si radunarono subito attorno.

Per quanto fosse preoccupato dal cambiamento repentino del pittore di corte, Wignacourt chiuse un occhio di fronte alle prime segnalazioni degli eccessi di Caravaggio. Dopo un paio di settimane, però, il Gran Maestro lo affrontò di persona. Avrebbe dovuto essere una chiacchierata tra amici, ma l'artista si mise subito sulla difensiva.

«Mi avete fatto spiare?»

«La questione riguarda soltanto noi due…».

«*Qua?* Non c'è niente che riguardi soltanto due persone. Ogni parola pronunciata viene udita da almeno un centinaio di cavalieri». Giocherellò con la catena d'oro che aveva al collo. «Vengo sorvegliato».

«No, Caravaggio. Siete ammirato, non sorvegliato», replicò il Gran Maestro, cercando di calmarlo. «Non siete felice?»

«Sono tenuto al guinzaglio…».

Lo sguardo di Wignacourt si indurì. «Un guinzaglio che avete sollecitato assiduamente».

«Ma che è comunque un guinzaglio».

Furibondo, Wignacourt ordinò ai suoi paggi di lasciare la stanza, poi raggiunse un tavolo e riempì due bicchieri, versando il vino da una caraffa d'argento. Porse un bicchiere a Caravaggio e si sedette con un'espressione severa, la bocca tesa e corrucciata.

«Mi avete offeso…».

«Io avrei offeso *voi*?», ribatté il pittore. «Mi hanno condotto davanti a voi come uno scolaretto del cazzo da prendere a vergate».

«Siete un impertinente!».

«Non sono un bambino!», sbottò Caravaggio, sfidando l'interlocutore. «Non mi sono guadagnato il diritto di fare ciò che mi aggrada?»

«Nessuno ha tale diritto. Ciascuno di noi ha degli obblighi nei confronti degli altri, è il principio dell'Ordine», replicò Wignacourt, tenendo a freno la rabbia, poi bevve un sorso di vino. «Con il tempo, una vita di disciplina vi risulterà appagante…».

«No, ho sempre lavorato da solo, a modo mio…».

«Un modo che ha portato un bando capitale a pendere sopra la vostra testa», rispose Wignacourt in tono d'ammonimento. «Ora avete una nuova vita, questo è un nuovo inizio. La condanna a morte è acqua passata, siete un uomo libero in un posto che vi tributa ogni onore». Si protese verso di lui, verso l'artista ripulito e radioso con il suo farsetto di velluto e le calze eleganti. «Ciascuno di noi deve cambiare per adeguarsi alle circostanze. Voi non fate eccezione. Nostro Signore...».

«Non era un Cavaliere di San Giovanni», sbuffò il pittore. «Era un uomo libero».

«Non mi metterò a discutere di teologia cristiana con voi!», tuonò Wignacourt. Aveva esaurito la pazienza e la sua collera metteva paura. «Volevate diventare un cavaliere? Vi ho reso tale. Volevate essere libero dalla condanna a morte? Vi è stato concesso. Qualunque cosa abbiate chiesto, vi è stata data». Gli rivolse uno sguardo freddo, stranamente ostile. «Fate attenzione, Caravaggio, perché la fortuna dev'essere coltivata, non data per scontata. L'arroganza ha rovinato più di un uomo».

Venticinque

28 agosto, vigilia della festa patronale di San Giovanni Battista

Riluttante a prendere sul serio l'ammonimento di Wignacourt, Caravaggio cominciò a covare del risentimento. Minniti non riuscì a farlo ragionare e, esasperato, lasciò Malta per fare ritorno in Italia. Il vecchio amico e amante stava diventando sempre più avventato e lui non aveva intenzione di assistere all'inevitabile caduta. Di nuovo da solo, Caravaggio diventò litigioso ed evitò la compagnia di Fabrizio per andarsi a cercare nuovi compari.

Quelli che si era già scelto avevano una brutta nomea ed erano noti per essere i cavalieri più turbolenti dell'Ordine. Due di loro erano Cavalieri di Giustizia, fra' Giulio Accarigi, già finito in carcere per un episodio di violenza, e fra' Giovanni Battista Scaravello. Oltre a mescolarsi con individui dal temperamento tanto focoso, Caravaggio cercò anche la compagnia di due novizi con i quali aveva fatto l'apprendistato, e il gruppo si riuniva per sfidare apertamente le regole dell'Ordine. Arroganti e spavaldi, frequentavano le prostitute e le taverne della Valletta e, di notte, le loro croci bianche spiccavano nella semioscurità delle strade cittadine.

Ubriachi, andavano in cerca di guai. E li trovarono. Caravaggio, da sempre propenso a sguainare la spada, alticcio a causa del vino e smanioso d'attenzioni, sfidò un gruppo di cavalieri, invitandoli a battersi, e nel farlo insultò e ferì gravemente un cavaliere di rango superiore, fra' Giovanni Rodomonte Roero, conte della Vezza.

Doveva essere una banale schermaglia, ma la situazione sfuggì al loro controllo. Roero, colpito dalla pistola di Caravaggio e ferito gravemente, fu ricondotto all'Ordine e ricoverato in ospedale, mentre il suo aggressore venne interrogato. Ancora belligerante, il pittore non provò neanche a smentire l'accaduto, ma conosceva le regole. Se un cavaliere si scontrava con un altro membro dell'Ordine, veniva imprigionato e privato della sua tunica.

Pertanto, il 27 agosto del 1608, Caravaggio fu arrestato e incarcerato, gettato nelle sinistre prigioni del forte di Sant'Angelo.

Il declino

Ho sognato l'olandese. E dopo essermi fatto passare la sbronza con una bella dormita, quando mi sono svegliato e ho sentito la pietra dura sotto la schiena, ho aperto gli occhi su una scena terrificante. Mi trovavo in un buco. Sepolto vivo nella roccia.

I carcerieri mi avevano buttato nella "guva", una cella, un buco profondo scavato nella roccia. Lo chiamano "Il pozzo di Sant'Angelo", dove abbandonano e lasciano morire i prigionieri caduti in disgrazia... Ma io non ho intenzione di morire. Avevo scampato il bando capitale, e non mi avrebbero fatto fuori dei maltesi del cazzo.

Sono andato nel panico, ho urlato e preso a calci le pareti impregnate d'umidità, ma alla griglia sopra la mia testa non si è affacciato nessuno. E anche se era giorno, la luce del sole giungeva smorzata a causa della profondità del buco. Puzzava come un vaso da notte. Un odore di putredine che mi riportava allo stagno della mia infanzia. Sott'acqua, lontano dalla luce...

Mi sono sforzato di ricordare ciò che avevo sentito dire. «Nessuno può scappare dalla guva». Me l'aveva detto Wignacourt? Se n'era vantato. Il pozzo era sorvegliato dalle guardie. Se qualcuno fosse mai riuscito a uscire dalla fossa scavata nel terreno, avrebbe dovuto scalare i bastioni del castello e poi calarsi da un precipizio di più di sessanta metri per raggiungere il mare sottostante.

Sto annegando.

Muschio verde, alghe marine risalite sulla terra.

Pietra che sanguina acqua.

Le mie mani scivolavano sulle pareti, le dita cercavano appigli, ma le fiancate si innalzavano a picco tutt'attorno a me, ripide, senza crepe né fessure. Alla fine ne ho trovata una, ci ho infilato il piede e mi sono tirato su, ma non c'era altro a cui appigliarsi e sono caduto all'indietro... Ho già detto che mi avevano portato via i vestiti? Niente più sete, niente più croci, niente più armi...

Il sole si stava muovendo sopra la mia testa, riuscivo a scorgere le ombre che mutavano sopra la mia cripta. Un pozzo, due metri e mezzo di diametro, tre di profondità.

Nemmeno una rana sarebbe riuscita a scalare quelle pareti.

Era il 28 agosto del 1608, l'esposizione della Decollazione di San Giovanni Battista *era prevista per il giorno successivo. L'assurdità della situazione mi ha quasi fatto ridere... Il mio dipinto mostrato a tutti, il mio Battista presentato al mondo. Avrei dovuto essere presente, un Cavaliere di San Giovanni con una croce a otto punte sul petto e una catena d'oro attorno a questo cazzo di collo.*

Invece sono tornato tra le ombre, e mi ci sono ficcato da solo. Sono tornato agli inferi, ancora una volta proteso verso la luce; ero riuscito ad afferrarla, ma mai a tenerla stretta.

Ventisei

Cara marchesa, mi rammarica dovervi informare che Michelangelo Merisi da Caravaggio è stato arrestato e incarcerato nel forte di Sant'Angelo per aver aggredito e gravemente ferito fra' Giovanni Rodomonte Roero, sparando allo stimato cavaliere con una pistola...

La notizia la colpì come una martellata. Costanza non riusciva a credere che Caravaggio avesse di nuovo gettato al vento la sua vita. Deliberatamente. "Eppure, dev'essere andata così", pensò, tornando alla lettera.

Come saprete, avevo predisposto che la *Decollazione di San Giovanni Battista*, un vero capolavoro, venisse mostrato al pubblico in onore della festa patronale del Santo, ma lo sciagurato scontro, che si è verificato la notte prima, ha trasformato l'evento in una serata umiliante per il sottoscritto e, fatto ancor più grave, per l'Ordine che mi sta tanto a cuore...

Costanza riusciva a immaginarselo fin troppo bene. L'artista appena nominato cavaliere, festeggiato in tutta Malta e vezzeggiato dal Gran Maestro in persona, gettato come un cane nella guva infossata, mentre il suo dipinto veniva mostrato a una folla imbarazzata di dignitari.

Malgrado l'affetto e l'ammirazione che provo per le opere di Caravaggio, non posso difenderlo. In compagnia di altri cavalieri, ha aggredito il rispettabilissimo fra' Giovanni Rodomonte Roero, sfondando una porta per arrivare alla sua vittima... Mi domando se non sia pazzo... Non abbiamo celebrato né i vespri né la messa in oratorio, e quella che doveva essere una giornata di celebrazioni tenute in onore del nostro Santo patrono è diventata poco più che una farsa…

"Perché l'ha fatto?", si domandò Costanza stringendo la lettera nel pugno. Fabrizio le aveva accennato che Caravaggio si era mostrato risentito per alcune regole dell'Ordine che limitavano la sua libertà, ma era una giustificazione valida di fronte a una simile aggressione? Solo poche settimane prima, suo figlio le aveva scritto per dirle che Caravaggio aveva quasi terminato il dipinto ed era felice. Felice, sì, aveva continuato a ripetere Fabrizio, l'artista era felice. Avrebbe ricevuto la nomina a cavaliere e, con essa, la revoca del bando capitale… Costanza era irritata, delusa, ma soprattutto confusa. Caravaggio aveva ottenuto ciò che voleva: una posizione prestigiosa e la salvezza. E aveva gettato via tutto alla vigilia del trionfo. L'aveva fatto di proposito? Era forse un insulto indirizzato a Wignacourt? Era talmente ubriaco o disturbato da non rendersi conto che le sue azioni lo avrebbero fatto cadere in disgrazia?

Tenendo a bada i pensieri, Costanza cominciò a scrivere:

Mio grazioso Gran Maestro,
sono rimasta davvero molto turbata dalla notizia e chiedo perdono invece di Caravaggio per il danno e l'offesa che ha arrecato a voi e all'Ordine… Non ci sono giustificazioni sufficienti che possano fare ammenda per l'accaduto, ma il temperamento di Caravaggio non è equilibrato. Non riesce a tenere sotto controllo i suoi lati peggiori. Distrugge la sua vita e ferisce chi gli sta accanto. Ma, soprattutto, distrugge se stesso.

Non è una scusa sufficiente, ma credo fermamente che Caravaggio sia malato. La sua mente è disturbata, forse fin dall'infanzia, dai continui problemi o dalle ferite riportate durante il duello con Ranuccio, ma sembra respingere l'appagamento personale e fare la corte al pericolo.

Mentre sbolliva la rabbia, si fermò e rilesse ciò che aveva scritto. Forse aveva sbagliato a incoraggiare Caravaggio ad andare a Malta? Mandandolo a vivere tra centinaia di giovani soldati appartenenti alla nobiltà, pronti a provocare e a rispondere alle provocazioni, lo aveva forse messo nella peggiore situazione possibile, visto e considerato il suo carattere suscettibile? Costanza si alzò e cominciò a passeggiare lentamente, riflettendo su quello che aveva fatto e su cosa poteva fare.

Wignacourt aveva spogliato Caravaggio della nuova carica; non era più un Cavaliere di Malta. Questa, di per sé, era già una disgrazia, ma la decisione aveva una conseguenza ancora più sinistra: il bando capitale era tornato in vigore. Quando la notizia sarebbe arrivata a Roma, e sarebbe accaduto molto in fretta, i tagliagole sarebbero tornati allo scoperto, e la famiglia Tomassoni avrebbe potuto ricominciare a dare la caccia all'assassino di Ranuccio. Si chiese se a Roma avrebbero riso di Caravaggio, se si sarebbero fatti beffe del suo cavalierato temporaneo e di una caduta in rovina tanto spettacolare.

Muovendo qualche passo doloroso sui piedi fasciati, Costanza tentò di delineare un piano. Wignacourt non avrebbe perdonato Caravaggio; non *poteva* a causa delle regole dell'Ordine. E allora cosa avrebbero potuto fare per lui? Le prigioni dell'Ordine erano tristemente note e la guva era una terribile minaccia. L'avevano rinchiuso lì?

Fabrizio le aveva spiegato che i cavalieri caduti in disgrazia venivano privati dei loro abiti e gettati nella cella sotterranea. Era a forma di campana, profonda più di tre metri, sigillata con una griglia di ferro battuto che fungeva da botola. Il cibo e l'acqua dovevano essere calati dall'alto con una fune, ma in genere le guardie lanciavano il cibo dall'inferriata. Quello che veniva spacciato per un gabinetto non era che un secchio di metallo sformato che si riempiva alla svelta. Veniva svuotato una volta al mese, tirato su con una corda, ma spesso le guardie sollevavano il secchio fino a metà pozzo e poi lo lasciavano cadere, rovesciando l'urina e le feci addosso al prigioniero. In quanto ai giacigli, non ce n'erano. I prigionieri erano tenuti a soffrire, a essere tormentati per quello che avevano fatto, e non ci si aspettava che sopravvivessero a lungo. Era un deterrente e funzionava con tutti, tranne con i cavalieri più violenti e ribelli.

Costanza ricordava anche ciò che le aveva detto suo figlio a proposito di due prigionieri che erano stati messi nella guva. Fra' Filippo Stagno, condannato a un anno di prigionia e poi rilasciato, solo per poi farsi giudicare colpevole di furto. Come punizione, fu legato in un sacco e annegato vivo. Il complice di Stagno, fra' John James Sandilands, morì strangolato, e il suo cadavere fu gettato in un fosso e dato in pasto ai cani affamati della città.

Con il cuore che le batteva forte, la marchesa tornò a sedersi a tavola e attirò a sé la lettera lasciata a metà. L'affetto che provava nei confronti di Caravaggio ebbe la meglio sulla rabbia scatenata dalla sua stupidità. Era nei guai, la condanna a morte era di nuovo in vigore e nella guva era un facile bersaglio per chiunque volesse reclamare la ricompensa in denaro.

Prese il pennino e ricominciò a scrivere:

> Non immaginate quanto vi sia solidale e comprenda la difficile situazione in cui vi ha messo tale evento. Anch'io ho sostenuto Caravaggio e sono rimasta delusa dal suo atteggiamento sconsiderato. Ma voi, Gran Maestro, avete rivolto la vostra preghiera al Papa affinché gli concedesse il cavalierato, e quando si verrà a sapere di questo triste incidente, la vostra decisione, per quanto ingiustamente, verrà senz'altro contestata...

Sapeva benissimo cosa stava facendo. Da esperta donna di politica, sapeva che una richiesta diretta d'aiuto sarebbe andata incontro a un rifiuto. E non c'era di che meravigliarsi da un uomo che aveva proiettato Caravaggio verso una posizione di spicco solo per vedersi sbattere in faccia tanta generosità. Quindi doveva essere impiegata un'altra tattica: rammentare a Wignacourt che aveva manipolato il Papa per raggiungere un suo ambizioso obiettivo. Una minaccia molto velata per ricordargli che se Caravaggio fosse andato a processo, lui avrebbe fatto la figura dell'idiota. In tribunale, il Gran Maestro avrebbe dovuto fornire delle prove, ammettere di aver offerto sostegno e affetto al miscredente, e ciò sarebbe andato a discapito della sua carriera e dell'ambizione di ripristinare l'antica gloria dell'Ordine di San Giovanni.

> Come vi ho già detto, temo che Caravaggio possa essere malato. Le sue azioni sono imprevedibili e non hanno alcun senso. Gran Maestro, siete

stato talmente generoso con mio figlio e lo avete assistito quando era nei guai, e vedete come ha ripagato la fiducia che avete riposto in lui.

Ma Caravaggio è disturbato, instabile, forse troppo inquieto per vivere in armonia con il prossimo? Avete riconosciuto la sua genialità, e il vostro Ordine ha tratto beneficio dalle sue opere. È questa la percezione che dovreste lasciare ai posteri.

Perdonate la mia presunzione, ma, se mi è concesso suggerirlo, sarebbe meglio che i dettagli di questo incidente increscioso, che un processo renderebbe necessario divulgare al pubblico, restassero occultati, immuni dallo scrutinio pubblico e dalle critiche papali...

Wignacourt era un anziano soldato, impavido e ostinato, ma era anche abbastanza furbo da riconoscere un consiglio, a prescindere dalla sottigliezza con la quale era stato espresso.

Roma

«Quel cane sciolto ha ripreso le vecchie abitudini», disse il cardinale Scipione Borghese, facendo indugiare lo sguardo un istante di troppo sul paggio che gli stava versando il vino. «Non pensavo che sarebbe durata, ma credevo che persino Caravaggio avrebbe avuto il buonsenso di non sprecare tanto in fretta le sue occasioni».

Lanciò un'occhiata a Del Monte, che aveva finito il pranzo e stava scostando il piatto. Ogni tipo di formaggio gli provocava costipazione, eppure continuava a mangiarlo. Che sciocco.

«E dopo tutto quello che hanno fatto i Colonna per lui».

«Sono stati molto solleciti, è vero», ammise Del Monte, pulendosi il viso con il tovagliolo. La barba riccia gli rimase impigliata nel panno di lino di prima qualità. «Ma è stato saggio mettere un uomo con il suo carattere tra tanti giovani nobili pronti a difendere la loro posizione?»

«Sarebbe saggio metterlo nella tana di un orso?», replicò Scipione con noncuranza. «Oserei dire che persino il diavolo in persona lo troverebbe impegnativo. Ha usato una pistola, ho sentito dire».

Del Monte cercò di sminuire l'accaduto. Si era abituato alla violenza di Caravaggio, ma l'ultima aggressione andava persino al di là della sua comprensione.

«Forse... Ma nessuno è così sicuro dei dettagli...».

«Oh, io ne sono sicuro», disse Scipione, arricciando le labbra umide in un sorriso. «Ho una fonte...».

«Avete una spia».

«Avere delle spie, qui a Roma, dà i suoi frutti».

«Anche a Malta, si direbbe».

Scipione ignorò il commento e proseguì. «Caravaggio, in compagnia di una banda di altri cavalieri, ha buttato giù una porta a calci e ha aggredito un cavaliere di un certo rilievo, fra' Giovanni Rodomonte Roero, conte della Vezza. Gli ha sparato con una pistola».

«Ho sentito dire che Roero è ancora vivo».

«Ci è di qualche consolazione. *Due* accuse d'omicidio sarebbero difficili da perdonare», replicò Scipione con tono giulivo. «E adesso Caravaggio è stato spogliato del cavalierato e sta languendo in un buco sotto terra».

«Con il bando capitale che pende di nuovo sopra la sua testa».

Scipione annuì.

«Che uomo sciocco!», esclamò, esasperato. «Ma non ragiona mai? Non pensa mai al suo futuro? Avevo ricominciato a fare qualche allusione alla grazia con il Papa. Dopotutto, era stato nominato Cavaliere di San Giovanni. Era rispettabile, all'apice della fama, quale momento migliore per affrontare l'argomento con il pontefice?»

«Avete toccato l'argomento in modo diretto?»

«Ho detto al Papa che, mentre si trovava a Malta, Caravaggio aveva dipinto altre opere straordinarie, culminate con un capolavoro, la *Decollazione di San Giovanni Battista*».

Del Monte inclinò la testa e rivolse un'occhiata in tralice a Scipione. «E naturalmente non nutrite alcun interesse personale per questi dipinti, giusto? In fin dei conti, il perdono avrebbe sancito il suo ritorno a Roma, ma, se Caravaggio fosse restato a Malta, i dipinti sarebbero rimasti con lui...».

«Pensavo che stessimo parlando del suo perdono».

«Pensavo che stessimo parlando del suo futuro», replicò Del Monte. «Ovviamente ci sarà un processo. La sconsacrazione pubblica, l'umiliazione, l'ennesima incarcerazione. Caravaggio dovrà fornire delle prove. Sarà furibondo, sfacciato. C'è solo da immaginare cosa potrà dire…».

«Wignacourt starà rimpiangendo la decisione che l'ha portato ad assoldare quel folle», lo interruppe Scipione. «Pover'uomo, quanto accaduto lo farà passare per uno stolto. D'altro canto, quell'uomo è un soldato, non un intenditore. Quanto ci vorrà prima che disegnino un paio d'orecchie da asino su quel suo bel ritratto?».

Il cardinale abbozzò un sorriso giocoso e fece cenno al paggio di portargli un po' di emolliente per le mani. Del Monte lo stava osservando.

«Perché usate così tanto olio?»

«Nutre la pelle», replicò Scipione con aria sorniona. «Dovreste berne un po' per la vostra costipazione».

Ma l'attenzione di Del Monte si era spostata altrove. «Ditemi, credete che Caravaggio riuscirà mai a ottenere il perdono?»

«Tutto è possibile», rispose Scipione, «ma non se viene lasciato a marcire nella guva».

«Simili celle, in Francia, sono chiamate *oubliettes*», disse Del Monte con aria pensierosa. «Dal verbo *oublier*, dimenticare. I prigionieri vengono calati nel pozzo per essere dimenticati». Lanciò un'occhiata all'interlocutore e proseguì con tono tetro. «Non dobbiamo permettere che accada anche a Caravaggio».

Ventisette

Caravaggio rimase prigioniero nella guva per tutto il mese di settembre. Maledisse le guardie e chiese di vedere il Gran Maestro, che non andò mai a fargli visita. Annodò insieme i vestiti che gli erano rimasti e ne legò un'estremità al secchio, per poi lanciarlo verso l'alto nel tentativo di farlo restare impigliato alla botola di ferro. La fune di fortuna era troppo corta e ricadde sulla sporcizia ai suoi piedi.

Veniva lasciato da solo giorno e notte, e passeggiava incessantemente nella cella, finché, una volta stanco, non si accasciava contro le pareti di pietra e provava a dormire. Le sue suppliche per avere carta e colori erano state ignorate, così, alla fine, incise graffiti osceni sul muro con il secchio piegato, lasciando il suo nome sotto quelli di altri prigionieri usciti da tempo. O morti da tempo… Se avevano pensato di poterlo intimidire, si erano sbagliati. Anzi, la frustrazione l'aveva reso ancora più difficile da controllare. Quando le guardie aprivano la botola, Caravaggio lanciava in alto il cibo andato a male e faceva sbattere il piattino di alluminio sulla pietra.

«Cane!», gli urlavano. «Puoi anche marcire là dentro».

Richiusero la griglia con un tonfo, e Caravaggio alzò lo sguardo verso i due uomini sopra di lui.

«Sono Michelangelo Merisi da Caravaggio…».

«Non sei nessuno, sei solo l'ennesimo coglione del cazzo», replicarono. Uno dei due si sporse sopra la griglia e urlò: «Hanno rimesso il bando capitale sopra la tua testa, bastardo. Crea altri problemi e mi prenderò la ricompensa».

«E come spiegherai la mia morte?»

«Non importerà a nessuno, pittore». L'uomo sogghignò. «Non gliene frega un cazzo a nessuno di te. Non hai amici, non hai alleati. Ti lasceranno marcire».

Le giornate si allungarono in settimane, le seconde al seguito delle prime, e Caravaggio perse peso, il secchio pieno fino all'orlo traboccava, e di notte i ratti gli strisciavano sopra le gambe. L'odore d'urina diventò talmente acre da fargli lacrimare gli occhi, da fargli levare lo sguardo verso l'alto, verso la botola, dalla quale osservava il sorgere del sole, il tramonto e il ritorno della luna.

Mentre diventava sempre più debole, sognava suo fratello Giovanni, andato a farsi prete. E sua madre, con la statua di San Sebastiano. Sognava anche i monatti: immaginava di riuscire a sentire il rumore dei carretti dei morti che percorrevano i vicoli di Milano, quando la città era appestata dalla malattia. Si svegliava di soprassalto e cercava di scrutare tra le ombre, con le mani che tastavano le pareti, come se fosse un cieco. A volte gli lasciavano cadere addosso dei sassi, a volte cibo avariato. Lo rivomitava sempre, poi imprecava.

Con il passare dei giorni, però, la paura di Caravaggio aumentò. I passi gli risuonavano sopra la testa, c'erano voci, figure in penombra che lo guardavano dall'alto. Per quanto implorasse, le candele gli venivano negate, e quando cominciò l'autunno e le giornate si accorciarono, le lunghe ore buie della notte racchiusero nuovi orrori.

Diventò paranoico ed era convinto che lo avrebbero assassinato. Le guardie avrebbero potuto spararagli, oppure trascinarlo su e strangolarlo, per poi rigettare il corpo nella guva. Il cavaliere che aveva ferito, fra' Giovanni Rodomonte Roero, era un uomo potente, un rinomato spadaccino con amici influenti. Se fosse stato aggredito nello stesso modo, Caravaggio non avrebbe trovato pace finché non si fosse vendicato. Sapeva che per Roero sarebbe stato uguale.

Roero? O la famiglia Tomassoni? Chi sarebbe andato a cercarlo? Chi l'avrebbe ucciso? O magari le guardie, che bramavano una ricompensa con cui si sarebbero pagate liquori e donne per un anno intero… Caravaggio non aveva denaro, quindi la corruzione non era un'alternativa: era in trappola, come una mosca sotto una campana di vetro, in attesa di essere schiacciata. La paura lo teneva sveglio per la maggior parte della notte. Smise di fare sogni, rimpiazzati dagli incubi. Stava annegando in quel maledetto stagno della sua infanzia, tenuto sott'acqua da decine di mani, la luce sopra, il buio sotto.

Poi, una notte, mentre stava sonnecchiando, un ciottolo lo colpì sulla spalla, e lui si svegliò di soprassalto e vide un'ombra che lo osservava dalla griglia sovrastante.

«Ssst!».

Indietreggiò verso la parete, togliendosi da una linea di tiro o di assalto diretta, e la sagoma in alto gli si rivolse con un sussurro concitato. «Ecco, Caravaggio, prendete».

A quelle parole, la grata fu aperta e venne buttata giù una corda robusta, con un'estremità che atterrò ai piedi di Caravaggio. Per un attimo ebbe il sospetto che fosse una trappola, ma poi ci si avventò sopra e iniziò ad arrampicarsi. Quasi morto di fame ed esausto, fece uno sforzo per risalire, riconoscendo la voce di Fabrizio Colonna.

«Sbrigatevi! Per l'amor di Dio, sbrigatevi!».

Si stava sbrigando, ma le mani scivolavano sulla fune e dovette dare fondo alle proprie energie per arrampicarsi negli ultimi metri, prima che Fabrizio gli afferrasse le braccia e lo trascinasse fuori dalla guva. Accostando un dito alle labbra, intimò il silenzio e gli fece cenno di seguirlo. Raggiunsero insieme il cortile successivo, dove due guardie stavano giocando a carte, concentrate sulla partita. Fabrizio spinse il pittore in un viottolo. Sporco, senza fiato e spaventato, Caravaggio avanzò in fretta e fu spronato a salire una scala a chiocciola. A ogni passo, si aspettava che le guardie lanciassero l'allarme e si precipitassero all'inseguimento, ma non accadde niente. Anzi, con le gambe doloranti e il petto sul punto di scoppiare, raggiunse i bastioni del castello con Fabrizio alle calcagna.

Quando il nobile raggiunse le merlature e passò una scaletta di corda a Caravaggio, si era alzato il vento, ed entrambi gli uomini stavano ansimando a causa dello sforzo.

«Fuggite scavalcando la fiancata...».

«*Dei bastioni?*», chiese il pittore mentre osservava le merlature di pietra, sapendo che dall'altro lato c'era uno strapiombo.

«La scaletta è lunga cinquanta metri, con un salto di otto metri in fondo, ma in basso la facciata di pietra è meno impervia. Potete trovare dei punti d'appoggio per i piedi. Scendete lentamente», disse Fabrizio. «Tenetevi il più possibile sulla sinistra. Quando arriverete in fondo...».

«*Se* arriverò in fondo».

«...dovrete nuotare attorno al promontorio dell'isola finché non raggiungerete una baia, dove troverete qualcuno che vi farà dei segnali con una fiaccola. Non la prima baia, la seconda». Fabrizio si stava guardando freneticamente attorno. «Mi avete sentito? La *seconda* baia».

«Ho capito. E poi?»

«C'è una barca che vi aspetta. Vi porterà a Siracusa».

Fabrizio si incamminò, seguito da Caravaggio, ed entrambi guardarono il panorama oltre le merlature dei bastioni.

La luna splendeva alta in cielo, agevolandogli la discesa, ma ciò significava che avrebbe anche rischiato di essere visto mentre tentava di fuggire. Sporgendosi dal bastione, osservò lo strapiombo roccioso e il terrificante mare nero che ruggiva alla base delle mura. C'era l'alta marea, e le onde si infrangevano sugli scogli sottostanti. Anche se fosse riuscito a calarsi per i primi cinquanta metri, c'era la possibilità di cadere prima di arrivare in fondo, di essere travolto dalle onde che lo avrebbero scaraventato contro le rocce, oppure di annegare.

Era disposto a correre il rischio.

«Grazie», disse a Fabrizio. «Grazie...».

«È opera di mia madre. Desidera che viviate», rispose mentre si voltava, improvvisamente ansioso. «Devo andare! Abbiate cura di voi. Andate con Dio».

Caravaggio aspettò che se ne fosse andato, con la luce della fiaccola che si affievoliva mano a mano che scendeva la scalinata. Una volta rimasto da solo, abbassò lo sguardo sulla fiancata di pietra. Ce la poteva fare? Il cuore batteva all'impazzata e il sudore gli imperlava la pelle. *Poteva?* Dandosi una mossa, fece scivolare il primo piolo della scaletta oltre un merletto di pietra e lo strattonò per essere certo che non si muovesse. Dopodiché, con le gambe che gli tremavano, si arrampicò sul bastione e lo scavalcò, appoggiando i piedi sulla sporgenza dall'altro lato. Si fermò, fece alcuni respiri profondi, si aggrappò alla scaletta di corda con entrambe le mani e scese dalla sporgenza, cercando un punto d'appoggio con il piede destro.

Sopra di lui, la luna si spostò dietro le nuvole, e la superficie di pietra divenne nera. Poi, quando la luna riapparve, la parete si rischiarò di nuovo. Affrontando ogni piolo con calma e cautela, cominciò a scendere, mentre l'acqua si infrangeva sotto di lui. Scese per i primi quindici metri con relativa facilità, poi sentì il rumore di una barca che si avvicinava e rimase pietrificato. Si appiattì contro il muro di pietra in attesa di essere localizzato, ma la feluca lo oltrepassò, e lui ricominciò a scendere.

Caravaggio era arrivato a metà discesa quando uno dei pioli si ruppe, la scala ondeggiò di colpo e lui andò a sbattere contro la superficie di roccia, annaspando alla ricerca di un appiglio per il piede. La pietra gli graffiò la pelle del petto, delle braccia e del lato destro del viso. Stava per cadere. Si sarebbe schiantato sugli scogli, dove il mare l'avrebbe inghiottito.

Ma poi trovò il piolo successivo e ritrovò l'equilibrio. Mettendoci il piede sopra, ne saggiò la stabilità solo con una parte del peso, poi, dato che reggeva, ci salì con entrambi i piedi e scese lentamente sul successivo e su quello dopo ancora. Dal ruggito dell'acqua sottostante capì di essere vicino alla scogliera e, per la prima volta, guardò giù…

Il fondo era più vicino di quanto pensasse, a poco più di una decina di metri. Forse sarebbe sopravvissuto persino a una caduta. Ma non cadde e raggiunse l'ultimo piolo della scala, al quale rimase aggrappato per un momento prima di cercare a tastoni un altro appiglio. Trovò una fessura e ci mise dentro un piede, mentre l'acqua sotto di lui creava gorghi spumosi attorno agli scogli e la luna lo osservava dall'alto, oltre le nuvole. La crepa lo sorresse, poi ne trovò un'altra, e si aggrappò con le dita alle rocce appuntite per calarsi un centimetro dopo l'altro con i muscoli di braccia e gambe in fiamme, cercando alla cieca la fenditura successiva per discendere verso la base del precipizio.

Tutto d'un tratto, la scaletta di corda agganciata in alto fu strattonata dal vento e la sua sagola di salvataggio oscillò contro la fiancata di pietra. Caravaggio abbassò lo sguardo e stimò che mancassero soltanto sei metri all'arrivo, sei metri tra lui e la fuga, sei metri tra la vita e la morte. Riprese a scendere verso la riva sottostante come una lucertola, lentamente, con cautela. Gli ultimi quattro metri parvero risucchiargli tutte le energie, progredì pian piano. Le guardie avrebbero potuto accorgersi della sua fuga da un momento all'altro, acciuffarlo a pochi metri dalla salvezza.

Era a soli due metri dal fondo quando perse la presa, cadde e atterrò su un grosso scoglio piatto. Senza fiato, rischiando di perdere l'equilibrio, incespicò e scese a riva. A causa dell'alta marea, c'era solo un metro di spiaggia di ciottoli non sommersa, e Caravaggio lanciò un'occhiata alla sommità dei bastioni che svettavano sopra di lui. Era fuori dal castello, ma lo aspettava ancora una traversata pericolosa. Esausto, si immerse in acqua e cominciò a nuotare attorno al promontorio sul quale sorgeva il forte di Sant'Angelo.

La marea lo accompagnò, lavò via il sangue dal corpo, dalle mani e dalla faccia, e l'acqua lo spinse verso l'alto. Un paio di volte si ritrovò costretto a riposare e si sdraiò facendo il morto a galla sotto la luna curiosa, poi si rigirò e riprese a nuotare. Avanti, avanti, anche se desiderava fermarsi, ma non osava rischiare di mancare la barca che lo stava aspettando.

Raggiunse la prima baia e fece una pausa, sperando che Fabrizio si fosse sbagliato e l'imbarcazione si trovasse lì. Ma non c'era alcuna barca, nessuno in sua attesa, perciò ricominciò a nuotare con le braccia pesanti come piombo e l'acqua fredda come un cadavere. Gli ci vollero quaranta minuti per arrivare a nuoto alla seconda baia. Alla fine, quando uscì dall'acqua e mise piede sulla cala sassosa, vide un segnale, una fiaccola che oscillava, invitandolo a risalire la spiaggia.

Affamato e stremato, con le gambe che gli tremavano per lo sforzo, Caravaggio si incamminò alla cieca e con la mano destra protesa in direzione della luce, fino a crollare, privo di sensi, dentro la barca.

Ventotto

> Onde per liberarsi si espose a gravissimo pericolo, e scavalcata di notte la prigione fuggì sconosciuto... così presto che non poté essere raggiunto.
>
> BAGLIONE

Subito dopo aver scoperto che Caravaggio era scappato, Wignacourt aveva ordinato ai suoi cavalieri di trovare il fuggitivo, ma erano tornati a mani vuote, e il Grande Maestro non aveva disposto ulteriori ricerche. La lettera della marchesa Costanza Colonna aveva sortito l'effetto sperato, perché Wignacourt aveva chiesto l'aiuto di Fabrizio per orchestrare la fuga di Caravaggio ed evitare eventuali processi imbarazzanti. In pubblico, Wignacourt esprimeva una grande rabbia per il comportamento e la fuga del pittore, perché era la reazione che ci si aspettava da parte dell'uomo al comando dei Cavalieri di Malta, ma dentro di sé era sollevato.

Tuttavia, malgrado stesse segretamente lasciando morire la questione, gli amici del cavaliere ferito, Giovanni Rodomonte Roero, erano intenzionati a ottenere la loro vendetta. E anche la vittima. Roero si era ripreso nel giro di qualche settimana da quando gli avevano sparato, giacché le ferite non erano gravi come si era creduto all'inizio. Uomo altissimo, Roero portava i capelli, fulvi come la barba, lunghi fino alle spalle, e sfoggiava un'espressione crudele. L'umiliazione per l'aggressione da parte di Caravaggio, l'ultimo arrivato senza nobili natali, era intollerabile e infiammava la sua celebre vena maligna. Dopo essersi rimesso in salute, con l'orgoglio ferito che continuava a sanguinare, aveva fatto visita all'oratorio e aveva contemplato la *Decollazione di San Giovanni Battista*.

Inginocchiandosi, fece un giuramento. Avrebbe ucciso il creatore di quell'opera maestosa. Chiese perdono a Dio, per non essere in grado di offrire la sua stessa assoluzione. Il dovere, l'onore, venivano prima d'ogni altra cosa. Persino della devozione a Dio.

«Fra Giovanni?». Sospirando, Roero si voltò e vide Wignacourt che gli si faceva incontro. «Vi siete ripreso?»

«Il mio corpo si è ristabilito, sì».

«Ma non il vostro spirito?».

L'espressione di Roero era sprezzante. «Sono un soldato e un cavaliere, non potete pretendere che ignori un affronto». Si alzò e svettò davanti al Gran Maestro. «Farò quanto mi viene dettato dall'onore».

«Caravaggio se n'è andato», replicò Wignacourt. «Gira voce che stia tornando a Roma...».

«Con la condanna a morte tornata in vigore?», ribatté Roero. «No, Caravaggio andrà in cerca di un posto sicuro, e Roma non è affatto sicura per lui. E neanche Milano, se c'è da prestar fede alla sua storia. L'artista si ritroverà ben presto a corto di topaie in cui rifugiarsi».

Roero fissò il Gran Maestro con aria di sfida, e la sua amarezza dava i brividi. Soldato senza paura, premiato per il coraggio dimostrato in battaglia e ammirato dai compagni cavalieri, Wignacourt si chiese se Caravaggio avesse compreso che razza d'uomo si sarebbe apprestato a dargli la caccia. Roero non si sarebbe fermato fino a vendetta compiuta. Che gli ci volesse un mese, un anno o dieci, lo avrebbe cercato e stanato.

L'artista poteva anche essere sfuggito alla famiglia Tomassoni e ai cacciatori di teste di Roma, ma il dispotico e inflessibile Roero era il suo nemico più pericoloso e implacabile.

Siracusa, settembre 1608

La barca che aveva recuperato Caravaggio attraccò infine in uno dei porti minori della Sicilia, e all'artista furono forniti un cavallo e il consiglio di raggiungere l'entroterra. Le strade erano pericolose, con i banditi appostati in agguato dei viaggiatori solitari. Caravaggio cambiò cavallo in una città chiamata Caltagirone.

D'umore tetro, visitò una chiesetta e ammirò la scultura di marmo di una Madonna, e un prete si avvicinò al viaggiatore trasandato e impolverato.

«Ammirate nostra Signora?», domandò il sacerdote.

«Sì».

«La trovate ben fatta?».

Prima di rispondere, Caravaggio osservò la statua per un istante. «Chiunque la desideri più bella, dovrebbe andare in Cielo».

Con il bando capitale tornato in vigore, l'artista sapeva di correre un grande pericolo e proseguì verso Siracusa. Il regno era sotto la sovranità di Filippo III e i saccheggi di quei territori un tempo floridi, per porre rimedio alla crisi economica spagnola, avevano portato immense sofferenze. Mentre i poveri pativano la fame e gli stenti, i ricchi viceré salassavano le terre e costruivano chiese opulente e palazzi barocchi lontano dai bassifondi purulenti.

Ma a Siracusa, quantomeno, Caravaggio aveva un posto dove andare. Esausto, continuando a guardarsi costantemente le spalle, arrivò allo studio di un amico, Mario Minniti, il quale aveva lasciato Malta mesi prima della sua incarcerazione. Gli era già giunta notizia della fuga del pittore, ma l'uomo che arrivò nel suo laboratorio era un Caravaggio diverso, una versione chiusa in se stessa, con le mani fasciate laddove si erano irritate con la scala di corda.

Sorridendo, accompagnò in casa il viaggiatore spossato.

«Devi riposare, mangiare qualcosa», lo spronò. «Speravo che venissi qui. Ho pregato perché tu lo facessi».

«Non sei mai stato un tipo religioso», disse Caravaggio, lasciandosi cadere di peso su uno sgabello. «Ho un aspetto così tremendo?».

Minniti si strinse nelle spalle. «Ho forse detto così?»

«La tua faccia sì», replicò Caravaggio con un sorriso mesto. «Sembra che mezzo mondo mi stia dando la caccia».

«Ma qui hai degli amici. Fidati di me».

Uomo di parola, Minniti aveva dato dimostrazione della propria amicizia rivolgendosi al Senato della città affinché accogliesse il fuggitivo. L'istinto gli aveva detto che Caravaggio avrebbe cercato il suo aiuto, pertanto si era portato avanti e aveva tastato il terreno. Se Minniti aveva nutrito qualche apprensione in merito, fu subito soffocata. Il Senato gli assicurò che avrebbe accolto con piacere l'arrivo di Caravaggio, vedendolo come un'opportunità per affermarsi. Come già accaduto in passato, il talento faceva da scudo all'artista, e l'accoglienza del Senato stava a indicare che l'avrebbero protetto dai Cavalieri di San Giovanni, che a Siracusa erano una presenza minacciosa e onnipresente.

Caravaggio sapeva di non essersi mai trovato in una situazione tanto spiacevole. Oltre agli avversari di Roma, aveva oltraggiato e contrariato protettori influenti e si era anche fatto un nemico tra i maltesi.

Come se gli leggesse nel pensiero, Minniti gli sfiorò delicatamente un braccio. «Adesso sei al sicuro».

«Non mi tratterrò a lungo, non voglio causarti problemi».

Minniti fece spallucce. «Non voglio neanche sentirne parlare. Siamo vecchi amici, abbiamo condiviso tante cose e ne condivideremo ancora. Il Senato ti accoglierà in città. Credimi, ho spianato la strada».

Gli mostrò con orgoglio il suo laboratorio, che era più una bottega che uno studio artistico. Minniti non aveva mai avuto un talento enorme, ma, nonostante le capacità limitate, era riuscito a fare una bella carriera e aveva avuto il buonsenso di assoldare altri artisti più versati che arginassero i suoi punti deboli. Si era anche lasciato alle spalle un passato discutibile e si era creato una nuova immagine. Aveva così avviato un'attività fiorente, sostenuta dall'insaziabile necessità di quadri con cui adornare le nuove chiese che sbucavano ovunque come funghi dorati. I soldi trafugati dal viceré spagnolo avevano dato vita a una passione per la costruzione e a una gradita riaffermazione del fervore religioso, che si concentrava sulla patrona di Siracusa, Santa Lucia.

«Quanti assistenti hai?», domandò Caravaggio quando entrò nello studio, guardandosi attorno. Riuscì a contarne dodici, più altri cinque su un mezzanino sopraelevato. Alcuni sembravano poco più che bambini.

«Una quindicina, a volte di più», rispose Minniti. «Essendo stato un tuo apprendista, sono molto richiesto. La gente mi manda i figli affinché insegni loro il mestiere. E mi pagano bene». Gli sfiorò di nuovo il braccio e gli fece riportare l'attenzione sugli apprendisti. «Guarda come lavorano! Ricordi, un tempo eravamo come loro».

"Ed eravamo anche amanti", pensò Caravaggio, stentando a crederci. L'amore, il sesso, il desiderio, era tutto svanito: il corpo era inerte, restavano soltanto i pensieri della mente.

«Eri diverso quando ci siamo rivisti a Malta».

«Avevo successo», replicò l'artista. «Giravo alla larga dall'alcol e dalle prostitute. Avevo persino smesso di combattere…».

«E allora perché hai ricominciato?».

Si strinse nelle spalle. «Mi mancava. Ho baciato culi per un anno interno, mi mancavano le strade, il pericolo, la foga di quei momenti». Sospirò. «Ero un Cavaliere di Malta. L'ho desiderato per una vita intera, ma ho gettato via tutto. Non ha senso, cazzo… Non so perché lo faccio, Minniti, non so perché mando sempre tutto a puttane. Ottengo il successo e devo rovinare tutto. Sempre e comunque…».

«La gente di Siracusa è emozionata all'idea di averti qui», disse l'altro, incoraggiandolo. «Sarai molto richiesto».

«Qua ci sono molti cavalieri…».

«Ti proteggerà il Senato», assicurò l'amico, ma l'artista era guardingo, nervoso.

«Sei sicuro che avermi qui non ti creerà problemi?»

«No. Credimi, non possono arrivare a te, Caravaggio. Qua sei al sicuro».

All'inizio di novembre, vuoi per le invocazioni di Minniti o per il semplice fatto che fosse arrivato in modo tanto inaspettato, gli fu commissionato il dipinto del *Seppellimento di Santa Lucia* per la basilica di Santa Lucia al Sepolcro, che era stata restaurata di recente. Era credenza popolare che i suoi resti fossero custoditi in un reliquiario d'argento. La sua bellezza e il suo martirio l'avevano resa un'icona da venerare. Malgrado tutto, i mecenati di Caravaggio non parvero badare alla brutta nomea del pittore e lo spronarono a finire l'opera entro il 13 di dicembre, in occasione della festa patronale di Santa Lucia.

«Riuscirai a finirlo in tempo?», domandò Minniti. Gli aveva concesso di usare il piano superiore del suo laboratorio, dove c'era abbastanza spazio per ospitare la gigantesca tela e per permettergli di lavorare e posizionare i modelli. Avevano portato insieme la tela al piano di sopra e l'avevano sistemata su un cavalletto su un podio rialzato. «Sei sicuro che non sia troppo ambizioso?»

«Ce la posso fare», rispose Caravaggio. «Ma non voglio che lo veda nessuno».

«Non lo vedranno».

A Siracusa, trovò i modelli con più facilità rispetto a Napoli o a Malta. Caravaggio scorse una giovane fanciulla seduta su uno scalino, con un cestino in grembo. Era stanca, con la testa ciondoloni, le spalle incurvate nella luce del sole e i capelli biondi che le ricadevano davanti al lato sinistro del viso, come una lumeggiatura dei suoi dipinti.

La raggiunse e le diede un colpetto sulla spalla, con delicatezza. La ragazza sollevò la testa, aprendo gli occhi. «Sì?»

«Poseresti per me? Sono un pittore e ho bisogno di una modella». Dato che non rispondeva, Caravaggio si chinò e prese il cestino. «Quanto costano queste verdure?»

«Cinque lire».

«Ti pagherò il doppio», disse, porgendole il denaro e poi una mano.

Lei accettò entrambe con titubanza, poi gli si affiancò e tornarono insieme allo studio. Una volta dentro, lo seguì su per le scale che portavano al mezzanino, con gli apprendisti che li guardavano passare. Al piano di sopra, Caravaggio indicò il palchetto rialzato alla destra della tela.

«Sdraiati lì, per favore…».

Incurante della richiesta, la fanciulla fissò la tela, sulla quale era già stata stesa una mano di terra d'ombra scura, poi si distese.

«Cosa stai dipingendo?»

«Una santa defunta», rispose lui. «Hai paura di me?»

«No».

«Bene». Soddisfatto, sbarrò le finestre e accese due torce, affinché l'illuminazione cadesse sulla metà inferiore della tela immensa. Sistemò la posizione della ragazza, con gentilezza, in modo che la luce le rischiarasse le spalle, la curva del collo e la gola, sotto il mento, un braccio allungato e l'altro adagiato sopra il petto.

La sua voce non aveva energia, era addormentata, come se fosse stata drogata. «Cosa devo fare?»

«Dormi», disse il pittore. «Dormi e basta. Ci riesci?»

«Sì, riuscirò a dormire».

Lavorando in fretta, Caravaggio riempì la composizione, lasciando vuota buona parte della metà superiore dell'enorme tela, dove l'oscurità era attenuata dalla sagoma appena abbozzata di un muro. Capiva che la fanciulla non stava dormendo sul serio, perché gli occhi fremevano sotto le palpebre abbassate. Ormai certo della composizione finale del dipinto, delineò un capannello di spettatori alle spalle dell'esile figura della santa defunta, poi buttò giù i profili delle figure dei due becchini. Erano le sagome di due uomini massicci e imponenti che facevano rimpicciolire la delicata creatura che stavano per seppellire.

Milano, la peste, i monatti che spingono i loro carri... Vi conosco, so che uomini siete. Braccianti, becchini, bonificatori di cadaveri che ripuliscono le strade dai morti....

Dipinse con celerità, lasciando vuoto il terreno sotto il corpo della santa defunta, terra piatta e scura come il suolo della Lombardia, dove crescevano i meloni... Ogni pennellata lo riportava indietro nel passato, ogni tocco delle setole raccontava una storia, ogni linea di colore imitava un movimento che aveva visto, rappresentato, detestato.

Riesco ancora a sentirvi, le pale nelle mani callose, i visi bruciati da anni di sole cocente, i lineamenti cascanti, i denti caduti. E i muscoli induriti dal lavoro, dagli scavi, dalle sepolture, e la violenza e il torto mi portano qui, in questo momento, al corpo di una fanciulla morta. La bellezza e la speranza sono svanite, pronte a essere calate sotto la terra insensibile.

«Stai dormendo?»

«No», rispose la ragazza con tono sommesso. «Non sto dormendo».

Ma continuava a rimanere immobile.

Le torce si consumarono e furono rimpiazzate, i rumori che giungevano dal piano di sotto si affievolirono con la venuta della sera e gli apprendisti se ne andarono. Poco dopo, Minniti si affacciò ai piedi delle scale del mezzanino e chiamò Caravaggio.

«Posso salire? Posso vedere cosa stai dipingendo?»

«Non prima che sia finito».

Quando Minniti rispose, intuì che stava sorridendo. «Ho lasciato del cibo e del vino sui gradini. Stai attento a non inciamparci».

In uno stato di annebbiamento mentale, ebbro senza vino, inferocito senza provare rabbia, l'artista dipinse finché non cominciarono a tremargli le mani e gli si appannò la vista. Sospirando, mise giù i pennelli, si avvicinò al palchetto, ci si lasciò cadere sopra di peso e fissò il dipinto. A parte la fanciulla che stava posando nei panni della santa defunta, non aveva bisogno di altri modelli. Gli altri personaggi erano tratti dalla memoria, dalle decine di volti che aveva riprodotto o raffigurato in altri quadri, in altri tempi. L'anziana era la stessa di un dipinto precedente, gli astanti straziati del *Seppellimento* e l'immenso baratro oscuro che incombeva sopra e attorno le figure erano frutto della sua fantasia, immagini riesumate da una profonda solitudine e dalla desolazione.

La ragazza aprì gli occhi e lanciò un'occhiata a Caravaggio, seduto a due metri da lei. Non disse niente, ma si limitò ad alzarsi e ad avvicinarsi al dipinto, che parve turbarla, perché indietreggiò di un passo.

«È morta?».

Caravaggio annuì. «Si suppone che sia Santa Lucia».

«Ho quell'aspetto lì?»

«Tu sei più carina», rispose onestamente, «perché sei viva».

Lei continuò a fissare l'opera monumentale, poi chiese: «La seppelliranno?»

«Non conosci la storia di Santa Lucia?»

«Era una martire».

«I martiri muoiono, poi vengono seppelliti».

Aggrottando la fronte, la fanciulla si guardò attorno. «Non ho sentito salire nessuno. Dove sono gli altri modelli?»

«Nella mia testa».

Tornò a osservare il dipinto e commentò con voce letargica: «E il gruppo di persone sullo sfondo del dipinto? Loro dove sono?»

«Sempre nella mia testa».

«Ma non Santa Lucia?»

«No», rispose lui. «Non riesco a dipingere il buono attingendo dalla memoria, devo trovarlo altrove».

Ci fu un attimo di silenzio, durante il quale Caravaggio scese le scale e tornò su con il cibo lasciato da Minniti. Dopo aver spezzato il pane a metà, ne porse un pezzo alla ragazza e le offrì un po' di vino. Rifiutò di bere, ma mangiò il pane e, mentre si stropicciava l'occhio sinistro, le caddero alcune briciole sulla camiciola. Quando si accorse di essere osservata, sorrise, e Caravaggio provò un tuffo al cuore. Confuso, inclinò la testa.

«Torneresti anche domani?», le chiese. «Ti pagherò ogni giorno che verrai a posare per me».

«Quanto ci metterai a finire il dipinto?»

«Non molto, dev'essere pronto per i primi di dicembre», rispose il pittore, sbriciolando un po' di pane tra le dita macchiate. «Ti renderò famosa. Tutte le mie modelle diventano famose e i loro volti celebri in tutta Italia...». La giovane sorrise, ma non sembrava colpita. «Ho dipinto la sgualdrina più famosa di Roma».

«Io non sono una sgualdrina».

«No», replicò lui con gentilezza. «Lo so».

Si stava protendendo in avanti, con i gomiti appoggiati sulle ginocchia e i capelli scompigliati e polverosi. «Sono un Cavaliere di San Giovanni...», le fece sapere, parlando più che altro tra sé. «Sfoggio la croce a otto punte sulla mia tunica...».

La fanciulla capì che non stava più parlando con lei. Si era persino dimenticato della sua presenza e, senza dire una sola parola, se ne andò.

Ventinove

Malta, Ordine dei Cavalieri di San Giovanni

Al di là dell'aggressione a Roero, Caravaggio aveva infranto un'altra regola dell'Ordine, per la quale qualsiasi cavaliere scoperto a lasciare Malta senza il permesso del Gran Maestro avrebbe perso automaticamente la sua carica. Pertanto, il 6 ottobre, Wignacourt indisse un'udienza e si assicurò di allontanare da sé ogni sospetto di aver partecipato alla fuga di Caravaggio. Mandò un'altra squadra di ricerca sulle tracce del pittore, senza successo. La commissione convocata, prendendosela comoda come faceva ogni commissione, fissò la data del processo pubblico per il primo dicembre, che avrebbe dovuto avere luogo, ironia della sorte, nel grande oratorio. Ad assistere c'era una vasta platea di nomi illustri, vecchi soldati di battaglie leggendarie, il Gran Commendatore e il Gran Priore di San Giles, e altri ecclesiastici radunati per condannare Caravaggio in contumacia. Il processo, la *privatio habitus*, fu condotto come se il miscredente fosse presente. Caravaggio fu convocato, il suo nome chiamato quattro volte. Ovviamente non ci fu risposta, ma ci fu una votazione dall'esito unanime, tramite la quale venne dichiarato che il pittore doveva essere privato del suo abito ed espulso "dall'Ordine e dalla comunità come membro putrido e fetido".

Non avendo Caravaggio al proprio cospetto, l'Ordine improvvisò, e la tunica dell'artista, che era stata distesa su uno sgabello, fu strappata via dall'appoggio e gettata a terra dalla potente figura di Alof de Wignacourt.

Caravaggio non c'era, ma la sua ombra sì, perché ad assistere dall'alto alla farsa della *privatio habitus* c'era il suo capolavoro, la presenza torva e minacciosa della *Decollazione di San Giovanni Battista*.

Trenta

> Caravaggio era molto distratto, inquieto, indifferente della propria vita; molte volte andava a letto vestito e col pugnale al fianco che mai lasciava…
>
> FRANCESCO SUSINNO

Siracusa si dimostrò gentile nei confronti di Caravaggio, accolse con entusiasmo il *Seppellimento di Santa Lucia*, e il pittore fu lodato. Come in altre città, il suo genio lo metteva al centro dell'attenzione, ma era altrettanto vero che non gli permetteva mai di passare inosservato. Lavorando nello studio di Minniti, trovò un po' di pace, diede consigli agli apprendisti e ricominciò a leggere. Malgrado molti dei suoi rivali lo considerassero uno zoticone, Caravaggio era un grande conoscitore della cultura, e nei mesi successivi alla fuga da Malta cercò la compagnia di Vincenzo Mirabella, antiquario e archeologo.

Visitarono insieme uno dei siti più famosi di Siracusa, la cava di roccia creata dal tiranno Dionisio. L'ingresso della grotta era sbarrato da una cancellata massiccia, oltre la quale aveva rinchiuso i suoi prigionieri, e aveva fatto scavare una cavità segreta nella pietra in modo da poter ascoltare – di nascosto – ciò che dicevano. Era come un'immensa camera a eco e Dionisio, acquattandosi come un rospo malvagio, ascoltava i loro piani e apprendeva cosa stessero tramando contro di lui. Origliò le loro espressioni di patimento e ribellione, e ogni loro parola disperata giungeva perfettamente udibile al dittatore all'esterno.

Quando vide la cava, Caravaggio ebbe un momento d'esitazione, poi osservò: «Non vedete che il tiranno ha... dato la forma di un orecchio a questa prigione?».

Mirabella annuì, ma era un pensiero che non gli era mai sovvenuto. A voler essere onesto, l'anziano accademico era rimasto spiazzato dall'erudizione di Caravaggio. La fama da attaccabrighe e le fughe da Roma e Malta erano di dominio pubblico, ma la sua sensibilità giungeva del tutto inattesa. Chi era quell'uomo che rappresentava un tale rompicapo? Quel delinquente geniale che se ne intendeva di mitologia e letteratura? Impressionato, Mirabella lo presentò ad altri uomini eruditi, mentre i potenti si contendevano le sue attenzioni, gareggiando per commissionare lavori al migliore pittore d'Italia.

Ma fu una parentesi che non durò a lungo; ancor prima che il *Seppellimento di Santa Lucia* venisse mostrato al pubblico, Caravaggio si era trasferito di nuovo, stavolta a Messina. Lì, nella contesa per accaparrarsi il suo talento, i peggiori eccessi dell'artista furono trascurati ancora una volta. I siciliani erano affascinati da lui, perché il suo carattere rispecchiava le luci e le ombre dei suoi dipinti, e la sua ferocia respingeva ogni offerta d'ospitalità. Non si fidava di nessuno, eppure non si sforzava granché di nasconderlo. Cauto ogni volta che usciva, si assicurava di essere sempre in compagnia di qualcuno per rendere più difficile un'eventuale aggressione, ma poi, di notte, lasciava i suoi alloggi e andava a passeggiare da solo.

Si portava sempre dietro il pugnale e ricominciò a uscire con la spada, somigliando più a un soldato che a un artista. Quando la mano riposava sull'impugnatura dell'arma, Caravaggio si sentiva tranquillo anche se sapeva di aver raddoppiato il numero dei propri nemici e che la rovina sarebbe stata assoluta e improvvisa. La sicurezza di Malta era svanita, così come la protezione offerta dal Senato siracusano, ciononostante continuò a spostarsi.

A Messina fu accolto al pari di un principe. Un membro dell'estesa famiglia Colonna, Marcantonio, era stato nominato viceré nel 1577, e la sua influenza resisteva ancora in una città che Caravaggio sperava potesse essere più sicura rispetto al resto della Sicilia. Con una popolazione di centomila abitanti, Messina era grande quanto Roma e altrettanto ricca di opportunità: era un porto strategico tra le sponde orientali e occidentali del Mediterraneo e dell'Africa, con un'ampia tratta degli schiavi. A differenza del resto dell'isola, era una Repubblica a sé stante, dove la mano nera dell'Inquisizione era tenuta a catena. Tuttavia, la criminalità dilagava, e nel 1587 i Colonna riferirono: "Vostra Maestà sa quanto siano grandi i privilegi di Messina, e a quanti assassini e criminali dia ricetto la città... Siamo talmente circondati da criminali che la gente viene rapita persino all'interno delle mura per la richiesta di un riscatto".

Una città così ribalda, frenetica e ambiziosa era l'ideale per Caravaggio, inoltre Messina era famosa per essere "accogliente nei confronti dei forestieri". Le offerte di alloggio furono subito estese, gli accademici gli fecero la corte e i giovani artisti lo implorarono per ricevere lezioni private. Sentendosi il benvenuto, Caravaggio decise di rimanere, convinto di poter mettere radici provvisorie in una città dove il talento era ricompensato ed era facile fare fortuna.

Un po' come se il destino stesse approvando la sua decisione, pochi giorni dopo essere arrivato a Messina, l'artista si imbatté in un cane randagio che ansimava all'ombra di un basso edificio. Prese una ciotola in prestito da una taverna lì vicina e la riempì con l'acqua di una fontana pubblica, per poi sedersi accanto al cane che si dissetava. Diffidente, l'animale lo tenne d'occhio, poi condivisero il pane e il formaggio che Caravaggio si era portato dietro per il pranzo.

«Sei solo anche tu?», gli chiese.

L'animale lo guardò in cagnesco. Numerosi passanti fissarono incuriositi la scena, con Caravaggio ancora seduto a terra accanto al cane. «Quando ero ragazzo», proseguì, addentando una mela, «dipingevo la frutta. Ogni tipo di frutta del cazzo, e la rubavo anche, perché ero affamato».

Il cane lo osservò con attenzione.

«Sei magro...». Caravaggio non aveva mai avuto paura degli animali e accarezzò il corpo del cane, con le costole che sporgevano sotto la pelliccia sporca. «E non hai un padrone. O se ce l'hai, è un coglione, perché ti fa patire la fame». Alzandosi, si spolverò i calzoni. «Ti chiamerò Corvo. Come un grosso corvo nero. Io e te, insieme, due corvi».

Si voltò, ma il cane rimase fermo dov'era. Era una giornata rovente, con un sole implacabile, e il pittore tirò dritto per la sua strada, gettando un'ombra che gli si allungava di fronte. Girato l'angolo, si fermò e fischiò. Un attimo dopo, udì un leggero rumore di passi, e il cane lo raggiunse e cominciò a camminargli accanto. Da quel momento in poi, Corvo rimase sempre al fianco del nuovo padrone, e passeggiarono insieme per le strade di Messina, con l'artista vestito di nero e il cane scuro come il demonio.

Era solo l'ennesima eccentricità che lo rendeva affascinante agli occhi dei messinesi. Famoso com'era, era il benvenuto ovunque andasse, con il Senato e la città aperti nei confronti dei forestieri, specialmente quelli più illustri. Tuttavia, trovandosi in un ambiente poco familiare, senza veri amici e protettori, vacillava tra la paura e la sicurezza, e prese in affitto uno studio sopra una taverna. Malgrado non avesse detto a nessuno che si era trasferito a Messina, era convinto che, prima o poi, avrebbero scoperto la sua posizione. Eppure, con il passare delle settimane, rincuorato dal silenzio da parte dei Cavalieri di Malta, la sua spavalderia tornò a riaffiorare. Pur correndo un rischio, si presentò ai nuovi clienti come fra Michelangelo da Caravaggio, Cavaliere dell'Ordine di Gerusalemme.

Fu una decisione avventata, ma aveva cominciato a credere che la riluttanza di Wignacourt nel ricambiare il torto stesse a indicare che il Gran Maestro era propenso a perdonarlo e a mostrargli clemenza. Come aveva già fatto un tempo con il cardinal Scipione a Roma, Caravaggio cercò di ingraziarsi di nuovo i suoi favori inviandogli un quadro, per scusarsi attraverso la propria arte.

Tuttavia, quando *Salomè con la testa del Battista* arrivò alla Valletta, fu accolto da un clamoroso silenzio.

Malta, Ordine dei Cavalieri di San Giovanni

Fra Antonio Martelli, un tempo sostenitore di Caravaggio, modello per un ritratto e mecenate delle sue opere, nonché confidente più fidato di Wignacourt, si trovava in Sicilia quando sentì parlare dell'arrivo dell'artista a Messina. Scandalizzato dall'ultima bravata di Caravaggio, e condividendo la volontà di mandarlo in rovina, riferì a Malta che il pittore caduto in disgrazia si stava palesemente spacciando per un cavaliere.

Si aggira per Messina come una divinità oscura, e i suoi ammiratori sono uno stormo di uccellacci starnazzanti che gli vanno dietro... Quell'uomo è un'aberrazione. Pensa davvero che non reagiremo di fronte a un tale affronto? Deve pur esserci un modo per costringere questo demonio a rigare dritto...

Preoccupato, Wignacourt lesse la lettera dell'amico e si domandò quale dovesse essere la sua prossima mossa. Martelli, in genere sempre a conoscenza delle imprese del Gran Maestro, non sapeva alcunché del coinvolgimento di Wignacourt nella fuga di Caravaggio. Si sarebbe opposto, avrebbe mandato a monte qualsiasi raggiro pensato per evitargli la giusta punizione: per i Cavalieri di San Giovanni, l'onore era tutto.

Wignacourt aveva sperato che l'artista, dopo essere fuggito da Malta, avrebbe avuto abbastanza buonsenso da evitare di provocare ulteriormente i suoi nemici, ma il successo del *Seppellimento di Santa Lucia* lo aveva ovviamente destabilizzato; ora si credeva intoccabile e aveva davvero sottovalutato il Gran Maestro. Il dipinto che gli aveva fatto recapitare era bellissimo, come ogni altra opera che aveva dipinto, ma la testa mozzata di San Giovanni non stava a indicare un martirio, ma una sconfitta. Era veramente convinto di poter insultare i Cavalieri di San Giovanni senza provocare una reazione violenta?

Sapendo di dover rispondere a Martelli, Wignacourt esordì con un riluttante:

Se voleste essere così cortese...

Stava soppesando ogni parola, come un uomo bendato su una corda da funambulo.

...da tenermi informato su tutto ciò che fa Caravaggio, ve ne sarei molto grato. Ritengo che possa addirittura essere pazzo. Le sue azioni, di sicuro, sembrano indicarlo. E dinanzi a simili sciagure, è meglio ignorarle che intraprendere ulteriori battaglie.

Stava cercando di tramutare la rabbia di Martelli in pietà. Se Caravaggio era pazzo, non valeva la pena preoccuparsene troppo. Wignacourt non voleva che la storia della fuga venisse riesumata, riesaminata, né che il suo coinvolgimento venisse portato alla luce. Per lui, in quanto Gran Maestro, sarebbe stato un disastro. Pertanto, cercò di sdrammatizzare e di rendere il pittore oggetto di compassione.

Ci siamo risparmiati ulteriori coinvolgimenti con quest'uomo sventurato, e per questo dovremmo ringraziare Iddio. Caravaggio è talentuoso, ma è un animo turbolento, un uomo che poteva soltanto turbare la nostra pace e gettare discredito sull'Ordine... Vi prego di riferirmi la sua condotta, ma di non avere ancora a che fare con lui...

Per quanto apparisse sereno, Wignacourt era furibondo. Se l'artista avesse continuato a mostrare un atteggiamento controverso e a mancare di rispetto all'Ordine, c'era poco che potesse fare per evitare delle ripercussioni. I cavalieri erano difficili da tenere sotto controllo persino in momenti di quiete, e se avessero sentito parlare dell'ultimo affronto, si sarebbero occupati personalmente della vendetta. Ripensò alla figura imponente di Roero, che si era rimesso, e ai suoi occhi freddi e guardinghi.

Sperava che le regole ferree dell'Ordine li trattenessero. Ai cavalieri era proibito lasciare Malta senza il suo permesso. Se Roero e i suoi alleati avessero deciso di andare a cercare Caravaggio, avrebbero dovuto ottenere la sua approvazione prima di poter compiere qualunque mossa. Se gliel'avesse negata, avrebbe violato i princìpi dell'Ordine. Se avesse acconsentito, avrebbe sciolto un branco di cani, riportando l'intera vicenda alla pubblica disamina. Uno scrutinio che si sarebbe trascinato il Gran Maestro.

Esasperato, Wignacourt si avvicinò al dono di Caravaggio, *Salomè con la testa del Battista*. Poi, piegando il braccio e colpendolo con tutta la propria forza, lo fece cadere dal cavalletto, sul duro pavimento di pietra.

Per quanto ci provassi, non riuscivo a dormire. Tenevo il pugnale sotto il cuscino, la spada lungo il fianco. Non mi toglievo i vestiti, restavo completamente vestito, disteso sopra le lenzuola, almeno in caso di necessità sarei riuscito a muovermi in fretta. Sapevo che stavano venendo a cercarmi. Da Roma, da Malta, quel coglione di Roero, con la sua faccia da idiota, crudele come un orso.

Avrei dovuto ucciderlo.

Non dico sul serio.

Eppure, non riesco a dormire. Messina è gentile con me. Il cane sembra essersi abituato a stare qui. Gli ho insegnato qualche giochetto, lo osservo mentre sceglie le carte, non i tarocchi, ne ho abbastanza di quelle stronzate. Semplici carte da gioco da cui ripesca gli assi, come un baro. Penso che sia più umano di molti di quei bastardi che ho conosciuto. Non si fa spazzolare, si mette sotto il tavolo e ringhia, a volte con ferocia. Ecco di cosa ha paura la gente quando si tratta degli animali. Mordono per primi.

A me non ha mai dato neanche un morso.

Le coliche dei pittori sono tornate. Per quanto mangi, non riesco ad andare di corpo come dovrei, non riesco a svuotare le viscere. E i mal di testa sono più frequenti. Non saprei, ma spesso mi sento male, forse ho inghiottito troppa acqua del mare maltese. Dolori alla testa, dolori nelle viscere. Del Monte soffriva di costipazione, me lo ricordo, e diceva che doveva mangiare più frutta. Ma a me non interessa. A me piacciono il formaggio e la carne. Con la frutta non ci si riempie la pancia, è tutta acqua e semi.

Un tempo, quando ero ragazzo, ero abituato a mangiare i melo-

ni. In Lombardia si potevano raccogliere, gustarseli ancora caldi dal sole. Il sapore restava appiccicato alle labbra come succo, e le ragazze usavano i semi per fare collane, alcune lunghe quanto un braccio, infilandole su uno spago. All'inizio i semi erano morbidi e arancioni, ma una volta secchi diventavano croccanti, bianchi e giallognoli, e perdevano il loro profumo.

Di notte ci sono talmente tanti rumori. Passi, sussurri, il tintinnio di una spada. O magari è solo la briglia di un cavallo stanco strattonata con veemenza. Ho preso in affitto uno studio con una scala esterna. Soltanto una, così posso vedere e sentire chi sta arrivando. Ci sono le sbarre alle finestre. L'ultimo affittuario era un gioielliere, il suo banco da lavoro è ancora qui, insieme a una lente di ingrandimento che ogni tanto uso anch'io, quando mi si stanca la vista.

E sogno mentre sono sveglio. Disteso a letto, completamente vestito, i fantasmi vengono a farmi visita. Non ho mai creduto nella vita dopo la morte, ma l'altra sera Ranuccio Tomassoni si è presentato alla mia porta e, a volte, sul soffitto, vedo il viso di Fillide in una chiazza d'umidità che ha la forma di un cammeo… Non sono uno sciocco, so che le coliche del pittore possono colpire il cervello; ricordo di aver visto un artista a Roma che si muoveva a scatti come una rana e parlava con le ombre.

Ora la mia testa è piena di immagini: i monatti, la statua di San Sebastiano, Lena, Fillide, quel perfido ecclesiastico di Scipione e Wignacourt. Ma non vedo mai Cecco, e a volte mi domando se non sia morto.

Quando ero bambino, volevo diventare un soldato, un cavaliere. Il cavaliere, però, era stato disarcionato dal cavallo, era caduto ed era fuggito sull'acqua. L'acqua, sempre l'acqua.

Roero verrà a cercarmi, perché io, al posto suo, farei la stessa cosa. Magari domani, magari non subito. Magari la famiglia Tomassoni lo batterà sul tempo. Riesco a immaginare la mia testa insanguinata in un sacco, che guarda con occhi ciechi oltre la spessa tela di iuta, sbattendo da una parte all'altra mentre sobbalza contro la sella di un bastardo… Roero non verrà da solo. Arriverà armato con un branco di soldatini giocattolo.

Buon Dio, vorrei tanto riuscire a dormire.

Trentuno

Giovanni Battista de' Lazzari era un uomo tarchiato, brutto e calvo, con il naso schiacciato, la fronte che ricordava la vetta di una montagna, la bocca grande e le labbra vermiglie. Era un mercante e aveva accumulato una fortuna considerevole con il commercio. Era abbastanza abbiente da costruire e decorare la cappella centrale della chiesa dei Padri Crociferi, dedicata alla cura degli infermi. La ricchezza gli aveva anche fatto dono di una bella moglie e tre figli maschi, ma Giovanni Battista era perpetuamente alla ricerca di nuovi modi per accrescere il proprio prestigio e impressionare i rivali.

Così, quando venne a sapere che Caravaggio era arrivato a Messina, avvicinò l'artista per strada e gli pizzicò la manica, come se fosse una cornacchia.

«Vorrei commissionarvi…».

Caravaggio lanciò un'occhiata alla mano invadente, e Giovanni Battista la ritrasse immediatamente. «Sono appena arrivato a Messina e sono già stato avvicinato da altri clienti…».

«Sono disposto a offrirvi più di chiunque altro stia cercando di assoldarvi».

«Non sono un maniscalco. Sono un artista», replicò il pittore, offeso. «Non mi si può assoldare, mi si può commissionare un lavoro».

Le labbra carnose del mercante si incurvarono in un sorriso stucchevole. «Chiedo venia, non intendevo mancarvi di rispetto». Quando Caravaggio ricominciò a muoversi, gli si affiancò e tenne ripetutamente d'occhio il cane che lo stava seguendo. «Avete un bell'animale».

«Morde».

Dovendosi affrettare a causa delle gambe corte, e girando alla larga dal cane, Giovanni Battista si sforzò di tenere il passo dell'artista. «Vi vorrei commissionare il dipinto di una Vergine, con San Giovanni Battista e altri santi».

Caravaggio si fermò. «Altri santi? Quanti? Tutti? Li gradite in fila, o tutti ammassati insieme?».

Ridendo, il mercante scrollò le spalle. «Come preferite. E qualunque santo vogliate includere. Il dipinto andrà nella cappella principale della chiesa dei Padri Crociferi, per rendere grazie ai frati ospitalieri dediti alla cura degli ammalati, signor Caravaggio. Avete piena licenza di decidere come realizzare l'opera. La vostra reputazione...».

L'idea di dipingere un quadro tanto privo di originalità, tanto ordinario, non lo entusiasmava. Non aveva mai copiato le opere altrui né seguito le convenzioni. Se doveva accettare una commissione, doveva essere un'opera con la quale avrebbe potuto fare colpo sui prossimi mecenati e dare ulteriore lustro alla propria reputazione.

«Come vi chiamate?».

L'uomo si diede una pacca sulla fronte. «Perdonatemi. Sono Giovanni Battista de' Lazzari. La mia famiglia si è ormai affermata qui a Messina, e possiedo un'attività di grandissimo successo». Fece una pausa, e Caravaggio lo osservò con attenzione. «Che cosa c'è?»

«Vi chiamate Lazzari?»

«Sì».

«E volete una pala d'altare per una chiesa?»

«Che al momento sto facendo costruire. Sarà presto finita e, una volta completata, il dipinto verrà appeso nella cappella e mostrato a tutti».

«Quindi voi, Giovanni Lazzari...».

L'ometto annuì, seguendo ogni parola del pittore.

«...state facendo costruire una chiesa...».

Il mercante annuì di nuovo.

«...e volete una pala d'altare?»

«Sì!».

Caravaggio scrollò la testa. «Non sono interessato a dipingere una sacra conversazione».

«Ma vi pagherò profumatamente! Mille scudi».

Il pittore esitò. Non gli era mai stata offerta una cifra così grande, neanche nei momenti di gloria a Roma. Ma non era il denaro a tentarlo, era l'opportunità.

Si protese verso l'ometto.

«Ho un suggerimento per voi, signor Lazzari. Se questa chiesa è vostra, perché non mi commissionate qualcosa in onore del vostro nome? Lazzari, *Lazzaro*. Inoltre, farebbe al tempo stesso riferimento all'operato dei frati ospitalieri che si occupano degli infermi, dei lazzari, degli appestati. Capite cosa vi sto suggerendo?». Caravaggio fece una pausa e cercò di decifrare l'espressione del mercante. «Sarebbe un dipinto con un significato vero, il significato *giusto*. Un dipinto che avrebbe un impatto molto più grande rispetto a una rappresentazione... banale».

Giovanni Battista sbatté pian piano le palpebre, poi si deterse il sudore dalla fronte incredibilmente sporgente. «Lazzaro? Sarebbe un soggetto insolito...».

Con voce gelida, Caravaggio domandò: «E non sarebbe di vostro gradimento?»

«No, no!», si affrettò a dire l'ometto, temendo di perdere l'interesse del pittore. «È magnifico, perfetto. Quindi dipingereste...?»

«La *Resurrezione di Lazzaro*», confermò l'artista, soddisfatto. «Per mille scudi. Metà alla firma del contratto, metà alla consegna del dipinto».

Fu l'accordo più rapido – e insolito – che il mercante avesse mai stipulato.

Roma, Palazzo Colonna

«Ho paura per lui», disse Costanza, di spalle alla finestra, con Del Monte che si era fermato al suo fianco, il ricamo dorato sulle pantofole rosse cardinalizie baciato dai raggi del sole del mattino.

«Fabrizio mi ha detto che il cavaliere aggredito da Caravaggio ha fatto domanda a Wignacourt per ottenere il permesso di lasciare Malta. Fra' Roero ha fatto chiaramente capire ai membri dell'Ordine che vuole ottenere vendetta. A parte andare a cercare Caravaggio, non avrebbe altra ragione per desiderare di allontanarsi dall'isola».

Pensieroso, Del Monte sfiorò la croce adagiata sulla curva convessa del proprio diaframma. L'atto di violenza commesso a Malta aveva messo a dura prova la sua formidabile pazienza, ma, come Costanza, anche lui era rimasto un fermo sostenitore di Caravaggio.

«Wignacourt gli concederà il permesso?».

La marchesa evitò lo sguardo del cardinale. «Non lo so. Forse non avrà modo di negarglielo».

«Ovviamente...», replicò Del Monte, versando l'acqua in due bicchieri e aggiungendoci un po' di limone fresco. Il profumo effervescente sibilò nell'aria tiepida. «Sarebbe molto imbarazzante se si venisse a scoprire che il Gran Maestro ha preso parte alla fuga di Caravaggio».

«Di questo non ne so niente, Eminenza», replicò lei. Si vergognava di dover mentire, ma non era disposta a confessarlo.

«No? Pensavo il contrario...». Lasciò l'allusione in sospeso. «Avete sempre fatto tutto il possibile per Caravaggio...».

«No, Eminenza», lo corresse. «Ora ha più bisogno che mai del mio aiuto. Se avesse ottenuto la grazia, Caravaggio non avrebbe mai avuto necessità di recarsi a Napoli o a Malta. Avrebbe avuto la possibilità di tornare a Roma e, con il tempo, di rifarsi una reputazione...».

«I parenti di Ranuccio Tomassoni avrebbero comunque continuatoa cercare vendetta», le fece notare il cardinale.

«Ma Caravaggio sarebbe stato libero dal bando capitale, sarebbe stato al sicuro. Ora che la condanna a morte è tornata in vigore, ci sono ancora più persone che vogliono dargli la caccia. Nessun uomo può vivere in questo modo».

Del Monte scosse la testa, con un'espressione solidale dipinta sul volto benevolo. «Lo avete tolto dai guai quando era a Roma, avete organizzato il suo trasferimento a Malta, dove ha avuto grande successo e si sarebbe potuto trattenere, se solo avesse tenuto a bada i lati peggiori del suo carattere. *Non* è colpa vostra», diede enfasi alla parola. «*Non* è colpa vostra se Caravaggio ha comportamenti tanto singolari. *Non* è colpa vostra, bambina mia, se ha aggredito fra' Roero». Del Monte addolcì il tono di voce. «Voi lo conoscete da una vita, io lo conosco da molti anni. Caravaggio non è mai stato un uomo normale, con reazioni normali».

«Non è normale, è un genio».

«Non posso darvi torto, ma è anche una minaccia per se stesso e per gli altri».

Costanza si scostò dalla finestra, poi si soffermò accanto a un tavolo da lettura e osservò il volume adagiato sulla superficie di marmo di Carrara. Incuriosita, lo raccolse e lesse il titolo sulla copertina di pelle lavorata.

«State leggendo Erasmo da Rotterdam... Non era lui a dire "Fate luce, e le tenebre scompariranno da sole"?»

«Proprio lui».

«Quindi dovremmo smetterla di rischiarare la vita di Caravaggio, continuando a tenerlo lontano dall'oscurità?».

Sorridendo, Del Monte sfilò il libro dalle mani di Costanza. «Credo che Erasmo da Rotterdam dica anche questo: "È il punto principale della felicità che un uomo voglia essere ciò che è"».

«Caravaggio non accetterà mai ciò che è. Non *sa* cos'è. È questa la croce che è tenuto a portare».

Insofferente e turbata, la marchesa si avvicinò alle porte della biblioteca, le aprì ed entrò nella galleria adiacente, dove il padrone di casa aveva appeso i due quadri che aveva commissionato al pittore quando era appena arrivato a Roma, i *Bari* e *Buona ventura.*

Si fermò di fronte ai dipinti, poi li indicò. «Ecco cos'è Caravaggio, è *questo* ciò che è».

«L'abilità di un uomo non è tutto».

«Nel suo caso, sì, Eminenza», replicò Costanza. «Quando non dipinge, Caravaggio è alla deriva. Come un fazzoletto durante un uragano...».

«L'ho aiutato e spalleggiato per anni, ho imparato ad accettare le sue stranezze a causa dell'affetto che nutrivo per lui. In quanto a voi, non avreste potuto essere più generosa. La vostra famiglia, vostro marito, i vostri figli, i fratelli e i cugini, tutti i Colonna hanno unito le forze per fermare questo *fazzoletto*». Agitò la mano a mezz'aria e sorrise. «Per impedire che venisse spazzato via in mare aperto e si smarrisse per sempre. Ma Caravaggio non è un bambino, e non potremmo tenere d'occhio ogni suo movimento neanche se disponessimo di un esercito». Del Monte lanciò un'occhiata ai dipinti, poi cambiò argomento. «Scipione vuole che torni a Roma. Pensa che io non sappia che si è affrettato a parlare di nuovo con il Papa della grazia da concedergli. Prova a imbrogliarmi parlando di "allusioni". Com'è naturale, adesso il pontefice non è disposto a prestargli ascolto, non dopo aver sentito parlare delle ultime imprese di Caravaggio a Malta, ma Scipione è astuto come il serpente dell'Eden. Non c'è artista in grado di eguagliare Caravaggio. Napoli, Malta, la Sicilia… ci hanno sottratto il pittore di punta, e Roma lo rivuole indietro».

Costanza lo osservò con aria pensierosa. «Come fate a sapere tutte queste cose, Eminenza?»

«Ho spie che sorvegliano le spie di Scipione». Ridacchiò, divertito. «Siamo di fronte a un favo papale di osservatori e ascoltatori, con il Papa nel ruolo di ape regina, sperando che il pontefice voglia perdonare il paragone. Scipione conosce bene l'alveare e ci si addentra senza farsi pungere, ma non è contrario a usare i pungiglioni a proprio favore». Del Monte accostò un dito alle labbra e sussurrò: «E nemmeno io».

Trentadue

Roma

Masticando una manciata di noci, Orazio Gentileschi osservò sua figlia, Artemisia, che stava dipingendo una tenda color cremisi sullo sfondo della sua Natività. A diciassette anni, lavorava con mano sicura, con la stessa esperienza di tanti artisti maturi che dipingevano per professione lì a Roma. Per un istante, provò una fitta di gelosia, poi rammentò che sia lui che la famiglia avrebbero potuto trarre profitto dal talento della ragazza.

«Un po' di drappi in meno, direi», borbottò con tono acido. «Non vogliamo mica soffocare Gesù bambino e riscrivere la storia».

Artemisia ignorò il commento, concentrando l'attenzione sul dipinto di fronte a sé. Nel quartiere degli artisti di Roma, era raro che le donne facessero le pittrici; in genere diventavano sgualdrine che servivano i pittori, oppure lavoravano nelle taverne o procacciavano clienti per i bordelli. Nessuna donna rispettabile avrebbe scelto di vivere in mezzo ai mercenari, agli ubriachi e ai bari, ma era l'unico mondo che conosceva e, ovunque andasse, suo padre si prodigava per assicurarsi che fosse sempre accompagnata da qualcuno.

Era necessario. C'era chi aveva figlie senza pretese, mentre Artemisia aveva ereditato la bellezza della madre defunta. Non cercava di trarre vantaggio dalla propria sensualità, voluttuosa e scura, ma il suo aspetto attirava molti commenti e intimava a Orazio di proteggere la virtù della figlia, nonché i propri interessi. Nessuno voleva una moglie deflorata, e gli sarebbe risultata inutile a meno che non fosse vergine. Orazio, eterno opportunista, si era rassegnato all'inadeguatezza dei figli maschi ed era sceso a patti col fatto che, in quanto a prole, Artemisia era il risultato migliore. Era un'artista promettente, a volte riusciva già a competere con lui, ma era anche una donna che avrebbe potuto dare in moglie a un buon partito...

Immerso nei propri pensieri, Orazio si mise un'altra manciata di noci in bocca e fece una smorfia, perché ne schiacciò una con un dente rotto, un molare. L'influenza di Caravaggio non si era affievolita da quando aveva lasciato Roma, e i suoi seguaci continuavano a sfornare imitazioni del suo stile, con le stesse lumeggiature ripetute in centinaia di Assunzioni. Malgrado fosse stato suo compagno di scorribande e il miglior imitatore dello stile caravaggesco, Orazio aveva invece valutato le varie alternative e cambiato rotta. I mecenati che avevano avuto da ridire sul realismo di Caravaggio volevano e commissionavano opere dipinte con il vecchio stile manieristico; tematiche più leggere, più accattivanti, prive di profondità psicologica. La brutalità della *Morte della Vergine* li aveva scandalizzati, inducendoli ad agognare un ritorno ai temi classicisti.

Orazio era più che disposto ad accontentarli.

Mentre Artemisia non aveva alcun interesse per un ritorno al passato.

«Un uso intelligente della luce è cosa buona e giusta... ma devi imparare a rendere meglio la prospettiva», commentò Orazio con tono secco. «Nessuno comprerà mai un dipinto in cui gli edifici sembrano delle cazzo di carte da gioco».

«Imparo più in fretta che posso...».

«Non abbastanza in fretta. Ti serve un maestro».

«Mi insegni tu».

«Ma io sono impegnato, Artemisia, e adesso hai bisogno di un maestro della prospettiva», replicò suo padre con crudeltà. Prese un pennello e si stuzzicò il molare con la punta del manico. «Scrivi ancora a Caravaggio?».

La ragazza sussultò. «Gli ho scritto solo un paio di volte...».

«Quel bastardo a me non scrive mai», si lamentò Orazio, stizzito. «Ti ha parlato della sua fuga da Malta?», chiese prima di chinarsi, portando il mento appuntito a pochi centimetri dalla sua spalla destra. «O magari ti ha detto com'è stato essere sbattuto fuori dall'Ordine dei Cavalieri di San Giovanni?».

La giovane si voltò e lo guardò dal basso. «Sei un suo amico, o almeno lo eri...».

«Ma sembra più attaccato a te che a me», replicò Orazio, «e sento la mancanza di quel coglione. Roma non è più la stessa senza di lui». Avvicinò uno sgabello alla seduta della figlia e le parlò con un tono insolitamente carezzevole. «Ti ha mai chiesto della grazia?»

«No».

«Mai?»

«No...». Scosse la testa. «Le nostre lettere non sono che brevi biglietti, niente di più».

Sicuro che la figlia gli stesse nascondendo qualcosa, Orazio la provocò. «Che stupido che è stato a mandare tutto a puttane là a Malta. Adesso si ritrova sia i maltesi che la famiglia Tomassoni alle calcagna. Gli avrei dovuto personalmente mozzare quella cazzo di testa prima che fuggisse da Roma. Sarei stato ripagato bene per l'incomodo». Guardò il viso di sua figlia e scoppiò a ridere. «Ti sto prendendo in giro. Sai che non farei mai del male a Caravaggio...».

«A meno che la ricompensa non sia abbastanza alta».

Punto sul vivo, Orazio si alzò. «Hai una tale lingua biforcuta...».

«Che ho ereditato da te», ribatté lei, senza lasciarsi intimorire. C'era chi temeva il malanimo di Orazio, i mecenati erano terrorizzati dalla sua acida perspicacia, ma Artemisia riusciva sempre a tenere testa a suo padre. L'odio che provava nei suoi confronti non si era ridotto con il passare degli anni, anzi, dalla morte di sua madre era aumentato con continuità. In una casa di soli uomini, senza confidenti femminili, aveva imparato a difendersi da sola.

Prima che potesse replicare, l'attenzione di Orazio fu attirata dal giovane uomo che stava entrando nello studio. Ignorò Artemisia e si sedette sul davanzale della finestra. Quando ci si appoggiò sopra con un'espressione dolorante dipinta sul volto, si levò una nube di polvere. Indossava calzoni di velluto, una tunica di seta e un berretto inclinato da una parte, con una piuma come decorazione, lunga quasi sessanta centimetri, che si incurvava verso la spalla.

«Sembri una gallina del cazzo».

«Una gallina non potrebbe permettersi un copricapo come questo», rispose Agostino Tassi, lanciando un'occhiata fuori dalla finestra, verso la strada sottostante. «La taverna del Turco ha preso una ragazza nuova, bella in carne come un cappone e pronta per essere montata».

«Non davanti ad Artemisia», lo ammonì Orazio, facendogli cenno di seguirlo in un'altra stanza.

L'ambiente era soffocante, le assi del pavimento coperte di fogli e disegni disseminati ovunque, con un mappamondo – coperto di polvere e intaccato all'altezza del continente africano – che saltava all'occhio accanto a un assortimento di materiale di scena. Armature false, croci, armi e calici ammassati insieme, un agnello impagliato, parzialmente mangiato dalle tarme, che fissava il vuoto con occhi vitrei. Nel quartiere degli artisti, era risaputo che Orazio aveva i materiali migliori. Chiunque altro li avrebbe prestati ai colleghi pittori, ma Gentileschi chiedeva un compenso per darli in prestito e tratteneva una cauzione se glieli riportavano danneggiati.

«Che vuoi?».

Tassi fissò l'assortimento di fronte a sé. «Mi servono i gambali di un'armatura».

«Anche una cotta di maglia?»

«No, quella ce l'ho», rispose Tassi, osservando la sagoma spigolosa di Orazio che si piegava e cominciava a frugare tra gli oggetti di scena.

Avevano lavorato insieme per anni, e Gentileschi aveva realizzato le figure sui paesaggi dell'altro per i dipinti di Palazzo Rospigliosi, entrambi commissionati da papa Paolo V. La loro amicizia era l'esatto opposto di quella che lo legava a Caravaggio. Laddove il lombardo parlava poco, Tassi era un bugiardo incallito. Per impressionare i clienti, asseriva di essere nato in seno alla nobiltà romana, quando in realtà era figlio di un maniscalco. Tassi cercava di nascondere anche altri aspetti della sua vita: era stato condannato alla schiavitù sulle galee del Gran Duca per un crimine che non era mai riuscito a scoprire. Quando era saltata fuori la storia della punizione, invece, Tassi aveva dichiarato di non aver mai "preso un remo in mano", ma che era libero di muoversi sulle galee e di dipingere. L'episodio, a suo dire, lo aveva anzi aiutato moltissimo nella raffigurazione degli scenari marini.

A niente era mai stato concesso di intaccare in modo permanente il mito di Tassi, neanche l'arresto per lo stupro della cognata e di una delle sue mogli. Vuoi per la bravura e lo straordinario impiego della prospettiva che affascinava i collezionisti, vuoi per le menzogne sfacciate e incessanti, a Roma era ancora un pittore prospero, popolare e molto impegnato.

Orazio si voltò e gli chiese: «A cosa ti servono i gambali dell'armatura?»

«Per un dipinto».

«Per chi?»

«Per un collezionista francese», rispose Tassi. Portava bene i suoi trentaquattro anni, con gli occhi marroni da cerbiatto sopra una bocca sensuale, ma sottile. «Mi è stato promesso che arriveranno altre commissioni. E anche dall'Olanda...».

«Maledetto bugiardo», replicò Gentileschi, gettando i gambali ai piedi dell'amico. «Gli olandesi hanno i loro pittori paesaggisti».

«Se hai intaccato l'armatura lanciandola in questo modo, non potrai reclamare dicendo che è stata colpa mia», obiettò Tassi. «Ho saputo della sedia di Battista, di come gli hai svitato le gambe posteriori affinché il modello cadesse non appena ci si sedeva sopra».

«Eppure, Battista non ha avuto le palle di venirsi a lamentare di persona, no?», ribatté Orazio. «Quella commissione doveva essere mia».

«Ora per un po' non verrà affidata proprio a nessuno. Il modello si è rotto due costole».

«Bugiardo!», ripeté Orazio. «Ho sentito dire che si era fatto solo qualche livido».

«Parecchi lividi, come minimo».

Tutto d'un tratto, rivolgendo l'attenzione verso una pila di tendaggi, Orazio riportò alla luce un paio di ingombranti ali da cherubino con le piume bianche in perfette condizioni, a eccezione di un'unica penna spezzata. Con un sorrisetto sardonico, le sollevò in alto sopra la testa per imitare un angelo in volo.

«Santa Madre di Dio. Queste le usava Caravaggio. Quel ragazzetto con cui stava, Cecco, le indossò per *Amor Vincit Omnia*. Aveva un gamberetto al posto dell'uccello...», osservò con tono sprezzante mentre rimetteva giù le ali di scena. «Cazzo, ci sono voluti anni per riaverle indietro».

«Ho sentito dire che Caravaggio sta tornando a Roma».

«Con tutte le balle che racconti, vorrei che questa fosse vera», replicò Gentileschi, lanciando un'occhiata a Tassi, alle mani con cui stava spolverando i calzoni, al ridicolo copricapo piumato che aveva appoggiato sul mappamondo ammaccato. «Sono felice che tu sia passato, volevo parlarti di Artemisia. Ha un grande talento...».

«C'è chi dice che sia un genio».

«Sono le stesse persone che ti reputano un uomo onesto?».

Punto sul vivo, Tassi si appoggiò alla finestra, incrociò le gambe e disse con tono conciliatorio: «Sto solo ripetendo quello che ho sentito dire in giro. Non intendevo mancare di rispetto a nessuno». Conosceva fin troppo bene il caratteraccio di Gentileschi per azzardarsi a provocarlo ulteriormente. «Allora, cosa volevi dirmi a proposito di Artemisia?»

«Sta migliorando nella rappresentazione delle figure, è brava...». Orazio era rimasto a corto di parole, aveva difficoltà a pronunciarle, la gelosia stemperata soltanto in parte dall'avarizia. «Ma non ha proprio idea di come si usi la prospettiva».

«E vorresti chiedermi di insegnarle la tecnica?», chiese Tassi senza grande entusiasmo. «Vuoi che insegni a una ragazza?»

«Non stiamo parlando di una maledetta ragazza qualsiasi, ma della *mia* bambina, cazzo!», sbottò Gentileschi. «A dodici anni, riusciva già a dipingere meglio dei maschi. Se sua madre fosse ancora viva, le cose sarebbero molto diverse, ma più passa il tempo, più è chiaro che Artemisia non sia adatta a fare la moglie. Non sa cucinare, né rigovernare la casa». Si guardò attorno e spalancò le braccia, con il palmo delle mani rivolto verso l'alto. «C'è polvere ovunque, tranne che nello studio. Se va al mercato, porta a casa polli che non è in grado di uccidere, o carne che lascia talmente tanto sul fuoco che con quel che ne rimane potresti ferrarci uno stramaledetto asino». Fece una pausa e socchiuse gli occhi neri. «Ma sa dipingere. Potrebbe guadagnarsi da vivere con il talento che ha, potrebbe guadagnare bene. Caravaggio lo sapeva e l'ha incoraggiata».

Tassi inarcò le sopracciglia. «Davvero?»

«Sì», rispose l'altro, annuendo. «Si scrivono delle lettere...».

«*Caravaggio e Artemisia?*»

«No, la Vergine Maria e il Papa!», sbottò Orazio. «Pensaci bene, Tassi. Se tu insegnassi ad Artemisia, andrebbe a tuo vantaggio. E io la considererei una gentilezza...».

«Quindi non riceverei alcun compenso?»

«Siamo amici, Tassi. Io per tua figlia farei la stessa cosa».

«Peccato che io non abbia figlie».

Orazio agitò una mano per liquidare l'osservazione. «Qua a Roma avrei un'ampia scelta di pittori paesaggisti, ed è solo la mia bontà d'animo a portarmi a scegliere te».

«E poi dai a *me* del bugiardo, vecchio volpone», replicò Tassi, protendendosi in avanti, i gomiti appoggiati sulle ginocchia. «Vai avanti, Orazio, dove vuoi andare a parare?»

«Incoraggerò mia figlia a restare in contatto con Caravaggio. Forse si è innamorata di quel coglione fuori di testa, o magari lo vede soltanto come un eroe, va' a sapere». Fece una pausa, poi proseguì. «Ad ogni modo, per lei non può che essere un bene. Se e *quando* Caravaggio tornerà a Roma, il suo sostegno giocherà a favore di Artemisia. E ne gioverò anch'io. E anche tu, indirettamente».

«*Se* mai tornerà a Roma».

«I poteri costituiti lo rivogliono a casa. Ho sentito dire che quel pederasta di Scipione ha ricominciato a perorare la causa della grazia».

«Nonostante quello che è successo a Malta?».

Orazio riprese le ali di scena e le soppesò. «Caravaggio è il miglior pittore d'Italia. Era il miglior pittore di *Roma*. Avrebbe persino potuto appiccare il fuoco al paramento dell'altare mentre il Papa diceva la Messa e avrebbe comunque ottenuto il perdono. *A tempo debito.* O almeno ne ero sicuro fino a qualche tempo fa, mentre adesso...».

Tassi lo stava ascoltando.

«...da quando ha lasciato Malta, le carte in tavola sono cambiate, e adesso la condanna a morte è tornata a pendere sopra la sua testa. Caravaggio combatte bene, è rapido ed è abilissimo con una spada in mano. Ma adesso è in trappola. Preso in mezzo tra due fazioni: i Cavalieri di Malta e la famiglia Tomassoni. L'una o l'altra avrà la meglio su di lui...». Sollevò le pesanti ali angeliche, poi le lasciò cadere a terra. «Nessuno, da solo, può tenere testa a entrambe».

Trentatré

Il giorno seguente, con sua grande sorpresa, Orazio fu fermato in piazza Navona dal cocchiere del cardinale Scipione Borghese, il quale gli fece cenno di avvicinarsi alla carrozza dell'ecclesiastico. Gentileschi si incamminò lentamente, di proposito, e vide che Scipione, impaziente, stava facendo tamburellare le dita fasciate dal guanto sulla fiancata della carrozza.

«Avvicinati, svelto! Avvicinati!».

Lo sguardo malizioso di Orazio si posò sul cardinale. «Cosa desiderate da me, Eminenza?».

L'inflessione nel tono di voce era lampante, lo sprezzo evidente.

«Dobbiamo scambiare due parole».

«E allora parlate, Eminenza».

«Sali!», disse Scipione, aprendo la portiera della carrozza, e attese che Orazio si sedesse all'interno. Il pittore distese le lunghe gambe di fronte a sé, poi osservò gli interni sfarzosi della vettura. Pavimento e soffitto di noce, rifiniture di broccato e foglie dorate sullo stucco.

«Non c'era abbastanza spazio per uno specchio, Eminenza?»

«Sei un impertinente».

«Perdonatemi», mentì, «voleva essere un complimento».

Scipione esitò, conoscendo la reputazione di Orazio Gentileschi, poi proseguì. «Questa conversazione è strettamente confidenziale...».

Orazio lo fissò con uno sguardo gelido, la bocca tirata.

«Hai capito?»

«Ci sento benissimo, Eminenza. So anche leggere e scrivere».

«Hai avuto qualche contatto con Caravaggio da quando ha lasciato la città?»

«Ha lasciato Roma?», disse il pittore, fingendosi sorpreso.

«Potrei farti sbattere in galera per una simile insolenza!».

«Ma non lo farete, giusto? Perché volete qualcosa da me», replicò Orazio. «Cosa volete?»

«Mi serve sapere dov'è finito Caravaggio».

«Da quello che ho sentito dire io, aveva lasciato Malta ed era in Sicilia, Eminenza».

«In Sicilia *dove*?»

«E come faccio a saperlo?». Il pittore inclinò la testa. «Cardinal Borghese, le vostre spie sono famose, vi tengono informato su qualunque cosa. Se in città caga qualcuno, voi lo venite a sapere... Pensate davvero che vi creda quando dite di non sapere dove sia Caravaggio?».

Scipione lo pressò.

«Gentileschi, tu eri il suo amico più intimo. Non facevate altro che andare e venire da Tor di Nona. Avete combattuto insieme, barato a carte, vi siete azzuffati per le prostitute...». Scipione fece una pausa. «Facevi parte della piccola cricca di Caravaggio, come Onorio Longhi...».

«Che adesso, dopo la pugnalata che ha ucciso Ranuccio Tomassoni, si trova a Milano». Incuriosito, Orazio studiò con attenzione il cardinale. «Perché per *lui* non è stato emanato alcun bando capitale, Eminenza?»

«Perché l'assassino era Caravaggio...».

«E se invertissimo le parti e fosse stato Tomassoni a uccidere Caravaggio, anche lui sarebbe stato condannato a morte?». Orazio esitò un istante. «No, non con gli agganci che aveva, non con il nome e le ricchezze della sua famiglia».

Irritato, Scipione cambiò strategia. «Stiamo solo perdendo tempo! Voglio sapere tutto quello che sai. Ho parlato con Fillide Melandroni, ma nega di aver avuto contatti con l'artista».

«Caravaggio non toccherà mai più quella sgualdrina. Soprattutto adesso. L'avete vista, Eminenza?». Avvicinò l'indice alla guancia e lo fece scivolare lentamente verso il basso. «L'hanno conciata proprio male… È stata la famiglia Tomassoni? Ho sentito dire che sono stati loro. D'altro canto, come abbiamo appena convenuto, hanno il potere di fare come meglio credono e di scampare a ogni forma di giustizia».

«Sei un uomo davvero sconsiderato, Gentileschi», dichiarò Scipione. «Dovresti tenere a mente con chi stai parlando. Potrei farti imprigionare…».

«Ma a quel punto non avreste più modo di sapere dov'è Caravaggio, non credete, Eminenza?»

«Perciò siete *davvero* in contatto con lui!».

«Forse», rispose il pittore, pensando ad Artemisia. «O magari conosco qualcuno che ha mantenuto i rapporti con Caravaggio».

Scrutò il cardinale, chiedendosi perché avesse tanta fretta di raggiungerlo. Scipione sapeva che si trovava in Sicilia, ma non la posizione precisa. Il cardinale aveva premura, era palese; ma cosa significava? Che era riuscito a fargli ottenere la grazia e doveva informarlo? Che il pittore cacciato dall'Ordine era ormai vulnerabile, che rischiava di essere assassinato da un momento all'altro? E i morti non dipingono.

"I tuoi giochetti si sono rivelati controproducenti, viscido sgorbietto?", pensò Orazio, fissando il cardinale. "Hai aspettato troppo e non puoi più fare in modo che la grazia venga approvata?".

«Ti pagherò per l'informazione».

Gentileschi tese le labbra sottili in un sorrisetto sarcastico. «Ma Caravaggio è un mio amico, vostra Eminenza, e io non sono un Giuda».

«Non desideri il denaro?»

«No… Ma ho una figlia che ha molto talento. Anzi, a dirla tutta, Caravaggio l'ha incoraggiata da quando era bambina. Diceva che era un genio, e se non se ne intende lui, no? Purtroppo, però…». Sospirò. «…qua a Roma per le donne è difficile fare le pittrici. La vita è dura persino per gli uomini, ma per le donne… Sono soggette a ogni sorta di carognata, ruffiani in cerca di nuove ragazze, preti che si spacciano per protettori solo per rubare le loro opere. Ladri che di notte fanno irruzione nei laboratori e vendono i dipinti trafugati al mercato nero. Un uomo può scazzottare per riappropriarsi delle proprie cose. Conosciamo i trucchetti del mestiere, li conosciamo tutti. Ecco perché ci sono così tante zuffe nel quartiere degli artisti, tra chi compete per la posizione o per vendicare un torto subìto. Una donna, però, non può portarsi dietro una spada. Se non ha la protezione di un mecenate, è facile approfittarsi di una fanciulla, e alla fine si unirà alle schiere di sgualdrine da arrestare dopo il coprifuoco con una retata degli sbirri…».

Scipione annuì. «Vuoi che dia un'occhiata ai lavori di tua figlia?»

«Vi ringrazio, vostra Eminenza», replicò Gentileschi prima di scendere dalla carrozza e voltarsi di nuovo verso il cardinale. «Cercherò di fare il possibile per scoprire la posizione esatta di Caravaggio. Vi sono molto grato per l'interesse mostrato nei confronti di mia figlia». Chinò il capo, ma il suo sguardo era beffardo. «Siete di una gentilezza unica».

Trentaquattro

Messina, Ospedale degli Incurabili

Accompagnato da una suora, Caravaggio camminò tra file di letti attorno ai quali si muovevano altre suore silenziose, rispondendo ai deboli lamenti dei moribondi. Il reparto era una stanza opprimente con le pareti dipinte di bianco, e la luce del sole faticava a filtrare dagli scuri chiusi, mentre il calore di mezzodì aumentava e un'imponente statua del Cristo sulla croce si stagliava sopra la sofferenza sottostante.

Lo sguardo di Caravaggio scivolò su quelle schiere di volti, esaminandoli con attenzione, poi si spostò in fondo allo stanzone. Aveva visto la Madre superiora parlare con una giovane novizia. Dopo aver atteso che avessero finito di conversare, le chiese di avere accesso all'obitorio.

La Madre superiora lo osservò con occhi grigi e guizzanti. «Devo domandarvelo, signore. Perché desiderate andare in obitorio?»

«Sto dipingendo un quadro su Lazzaro che risorge dalla morte e ho bisogno di un cadavere, il corpo che rappresenterà la figura centrale dell'opera».

«Ma se Lazzaro è risorto, è di nuovo vivo», replicò lei. «Nostro Signore l'ha riportato in vita».

Caravaggio le diede ragione. «Sì, sorella, conosco la storia, ma vorrei dipingere l'episodio in modo fedele, come se fosse realmente accaduto...».

«Ma non sappiamo come è accaduto. Sappiamo soltanto ciò che ci racconta la Bibbia».

«E la Bibbia sostiene che Lazzaro non è morto, e tuttavia non è nemmeno vivo. È sospeso tra due esistenze».

«Lo studio si confà alle vostre esigenze?», domandò la Madre superiora, cambiando discorso.

Annuì con decisione. «Sì, è perfetto... Ve lo domando di nuovo, potrei accedere all'obitorio? Non intendo mancare di rispetto a nessuno. Sono un artista e non ho timore della morte».

«Siete molto fortunato», mormorò la suora con tono gentile, poi gli fece cenno di seguirla, entrò in una piccola anticamera e chiuse la porta alle spalle di entrambi. Aveva mani grandi, indurite dal lavoro, le maniche arrotolate, gli avambracci a vista. Occuparsi dei malati con le maniche della tonaca tirate su era la prassi, per evitare la trasmissione delle infezioni.

«Desiderate entrare nell'obitorio? Non è una richiesta che di norma approveremmo...».

«Non è neanche una richiesta normale», replicò Caravaggio. «Ma è necessario, altrimenti non ve l'avrei chiesto. La resurrezione di Lazzaro è un'immagine molto evocativa».

«*Lazzaro, vieni fuori. Allora il morto uscì, con i piedi e le mani avvolti in bende*, dal Vangelo di San Giovanni... Avete studiato la Bibbia?».

Caravaggio si strinse nelle spalle. «Quando ero bambino... Mia madre era molto credente. Vi avrebbe tenuto testa una citazione dopo l'altra».

La suora abbozzò un sorriso imbarazzato. «Ho sentito parlare tanto di voi, signor Caravaggio. La storia della resurrezione di Lazzaro sta molto a cuore alla gente di Messina. Saranno felici di ricevere la raffigurazione di un cadavere da venerare?»

«*Un cadavere tornato in vita*», puntualizzò l'artista, esasperato, costretto a fornire giustificazioni quando il cliente, invece, era stato così conciliante. «Sono grato all'ospedale per la stanza che mi ha concesso di usare con studio. Devo dedurre che l'abbiate deciso voi?».

La Madre superiora annuì. «Fra' Orazio Torriglia, che è un Cavaliere di San Giovanni proprio come voi, mi ha chiesto di riservarvi un trattamento da ospite d'onore».

Caravaggio si chiese quanto ci sarebbe voluto prima che fra' Torriglia scoprisse che lo avevano cacciato dall'Ordine e se l'offerta dello studio concesso in prestito sarebbe stata ritirata. Per fortuna, però, era da tanto che l'anziano cavaliere avanti con gli anni, duro d'orecchi e lieto di mettersi al servizio di un artista famoso, non occupava più una posizione autoritaria.

«Allora, accoglierete la mia richiesta?».

In tutta risposta, la suora gli fece cenno di seguirla, uscì in corridoio, superò a passo svelto il colonnato ed entrò in un basso edificio senza finestre. All'interno dei muri di pietra, la temperatura era molto più bassa, e Caravaggio scese una rampa di gradini di pietra per seguire la Madre superiora in uno scantinato, dove si fermò ad accendere una lanterna. L'ambiente era silenzioso, claustrofobico, con le pareti umide e ad arco, alte appena due metri, e un corridoio stretto e lungo che conduceva in un'altra stanza dall'altro lato della struttura.

Dopo aver abbassato la testa per superare un arco più basso, Caravaggio seguì la suora che teneva in alto la lanterna e, mano a mano che procedettero, le loro sagome gettarono ombre sulle pareti. C'era un odore acre e pungente – con una leggera punta dolciastra – che gli infastidiva le narici. Era un odore che conosceva bene: la puzza della morte che aveva percepito così tante volte da bambino, quando la peste aveva imperversato per tutta Milano. A volte arrivava prima del decesso vero e proprio, quando il corpo, da creatura senziente, si trasformava in un cadavere, a volte giungeva dopo, quando i tessuti e il sangue andavano incontro al loro lento declino. Ma era sempre lo stesso odore, il segno distintivo della morte.

La Madre superiora camminava in fretta con il pittore alle sue spalle. La lanterna fumava e la luce brillava fiocamente. Oltrepassarono l'ennesimo varco tortuoso ed entrarono in una stanza fredda e umida, nella quale erano ospitati cinque basamenti che si ergevano dal pavimento di pietra e attorno ai quali correva una canaletta di scolo poco profonda.

«Questa è la sala dove i corpi vengono preparati per la sepoltura», disse la suora.

Per quanto parlasse a bassa voce, le parole riecheggiarono in tutta la stanza. Caravaggio ripensò alla cava di Dionisio... Tre basamenti erano occupati da altrettanti cadaveri, tutti coperti, e l'odore di decomposizione era pungente. Appoggiando la lanterna su un davanzale intagliato nella parete, la suora si avvicinò alla statua della Vergine Maria e chinò il capo. Caravaggio le sentì mormorare una preghiera, era a malapena un sussurro concitato, quasi una supplica.

A disagio, si guardò attorno. La sala era claustrofobica e non vedeva l'ora che la suora terminasse le sue orazioni e riportasse l'attenzione su di lui. Ma la Madre superiora continuò a pregare, facendosi scivolare un pesante rosario tra le dita, il volto oscurato dalla tonaca. Il bagliore della lanterna rischiarava tre cadaveri, ma gli angoli della stanza erano in ombra, e l'arco d'ingresso non era che una voragine nera come l'inchiostro. Senza alcun preavviso, Caravaggio presagì una disgrazia.

«Sorella?».

La suora rimase voltata di spalle e continuò a pregare.

«*Sorella?*», ripeté Caravaggio con tono più pressante.

Continuò a pregare.

Snervato, si avvicinò all'arco per darsela a gambe, ma proprio in quel momento si sentì chiamare dalla voce della Madre superiora.

«Signor Caravaggio! Siete pronto?».

Siete pronto?

«Per cosa?».

Sorpresa, la suora ripeté: «Volevate vedere i corpi. Siete pronto?».

Ricacciando indietro il panico, Caravaggio tornò sui suoi passi e si fermò accanto alla suora, che si era avvicinata al primo basamento e aveva allungato una mano per scostare il lenzuolo dal cadavere.

«No», disse, con la voce che riverberava sulle pareti di pietra. «Quest'uomo è troppo anziano. Potrei vedere gli altri?».

Annuendo, la suora passò alla seconda figura distesa, esitò, e alla fine si incamminò verso il terzo cadavere, quello più vicino al muro.

«Perché non diamo un'occhiata al secondo corpo?»

«Perché è una donna», rispose la suora, avvicinandosi al terzo basamento.

I suoi movimenti erano precisi e silenziosi. Quando indicò a Caravaggio di farsi avanti, la fiamma all'interno della lanterna sussultò alle loro spalle. Si aspettava che fosse lei a scoprire il corpo, ma, dato che non si muoveva, sollevò da solo il sudario.

L'uomo era morto da poco, e il viso, per quanto pallido, era ancora bello, le labbra marmoree. Scoprendolo ancora di più dal lenzuolo, Caravaggio riuscì a scorgere le prime tracce di decolorazione sotto il corpo, laddove il sangue si era raccolto in occasione della morte e la carne aveva cominciato a riempirsi di venature. Il cadavere aveva soltanto poche ore.

Era calato un silenzio assoluto.

«Cosa gli è successo?»

«Una febbre del cervello», rispose la suora.

«Contagiosa?»

«Penso di no. Tutti i suoi familiari stanno bene».

Tornò a osservare il corpo mentre, inaspettatamente, nel corridoio sopra le loro teste riecheggiò un rumore di passi.

La mano di Caravaggio scivolò sul pomolo della spada. L'avevano seguito? L'obitorio era un labirinto con un'unica via d'accesso e d'uscita. Circospetto, lanciò un'occhiata alla suora: aveva un'espressione placida, lo sguardo vacuo. Gli avevano teso una trappola? Era stato adescato sotto terra per essere ucciso in una cripta e abbandonato con gli altri cadaveri. E chi se ne sarebbe accorto? Chi l'avrebbe trovato, chi avrebbe recitato un'orazione sopra le sue ossa? Chi avrebbe levato una preghiera al cielo, rivolgendola a un Dio che non l'aveva mai considerato uno dei suoi prediletti?

«Cos'è questo rumore?».

La Madre superiora aggrottò la fronte, la lanterna crepitò. «Io non sento niente».

«C'è qualcun altro qua sotto?».

Prima di rispondere, la suora esitò. La pelle di Caravaggio si imperlò di sudore e la gelida umidità dello stanzone si infiltrò attraverso i vestiti.

«*C'è qualcun altro qua sotto?*», ripeté.

Lei lo guardò dritto in faccia, imperturbabile, inquisitoria. «No, non c'è nessuno».

«Ne siete sicura?»

«Ne sono sicura... Di cosa avete paura?».

La luce della lanterna ebbe un guizzo e le fiamme danzarono sulla parete alle loro spalle, mentre il viso della suora era per metà illuminato, per metà in ombra.

«*Perché* mi avete portato quaggiù?».

Si accigliò. «Me l'avete chiesto voi».

«Ve l'ha detto qualcuno di portarmi quaggiù?». L'artista era nervoso, stava andando nel panico. «Chi mi sta venendo a cercare?»

«Calmatevi, signore. Vi prego, state calmo. Questo è un ambiente opprimente, mette tutti in soggezione. Avevate detto di non avere paura della morte...».

«*Ma ho paura di morire!*», replicò lui, furibondo. «Morirò quaggiù?».

Confusa, la suora lo osservò, poi riprese la lanterna e la sollevò in modo da potergli scorgere con chiarezza il viso. «Perché dovreste morire quaggiù?»

«Perché mi avete portato qui?»

«Per assecondare la vostra richiesta», ripeté lei, perplessa. «Non correte alcun pericolo...».

«Come faccio a esserne sicuro?»

«Perché ve lo dico io», rispose la Madre superiore, sconcertata dal comportamento del pittore. «Per quale motivo pensate di correre qualche rischio?»

«Corro rischi ovunque», disse Caravaggio, fuori di sé. «Ovunque vada».

Sollevò ancora di più la lanterna e fece in modo che la luce rischiarasse i cadaveri e le pareti di pietra umida della cripta sotterranea. I basamenti, levigati dall'uso, avevano gli zoccoli coperti di muschio, mentre il canale di scolo era sporco di vecchio sangue rappreso. I nomi dei defunti erano stati incisi nella pietra sotto lo sguardo attento della Vergine Maria. Dopo tanti anni passati nell'oscurità, la sua statua stava perdendo colore.

«Questo non è un posto per i vivi», disse la suora, avviandosi verso l'arco d'ingresso. «Questa è una tomba. Una casa dei morti. Qualunque cosa abbiate fatto, qualunque cosa temiate, questo non è il posto che spetta a voi».

«Un giorno lo sarà».

«Sì», concordò. «Un giorno sarà il posto che spetterà a ciascuno di noi, ma il vostro tempo non è ancora scaduto, signor Caravaggio. Non ancora. Dio ha ancora altri progetti per voi».

Trentacinque

Il giorno successivo, Caravaggio assoldò due manovali, ma nessun altro modello. Per Lazzaro aveva usato il bel giovane deceduto trovato in obitorio, il cui viso gli era rimasto impresso nella memoria come un calco di cera. Dipingendo la *Resurrezione di Lazzaro*, Caravaggio non stava competendo con i rivali, né con le precedenti rappresentazioni musive o con le opere di Duccio e Giotto. Le loro raffigurazioni raccontavano la storia, ma a quei dipinti mancava la forza travolgente di uno degli episodi più magici della storia cristiana, e Caravaggio non aveva alcuna intenzione di imitarli.

Voleva piuttosto andare incontro ai gusti degli abitanti di Messina, del Senato e, ovviamente, del suo mecenate, Giovanni Battista de' Lazzari. Lavorò nella stanza al piano di sopra che gli era stata concessa dall'ospedale, in gran segreto. L'episodio nell'obitorio l'aveva lasciato con i nervi a fior di pelle, rammentandogli quanto fosse pericolosa la situazione in cui si trovava e con quanta facilità lo avrebbero potuto trarre in inganno. La salute cagionevole, aggravata dal tempo trascorso in prigione e dall'ansia incessante, si ripercuoteva sulla concentrazione. Sentiva rumore di passi laddove non c'era alcun suono, immaginava che la gente lo stesse fissando ogni volta che usciva per strada, e mise una trappola sulla porta dello studio affinché non potesse entrare nessuno senza che lui se ne accorgesse.

Vivere costantemente sul chi vive affinò i suoi sensi. Un rumore di passi in una strada limitrofa risuonava vicino, come se qualcuno gli fosse arrivato alle spalle. L'ombra di un albero diventava quella di un uomo impiccato, il miagolio di un gatto era il lamento di un fantasma. Con gli occhi spalancati, Caravaggio restava sveglio a fissare la notte che passava, e il cane, Corvo, era il suo unico compagno. A volte, stanco di quell'isolamento che si era autoimposto, si scuoteva dal torpore e faceva un salto nei bordelli e nelle taverne, in cerca di una partita a carte. Con più denaro di quanto ne avesse mai posseduto, era combattuto e non sapeva se metterlo da parte, ma poi lo scialacquava in giro. Trovò una sgualdrina che gli piaceva e andò spesso a farle visita, solo per ritrovarsi coinvolto in una zuffa con il ruffiano della ragazza e ferirlo a una mano. In tale occasione, però, comprò il silenzio del potenziale nemico e tornò a isolarsi nella propria reclusione.

Quando fu terminato, il dipinto fu accolto con grande meraviglia, ma Caravaggio, ipersensibile e nevrotico, rimase offeso dalle critiche insignificanti mosse da alcuni astanti di Messina e squarciò il quadro con il pugnale. Lo aprì da cima a fondo, come se stesse sventrando un animale, e lo distrusse completamente, in modo irrecuperabile. Orripilato dalla reazione distruttiva che era stata scatenata dalle critiche, il Senato implorò Caravaggio di dipingere un'altra *Resurrezione di Lazzaro*, e rimase sorpreso quando l'artista accettò l'incarico.

«Posso fare di più, di meglio», disse loro, come se avesse accettato di buon grado le critiche. «Stavolta dipingerò un miracolo».

La natura stravagante dell'artista era tollerata per la sua celebrità, ma c'era chi lo guardava con sospetto, ed erano in molti ad aver paura di lui. Il Senato lo rabbonì, mentre Giovanni Battista de' Lazzari, sbigottito dalla distruzione della prima versione della *Resurrezione di Lazzaro*, lo placò e gli offrì tutta l'assistenza di cui avrebbe potuto avere bisogno.

«Qualunque cosa desideriate, signore, non dovete far altro che chiedere», gli assicurò.

«La quiete...», rispose Caravaggio. «L'unica cosa di cui ho bisogno è la quiete».

Per il secondo tentativo, ingaggiò un assistente, un pittore locale, e ordinò al ragazzo di dare una mano di imprimitura alla tela, per poi fargliela rifare daccapo perché la base non era di suo gradimento. Lavorò sul dipinto per settimane intere, e alla fine lo mostrò al committente e al Senato, attendendo con ansia una loro reazione. Stavolta il quadro fu accolto con grande meraviglia, senza una singola parola di critica. Ben presto, a Messina cominciò a girare la voce che Caravaggio aveva realizzato un'opera di una genialità eccezionale, e l'aristocrazia, i viceré spagnoli e centinaia di curiosi corsero a vederla.

Ciò che videro fu una rappresentazione sinistra e profondamente toccante della mortalità umana. L'ampio sfondo vuoto era di un nero profondissimo, di una tonalità più cupa rispetto a quelle che aveva usato in precedenza, intenso come una notte senza luci e senza luna. I manovali erano stati messi in posa: uno stava sollevando il corpo di Lazzaro, l'altro teneva aperta la pietra della tomba. Cristo era raffigurato come una figura vestita di rosso, in piedi sulla sinistra del dipinto, di profilo, che indicava l'uomo morto mentre gli ordinava di tornare in vita.

Come aveva fatto in altri quadri, Caravaggio aveva dipinto un capannello di spettatori che stava assistendo al miracolo, ma laddove gli artisti che lo avevano preceduto avevano raffigurato l'evento come una scena intrisa di luce, lui l'aveva fatta sprofondare nelle tenebre. La metà superiore della tela era vuota, nerissima, e anche il terreno sotto i piedi di Lazzaro e di Cristo era d'un nero intenso. Soltanto la luce emanata da Gesù rischiarava il miracolo con il quale esorcizzava la morte dalla figura distesa di Lazzaro. Il corpo non era ancora tornato del tutto in vita, era rigido, con le braccia tese a imitare la crocifissione di Cristo e gli occhi ancora chiusi, un attimo prima della resurrezione.

L'immagine era resa ancora più sconvolgente dal volto di Cristo, autoritario, e dalla mano protesa verso l'uomo morto, mentre l'altra era rivolta verso il basso, come se stesse tracciando una linea tra la vita terrena e la morte che relegava al sottosuolo. Il dipinto, scarno e realistico, spaventosamente vivido, riscosse un successo immediato. Il Senato, sollevato, gli commissionò subito un altro lavoro, in questo caso un'*Adorazione dei pastori*. L'artista ricevette altri mille scudi per dipingere una grande pala d'altare per la chiesa di Santa Maria della Concezione, monastero dei padri Cappuccini, che sorgeva alle porte della città.

Era la chiesa più famosa di Messina, con una grande comunità di fedeli. Eppure, nel momento in cui il pittore avrebbe dovuto cominciare a lavorare sull'opera e a dispetto delle numerose ricerche, non ci fu modo di trovarlo. Gli era stato allestito uno studio all'interno del monastero, i colori e la tela erano pronti, ma Caravaggio era sparito.

Malta, Ordine dei Cavalieri di San Giovanni

Wignacourt si trovava di fronte alla *Decollazione di San Giovanni Battista* e il suo sguardo si posò sulla firma apposta nel sangue del santo, *f. Michelangelo*. Socchiuse gli occhi e sbatté la mano chiusa a pugno sul palmo dell'altra. I vessilli rossi e dorati con il nome della casata Wignacourt erano appesi alle travi sopra la sua testa, mentre due paggi osservavano il Gran Maestro che era rimasto impalato dinanzi al dipinto.

Non aveva avuto scelta e, alla fine, aveva concesso a Roero, quell'uomo imponente e imperioso, alto una spanna in più di chiunque altro, il permesso di lasciare Malta.

«Perché desiderate lasciare l'isola?», aveva domandato Wignacourt.

«Ho alcune faccende di cui occuparmi altrove», aveva risposto Roero con voce bassa e gelida.

«È una mossa saggia?»

«È una questione d'onore».

«Una questione di vendetta».

«Pensate che dovrei lasciar correre? Dovrei permettere a Caravaggio di scampare a una giusta punizione?». Non aveva battuto ciglio, gli occhi contornati da rughe profonde. Era un grande cavaliere, un gigante impavido che si era distinto in battaglia, spietato. Pericoloso.

«Vale la pena mettere a rischio il vostro buon nome?»

«Dovrei lasciare che il nome venga infangato, Gran Maestro?», aveva ribattuto.

«Andrete da solo?»

«Da solo».

Era stata una domanda trabocchetto, perché Wignacourt aveva capito che Roero non avrebbe chiesto ad altri cavalieri maltesi di andare con lui, ma avrebbe radunato una schiera di scagnozzi in Sicilia per dare la caccia a Caravaggio. E avrebbe avuto tutto il diritto di farlo, non solo per una questione di vendetta, ma perché sull'artista cacciato dall'Ordine incombeva di nuovo la minaccia del bando capitale, e il suo assassinio non sarebbe stato punito.

Gli era giunta voce che Caravaggio se n'era ormai andato da Siracusa, probabilmente a Messina, e che non si tratteneva mai a lungo nello stesso posto. Malgrado Wignacourt avesse tentato di procrastinare la partenza di Roero da Malta, ora non poteva accampare altre scuse per negargli il permesso. Da soldato anziano, reduce di numerose battaglie, sapeva di non poter più fare nulla per il destino dell'artista, proprio come non aveva controllo sul proprio. Annuendo, aveva dato licenza a Roero di lasciare l'isola, e il giorno dopo era partito prima dell'alba.

Alla fine, trovarono Caravaggio seduto nel giardino del monastero, con le spalle addossate al muro e il cane al suo fianco. Incapace di dormire, aveva camminato per gran parte della notte, e Corvo lo aveva avvertito ogni volta che si era avvicinato qualcuno, anche se in giro non c'era quasi nessuno. Lo stato mentale in cui si trovava, alterato dall'assenza di riposo e da una paura incessante, l'aveva reso negligente: la barba era lunga, i capelli arruffati, i vestiti macchiati di vernice. E appesi alla cintura portava il pugnale e la spada.

Era seduto con una lettera in mano e fissava il vuoto di fronte a sé. C'era solo una persona di cui si fidava ciecamente, una ragazza di diciassette anni, Artemisia. Non avrebbe mai fatto affidamento su suo padre, quel volpone di Orazio, ma lei era speciale. Si fidava talmente tanto che le scriveva, le aveva persino confidato che stava andando a Messina perché aveva paura di perdere i contatti, di perdersi una sua risposta, di dover rinunciare alla placida serenità che gli infondeva il suo ricordo.

...parliamo spesso di te e ci chiediamo come te la stai cavando. A mio padre è stato chiesto di realizzare un dipinto per il tribunale e non mi permette di dargli una mano.

Roma è piena di pettegolezzi. C'è chi dice che stai tornando, altri sostengono che sei in Inghilterra. Nessuno sa a cosa credere. Non ho detto ad anima viva che mi hai scritto da Messina. La fiducia che riponi in me, in una ragazza, significa molto.

Vorrei tanto che tu tornassi a Roma, così potrei venirti a trovare nel tuo studio. Ricordo cosa mi dicesti a proposito della pittura, ci penso ogni giorno e custodisco gelosamente il biglietto che mi hai mandato. Se sono la tua vera erede, non potrei chiedere altro dalla vita, e spero di essere degna delle aspettative che hai riposto in me.

Ti prego, stai attento.

Artemisia

All'improvviso, un'ombra si allungò sopra di lui, oscurando il sole.

«Ah, eccovi qua. Vi stavamo cercando», disse il frate, preoccupato. «Vi sentite male?»

«No».

«Siete in grado di lavorare?»

«Sono sempre in grado di lavorare», rispose Caravaggio, alzandosi in piedi e guardandosi attorno. «Mi andava di stare all'aria aperta. E al cane piace stare qui».

I giardini erano rigogliosi e verdeggianti, pieni di alberi da frutto e aiuole curate, nelle quali era stato piantato un tripudio di fiori, riparati dalle ombre allungate dei cipressi. I fiori selvatici avevano trovato un appiglio precario alle crepe sottili dei muri, e uno stagno, rasentato da un tappeto di erbacce, aveva attirato l'attenzione di un colombaccio.

Tornarono insieme al monastero, e Caravaggio fischiò al cane affinché li seguisse. Il frate si fermò davanti all'entrata della chiesa.

«Figliolo, dovrei benedirvi con l'acqua santa? Per lavare via i peccati veniali?»

«Non ne ho bisogno», replicò l'artista, non senza un velo d'ironia. «Perché tutti i miei peccati sono mortali».

Trentasei

> Per l'inquietudine dell'animo suo più agitato che non è il mare di Messina, con le correnti furiose che salgono e scendono... Soleva mangiar su un cartone per tovaglia, e perlopiù sopra una vecchia tela di ritratto... Uomo di cervello inquietissimo, contenzioso e torbido...
>
> FRANCESCO SUSINNO

Se fosse stata dipinta per un altro Ordine monastico, l'*Adorazione dei pastori* avrebbe destato reazioni dubbiose, ma i francescani, che credevano nella nobiltà e nella sacralità della povertà, la accolsero con gratitudine e comprensione. Caravaggio aveva deciso di non dipingere una madre felice che mostrava a tutti il neonato, ma aveva ritratto la Vergine a terra, circondata dai pastori e vestita praticamente di stracci. La frugalità e la tristezza della scena non sottolineavano il momento della nascita e della redenzione, ma il segno premonitore degli insostenibili patimenti che sarebbero venuti.

L'atmosfera solenne dell'opera affascinò Nicola Di Giacomo, famoso collezionista messinese, che commissionò a Caravaggio la realizzazione di cinque dipinti sulla Passione di Cristo. Un po' come Lazzari prima di lui, gli concesse di scegliere i soggetti e ordinò al proprio assistente di "pagargli quanto si converrà da questo pittore che ha il cervello stravolto". Le voci sull'instabilità mentale dell'artista continuarono ad alimentare i pettegolezzi, e il tranquillo soggiorno a Messina fu ben presto interrotto dall'arrivo degli ammiratori delle altre città siciliane. Con gli ammiratori, però, giunsero anche gli estranei.

Nelle rare occasioni in cui lasciava il suo studio, Caravaggio veniva seguito ovunque e gettava a terra qualche moneta affinché la gente si affrettasse ad andarle a raccogliere e gli permettesse di fuggire. Preferiva avere il cane come unico compagno e dipingeva per giorni e giorni, di nascosto, spegnendo le fiaccole all'interno dello studio in modo che nessuno capisse che si trovava lì dentro. Poi, passando da un estremo all'altro, beveva troppo e indossava gli abiti più costosi, con la spada e il pugnale infilati nella cintura, e andava a frequentare i bordelli e le taverne dei bassifondi.

Oscillava tra due poli opposti, o si nascondeva dal fato oppure lo sfidava apertamente. A volte, ubriaco, se ne andava in giro a fare lo spaccone e si vantava di essere un Cavaliere di Malta e il pittore del Papa. Cercava compagnia, andava a letto con le prostitute, prendeva parte alle partite a carte e beveva fino a perdere la lucidità, per poi essere riportato di peso nel suo studio dai tavernieri, i quali volevano evitare che il loro cliente migliore venisse derubato, e che ciò andasse a discapito dei loro affari.

I dolori allo stomaco e i mal di testa si aggravarono, al pari dell'insonnia. A volte parlava da solo e disegnava i ritratti abbozzati di Fillide e Cecco, poi li faceva a pezzi o conficcava il pugnale nelle loro facce. Leggeva ripetutamente le lettere di Artemisia e le rispondeva: messaggi brevi, ma si aggrappava alla fune emotiva che lei gli aveva lanciato. La solitudine lo stava divorando, come il marciume sulle mele che aveva dipinto in gioventù; l'accenno della putrefazione si stava aprendo un varco attraverso la carne.

Poi, con il passare del tempo e contro ogni logica, Caravaggio ritrovò il coraggio. Cominciò a credere di essere al sicuro. Non lo aveva seguito nessuno, di notte non c'erano estranei appostati davanti alla porta del suo studio. Quando andava nelle taverne e chiedeva se lo avesse cercato qualcuno, veniva rassicurato, perciò cominciò a sperare che Roero e la famiglia Tomassoni avessero accantonato una volta per tutte i loro propositi di vendetta. O magari non sapevano che si era trasferito a Messina da Siracusa. In ogni caso, non erano ancora venuti a cercarlo. Per il momento.

Dopo aver completato due dei quattro dipinti commissionati, Caravaggio lasciò il laboratorio. Aveva scoperto che se lavorava durante le notti insonni, a volte riusciva a riposare di giorno, con Corvo accucciato accanto al letto che montava perennemente la guardia. Il sabato seguente, con l'umore risollevato, Caravaggio passeggiò nella parte più vecchia di Messina, visitò le chiese e studiò i lavori degli artisti locali, criticandoli aspramente. Ciononostante, quando veniva avvicinato da qualcuno, si dimostrava affabile, offriva da bere nelle taverne e mostrava a tutti i trucchetti che sapeva fare Corvo con le carte.

Nel primo pomeriggio, la temperatura si innalzò fino a raggiungere i trentadue gradi, e l'umore del pittore mutò in modo repentino. Cominciò a diventare polemico e smanioso, poi, temendo che due uomini lo stessero tenendo d'occhio, lasciò la taverna e imboccò di corsa la strada lastricata.

Non lo seguì nessuno. Continuò a camminare, voltandosi ripetutamente, ma non aveva inseguitori alle calcagna. Imbarazzato da tanto nervosismo, con gli effetti dell'alcol che iniziavano a farsi sentire, rallentò l'andatura e proseguì anche se il calore del sole gli dava le vertigini. Abbassò lo sguardo sui propri piedi, riuscì a scorgere l'ombra di Corvo accanto alla propria e sollevò una gamba, divertito dall'ombra che imitava il movimento. Con i pensieri in subbuglio, la mente tornò a Malta, e Caravaggio si tastò una tasca in cerca del pezzetto di gesso che usava per delineare le figure sulle tele prima di cominciare a dipingere. Poi, vedendosi riflesso in una finestra, disegnò la croce a otto punte sulla camiciola che indossava.

A quel punto, alcune persone si erano fermate a guardarlo e i bambini di una scuola limitrofa si accostarono a una ringhiera per osservare e indicare quell'uomo dinoccolato. Quando sentì le loro risate, Caravaggio si avvicinò con passo caracollante, seguito da Corvo.

«Cosa stai facendo?», domandò un ragazzino.

«Sono Caravaggio. Faccio il pittore».

«Perché disegni sui vestiti?», chiese un altro.

Facendo svolazzare una mano, indicò la croce sulla camicia. «Sono un Cavaliere di San Giovanni. Sono...».

«Cosa state facendo?», tuonò una voce, e una mano gli si aggrappò a una manica e lo costrinse a voltarsi con uno strattone. Corvo si mise subito a ringhiare sommessamente, e il pittore afferrò il collare del cane.

«Niente, non sto facendo niente...».

«Vi ho già visto da queste parti».

«Sono un pittore. Studio i bambini in modo da ricordare i loro movimenti e riprodurli nei miei dipinti».

L'uomo scosse la testa, adirato. «Sono un maestro in questa scuola e non vi credo. Vi ho visto mentre facevate cenno ai bambini di avvicinarsi a voi...».

Caravaggio raddrizzò la schiena e sentì montare la collera. Altre persone si erano fermate ad assistere alla discussione. «È una *menzogna*! Li osservo e basta, tutto qua...».

«*Osservate i bambini?* Che razza d'uomo osserva i bambini?», volle sapere l'insegnante. «Chiamo gli sbirri».

Imbestialito, l'artista si divincolò dalla stressa dell'uomo. Corvo continuava a ringhiare. «Maledetto pervertito! Come osi parlarmi in questo modo!». Aveva compreso la reale entità dell'accusa ed era scandalizzato. «Chiama quei cazzo di sbirri, avanti! Non ho niente da nascondere».

Messo in soggezione dalla furia di Caravaggio e intimidito dal cane, il maestro indietreggiò.

«Se vi rivedo da queste parti, vi farò arrestare».

Poi, all'improvviso, l'uomo gli si slanciò addosso, gli fece perdere l'equilibrio e rimase a guardare mentre Caravaggio cadeva a terra. Intenzionato a proteggere il proprio padrone, Corvo cercò di liberarsi dalla sua stretta, ma il pittore non mollava la presa. Il cane abbaiava e il maestro continuava a urlare.

«Schifoso ubriacone! Sporco bastardo ubriaco!», esclamò, voltandosi verso i bambini. «Quest'uomo è cattivo. Se lo rivedete da queste parti, avvertitemi subito, ci siamo intesi? State lontani da questa gentaglia».

Davanti allo sguardo curioso dei passanti, Caravaggio si rialzò in piedi con una spinta e diede uno schiaffo all'uomo. Sentì bisbigliare i presenti e, quando iniziarono a vociferare contro di lui, avvertì il rossore che stava affluendo al viso. Non aveva fatto niente di male, il maestro aveva frainteso. Non avrebbe mai fatto del male a uno di quei piccini, non avrebbe mai *maltrattato* un bambino. In Sicilia, la sodomia era un crimine punito con la pena capitale, e solo l'anno prima persino il boia era stato condannato per tale reato... Sconvolto, Caravaggio lasciò l'uomo a terra e riprese con passo incerto la strada in salita, con la croce di gesso sulla camicia e il cane al suo fianco.

Nascosti sotto un'arcata pericolante, due uomini rimasero a guardarlo mentre si allontanava.

Trentasette

Roma

Non appena entrò nella sua stanza, Artemisia capì che qualcuno aveva frugato tra le sue cose. Raggiunta la credenza appesa al muro della camera da letto, scostò un'icona della Vergine Maria e lanciò un grido furibondo. Quando sua figlia fece irruzione in cucina, dov'era seduto a bere con i suoi compari, Orazio rimase stupefatto.

«Dove sono?».

Lui alzò gli occhi, innervosito dal faccia a faccia. «Di cosa stai parlando?»

«Delle mie lettere. Dove sono?».

Scostò indietro la sedia e svettò davanti alla figlia. «Non ti rivolgere a me con questo tono! Sono tuo padre…».

«Sei un ladro!», esclamò lei di rimando. «Hai rubato le mie lettere».

Le afferrò un braccio e la trascinò fuori, in un andito. Sotto di loro, alcune persone si erano radunate nel cortile surriscaldato dove i panni stesi continuavano a sventolare svogliatamente in un venticello poco convinto.

«Come osi mettermi in imbarazzo davanti ai miei amici…».

«Amici? Tu non hai amici. Non interessi a nessuno, neanche ai tuoi figli».

Le diede uno schiaffo in pieno volto. Artemisia boccheggiò e portò una mano alla guancia.

«Questa è casa mia, ragazzina. Tu sei mia, come qualunque cosa si trovi sotto questo tetto. Se mi viene voglia di perquisire la tua stanza, lo faccio», disse con tono malevolo. «Ti stai mettendo in ridicolo, sbavi dietro a Caravaggio come una cagna in calore».

«Ridammi le lettere!».

Strinse la presa sul braccio, stupito dal suo rifiuto di fare marcia indietro. «Quale padre premuroso non baderebbe alla propria figlia? Scrivere a un famigerato assassino e nascondere queste lettere è un comportamento abominevole. Avevo tutto il diritto...».

«Non ne avevi alcun diritto! Erano indirizzate a me», replicò lei. «Le hai lette?».

Le lasciò il braccio e sghignazzò. «Caravaggio non è granché come corrispondente epistolare, eh? Si leggono in fretta».

Conoscendo la scaltrezza di suo padre, Artemisia abbassò la voce. «Se ci tengo tanto, è solo perché mi incoraggia a dipingere. Sono lettere innocue...».

«Forse», replicò Orazio.

«Perché hai voluto leggerle? Perché non me l'hai chiesto, te le avrei fatte vedere». Stava mentendo e si domandò se lui se ne fosse reso conto. «Gli ho scritto che sentiamo entrambi la sua mancanza e gli ho augurato buona fortuna. Non c'è niente di inappropriato nella nostra corrispondenza».

«Allora per quale motivo ti agiti tanto, Artemisia?», domandò lui, cambiando argomento. «Ti ho predisposto un incontro con il cardinale Scipione Borghese. Ha sentito parlare del tuo talento e vorrebbe vedere i tuoi lavori. È un grande onore...».

Divenne subito sospettosa. «Perché?»

«*Perché?*», ripeté suo padre.

«Sì, perché? Il cardinale non mi conosce, non hai mai lavorato per lui, quindi com'è possibile che abbia sentito parlare di me?»

«Ho parlato con lui...».

«Perché?»

«Sei un'impertinente! Avrei dovuto chiuderti in un convento, perché non riuscirai mai a diventare una moglie decente. Trascuri le faccende domestiche e ti rivolgi a tuo padre come se fossimo sullo stesso livello. Mia cara Artemisia, sei davvero convinta che diventerai una famosa pittrice? Ah! Hai visto quanto ho dovuto sgobbare per arrivare ai risultati che ho ottenuto, eppure tu pensi di poterci riuscire. Tu! Perché? Sulle basi della parola di un assassino...».

«Che è anche il pittore più famoso d'Italia», precisò lei. Nel punto in cui l'aveva schiaffeggiata, il viso continuava a bruciarle. «Perché hai parlato con il cardinal Scipione? Lo detesti, te l'ho sentito ripetere spesso. Per anni ti sei fatto beffe di lui, invece adesso ti prostri al suo cospetto...».

«Sparisci dalla mia vista!», tuonò Orazio.

«Io ti conosco, papà, so come ragioni. Cosa gli hai offerto, o cosa ha offerto lui a te, per promuovere la mia carriera?».

Orazio rimase sorpreso dalla perspicacia della figlia e, per un attimo, si sentì còlto alla sprovvista. «Una pittrice non riuscirà mai ad avere successo in questa fossa dei leoni a meno che non abbia un mecenate».

«A quale prezzo?», domandò con tono mesto, anche se sospettava di conoscere la risposta. «Gli hai dato le lettere di Caravaggio?»

«Come hai detto tu stessa, erano insulsaggini. Non erano che brevi messaggi che non dicevano niente di importante...».

«Tranne dove si trova», mormorò Artemisia, sfiorandosi il petto e facendo uno sforzo per respirare. «Nessuno lo sapeva. Sapevano che era in Sicilia, ma non dove. E tu l'hai detto a quel demonio del Papa?»

«Era solo questione di tempo prima che lo scovassero a Messina».

«Il tempo era ciò di cui aveva bisogno, ma tu gliel'hai portato via per arrivare ai tuoi scopi. E ora penserà che sia stata *io* a tradirlo». Disperata, si voltò per andarsene, ma suo padre la afferrò per un braccio. «Lasciami andare!», urlò. «Non andrò all'incontro con Scipione. Non farò carriera a discapito di qualcun altro. Gli hai sguinzagliato addosso un branco di lupi, papà, ne vai fiero?».

Ferito, Orazio provò a spiegarle il suo punto di vista.

«Non ho accettato i soldi che mi sono stati offerti da Scipione, ho còlto l'occasione giusta per agevolare la tua carriera...».

«Hai còlto l'occasione giusta per agevolare *te stesso* grazie a una mia promozione! Sono una vacca da latte, papà, lo so benissimo. Mi puoi anche minacciare con la storia del convento, se vuoi, ma non mi ci manderai mai. Vuoi che lavori per te. Vuoi che faccia soldi per te». Lo fissò negli occhi, restituendogli uno sguardo altrettanto gelido. «*Non andrò all'incontro con Scipione…*».

Imbufalito, afferrò Artemisia e la trascinò su per le scale, senza curarsi del fatto che scalciasse e urlasse, la scaraventò in camera sua e ce la chiuse dentro a chiave.

«Potrai uscire quando avrai ritrovato un po' di giudizio. Stupida, stupida cagna», borbottò con livore attraverso la porta chiusa. «E ricorda, Artemisia, qua dentro comando io. Tu non sei niente, sei solo una maledetta arpia, proprio come tua madre. Sei fortunata che non ti sbatto per strada, così potrai prostituirti per pagare un tetto da mettere sopra la testa». Fece una pausa, in attesa di una reazione. Poi, dato che la figlia non rispondeva, proseguì. «*Andrai* all'incontro con Scipione e gli *farai* una buona impressione. Per Dio, farai come ti dico, oppure lo rimpiangerai».

Trentotto

Fra' Giovanni Rodomonte Roero, conte della Vezza, raggiunse Messina per incontrare altri tre Cavalieri dell'Ordine di San Giovanni che erano appena arrivati da Siracusa. L'anziano Martelli era smanioso di riferire l'ultimissimo affronto di Caravaggio, il quale continuava a spacciarsi per un cavaliere nonostante fosse stato privato dell'abito e infangato. Ma le parole di Martelli non erano necessarie; non c'era bisogno di rinfocolare la rabbia che Roero stava covando da mesi. Solo le ferite riportate lo avevano costretto a posticipare il momento di entrare in azione.

L'arrivo di Roero, anche se era tardo pomeriggio, aveva attirato parecchie attenzioni. L'altezza da gigante, il volto segnato, i capelli lunghi e la barba fulva lo rendevano una figura eccezionale. Un uomo che metteva automaticamente in soggezione. Avendo già atteso così tanto, non perse tempo e chiese l'indirizzo dello studio di Caravaggio, ma rinviò la resa dei conti al calare della sera. Quando i quattro cavalieri arrivarono a destinazione e Roero si fermò a sbirciare dalle finestre, l'oscurità fu una preziosa alleata. Non c'erano candele accese, ma non significava niente. Un fuggitivo non sbandierava mai la propria presenza in un luogo, e Caravaggio non era uno stolto. Abituato a dispensare ordini, Roero istruì i soldati che l'avevano accompagnato; due avrebbero fatto il giro fino al retro dell'edificio, gli altri avrebbero aspettato in fondo alle scale, dove avrebbero potuto occultare la loro presenza.

Dopodiché, con il passo felpato degno di un uomo molto più piccolo, Roero salì furtivamente le scale esterne e si fermò davanti all'ingresso dello studio. Si mise in ascolto con l'orecchio accostato al legno, gli occhi vigili nella penombra. Le campane di una chiesa rintoccarono in lontananza, seguite dallo scambio di battute di un gruppo di uomini che stavano attraversando la strada. L'edificio che ospitava lo studio non era addossato ad altre case, e la strada era buia e deserta. Poi, però, il tempo cambiò in modo repentino. Il caldo fuori stagione della giornata si attenuò, smorzato dalla pioggia e dal vento tagliente che spirava dal porto. Roero diede le spalle al fortunale e si addossò alla parete della casa.

Senza fare rumore, allungò una mano per stringerla attorno alla maniglia, la abbassò pian piano e restò in ascolto dello scatto della serratura. Con il vento alle spalle, non riuscì a sentire quel rumore rassicurante e spinse delicatamente la porta per aprirla. Era chiusa a chiave. Si avvicinò alla finestra sbarrata. Gli scuri erano tirati e non riusciva a vedere l'ambiente interno. Se Caravaggio era nello studio, lo stava aspettando. Era un combattente aggressivo, braccato da mesi, ed era riuscito a eludere la famiglia Tomassoni spostandosi di città in città. Roero sapeva che non sarebbe stato facile uccidere l'artista. L'unica possibilità che aveva era coglierlo di sorpresa.

Con l'enorme spalla del cavaliere appoggiata contro la porta e tutto il peso premuto sul legno, alla fine la serratura cedette e la porta si spalancò. Sguainando la spada, Roero fece subito irruzione nella stanza, sollevò le braccia sopra la testa e affondò la lama nel corpo disteso sul letto.

Trentanove

Quando un domestico entrò per annunciargli l'arrivo di un visitatore inatteso, Giovanni Battista de' Lazzari, concentrato e a capo chino sui rendiconti esaustivi e dettagliati dei suoi esercizi commerciali, si innervosì.

«Chi è?»

«Ha detto di essere venuto per una questione urgente», spiegò il domestico.

Giovanni lo osservò con aria interrogativa. «E quale sarebbe il nome di questa persona?»

«Non me l'ha voluto dire. Ma è alto, ben piazzato, con barba e capelli neri».

Il mercante alzò le mani per impedirgli di proseguire con la descrizione. «Ho capito chi è. Sii cortese, fallo accomodare».

Stava piovendo a dirotto. Quando fu accompagnato nello studio di Giovanni, Caravaggio aveva il mantello traslucido per l'umidità e i capelli appiccicati alla testa, ed era seguito dal cane. Fuori era una notte gelida e il vento soffiava con forza sotto una luna arrabbiata, ma la stanza era rischiarata dalle luci delle candele, con le mappe antiche appese alle pareti come se fossero arazzi e un piatto di biscotti dolci e pezzetti di torrone appoggiato su un tavolo accanto alla scrivania del mercante.

In camicia da notte, l'ometto, che increspò le labbra carnose in un sorrisetto nervoso, era ancora meno imponente del solito.

«Signor Caravaggio, siete bagnato fradicio. Venite vicino al fuoco». Gli fece cenno di avvicinarsi e smosse i ciocchi per ravvivare le fiamme. «Ha fatto talmente caldo, troppo caldo per questo periodo dell'anno, e adesso è arrivato questo temporale». Fece una pausa e si voltò verso il pittore, che si era fermato al centro della stanza. «Prego, avvicinatevi al camino. Forza, venite».

«Mi posso fidare di voi?».

Giovanni inclinò la testa e aggrottò la fronte spaziosa. «Sono un mercante, non un politico», rispose con un sorriso mentre indicava i fogli sparpagliati sulla scrivania. «Prima che arrivaste, stavo sistemando i miei conti. Non affido ciò che mi sono guadagnato alla tentazione altrui. Perciò sì, vi potete fidare di me. Ma vi prego, venite davanti al fuoco».

Dopo essersi tolto il mantello, Caravaggio si avvicinò al focolare e Corvo si accucciò ai suoi piedi, mentre Giovanni fece un passo indietro per stare lontano dal cane.

«Non vi morderà…».

Lazzari non pareva tanto convinto.

«Vi spiace se resta qui? Non potevo lasciarlo fuori con questo temporale».

Giovanni scosse la testa e si chiese per quale motivo l'artista – e il cane – si fosse recato lì. «Avete bisogno d'aiuto?»

«Sono stato ingiustamente accusato di una cosa… di un crimine, e devo lasciare Messina. Stanotte».

Lazzari inarcò le sopracciglia. «*Stanotte?*»

«Voi siete un mercante, so che avete navi che vanno e vengono dal porto a ogni ora del giorno e della notte. Mi avete detto che fate affari con Palermo. Mi serve un passaggio in nave, una nave qualsiasi. Posso imbarcarmi clandestinamente».

Accigliandosi, Giovanni uscì in corridoio, dove Caravaggio lo sentì parlare con qualcuno. Una voce era sorpresa, quella del mercante, carezzevole, pacata. Alla fine, quando la porta dello studio si richiuse sbattendo alle sue spalle, l'uomo rientrò con un grosso asciugamano, lo porse all'artista e lo osservò stupito, perché Caravaggio asciugò prima il cane che se stesso.

«Non ve ne dovete andare di nascosto, ma in modo sicuro, sotto la mia protezione», disse con un velo di autocompiacimento. «Vi farò recapitare una lettera e la dovrete consegnare al Priore dell'Oratorio di San Lorenzo…».

«A Palermo?»

«Sì, a Palermo», confermò Giovanni, sorridendo. «Ho una barca che parte a mezzanotte. Non è una grossa imbarcazione, è poco più che una feluca». Fece spallucce, le labbra piene incurvate verso il basso. «Ma vi porterà dove volete andare. Il mio domestico vi accompagnerà al porto a bordo della mia carrozza e vi mostrerà quale barca prendere. Avete capito?».

Caravaggio annuì. «Sì, ho capito».

«Quando arriverete a Palermo, andate all'oratorio e chiedete del Priore. È un uomo severo, che incute timore, ma è leale. Vedendo che vi sto raccomandando a lui, vi aiuterà». Giovanni si spostò accanto al tavolo e prese il piatto con i biscotti. «Avete tempo per mangiare qualcosa».

L'artista esitò, poi prese qualche biscotto, e Lazzari ne lanciò uno a terra, accanto a Corvo. «Il cane verrà con voi?»

«Mi segue ovunque vada».

«Gradite un pochino di vino, magari?».

Scuotendo la testa, Caravaggio declinò l'offerta. «No, vi ringrazio».

Il mercante annuì e strinse la cintura di stoffa attorno alla pancia. Si versò un bicchiere di vino e si sedette davanti al camino, ma sembrava a disagio. Caravaggio rimase in silenzio, con gli abiti che si asciugavano esalando un filo di vapore e gli occhi neri fissi sulle fiamme del focolare.

«Magari non è necessario che facciate questo viaggio...», azzardò Lazzari con tono dubbioso. «Potrei parlare con il Senato di Messina? Dire che siete stato accusato ingiustamente...».

«No. Devo andare. Conoscete i miei trascorsi. Quando ai messinesi giungerà voce dell'accaduto, qui non sarò più al sicuro. Non sono al sicuro da nessuna parte».

Non sapendo cosa rispondere, Lazzari rimase in silenzio.

«Vi sto distogliendo dal vostro lavoro».

Il mercante sorrise. «Ve ne sono grato».

Diffidava di Caravaggio, lo metteva in soggezione, ma al tempo stesso era lusingato al pensiero di poter essere di qualche utilità a un uomo tanto famoso. A tempo debito, avrebbe raccontato quella storia agli amici e ai rivali, li avrebbe impressionati, perché lui, un ometto brutto e buffo, aveva dato prova di essere un eroe e aveva salvato la vita al miglior pittore d'Italia.

Attesero in silenzio. Il mercante allungò le gambette tozze verso il tepore del caminetto, mentre Caravaggio fissava le fiamme senza battere ciglio. Fuori, il temporale imperversava nella notte ostile, la pioggia scrosciava sui pannelli delle finestre e il vento si incanalava nel comignolo, dal quale faceva sbuffare un pennacchio di fumo bianco. Di tanto in tanto, Lazzari lanciava un'occhiata furtiva al suo visitatore, e i bagliori del fuoco illuminavano i grandi occhi scuri di Caravaggio e le borse sottostanti. Lo trovava affascinante: al contempo temibile e spettacolare.

Quando qualcuno bussò alla porta dello studio, il fuoco stava cominciando a morire. Giovanni si alzò e fece cenno al pittore di seguirlo.

«È l'ora».

Si incamminarono insieme e raggiunsero la porta d'ingresso. Lazzari osservò l'artista che si accingeva a scendere le scale e rimase sorpreso vedendolo voltarsi verso di lui.

«Tanto tempo fa, me ne sono andato senza ringraziare e senza mai guardarmi indietro. L'ho rimpianto per anni. Ecco perché vi ringrazio, Giovanni Battista de' Lazzari», si limitò a dire. «Siete stato un amico».

Poi corse sotto la pioggia, verso la carrozza che lo attendeva.

Il mare era agitato, e io non ero mai stato un buon marinaio. L'unica cosa che contava era che stavo lasciando Messina con la testa ancora attaccata al corpo. Le condizioni climatiche giocarono a nostro favore; in giro non c'era quasi nessuno e i moli erano deserti.

Sapevo che erano venuti a cercarmi. O erano già arrivati, forse i due uomini che avevo visto nella taverna, oppure era qualcun altro, spronato dall'accusa del maestro. Di lì a poche ore non si sarebbe parlato d'altro. Sì, sapevo che stavano arrivando. Non si vince uno scontro ignorando quel che ci dice l'istinto. Quel coglione del maestro aveva mentito, non avrei mai fatto del male a un bambino.

Iddio mi è testimone. Ne ho combinate tante in vita mia, ma quello no.

Malgrado la forza brutale del vento, mi ero seduto fuori, sul ponte, perché continuavo a vomitare e avevo la testa in fiamme, e la pioggia mi rinfrescava. Il cielo era nero, nero come gli sfondi che dipingevo, con una luna leziosa che gioca a nascondino tra le nuvole. E mentre le acque si increspavano attorno alla barca, le luci del porto di Messina scomparivano gradualmente alla vista. Il mare gonfio ci spingeva su, e avanti, verso Palermo e la salvezza. Forse… Avevo a malapena avuto il tempo di infilare qualche vestito e i colori nella sacca di cuoio. Corvo mi aveva seguito. Quando l'ho fatto salire in barca, si è fatto piccolo piccolo. Stiamo entrambi da cani.

Ho sentito dire grandi cose di Palermo, ho sentito parlare dei marchesi, dei duchi, dei principi e dei baroni nei loro palazzi, mi hanno parlato delle sue grandi strade e dei monasteri, mi hanno detto che è una delle città più ricche d'Europa. Gli artisti sono considerati dei semidei, richiesti dai mercanti e dagli ecclesiastici. Gli imponenti forti spagnoli e i castelli si affacciano sul porto. Ma, come al solito, sotto tanta ricchezza ci sono sempre i bassifondi, le strade dei mendicanti e delle sgualdrine, dei ladri che sgusciano fuori dai vicoli per derubare i passanti, e la velata minaccia della presenza degli sbirri è sempre in agguato, se non addirittura visibile. Non era una città diversa da qualsiasi altro posto. Ma io continuavo a sperare.

Ero scappato.

Come da Roma, come da Malta.

Con scalette di corda, oppure nuotando verso un'insenatura buia.

Dove una luce mi aveva indicato la strada per la salvezza.

In fuga, sempre in fuga.

E adesso? Adesso sono in mezzo a un mare burrascoso, su una barca, in compagnia di uomini taciturni e di un cane che trema tanto quanto me.

Quaranta

Palermo, Oratorio di San Lorenzo, Compagnia di San Francesco d'Assisi

Avanzando a capo chino sotto la pioggia, Caravaggio fu accompagnato all'Oratorio di San Lorenzo dai marinai di Lazzari, che alla fine lo lasciarono da solo all'interno di un umile chiesa. Malgrado fosse tarda notte, c'erano due grosse candele fumanti che ardevano sopra un altare disadorno, e il vento, da fuori, soffiava uno spiffero sotto i battenti della porta d'ingresso della chiesa. L'oratorio era spoglio, poco più ampio di una sala rettangolare, con le scene delle vite di San Francesco e di San Lorenzo appese alle pareti, le panche di quercia intagliate in modo grossolano, senza inginocchiatoi. Tali ristrettezze erano in linea con i princìpi dei santi, l'umiltà e la devozione. Caravaggio conosceva bene la storia di San Lorenzo, il quale aveva donato le sue immense ricchezze alla chiesa ed era stato arso vivo sulla graticola come punizione. Il raccapricciante martirio aveva stuzzicato la fantasia del pittore per tanti anni, e aveva deciso di dipingere la propria versione.

«Signore?». Quando una voce roca risuonò alle spalle di Caravaggio, il pittore si voltò e vide un uomo spaventosamente magro, con il saio da Priore che gli si afflosciava sul corpo, tranne che sulla pancia, dove era annodata una corda, la quale non doveva misurare più di due spanne. Il volto non era da meno: un lungo naso aquilino su una bocca sottile ed esangue, gli occhi strabuzzati e di un grigio chiarissimo. «Uno dei barcaioli al soldo del signor

Giovanni Battista de' Lazzari mi ha detto che avete una lettera per me?».

Annuendo, Caravaggio si frugò nella tasca della tunica e gli porse il biglietto. Le dita ossute e affusolate del frate si allungarono per prenderla, poi il Priore si soffermò a leggere il messaggio racchiuso nella busta.

Quando ebbe finito, osservò l'ospite senza alcuna traccia di calore negli occhi simili a una pozza in mezzo alle rocce.

«Sono la persona che state cercando. Sono il Priore dell'oratorio e vi offro asilo».

«Ve ne sono grato».

«La Compagnia di San Francesco d'Assisi segue i precetti dell'umiltà e degli atti di carità», salmodiò. «Voi siete un bisognoso, dico bene?»

«Sono un bisognoso», confermò Caravaggio, osservando il Priore che si avvicinava all'altare e si inginocchiava sul gradino di pietra davanti al pulpito. Pregò in silenzio, poi si alzò con una certa rigidità e tornò dall'artista con un'espressione severa sul viso emaciato.

«Io vi conosco, signore, conosco il vostro talento e parte dei vostri trascorsi». Lanciò un'occhiata al cane, e quando allungò una mano verso Corvo, il suo viso austero si aprì a un sorriso. L'animale gli annusò la pelle, poi gli permise di accarezzargli la testa. «Dio ha dato il meglio di Sé con gli animali».

«Sono d'accordo con voi».

Il Priore raddrizzò la schiena. Il sorriso era svanito, la voce dura. «Vi offro vitto e alloggio nel monastero...».

«Posso pagare, padre».

Il monaco gli diede le spalle e si soffermò a osservare l'altare. Rimase in silenzio per qualche istante, poi riprese la parola. «Potete usare una delle celle dei monaci».

«Non appena possibile, troverò un'altra sistemazione».

«Ma siete nei guai. Il mercante ha detto che siete stato accusato di un crimine che non avete commesso». Gli occhi sporgenti del Priore esaminarono Caravaggio, anche la sua voce era inquisitoria. «Se siete innocente, perché non siete rimasto a Messina per fare fronte a chi vi ha accusato?»

«Perché ho anche altri nemici».

«Cosa avete fatto per guadagnarvi così tanti rivali?»

«Ho ucciso un uomo, padre».

L'espressione del monaco era indecifrabile, la voce severa. «Avevate intenzione di uccidere?»

«No, è stato un incidente, ma è morto comunque», rispose Caravaggio. «E ho una condanna a morte che pende sopra la mia testa... Siete ancora disposto a offrirmi asilo?»

«Questo omicidio», proseguì il Priore, ignorando l'ultima domanda dell'artista. «Nel vostro cuore ne siete pentito?»

«Più di quanto sia in grado di esprimere».

«Dio saprà».

Caravaggio sospirò. «E mi salverà?»

«Se non in questo mondo, nel prossimo», replicò il monaco. «Ma stanotte vi ha condotto da me, affinché io possa darvi un posto dove nascondervi».

«Un posto dove dormire...», mormorò, non riuscendo a trattenersi. «Sono in fuga da mesi, scappo ogni volta che ho la sensazione che si stiano avvicinando... Non mi aspetto di essere al sicuro, padre. Voglio soltanto riposare».

«Allora seguitemi».

Percorsero il sentiero di ghiaia tra la chiesa e il cortile del monastero ed entrarono in un basso edificio di pietra. Una volta all'interno, il Priore procedette a passo spedito, con gli altri monaci che, chinando il capo, si addossavano alle pareti per sgomberare la strada. La pioggia aveva fatto calare drasticamente la temperatura, rendendo umidi e inospitali i passaggi che il pittore imboccava seguendo il Priore. Alla fine, sbucarono in un corridoio a volta, freddo e umido, immerso nella semioscurità, dove il monaco accese una lanterna prima di tirare dritto. Sulla destra c'erano alcune porte di legno, ciascuna con una semplice croce inchiodata sopra. Il Priore si voltò e guardò Caravaggio.

«Avete fame?».

Lui annuì. «Sì».

«Dopo vi daremo da mangiare. Anche al cane».

Lanciò una rapida occhiata a Corvo, poi aprì la porta.

Nella penombra, l'interno della celletta era a malapena visibile, grande quanto bastava a ospitare un letto singolo e un lavabo. Il Priore alzò il braccio scheletrico per sollevare la lanterna. La luce si riversò sulle pareti di pietra e sul crocifisso appeso sopra il giaciglio, e alla fine rischiarò un corpo coperto da un lenzuolo di tela grezza.

«Padre Domenico ha dormito qui dentro per trentanove anni», spiegò. «È morto questo pomeriggio, era molto anziano. Che Dio benedica la sua anima... Se la cosa non vi turba, sposteremo il corpo in modo che possiate usare la stanza...».

Caravaggio esitò, e il Priore fraintese il suo silenzio. Gli si rivolse con tono gelido.

«Avete paura della morte?»

«Ho più paura dei vivi», rispose lui con sincerità. «Non vorrei causarvi problemi, padre...».

«Il corpo dev'essere spostato stanotte e deposto nell'oratorio, dove i monaci dell'ordine potranno porgergli i loro omaggi». Lanciò un'occhiata alla sagoma coperta dal sudario. «Non ci arrecate alcun disturbo. Il nostro buon fratello era celebre per la sua carità. In vita, e adesso anche in morte, si direbbe». Il Priore fece cenno di sì con la testa incavata, simile a un teschio, come se la questione fosse risolta. «Venite a mangiare. Quando avrete finito, la stanza sarà pronta».

Caravaggio fu fatto accomodare accanto al Priore davanti a una semplice tavolata di legno, e gli altri monaci presenti nel refettorio lo osservarono con curiosità. Gli furono offerti latte, pane e zuppa, e le dita scheletriche del frate, simili ad artigli, spezzarono il pane mentre dava la sua benedizione alla cena. Attorno a loro, appese ai ganci alle pareti della sala da pranzo, c'erano alcune torce, troppo poche per illuminare completamente l'intero stanzone. Le teste dei monaci erano rischiarate da un lato solo, l'altro restava nell'ombra.

Confabularono tra loro a voce bassa, tenendo le teste accostate. La spada e il pugnale alla cintura di Caravaggio stavano destando un certo interesse.

«Nessuno entra qui dentro armato», disse il Priore, rivolgendo lo sguardo acquoso verso l'ospite. «Non comprendono l'uso delle armi».

«Le porto sempre con me».

«Voi ne avete bisogno, loro no», tagliò corto, scrutandolo mentre dava da mangiare al cane. «Quanto pensate di restare a Palermo? Immagino che non vi tratterrete a lungo».

«Mi sposterò quando sarà necessario, e nel frattempo potrei trovare qualche committente del posto. Ho alcuni contatti, non diretti, tramite i mecenati di Roma», spiegò Caravaggio, notando un monaco con il viso rotondo che se ne stava incurvato sopra la propria scodella e infilava in bocca cucchiaiate di zuppa. «Lui chi è?»

«Padre Bartolomeo. È arrivato tanti anni fa. Nessuno sa da dove venga. Ha strane inclinazioni».

«*Inclinazioni?*».

Il Priore si strinse nelle spalle ossute. «Forti predilezioni, profonde avversioni. È un uomo dalle emozioni violente… Come avete conosciuto il signor Giovanni Battista de' Lazzari?»

«Ho dipinto la *Resurrezione di Lazzaro* per una nuova chiesa che ha fatto costruire a Messina».

Il Priore annuì. «Il quadro è diventato famoso».

«È stato accolto positivamente…».

Prima che potesse finire la frase, si sentì colpire da qualcosa e mise mano al pugnale, ma un attimo dopo capì da chi era stato aggredito. Padre Bartolomeo si era alzato, urlava con tutto il fiato che aveva in gola e aveva in mano dei tozzi di pane. Dopo aver raspato di nuovo nel piatto, cominciò a lanciare altri pezzi di pane, bersagliò il viso di Caravaggio e scagliò la scodella dall'altro lato del tavolo mentre gli altri monaci cercavano di trattenerlo.

Il Priore si era alzato a sua volta. Il suo viso aquilino era pallido ed esangue.

«Portatelo fuori!», ordinò.

Padre Bartolomeo fu trascinato via, e poco a poco le sue urla scemarono del tutto.

«Vi chiedo umilmente perdono», disse il Priore a Caravaggio, ma la sua attenzione fu attirata da un monaco che si era avvicinato per sussurrargli qualcosa e aveva accostato la mano callosa davanti alla bocca per evitare che qualcuno potesse origliare le sue parole.

Quando il monaco tornò frettolosamente al suo posto, il Priore si voltò verso l'ospite, il quale stava spazzolando via le briciole dalla tunica.

«Perdonatemi. Padre Bartolomeo è un sempliciotto...».

«Cosa vi ha detto?»

«Padre Bartolomeo?»

«Il monaco che poco fa vi ha sussurrato qualcosa all'orecchio», insistette Caravaggio. «Cosa vi ha detto?».

Il Priore rispose con tono rassegnato. «Ha detto che siete un sacrilego», confessò. «Ha detto che il Demonio sta cenando con noi».

Quarantuno

Messina

Infuriato e umiliato, fra' Roero osservò lo studio deserto di Caravaggio. Qualcuno lo aveva avvisato. Gli aveva detto di scappare… Roero scostò le lenzuola. Il *corpo* che aveva trafitto con la spada non era altro che una pila di vestiti, e sotto la finestra c'erano alcuni pigmenti dell'artista all'interno di un mortaio, con il pestello che si era rovesciato sopra una lente di ingrandimento. Caravaggio se n'era andato in fretta e furia, quello era palese; sulla tavola c'era ancora del cibo, una cena consumata a metà, un bicchiere sporco con l'ultimo dito di vino.

Trascurando i propri complici, Roero salì a cavallo e tornò agli alloggi che aveva preso in centro città per andare a cercare Martelli e riferirgli cos'era accaduto.

Il confidente del Gran Maestro fu tirato giù dal letto. Allarmato e con gli occhi sbarrati, si ritrovò al cospetto del cavaliere furibondo.

«*Caravaggio è scappato?*»

«O gli hanno detto che stavamo arrivando, oppure ha l'istinto di un gatto», replicò Roero. «L'abbiamo mancato d'un soffio. Poche ore appena, forse nemmeno».

«Dov'è andato?»

«Come faccio a saperlo?», sbottò il cavaliere, svettando sull'anziano soldato con la propria fisicità imponente. «Ha amici da queste parti?»

«Non che io sappia», rispose Martelli, nervoso. «Ha dei committenti. So che aveva accettato di realizzare alcuni dipinti per Nicola Di Giacomo, ma non ha portato a termine il lavoro…».

«E questo Nicola Di Giacomo potrebbe averlo aiutato a fuggire?»

«Non lo so. Sembrava un semplice mecenate, niente di più». Martelli tentennò. «A Messina ci sono alcuni membri della famiglia Colonna, ma nessuno di loro lo conosce bene… No, non penso che l'artista abbia veri amici qui in città».

Roero gettò il mantello bagnato sul pavimento della camera di Martelli e si asciugò il viso dalla pioggia con una manica della tunica. «E la famiglia Tomassoni? Ho sentito dire che sono arrivati in Sicilia…».

«Forse si sono imbattuti in Caravaggio. È vero, hanno fatto ritorno sull'isola nel momento in cui il bando capitale è tornato in vigore».

Gli occhi scuri di Roero avvamparono. «Eppure è scappato…». Si avvicinò all'anziano cavaliere. «Lo cerchiamo in tanti, ma nessuno lo trova».

«Non è colpa mia», si lamentò Martelli. «Vi ho detto tutto quello che sapevo…».

«Cioè niente!».

Contrariato, gabbato e umiliato, Roero valutò le poche informazioni di cui disponeva. «Senza la grazia, Caravaggio non si azzarderà a tornare a Roma. Dove andrà adesso quell'uomo diabolico?».

Roma, Palazzo Madama

Facendo cenno di scansarsi al domestico fuori dallo studio del cardinal Del Monte, Scipione entrò a passo svelto, ma si fermò non appena vide Costanza Colonna. «Marchesa, è un vero piacere. Speravo di poter parlare in privato con il cardinale, ma il nostro incontro non può che essere deliziato dalla vostra presenza». Annuì e le rivolse un sorriso untuoso. «Avrete senz'altro udito le ultime notizie?»

«Quali notizie, Eminenza?», domandò lei con noncuranza.

«Il nostro comune amico ha lasciato Messina». Gonfiò le gote e tese le labbra, poi tirò fuori l'aria con uno sbuffo. «Di nuovo disperso ai quattro venti. E adesso dove sarà andato, mi chiedo».

Con un'espressione pensierosa sul volto benevolo, Del Monte scese da uno scranno, lisciò le pieghe degli abiti e fronteggiò l'ecclesiastico più giovane.

«L'ultima volta che abbiamo parlato, non avevate idea di dove fosse Caravaggio, eppure adesso ci venite a dire che ha lasciato Messina. Come avete fatto a scoprire che si trovava lì?»

«L'ho appreso da fonti affidabili».

«Le vostre spie hanno finalmente stanato la preda», disse Del Monte, canzonandolo. «O avete assoldato nuove leve?»

«Come ho appena detto, l'ho saputo da una fonte attendibile. Orazio Gentileschi».

«*Una fonte attendibile?*», ripeté Del Monte, ridendo. «Occhio alle dita quando giocate con quel cane, cardinale. Morde».

«Ma ha una figlia che si tiene in contatto epistolare con Caravaggio».

Sorpresa, Costanza lanciò un'occhiata al cardinale. Erano settimane che non aveva notizie da parte di Caravaggio. Aveva avvisato Fabrizio di non entrare in contatto con il fuggitivo, per il bene della sua incolumità e della sua carriera futura, perché la promozione del figlio all'interno dell'Ordine era molto più importante di un dovere da amico. Inoltre, per la gioia del Gran Maestro, aveva già fatto abbastanza aiutando Caravaggio a fuggire. Ma Wignacourt, per quanto tenace, non era riuscito a tenere a bada fra' Roero, il quale si era ormai rimesso in salute, e Costanza era più preoccupata che mai per le sorti dell'artista.

«Come si chiama la ragazza?»

«Artemisia Gentileschi», rispose Scipione. «Ha soltanto diciassette anni, e pare che sia già una pittrice di grande talento. Caravaggio l'ha incoraggiata...».

«Indi per cui le lettere?», intervenne Del Monte.

«Indi per cui le lettere», confermò Scipione.

«Ma non è stata la ragazza a parlarvene?»

«Ovviamente no!», replicò il cardinale. «È stato suo padre…».

«In cambio di *cosa*, vostra Eminenza?», si intromise Costanza.

«Era suo dovere in qualità di onesto cittadino».

Del Monte sbuffò. «Se Orazio Gentileschi è un onesto cittadino, che Dio abbia pietà di Roma». Ci pensò un attimo, analizzando la situazione punto per punto. «Quindi Gentileschi ha tradito il vecchio amico per favorire le ambizioni della figlia? È proprio da lui, un Giuda nato».

Scipione osservò prima la marchesa, poi il cardinale. «Come l'abbia saputo è ininfluente. Il punto è che Caravaggio è scomparso di nuovo…».

«Cardinale, vi state lasciando prendere dal panico», osservò Del Monte. «Perché mai? Ora che conoscete la sua posizione, non vorrete mica sguinzagliargli addosso un assassino? O riferire la notizia alla famiglia Tomassoni? Da quando è rientrato in vigore il bando capitale, hanno ricominciato a mordere il freno».

Scipione asciugò il palmo oleoso delle mani su un fazzoletto di seta ricamata. «Il Papa è incline a valutare l'idea di concedere la grazia a Caravaggio…».

«Lo ripetete da anni, eppure non ne è mai venuto fuori nulla di concreto!».

«Stavolta sì».

«Grazie a Dio», disse Costanza, voltandosi. Le si riempirono gli occhi di lacrime.

«*Stavolta sì?*». Del Monte tornò a fissare Scipione e adottò un tono severo. «Siete sicuro che il Papa gli concederà la grazia?»

«Sta valutando l'idea… Sì! Sì! Sono convinto che gliela concederà», ammise Scipione, sedendosi e facendo dondolare il piede sinistro.

«E voi lo state incoraggiando? Ma certo che sì. Volete accrescere la collezione di dipinti di Caravaggio della famiglia Borghese, e i morti non dipingono».

Scipione ebbe il buongusto di arrossire. «Noi… Il pontefice ritiene che Caravaggio debba essere perdonato e debba fare ritorno a Roma». Scrociò le gambe, poi le accavallò di nuovo. «Ci abbiamo messo troppo tempo, davvero troppo. È da tanto che insisto per questa grazia, forse avrei dovuto essere più perseverante, ma il Papa non gradisce essere pressato».

«E adesso vi state lasciando prendere dal panico».

«Ho perso le sue tracce da quando è fuggito da Malta...». Scipione lanciò un'occhiata alla marchesa, ma gli stava dando le spalle e non ebbe modo di decifrare l'espressione della nobildonna. «Abbiamo ritrovato una pista da seguire a Siracusa, poi si è spostato. Dopodiché è ricomparso a Messina. Si è parlato di una sorta di incidente con alcuni bambini...».

«*Bambini?*», ripeté Costanza, voltandosi. «Caravaggio non farebbe mai del male a un bambino».

«Credo che ci siano state altre implicazioni».

La donna sbiancò. «No... Caravaggio ha avuto giovani fanciulli come amanti, ma non erano bambini. Chiunque abbia lanciato una simile accusa, l'ha fatto di proposito, sapendo che l'avrebbe costretto a nascondersi o a scappare di nuovo». Si voltò a guardare Del Monte. «Potete fare qualcosa?»

«La Sicilia è una terra prosperosa, con un'aristocrazia che si vanta delle proprie ricchezze e città che possono rivaleggiare con Roma. Ovunque vada, un artista della levatura di Caravaggio sarà accolto con gioia». Si avvicinò a un mappamondo ed esaminò l'isola, poi puntò il dito su un punto ben preciso. «*Palermo*».

Scipione si alzò in piedi. «Potrebbe già aver lasciato la Sicilia, ma, se non l'ha fatto, Palermo sarebbe la scelta migliore. È una città grande quanto Roma, con clienti in abbondanza pronti a commissionargli dei lavori. Il bando capitale non interessa a nessuno. A loro interessa soltanto la sua fama. Vogliono il suo talento, la sua notorietà. Perché? Perché vogliono usarlo. E Caravaggio lo sa. Proprio come sa che il suo tempo sta scadendo».

Costanza si avvicinò a Del Monte. «Ve lo chiedo di nuovo, vostra Eminenza. Non c'è niente che si possa fare?», domandò con tono pressante.

«Aspettare. Non possiamo fare altro. Aspettare che Caravaggio salti fuori da qualche parte».

«E se non lo facesse?», ribatté lei. «Non dovremmo mandare dei soccorsi a Palermo?»

«Non sappiamo *dove* andrà di preciso. Come ho già detto, dobbiamo aspettare che torni a mettere il naso fuori dalla tana».

Scipione sospirò. «E quanto potrebbe volerci?».

Del Monte scosse la testa. «Quanto si può fuggire, sapendo di poter essere aggrediti o uccisi da un momento all'altro? Sapendo di non potersi fidare di nessuno, non avendo nessuno a cui rivolgersi. Se mangia, si domanderà se il cibo è stato avvelenato. Se si avventura per strada da solo, chi si potrebbe essere appostato tra le ombre? Se dorme... come può dormire? E ciononostante continua a dipingere!». Il cardinale si voltò verso Scipione, stranamente furioso. «Quand'è che il Papa ha intenzione di prendere una decisione definitiva in merito alla grazia? O vuole forse perdonare la *testa* di Caravaggio? Perché tra non molto potrebbe essere l'unica cosa che farà ritorno a Roma».

Quarantadue

Palermo, Oratorio di San Lorenzo, Compagnia di San Francesco d'Assisi

Il Priore, in piedi davanti all'altare per contemplare il dipinto appeso sopra un semplice crocifisso di legno, pensò a Caravaggio e cominciò a maturare un'idea. Aveva congiunto le mani scheletriche, ma non in preghiera. La sua era piuttosto una supplica, stava chiedendo un intervento celestiale. Il pittore era stato inviato al suo monastero per uno scopo ben preciso, perché ogni volontà di Dio aveva uno scopo. Il Priore si inginocchiò per qualche minuto, poi sentì il rumore della porta della cappella che si apriva alle sue spalle e si alzò.

«Signor Caravaggio», disse mentre il pittore gli si faceva incontro. «Stavo pensando a voi».

«Sono venuto a ringraziarvi e a dirvi che sto partendo...».

«No», lo interruppe bruscamente il monaco. «Non dovreste andare via».

Caravaggio fece spallucce. «Mi devo trovare un lavoro...».

«Ho io un lavoro per voi».

L'artista fissò quel viso ossuto, quasi divertito. «*Voi*, padre?»

«L'Oratorio di San Lorenzo rientra nella sfera d'influenza della Compagnia di San Francesco d'Assisi, una serie di confraternite votate al soccorso dei bisognosi. Sono sicuro che sarà ben disposta a commissionare una nuova pala d'altare a un artista famoso e talentuoso come voi. Non ho alcun dubbio. Ne hanno parlato spesso...».

«L'Ordine dei Francescani non dispone di grandi ricchezze».

«Non c'è bisogno che me lo rammentiate», commentò il monaco con freddezza. «Siete arrivato nel mio monastero, non invitato, nel cuore della notte… Siete stato mandato da noi per dipingere un capolavoro».

«Padre…».

«Non mi interrompete!», esclamò il Priore, alzando un dito affusolato per rimproverarlo e scoccandogli uno sguardo risoluto con i suoi occhi sporgenti. «Ho chiesto consiglio e ho ricevuto la risposta che cercavo. Dipingerete un'*Adorazione dei pastori* con San Lorenzo e San Francesco. Riceverete un compenso adeguato, ma non eccessivo. Vi saranno garantiti vitto e alloggio e vi verrà fornito uno studio». Il monaco si avvicinò di nuovo all'altare, e la sua esile sagoma ricordava una candela nera in contrasto con la luce. «L'ho visto, e verrà realizzato».

La notizia dell'arrivo di Caravaggio si diffuse per tutta Palermo. «No», dicevano alcuni, «si trova a Roma». E ancora: «No, è a Messina…». Oppure: «Io ho sentito dire che è a Napoli». E poi c'era chi diceva: «A me è stato detto che è morto…». Era perseguitato dalla notorietà e dal talento, e l'unico luogo sicuro era il monastero. I monaci non erano dei combattenti, ma erano subito diventati protettivi nei confronti del famoso ospite e presero a cuore il suo desiderio di isolarsi. Le mura che racchiudevano l'Oratorio di San Lorenzo erano alte quasi quattro metri e i cancelli di legno erano inespugnabili. Finché fosse rimasto all'interno di quell'enclave, sarebbe stato al sicuro.

Il Priore era riuscito a garantire la commissione e il compenso, e aveva dato ordine di convertire una stanza disponibile in uno studio per il pittore. Non erano ammesse distrazioni. La sicurezza gli dava l'opportunità di riposare e, di notte, chiudeva a chiave la porta della celletta e si coricava sul giaciglio durissimo, con il crocifisso sopra la testa. A volte si domandava se il suo corpo avrebbe riposato come quello di padre Domenico, sullo stesso letto, il cadavere avvolto in una ruvida tela di iuta. O magari l'avrebbero trovato per strada, sventrato, oppure annegato nel porto, con la gola tagliata. O ancora decapitato, la testa portata via, mentre l'anima sarebbe salita al cielo, fatta a pezzi.

Ma era convinto di essere al sicuro all'interno delle mura del monastero. Perciò dormiva nella celletta del monaco morto, nell'oscurità, nel silenzio, con il pugnale in una mano e l'altra appoggiata sulla testa del cane.

L'estate si era consumata del tutto e l'autunno era arrivato spiegando vele rosse e dorate, con i cipressi simili ad alberi maestri con un cielo burrascoso come sfondo. La Compagnia di San Francesco d'Assisi era felice di essersi assicurata i servigi di Caravaggio e attendeva pazientemente di ricevere la sua *Adorazione*. La notizia della commissione aveva suscitato un grande interesse e altri clienti, ricchi mercanti, avevano avvicinato Caravaggio, coprendolo d'attenzioni, e di denaro.

L'artista, tuttavia, si dedicò esclusivamente al lavoro che gli era stato procurato dal Priore. Erano mesi che non si sentiva tanto al sicuro e mantenne sempre la concentrazione. Il sonno gli aveva restituito un po' di energie, mentre i monaci, incuriositi, si avvicinavano allo studio in cui dipingeva e cercavano di sbirciare attraverso le persiane chiuse delle finestre. Soltanto il Priore aveva il permesso di vedere il lavoro in corso d'opera e, non volendo disturbare l'artista, la sua figurina spettrale si muoveva senza far rumore all'interno della stanza.

A dispetto dei modi scontrosi, il Priore era diventato protettivo, certo che il pittore fosse stato inviato da Dio per mettersi al servizio dell'Ordine ed esaltare la sua chiesa e le sue opere caritatevoli. Non comprendeva Caravaggio, ma era convinto che fosse stato affidato alle sue cure e proteggeva con diligenza la sua incolumità. Per tale motivo, un pomeriggio, quando uscì dallo studio e vide sgattaiolare via un'ombra, il Priore la seguì e scoprì che si trattava di padre Bartolomeo, il quale, messo all'angolo, si rannicchiò in un cantuccio del cortile.

«Perché sei venuto qui?».

L'ampio faccione inebetito del monaco fissò il Priore con un'espressione vacua. «Non stavo facendo niente».

«E allora perché sei scappato via?».

L'altro esitò, non sapeva cosa rispondere.

«Stai alla larga da Caravaggio. Non deve essere disturbato». Il Priore allungò un dito affusolato e lo agitò davanti al viso rotondo del monaco. «Se ti rivedo da queste parti, incorrerai in un castigo. E ora vattene!».

Quando il dipinto fu portato a termine, fu mostrato ai monaci e ai membri della Compagnia di San Francesco d'Assisi, lasciandoli senza fiato. Era una natività diversa da qualunque altra rappresentazione, un'opera pensata per gli indigenti, senza orpelli né ostentazioni, senza fronzoli divini o soprannaturali. La Vergine Maria era sdraiata a terra, accasciata contro la mangiatoia, e sorreggeva suo figlio davanti agli occhi dei pastori, poveri commossi dal miracolo a cui stavano assistendo. L'uso della luce arricchiva il dipinto, le tonalità di rosso brillavano come fiamme sullo sfondo scuro. Una Vergine del popolo, per il popolo. Per l'Ordine Francescano, che abbracciava la povertà, era una scena divina di facile comprensione.

«Il dipinto ha destato grande interesse», commentò il Priore, e Caravaggio si voltò a guardarlo.

«Mi sono state offerte altre commissioni».

«Quindi rimarrete?».

Caravaggio esitò e pulì i pennelli su un canovaccio. «Dovrei partire, padre».

«Ma qui siete al sicuro».

«Come faccio a restare? Ho terminato il quadro, non ho ragioni per trattenermi ancora».

Il Priore rifletté sulla risposta. «È mio dovere proteggervi».

«Nessuno ha il dovere di proteggere il prossimo», dissentì l'artista. «Avete già fatto abbastanza».

Il monaco gli rivolse un sorriso tirato e si avvicinò a Corvo, che era sdraiato sotto il banco da lavoro. «Forse avete già chi vi protegge e non avete bisogno dell'aiuto umano». Tornò a voltarsi verso di lui. «Se ne siete convinto, accetterò la vostra decisione, ma restate almeno per la festa patronale, vi prego. Mangiate con noi, festeggiate con noi. Poi, se proprio dovete, andate pure. Vi chiedo soltanto di trattenervi per qualche altro giorno, niente di più».

Il maltempo era passato, la città riposava tranquilla sotto la luna bianca e il monastero era silenzioso, con i monaci che si erano ritirati per la notte. Malgrado gli fosse stato chiesto di assistere alla messa, Caravaggio aveva declinato l'invito, ma aveva fatto visita all'oratorio per vedere il dipinto dell'*Adorazione*, anelando, senza trovarla, la consolazione offerta dalla religione. Era di nuovo inquieto, voleva restare, voleva partire, pensava alla grazia e ai sostenitori romani che si stavano ancora dando da fare per lui. Il silenzio della cappella, dapprima confortante, gli risultò improvvisamente opprimente, e Caravaggio uscì per tornare nella sua stanza. Come al solito, accese la candela per rischiarare la celletta di pietra e si coricò sotto il crocifisso che riluceva, con Corvo sdraiato sul letto al suo fianco.

Per una volta, si addormentò subito, sognò Fillide e Cecco, Roma e Tor di Nona, avvertì la sensazione delle gelide acque del mare della notte in cui era fuggito da Malta. Si rigirò nel letto, agitato, con una mano sulla spada, al suono del respiro regolare del cane. Sul tavolo accanto a lui, la candela si consumò e si spense, e la celletta piombò in un'oscurità tombale.

Venne svegliato di soprassalto, qualcuno gli stava scrollando la spalla.

«Caravaggio, sveglia!».

Allarmato, socchiuse gli occhi nella semioscurità e intravide la sagoma macilenta del Priore in piedi accanto al letto, con una mano scheletrica che schermava la fiamma di una candela.

Il pittore si alzò in tutta fretta, il cuore gli martellava nel petto. «Che c'è?».

Il Priore gli intimò di fare silenzio. «Siete stato tradito. Ve ne dovete andare», disse, la voce ridotta a un sussurro stridulo, poi sollevò la candela affinché Caravaggio potesse infilare qualche vestito in una sacca.

«Fate alla svelta!», lo incitò il monaco. «Non c'è tempo. Venite con me».

Raggiunse la porta, guardò fuori e gli fece cenno di seguirlo. Presero una strada che non conosceva, una scala a chiocciola che scendeva in uno scantinato, lo attraversarono e riemersero da un'altra rampa di gradini di pietra.

Arrivati in cima, il Priore si fermò. «C'è un cavallo che vi aspetta qua fuori. Andate al porto, c'è sempre qualche nave che arriva e riparte. Avete i soldi, comprate un passaggio e andate il più lontano possibile». Lanciò un'occhiata al cane. «Lo lasciate qui?».

Caravaggio scosse la testa. «No, lui viene con me».

Il monaco annuì, poi si mise in ascolto, aspettò un istante e gli diede il via libera. «La strada è sgombra. Adesso andate…».

«Chi è stato a tradirmi?»

«Padre Bartolomeo», sussurrò il Priore. «Ha detto ai soldati che vi avrebbero trovato qui. L'avevo fatto sorvegliare. Temevo che potesse fare una cosa del genere». Gli occhi sporgenti del monaco tornarono a posarsi sulla porta. «Dovete andare! Lasciate la città, qui è pericoloso».

«Se non foste venuto voi, mi avrebbero ucciso…».

«Ma sono venuto», replicò il Priore, socchiudendo la porta e tenendogliela aperta per farlo passare. Prima che la potesse varcare, però, la mano ossuta del monaco si allungò di scatto e gli afferrò una manica. «Aspettate!», ordinò, e si affrettò a benedire la fronte di Caravaggio tracciandoci sopra il segno della croce. «Che Dio vi accompagni. Che Dio vi assista».

Era passata quasi un'ora quando la gigantesca figura di Roero fece irruzione nello studio del Priore, spalancando la porta di legno. Aveva il volto trasfigurato, gli occhi che brillavano.

«Dov'è?». La sua voce bassa e profonda riecheggiò nella piccola stanza. «Dov'è Caravaggio?».

Il Priore si alzò. Per quanto fosse estremamente esile e più basso del cavaliere di una trentina di centimetri buoni, aveva comunque un aspetto minaccioso. «Come osate entrare nella mia stanza in questo modo…».

«Dov'è Caravaggio?»

«A quale titolo ve ne dovreste interessare?»

«Sono un Cavaliere di San Giovanni, sono arrivato da Malta e ho una questione da risolvere con lui».

«Portando una spada all'interno di un monastero? Che razza

di questione sarebbe?», replicò il Priore, implacabile, prima di sedersi. «Non è qui».

«Mi è stato detto il contrario...».

«Da chi?», domandò con tono gelido.

«Da uno dei vostri monaci, padre Bartolomeo».

«Credete più alla parola di un sempliciotto che a quello che vi dico io?»

«Caravaggio è stato qui. Ha dipinto un quadro per l'oratorio...».

«E ci ha lasciati non appena l'ha terminato», rispose il Priore. «Adesso desidero che ve ne andiate».

Roero si avvicinò, svettando su quel monaco impenetrabile. «State mentendo».

«Non riuscirete a intimidirmi. Non ho paura di voi», replicò. «Caravaggio se n'è andato ieri. Se volete, posso mostrarvi la sua stanza e darvene una dimostrazione». Stava temporeggiando. Più riusciva a trattenere il cavaliere, più tempo aveva Caravaggio per scappare. «La volete vedere?»

«Magari l'avete fatto spostare, l'avete nascosto da qualche altra parte».

«Perché avrei dovuto? Il monaco con cui avete parlato nutriva un'antipatia nei confronti di Caravaggio. Ha dato problemi dal giorno in cui è arrivato. Anzi, padre Bartolomeo è uno dei motivi per cui l'artista se n'è andato subito dopo aver terminato il dipinto. Quel povero stolto lo seguiva ovunque andasse».

Roero non gli credeva e voleva delle prove. «I miei uomini perlustreranno il monastero...».

«Con quale autorità?», si oppose il Priore. «Qui comanda Dio, non voi. Ve l'ho detto, Caravaggio è partito ieri».

«Per andare dove?».

Il Priore tentennò e il cavaliere, accorgendosi del momento di esitazione, fraintese e si convinse che il monaco gli stava nascondendo qualcosa.

«*Dov'è andato?*»

«Per quale motivo avrebbe dovuto dirmelo?»

«Voi lo sapete!», tuonò Roero, sbattendo il palmo della mano sulla scrivania. «Ditemelo, o per voi andrà a finire molto male».

Fingendosi intimidito, il monaco trasalì. «È andato a…».

«*Dove?* Dov'è andato?»

«…a Siracusa», rispose il Priore, mentendo e chinando la testa, come se si vergognasse di se stesso. «Caravaggio ha detto che stava tornando lì».

Roero raddrizzò la schiena e sguainò la spada, ma non era del tutto convinto. Pensieroso, tenne lo sguardo fisso sul monaco per qualche lungo istante, poi esplorò lo studio e si avvicinò agli scaffali della libreria, dove c'era una Bibbia. Appoggiò il tomo sulla scrivania e lo spinse verso il Priore.

«Giuratelo!».

«Ve l'ho detto…».

«*Giuratelo!*».

Ci fu un lungo momento di silenzio. Dire falsa testimonianza era un grave peccato, e Roero sapeva che il Priore, nel caso in cui gli avesse mentito, non avrebbe mai giurato sulla Bibbia.

Gliela spinse ancora più vicina. «Giurate».

Il Priore allungò una mano gracile, esitò, poi alzò gli occhi e osservò la figura che torreggiava di fronte a lui. Senza staccare gli occhi dal viso di Roero, appoggiò la mano tremante sopra la Bibbia.

«Giuro su Dio Onnipotente che Caravaggio non è qui».

Roero sbatté di nuovo il pugno sulla scrivania.

«Giurate che è partito ieri! E che sta andando a Siracusa…».

Le ossa scheletriche del monaco si erano scostate dalla Bibbia, erano rimaste sospese sopra la copertina. Roero lo guardò con aria trionfante.

«Non riuscite a mentire sotto giuramento, padre».

La mano rimase sospesa sopra il tomo, e il cavaliere cantò vittoria.

«Come immaginavo! Non riuscite a giurare sul testo sacro, non riuscite a giurare su Dio».

«Caravaggio è andato a Siracusa…».

«Allora giuratelo!», ruggì Roero, sbattendo entrambi i pugni sul tavolo. «Giurate!».

Ci fu un attimo di incertezza, poi il Priore posò la mano sulla Bibbia, con le lunghe dita pallide che spiccavano sulla copertina nera di pelle consunta. Quando parlò di nuovo, lo fece con voce ferma.

«Caravaggio è partito ieri, diretto a Siracusa, e Dio mi è testimone». Si alzò dalla sedia, rimise la Bibbia sullo scaffale e si voltò a guardare il cavaliere. «Adesso andatevene e non fate più ritorno».

Frustrato, Roero lo fissò con aria torva. «Avete commesso un peccato mortale, padre...».

«Malgrado la vostra erudizione, cavaliere, non conoscete il catechismo, né nostro Signore», replicò il monaco, restando a guardare mentre lasciava la stanza. Poi si lasciò cadere di peso sulla sua sedia e le parole del catechismo gli ronzarono in testa.

Aveva mentito davvero, aveva peccato nella casa di Dio, ma non aveva commesso un peccato mortale. La menzogna era stata un peccato veniale, e fu un pensiero da cui trarre conforto.

"Un peccato veniale non rompe l'alleanza con Dio. Non priva della grazia santificante, dell'amicizia con Dio, della carità, né quindi della beatitudine eterna...".

Ricomponendosi, il Priore entrò nell'oratorio. Si inginocchiò sui gradini di pietra di fronte all'altare, laddove la monumentale tela dell'*Adorazione* si ergeva come una benedizione sopra il suo capo chino in preghiera.

Quarantatré

…che non sentendosi più al sicuro in Sicilia, lasciò l'isola e salpò di nuovo alla volta di Napoli.

PIETRO BELLORI

Napoli, Chiaia, Palazzo Colonna, ottobre 1609

I giardini erano disposti a terrazza e degradavano verso il mare. Chiaia era un luogo di villeggiatura per l'aristocrazia dell'epoca, disseminato di ville appariscenti, circondate da alte mura di cinta e da file di cedri. C'erano aranci, limoni e fichi piantati tra i fiori nei giardini dei palazzi abbelliti da marmi, stucchi e colonne che appartenevano a principi, mercanti e uomini di cultura, ciascuno dei quali aveva sentito parlare del rientro a Napoli di Caravaggio; il cuculo stava facendo ritorno al nido sicuro e accogliente della famiglia Colonna.

Non appena lo rivide dopo così tanto tempo, Costanza gli si fece subito incontro. Caravaggio si inchinò per baciarle la mano e le labbra della nobildonna sfiorarono la sommità del capo del pittore. La sua presenza le stringeva il cuore.

«Sei così magro…».

Fece spallucce, poi lanciò un fischio, richiamando l'attenzione del cane, che corse al suo fianco. «Lui è Corvo».

«*Corvo?*». Lei rise, poi guardò gli abiti scuri di Caravaggio e la pelliccia del cane. «Siete uguali a due corvi neri. Da quanto tempo è con te?»

«Mesi», rispose il pittore. «Ne abbiamo passate tante insieme. Ha viaggiato in barca e si è sdraiato sulla sella quando mi sono spostato a cavallo». Posò una mano sulla testa del cane e gli accarezzò il pelo. «Non avrei mai detto che un cane fosse capace di fare tutte queste cose».

Costanza sorrise, poi lo condusse all'aperto, in terrazza, camminando lentamente al suo fianco.

«Come state, marchesa?»

«I piedi mi fanno male, ma cammino». Reclinò la testa per godersi i raggi di sole. «Ci sono tante persone che vorrebbero incontrarti e offrirti delle commissioni...».

«E la grazia?»

«Ti verrà concessa». Lo zittì. «Silenzio! Non dobbiamo farlo sapere in giro, ma il cardinal Del Monte e Scipione Borghese si stanno prodigando per te...».

«Scipione si prodiga solo per se stesso».

«Questo è vero», concordò lei. «Ma a te sta tornando comodo. In cambio dell'espansione della sua collezione privata. Una grazia non si ottiene a buon mercato».

«Né in fretta».

«Né in fretta», confermò di nuovo. «Lui, come tanti altri, desidera commissionarti altri dipinti. Sei pronto a tornare a lavorare?»

«Sono pronto a tornare a vivere».

«Allora ti consiglio di restare all'interno del palazzo. Una volta ottenuta la grazia, potrai tornare a vivere da uomo libero, ma fino a quel momento, Caravaggio, sarebbe saggio agire con cautela».

«E la famiglia Tomassoni?»

«Non potrà fare niente quando il bando capitale sarà stato revocato».

Caravaggio rimase in silenzio e osservò i terrazzamenti sottostanti. «Mi sono fatto dei nemici a Malta, e sono stato seguito in Sicilia».

«Fra' Roero?».

L'artista annuì. «Non si rassegnerà... Non posso vivere così, continuando a nascondermi».

«Se vuoi vivere, è *esattamente* quel che devi fare», lo ammonì la marchesa. «Fatti nuovi clienti qui in città, riabilita la tua reputazione, guadagnati il rispetto di quante più personalità potenti e influenti possibile. A tempo debito, rafforzerai la tua posizione e avrai maggiori speranze di essere al sicuro». Gli parlò con tono rassicurante. «Non durerà a lungo, Caravaggio. Insieme alla grazia, arriverà anche il prestigio, e con esso la tranquillità».

Rincuorato dall'ennesimo capovolgimento della sorte, Caravaggio fu presentato ai tanti amici e soci d'affari della marchesa e si fece scudo dietro la potente protezione dei Colonna. Gli giunse notizia che Scipione confidava di fargli ricevere la grazia nel giro di poche settimane, e che la famiglia Tomassoni si trovava con le mani legate. Arrivarono anche altre novità, e pareva che a Onorio Longhi, che insieme a Caravaggio aveva preso parte al duello nel quale era rimasto ucciso Ranuccio Tomassoni, fosse stato concesso di rientrare a Roma, motivo per cui anche i cognati di Ranuccio pregustavano un imminente ritorno nella città eterna.

Ottimista, il pittore attese con ansia di riaffermare le proprie fortune e si rilassò nei lussi del sontuoso Palazzo Colonna. Pochi giorni dopo il suo arrivo, gli fu commissionato il dipinto di una *Resurrezione* per la chiesa di Sant'Anna dei Lombardi. L'opera, una graffiante raffigurazione del Cristo risorto, fu completata in fretta. Il soggetto lo affascinava – la resurrezione di Cristo, la riaffermazione della vita, di se stesso –, ma lo dipinse con una tensione cruda, brusca. La figura di Gesù che usciva dalla tomba ricordava più l'immagine di un condannato che scappa dal patibolo che quella del figlio di Dio.

Lo stile innovativo e l'usuale realismo lo resero celebre; la sua brutale causticità andava in netto contrasto con la leziosa adorazione religiosa tipica dei rivali di Caravaggio. Come previsto da Costanza Colonna, la buona sorte era tornata a sorridergli, ma la natura dell'artista non era cambiata, e l'inquietudine tornò a riaffiorare nel giro di qualche settimana. Da un giorno all'altro, il rifugio di Palazzo Colonna si trasformò in una cella raffinata, la cui funzione non era affatto diversa da quella del carcere di Tor di Nona o della guva della Valletta. Trovandosi ancora una volta privato della libertà, Caravaggio si ribellò alla prigionia e, nonostante gli avvertimenti della marchesa, cominciò ad avventurarsi per le strade di Napoli.

Sicuro di sé, certo che avrebbe ottenuto la grazia e fatto un ritorno trionfante a Roma, mise a repentaglio la sua incolumità e, il 24 ottobre, fece visita alla famigerata Osteria del Cerriglio, la taverna più famosa di Napoli. Fu subito accolto da poeti, pittori e artisti che frequentavano il luogo, famoso per essere un ritrovo di bevitori e un bordello, e le prostitute fecero a gara per contendersi le sue attenzioni, nella speranza di essere ritratte dall'artista più famoso d'Italia. Godendosi la libertà, Caravaggio trascorse la serata in un'ambiente lascivo che gli era familiare e gli ricordava i tempi della gioventù, quando aveva vissuto nel quartiere degli artisti di Roma.

Bevve, si vantò e studiò le sgualdrine mentre Corvo si esibiva con i giochetti con le carte. Ben presto furono circondati da una piccola folla di curiosi, e ogni volta che il cane pescava un asso dal mazzo di carte, Caravaggio prendeva qualcosa da bere. Ubriaco, inspirò a pieni polmoni l'odore dei corpi, dell'alcol e del sesso, e osservò gli uomini radunati a osservare le prostitute che ballavano. Tutto d'un tratto, fu riportato al passato. Era tornato a Roma, nella città eterna, con Orazio Gentileschi e Onorio Longhi come compari, a caccia di una zuffa, di sgualdrine da usare come modelle, di una partita di pallacorda su cui puntare scommesse e perdere fortune. Era di nuovo giovane, selvaggio e ambizioso, senza dolori in testa o nelle viscere. Senza paura... Ubriaco ed euforico, continuò a fare baldoria.

Alla fine, dopo mezzanotte, Caravaggio si alzò, fischiò per richiamare Corvo e lasciò la taverna, incamminandosi in un vicolo buio dietro la chiesa di Santa Maria La Nova.

Prima hanno ucciso Corvo.

È saltato addosso agli uomini che mi hanno aggredito, poi l'ho sentito guaire, l'ho visto cadere a terra, muoversi a scatti, con il sangue che gli sgorgava dalla pancia aperta. C'erano quattro maledetti aggressori. Quattro contro uno.

Hanno ucciso il mio cane.

Mi stavano aspettando. Mi hanno attaccato in tre, e io ho scalciato, mi sono dibattuto, ho lottato cercando di impugnare la spada o il pugnale, ma me li avevano già tolti. Hanno continuato a prendermi a pugni in testa e nello stomaco, poi si sono fermati, come a comando. Quando mi sono tirato su, ho visto avvicinarsi un altro uomo e l'ho riconosciuto: Roero si è fatto sotto con un coltello in mano. Stava sogghignando, si è chinato su di me mentre provavo a divincolarmi.

Quel bastardo se la sarebbe presa comoda.

Glielo leggevo negli occhi.

Conosco quello sguardo.

Mi avrebbe fatto aspettare, mi avrebbe fatto assaporare il dolore.

Mi sono scagliato verso di lui, alla disperata, ma gli altri uomini mi hanno trattenuto, mi hanno costretto a rimanere a terra, sulla strada buia, mentre Roero mi brandiva il coltello davanti agli occhi, e la debole luce si rifletteva sulla lama.

Ho girato la faccia dall'altra parte, gli ho urlato contro, ho scalciato… e lui ha affondato il colpo.

La lama di un pugnale è come fuoco, come fiamme versate su una ferita aperta. Pensavo che avrebbe ritratto la lama, invece l'ha fatta scivolare di colpo verso l'alto. Gli uomini mi hanno lasciato andare e io ho lanciato un urlo, la testa è crollata all'indietro, ha colpito il suolo... Riuscivo a scorgere l'insegna della taverna che dondolava smossa dal vento, e quando ho allungato una mano verso Corvo mi si è appannata la vista. Era ancora caldo, ma non si muoveva.

Non potevo lasciarlo lì.

Anche se era morto...

Avevo la faccia dilaniata e sanguinavo come un maiale sgozzato, ci vedevo da un occhio solo, ma mi sono caricato il cane in spalla e ho cominciato a camminare.

Siamo inciampati due volte. Parlo al plurale, perché Corvo era ancora con me. Disteso sulle mie spalle, proprio come si sdraiava sulla sella... Riuscivo a malapena a reggermi in piedi e più di una volta mi sono dovuto accasciare contro un muro, avanzando a tastoni, passo dopo passo, un metro per volta, verso la salvezza.

La guancia destra non si muoveva. Quando ho tastato la pelle, ho scoperto che era stata squarciata, c'era un lembo che ciondolava dal viso, così ci ho premuto sopra una mano mentre con l'altra sorreggevo Corvo. Passo dopo passo, un metro per volta, con il dolore che mi faceva venire i conati e il peso del cane che mi costringeva a incurvare la schiena.

Quando ho raggiunto Palazzo Colonna, le guardie mi sono corse incontro, mi hanno sorretto e hanno provato a portare via Corvo, ma non gliel'ho permesso. Ho spinto via quei coglioni, mi sono tenuto stretto il mio cane e ho concesso loro di accompagnarmi all'interno, un po' scortandomi, un po' trascinandomici di peso.

Non so quanto ci sia voluto a percorrere quel tratto di strada. Solo in seguito ho capito quanto fossi stato mutilato. L'unica cosa che sapevo era che il vento soffiava attraverso la guancia squarciata, che l'occhio restava chiuso, che il labbro inferiore si era aperto e che i vestiti puzzavano di sangue caldo.

Roero mi aveva pugnalato.

Mi aveva lasciato una cicatrice indelebile.

La chiamano sfregio.

Il marchio della strada.

Quarantaquattro

Gira voce che Caravaggio sia stato aggredito da quattro uomini... Dio non voglia che sia realmente accaduto.

MANCINI, BIOGRAFO DELL'EPOCA

Roma

Avendo finalmente riacquistato la libertà domestica accettando di incontrare il cardinal Scipione, Artemisia apprese la notizia che stava circolando per le strade della città e corse a cercare suo padre. «È vero?».

Orazio si voltò. «Come è andato l'incontro con il cardinale? Quella stupida è riuscita a tenere la bocca chiusa?».

Artemisia annuì. «Donia mi ha accompagnata, non ha detto niente. Era come un'ombra...».

«E il cardinale?», domandò con voce cantilenante. Il fatto che avesse rifiutato di farsi accompagnare da lui lo aveva ferito.

«Cosa?».

L'influenza che aveva sulla figlia si stava indebolendo, se ne rendeva conto. Artemisia non si lasciava intimidire facilmente, proprio come sua madre. Non aveva paura.

«*Dimmelo!*», pretese, irritato. «Com'è andata con Scipione...».

La ragazza lo interruppe prima che potesse finire la frase. «Caravaggio è stato aggredito a Napoli. Dicono che sia stato sfigurato, che non è più riconoscibile. Sei contento, papà?»

«*Aggredito?*». Orazio socchiuse gli occhi. «Chi è stato?»

«Non lo so! Ma non hai ottenuto quello che volevi, dicendo a Scipione che si trovava a Messina per favorire la mia carriera? *Per il mio bene*, non hai forse detto così? Caravaggio è stato picchiato da quattro uomini affinché io potessi parlare con un cardinale». Il suo disprezzo lo fece vergognare. «E comunque è stata fatica sprecata. Scipione non è rimasto colpito dai miei lavori...».

«Ha detto così?»

«Non ce n'è stato bisogno. Stava solamente tenendo fede all'accordo stretto con te...».

«Hai detto che Caravaggio è stato aggredito a Napoli, quindi come fa a essere colpa mia? Aveva già lasciato Messina, non l'hanno trovato lì. Quel folle continua a spostarsi da una parte all'altra come una cazzo di mosca su una pila di letame». Orazio cambiò argomento. «E così non hai fatto una buona impressione a Scipione. Perché? Cosa gli hai detto?»

«Non ho detto niente!», replicò Artemisia con voce stanca. «Ma si capiva che non era interessato. Aveva soltanto accettato di vedermi». Strinse la cartella di cuoio che aveva portato con sé. «La gente non fa che parlare della grazia di Caravaggio. Dicono che gliela concederanno da un giorno all'altro».

Orazio si protese verso di lei. «Forse avresti dovuto chiedere lumi sulla grazia a Scipione mentre eri impegnata a fargli perdere tempo». La voce di suo padre era aspra, noncurante. «Sei stata scortese?»

«No!».

«Hai sempre quest'aria imbronciata», continuò lui, sfogando su di lei la propria delusione. «Non vali niente come pittrice, non vali niente come donna di casa. Che *cosa* cazzo sai fare...?».

Ferita, Artemisia chinò il capo e arrossì.

«Torna nello studio e finisci lo sfondo di quel dipinto... Hai avuto un'occasione per la quale gran parte degli artisti di Roma avrebbe ucciso e l'hai buttata via». Si chinò e piegò la testa per guardarla in faccia. «*Piangi?* Le lacrime non servono a un cazzo. Per quanto riguarda le tue lezioni, sarà Tassi a insegnarti a usare la prospettiva. Se non migliorerai, metteremo la parola fine a questa storia...».

Lei drizzò di scatto la testa. «*La fine di quale storia?*»

«Della pittura. Pensi di essere un prodigio solo perché quel coglione di Caravaggio ti ha mentito. Ah!». Non riuscì a contenere l'amarezza e le scostò i capelli dal viso per osservarla meglio.

«Dovresti metterti un bel paio di orecchie da asino, Artemisia. Quantomeno un asino sarebbe di qualche utilità. Quello almeno riesce a tirare un carro».

Dopo aver accompagnato i domestici alla porta per invitarli a lasciare la stanza, Del Monte raccolse l'avviso e rilesse l'articolo per la seconda volta. Era giunta notizia che Caravaggio fosse morto, poi il comunicato successivo aveva detto che era ancora vivo, ma gravemente ferito. Il cardinale sentì la voce di un castrato che cantava un'aria nella stanza accanto. La sua voce celestiale si levava come una nebbiolina e si diffondeva oltre il colonnato e nei giardini. La festa, lasciva e godereccia come le tante altre occasioni di incontro organizzate da Del Monte, era stata tenuta in onore del viceré, e un manipolo di personalità influenti e di raffinati cortigiani era stato invitato ad ascoltare il castrato che cantava un brano composto da Emilio de' Cavalieri.

Tuttavia, per Del Monte, il fascino della serata era ormai svanito.

Con l'avviso in mano, il respiro accelerato e le guance paffute arrossate, vacillò e si accasciò contro una colonna accanto alla porta. Ricordava il giorno in cui Caravaggio era arrivato per la prima volta a Palazzo Madama, un ragazzino di strada affamato e arrogante, convinto di avere un talento che aveva soltanto iniziato a scoprire. Era incontrollabile, in balia dei capricci del suo carattere focoso. La genialità che l'aveva fatto diventare il miglior pittore di Roma gli impediva di sottostare alle regole. Era il peggior nemico di se stesso, il più ostinato.

Ma non era morto. Del Monte si aggrappò a quel pensiero. Caravaggio era gravemente ferito, ma grazie al cielo si sarebbe affidato alle cure di Costanza Colonna. Se si fosse ripreso, avrebbe potuto dipingere ancora. Se si fosse ripreso, avrebbe potuto ottenere la grazia. Se si fosse ripreso, avrebbe potuto far ritorno a Roma.

Se si fosse ripreso.

Se…

Quarantacinque

Napoli, Palazzo Colonna

Caravaggio giaceva a letto, fasciato, mentre l'anziano medico, Alessi, gli stava controllando il polso e medicava le ferite. Il coltello aveva trapassato la guancia in profondità e gli aveva aperto la palpebra inferiore, ma gli aveva anche squarciato il lato sinistro della gola. Era cereo per la notevole perdita di sangue e sudava a causa del dolore.

«Siete molto fortunato, signore. Se la lama fosse entrata un centimetro più a destra, avrebbe reciso l'arteria e sareste morto dissanguato», disse Alessi. «Con il tempo il dolore si attenuerà e riuscirete a rimettervi».

Sfiorò la guancia ferita dell'artista. Non c'erano reazioni. Roero aveva reciso il nervo, e il lato sinistro del viso pendeva di lato con espressione indolente, mentre gli occhi neri, di cui uno appannato, guardavano dritto di fronte a loro. Una versione statuaria e grottesca di se stesso, ammaccato, insanguinato, bendato.

«Fatemi vedere le mani, per cortesia».

Caravaggio fece come gli era stato detto. La sinistra tremava.

«Anche questo tremore dovrebbe passare con il tempo», lo rassicurò il medico, malgrado non fosse così sicuro che si sarebbe mai ripreso del tutto. «Vi hanno pugnalato la mano?»

«Ho alzato le mani per respingerli».

«Ah, vi hanno tagliato mentre vi difendevate». L'occhio buono del pittore fissò il medico che proseguiva chiedendo: «Sapete chi è stato a ridurvi così?»

«No».
«Dovrebbero essere puniti…».
«Non so chi sia stato», ripeté Caravaggio, strascicando le parole a causa della paralisi che gli aveva colpito un lato del viso.
«Se aveste qualche sospetto…».
«Non ne ho idea», borbottò lui. «Nessuna idea».
Quando Alessi scese al piano di sotto, Costanza lo stava aspettando all'interno della galleria. Gli si fece incontro con il viso tirato.
«Se la caverà?»
«Oh, sì, marchesa», la rassicurò. «Diamo tempo al tempo e il suo corpo guarirà».
«Il suo *corpo*?», indagò lei. «State insinuando che la sua mente potrebbe essere stata danneggiata?»
«Caravaggio non è più l'uomo di una volta. I suoi… *problemi*… lo hanno fiaccato. Ha perso peso e muscoli, e se un tempo era un uomo in forma e in grado di difendersi, questa aggressione lo ha reso vulnerabile». Seguì la marchesa, che stava lasciando la galleria per entrare in una piccola biblioteca. Una volta entrati, chiuse la porta e si voltò a guardare Alessi.
«La ferita al viso si rimarginerà?»
«No, resterà la cicatrice».
Costanza annuì. «Fate tutto il possibile per aiutarlo».
Alessi chinò il capo. «Come in passato, marchesa».
«Ha menzionato il cane?»
«*Il cane?*», ripeté il medico.
«Hanno ucciso il suo cane», spiegò Costanza. «Caravaggio ha riportato qui il corpo prima di crollare a terra. Teneva molto a quel cane».
Alessi si strinse nelle spalle. «Un animale…».
«Non era un semplice animale. Era al suo fianco da parecchi mesi, erano amici». La nobildonna lanciò un'occhiata al dottore. «Sì, ho detto *amici*. Il cane ha provato a difenderlo ed è stato sventrato».
«Ve l'ha raccontato Caravaggio?».
Lei annuì. «Sì: Parlava più del cane che di se stesso. Sta soffren-

do. Non l'ho mai visto soffrire per qualcosa in vita sua…». Il suo tono di voce si indurì. «Quattro uomini contro uno, ci vuole un bel coraggio… Immagino che non vi abbia detto chi è stato ad aggredirlo».

Alessi scosse la testa, si tolse gli occhiali e li fece scivolare nella tasca della casacca. Da esperto di politica qual era, aveva sperato che quell'artista turbolento, dopo essere stato aiutato a fuggire da Roma, si sarebbe dimostrato più giudizioso, ma era stata una speranza vana.

«Perdonatemi, marchesa, ma come ben sapete, sono anche il medico del cardinale Scipione Borghese». Fece una pausa, tastando il terreno scivoloso della politica. «Ho sentito parlare della grazia per Caravaggio».

Lo fissò con uno sguardo penetrante. «Ve ne ha parlato il cardinale?».

Alessi scrollò il capo. La barba elegante era tagliata a forma di V. «No, marchesa, non direttamente, ma mi ha mostrato un nuovo dipinto di Caravaggio, un'opera meravigliosa. Ha dato a intendere che gli fosse stato inviato come una sorta di invocazione, un regalo per rabbonire e velocizzare la concessione della grazia. Non si è espresso usando così tante parole, è chiaro, ma…». Fece spallucce. «Il cardinal Scipione diventa molto loquace quando gli faccio i salassi. Dice che gli tolgono il veleno dal sangue». Abbassò la voce. «Ho servito la vostra famiglia per molti anni, con zelo e diligenza, come mio padre prima di me. La mia lealtà va innanzitutto a voi, ai Colonna».

Lei comprese subito l'antifona. «E cos'altro vi ha rivelato mentre gli cavavate il veleno dal sangue?»

«Come vi ho detto, marchesa, non me ne ha parlato in modo diretto, ma ieri ho sentito dire qualcosa di interessante. Non sono più un giovanotto e la vista sta cominciando ad abbandonarmi, ma ho il vantaggio di avere ancora un udito eccellente».

«E cos'hanno sentito le vostre prodigiose orecchie, dottore?»

«Quando Caravaggio era in Sicilia, il cardinal Scipione gli ha scritto per chiedergli altri dipinti con cui spianarsi la strada verso la grazia».

Costanza rimase a bocca aperta. «E la risposta di Caravaggio?»

«Questo non lo so, ma il cardinale sembra avergli fatto ciondolare la grazia davanti al naso come una carota davanti all'asino».

«E l'asino sarebbe Caravaggio? Oppure il Papa?».

Alessi si finse scandalizzato. «L'artista, marchesa. Sono certo che il pontefice sia fatto della stessa pasta del cardinal Scipione». Esitò un istante, poi aggiunse: «Non ne sono così sicuro, ma...». Si guardò attorno per assicurarsi che la porta fosse ancora chiusa. «Credo che il cardinale abbia tentato di ricattare Caravaggio. Grazia. Dipinti. Dipinti. Dipinti». Sollevò una mano, poi l'abbassò, dopodiché sollevò l'altra e ripeté il gesto. «Magari il ritardo nella concessione della grazia è più dovuto all'avarizia del cardinale che alla riluttanza del Papa».

«Siete un dottore formidabile, Alessi, e una spia di grande talento».

Lui sorrise e si inchinò. «Quando un paziente riceve un trattamento che richiede un certo lasso di tempo prima di fare effetto, capita spesso che continui a occuparsi delle proprie questioni private. Dopo un po', il medico diventa un pezzo di mobilia all'interno della stanza. Ma alcuni armadi hanno le orecchie». Costanza sorrise e lui proseguì. «E non sto infrangendo alcun voto di riservatezza tra medico e paziente raccontandovi queste cose. I miei commenti si riferiscono alla *condotta* del cardinale, non alle sue funzioni corporee».

«Vi sono molto grata per questa informazione», replicò Costanza. «Nel caso in cui questo eccezionale *armadio* apprendesse altre notizie preziose, vi prego di farmelo sapere».

Quarantasei

Napoli, Palazzo Colonna

I domestici avevano paura di Caravaggio, non perché fosse aggressivo o esigente, ma a causa del suo aspetto, del viso torvo e deforme. Imbarazzato dal marchio che sfoggiava, diventò taciturno e rimase rintanato nelle sue stanze, incapace di dipingere. Le ferite guarirono lentamente, ma gli anni vissuti in fuga, in uno stato d'ansia costante, avevano avuto ripercussioni fisiche e mentali e lo avevano indebolito, spingendolo a chiudersi in se stesso.

Nelle prime settimane successive all'aggressione, a parte il domestico che si occupava di tutti i suoi bisogni primari, Costanza era l'unica persona che passava del tempo con lui. Notò che in sua presenza girava dall'altra parte il lato sfigurato del volto; la capacità di articolare le parole migliorava a singhiozzo, e dalla parte cascante della bocca pendevano fili di bava. Malgrado fosse stato un attacco mirato al viso e alla gola, ne aveva risentito tutto il corpo, e Caravaggio era più lento nei movimenti, e all'inizio era malfermo sulle gambe. Camminava con l'aiuto di un domestico, ma si stancava subito, e la mano destra continuava a tremare.

Restò convalescente per un paio di mesi, poi, poco a poco, ricominciò a parlare della possibilità di tornare a dipingere. Corvo non lo menzionò mai.

«Chiedono quotidianamente notizie sulle tue condizioni di salute», disse Costanza, assicurandosi di non mostrare alcuna compassione. «Si domandano quando tornerai a dipingere».

«Presto», disse lui, ma era pensieroso.

Le enormi pale da altare che aveva dipinto a Roma e in Sicilia erano fuori dalla sua portata. Sapeva che la mancanza di resistenza fisica non gli avrebbe consentito di intraprendere composizioni imponenti, inoltre non era propenso all'idea di ingaggiare degli assistenti. La *Morte della Vergine* e le *Sette opere di misericordia* sembravano dipinti realizzati da un altro uomo, ma la sua fame di creatività non vacillò mai. Si sarebbe rimesso in salute, si disse, avrebbe dipinto ancora.

A tale scopo, escogitò un esercizio e cominciò a stringere una piccola pallina con la mano destra. Al primo tentativo, quasi non riuscì a mantenere la presa, ma, con il passare delle settimane, la mano riuscì a strizzarla ripetutamente. Come aveva fatto a Roma quando stava recuperando le forze dopo la peste, fece pratica usando un appoggiamano e tenendo il gomito sul tavolo, con la stecca che limitava il tremore della mano.

E pensò a Roero. Riusciva a rivedere quel volto con la barba fulva e il lampo della lama un attimo prima che affondasse. Il ricordo riaffiorava soprattutto di notte, e Caravaggio si svegliava di soprassalto e allungava la mano verso il cane che non c'era più. A volte tornava nel monastero, dove seguiva il Priore pelle e ossa lungo un corridoio tortuoso che non conduceva da nessuna parte. In altre occasioni sognava Fillide e si domandava che aspetto avesse il suo viso, se fosse sfigurato tanto quanto il suo, o se invece fosse tornata chissà come intatta, di nuovo bella e radiosa, la Maddalena che avrebbe sempre turbato i suoi sogni.

L'inafferrabile grazia restava una lontana speranza. Malgrado l'insistenza di Costanza e di Del Monte, Scipione invocò altro tempo e scrisse lettere esuberanti.

È stata una tale gioia apprendere dal cardinal Del Monte che Caravaggio si sta rimettendo in salute. Dio sia lodato.

Dato che me lo domandate sempre, marchesa, posso assicurarvi che la grazia è ormai imminente. Vi prego di informare Caravaggio che un ritorno trionfale a Roma non resterà una semplice fantasia, ma sarà presto un dato di fatto. Dobbiamo soltanto pazientare ancora un po'…

Quando Costanza gli lesse la lettera, Caravaggio prestò ascolto con un'espressione beffarda.

«Sono alla mercé di quel bastardo. Di nuovo», commentò, amareggiato. «Quanti dipinti vuole ancora? Sarebbe più semplice comprarsi un posto in paradiso».

Aveva già dipinto un'altra opera per Scipione, una versione inquietante del *Davide e Golia* nella quale il viso del giovane appariva sereno e distaccato, mentre la testa decapitata di Davide era un autoritratto di Caravaggio. Era uno strumento di corruzione emotiva, un'invocazione su tela: "Prendi la mia testa dipinta, non quella vera. Salvami".

Costanza esaminò la lettera, lo stemma della famiglia Borghese sull'intestazione della pergamena, il vistoso timbro di ceralacca spezzato, il nastro rosso sangue. Scipione, con tutti i suoi trucchetti e i suoi favoritismi. Scipione, uomo avaro, immorale, cupido.

«Quando ti sarai rimesso abbastanza per tornare a dipingere...».

Caravaggio si voltò verso di lei. «Perché giungete sempre in mio soccorso? Il dovere non vi ha ancora stancata?»

«Se pensassi che è un dovere, forse mi sarei già stancata, ma la ritengo una benedizione, mi viene spontaneo».

«Senza di voi, non sarei mai diventato un pittore».

«Se fosse vero, sarebbe stata una grande beffa per il mondo intero», replicò lei. Poi, accorgendosi che il volto di Caravaggio era rischiarato dal sole, andò a chiudere gli scuri. «Come va la vista dell'occhio ferito? Riesci a vedere un po' meglio?»

«Più di prima... quanto basta per ricominciare a dipingere».

Sollevata, Costanza lanciò un'occhiata verso la finestra, sbirciò dalla fessura tra gli scuri socchiusi, oltre gli aranci, verso la curva azzurra della baia. Aveva parlato con i conoscenti delle cerchie di intellettuali più influenti di Napoli e aveva respinto l'accanimento con cui le domandavano se Caravaggio avrebbe ricominciato a dipingere. Le commissioni gli danzavano attorno come fiocchi di neve caduti in anticipo, che si posavano a terra, ma non duravano mai a lungo.

Consapevole della gravità delle ferite riportate, non aveva mai insistito, ma quelle parole la rincuorarono e le fecero azzardare un suggerimento.

«La confraternita della chiesa di Sant'Anna dei Lombardi vuole renderti onore, vuole inserire i tuoi dipinti in una collezione per la città di Napoli. Abbiamo parlato a lungo. Gli ecclesiastici sono ansiosi di ricevere altri tuoi lavori, quando sarai in grado di dipingere. Desiderano tre quadri...».

«Soltanto tre?», domandò lui, facendo del sarcasmo.

«...che abbiano come soggetto San Giovanni, San Francesco e una Resurrezione». Accostò di nuovo gli scuri, smorzando la luce. «Inoltre, i Domenicani hanno proposto un'altra commissione per la basilica di Santa Maria della Sanità, una Circoncisione. Mi hanno avvicinata due volte e mi hanno chiesto di riferirti la loro offerta». Costanza sorrise, si sedette accanto alla finestra e nascose i piedi fasciati sotto l'orlo della gonna. «Sto diventando la tua agente, Caravaggio».

Ora che non era più costretto a letto, sedeva in una grossa poltrona con i braccioli rivolta verso i giardini. Si era guardato allo specchio in una sola occasione, quando aveva scorto inavvertitamente la propria immagine riflessa nella finestra. Era un volto che gli appariva estraneo. C'era qualcosa di familiare nella fronte e nelle sopracciglia, ma il resto era deforme, grottesco. Alessi gli aveva assicurato che, una volta rimarginate le ferite, il viso sarebbe tornato a essere più simile a prima, ma Caravaggio ne dubitava. Era una faccia che rifletteva meglio la sua personalità torturata, che mostrava i segni d'usura degli anni.

Sapeva che non sarebbe più stato desiderato da nessuno, uomo o donna che fosse. In passato aveva cercato conforto nella carne, in un corpo disteso accanto al suo nelle ore piccole della notte, in una mano che gli sfiorasse la pelle, che lo accarezzasse fino a fargli venire un'erezione, trascinandolo nella lenta spirale ardente del sesso. Adesso, invece, il desiderio era sparito, e provava sollievo all'idea di smettere di rincorrere l'amore. L'arte era la sua amante e la venerava proprio come qualsiasi altro uomo avrebbe idolatrato una donna. L'odore dei pigmenti e dell'olio era come una droga, la consistenza delle tele aveva una carica erotica. La pittura non lo giudicava, né lo criticava, non esigeva e non lo sbeffeggiava, anzi, lo adorava più di quanto avesse mai fatto una donna. E sentiva la mancanza di quella devozione.

I tre dipinti, universalmente encomiati, furono un successo, e i Domenicani gli commissionarono la *Circoncisione di Cristo*. Caravaggio trionfò di nuovo, ma era distaccato, si teneva alla larga da tutti. Il viso stava guarendo. Alessi aveva detto la verità, ma la mente lo aveva isolato dalla vita e dalla gente. Lavorò per tutta la primavera sotto la protezione dei Colonna, e Marcantonio Doria lo avvicinò per chiedergli di dipingere il *Martirio di Sant'Orsola* in onore di sua figlia. Doria non era uno sconosciuto per Caravaggio. I due si erano conosciuti a Genova, e il procuratore di Marcantonio, Lanfranco Massa, li definiva "amici".

Il dipinto fu completato alla fine dei lunghi mesi primaverili, ma c'era stato un nuovo cambiamento nello stile. Capendo che le condizioni di salute non gli consentivano di affrontare raffigurazioni più grandi, Caravaggio aveva optato per tele più piccole in cui stipava i modelli, accalcandoli in uno spazio e un'atmosfera claustrofobici. Nell'immaginario dell'artista, Sant'Orsola era una figura passiva, la quale osservava con rassegnazione la ferita che le era stata inflitta, mentre il carnefice era l'ennesimo monatto della sua infanzia. Sullo sfondo del dipinto aveva inserito un autoritratto, si vedeva soltanto la testa, la bocca aperta. Un uomo che stava annegando sulla terraferma.

La potenza dell'opera strabiliò gli abitanti di Napoli e, volendo inviare il dipinto a Marcantonio Doria il più rapidamente possibile, Lanfranco Massa mise la tela ad asciugare al sole.

«Cos'avete fatto?», domandò Caravaggio quando Massa fece timidamente ingresso nel suo studio e confessò che il calore, invece di asciugare il colore, l'aveva ammorbidito.

«Avete steso uno strato troppo spesso di pittura, signore...», balbettò, spaventato dalla figura saturnina che aveva di fronte. «Non avevo cattive intenzioni». Conoscendo la reputazione di Caravaggio e sapendo che portava un pugnale infilato nella cintura dei calzoni, Massa si fece piccolo piccolo, terrorizzato. Aveva rovinato l'opera del pittore più famoso d'Italia ed era a un passo dalle lacrime.

«Ho steso uno strato *troppo spesso* di pittura?», ripeté l'artista a voce bassa, coprendosi il lato sinistro del volto con una mano.

«È per questo che l'ho messo al sole», confermò Massa, indietreggiando. «Pensavo...».

«Asciugherà».

«Asciugherà?», ripeté Massa, incredulo.

Caravaggio fece spallucce. «Si asciugherà. Aspettate un paio di giorni, poi lo potrete spedire».

Prima che Massa potesse aggiungere altro, il pittore si voltò e tornò nel suo studio, una sagoma profilata dalla luce pomeridiana. Pochi istanti dopo, la luce svanì. Caravaggio chiuse gli scuri e i colpi ricordarono il rumore di una serie di spari attutiti.

Quarantasette

Passarono tre mesi, e Caravaggio fece recapitare un altro dipinto tra le grinfie di Scipione. Stavolta era un *Giovanni Battista* malinconico, il cui viso era un ricordo di Cecco, ma senza la vecchia sensualità. Era un Battista permeato di tristezza, un uomo sofferente, e Scipione, dopo averlo ricevuto, gli fece giungere notizia che la grazia era assicurata. Per quanto Napoli lo acclamasse e lo ricompensasse economicamente, Caravaggio bramava il ritorno ormai imminente nella città eterna. Le pressioni incessanti di Costanza Colonna e di Del Monte, abbinate all'acquisizione dell'ennesimo capolavoro da parte del cardinale, gli avevano finalmente riaperto i cancelli di Roma.

C'era un altro motivo per cui voleva lasciare Napoli. Sebbene le ferite si fossero rimarginate, gli era stato riferito che i suoi nemici si stavano radunando di nuovo, e la grazia – con la revoca del bando capitale – era l'unica cosa che gli avrebbe assicurato un futuro. Prima doveva semplicemente tornare a Roma.

«Mi ha scritto Fabrizio», disse Costanza. «Dice che fra' Roero è scomparso».

Caravaggio mise giù il pennello e si voltò. «Scomparso?»

«Ha lasciato Malta e da allora non si è più rivisto», proseguì lei, sperando che l'artista si confidasse, che arrivasse finalmente ad ammettere che era stato il cavaliere ad aggredirlo.

La confessione non arrivò.

«La sua famiglia non ha avuto notizie da parte sua, e mio figlio dice che i documenti relativi al tuo soggiorno a Malta sono stati distrutti».

«Tutti?».

La marchesa annuì. «Il cavalierato e l'incarcerazione. Fabrizio dice che il tuo nome non appare più da nessuna parte nei registri dell'Ordine di San Giovanni».

Si strinse nelle spalle. «Respiro ancora, eppure sono morto».

«Ma hai l'opportunità di ricominciare da capo», asserì Costanza con tono deciso. «Malta non è Roma, e il tuo futuro è lì, non su un'isola piena di soldati».

«E voi mi state mettendo in guardia. Se non dai maltesi, da chi allora?»

«La famiglia Tomassoni ha saputo che ti verrà concessa la grazia e ha giurato di fermarti prima che tu possa andare a reclamarla», si affrettò a spiegare. «Devi tornare a Roma il più in fretta possibile, Caravaggio. Ti farò scortare da alcune guardie...».

«La cui presenza verrà subito notata e segnalerà che me ne sto andando», puntualizzò lui. «Se qualcuno mi sta sorvegliando, la partenza di un drappello d'uomini dal palazzo balzerà subito all'occhio. Se devo andare, andrò da solo».

«Sarebbe una follia», ribatté lei. «Viaggerai con il salvacondotto del cardinale Ferdinando Gonzaga, il tuo vecchio protettore. Gliel'ho suggerito io, e ha prontamente accettato. Sei quasi libero, ormai è soltanto questione di giorni. Ora che siamo così vicini, non metterò a rischio la tua incolumità, Caravaggio. Se i tuoi nemici ti stanno venendo a cercare, non riusciranno a prenderti».

Solo pochi giorni dopo, all'apice dell'estate, Caravaggio e quattro soldati di Gonzaga salirono a bordo di una feluca, diretti verso Palo. Era una cittadina anonima, poco più che un semplice assembramento di case con un castello fortificato che sorgeva vicino alla foce del fiume Tevere. Avendo ricevuto un salvacondotto, l'artista sbarcò con altri dipinti destinati al cardinal Scipione, mentre gli altri furono lasciati in custodia a Costanza Colonna.

Era una giornata torrida, l'aria piena di insetti, e la zona attorno al porticciolo di Palo, dove Caravaggio si presentò alle autorità portuali, era infestata di zanzare.

Un anziano rugoso lo squadrò da capo a piedi. «State andando a Roma?»

«Sì», rispose il pittore, sapendo di essere tenuto sott'occhio da un altro individuo, un uomo tarchiato che indossava un'uniforme malandata. «C'è qualche problema?».

I due uomini si scambiarono un'occhiata, poi quello più corpulento si voltò verso di lui. «Devo controllare le vostre credenziali».

«Sono arrivato con il salvacondotto del cardinale Ferdinando Gonzaga...».

L'uomo fissò i documenti e se li rigirò tra le mani unte. Stava sudando, sicuro di sé. «Sono il capitano della fortezza, è necessario che mi sia data dimostrazione che avete ricevuto la grazia».

Sentendo crescere l'irritazione, Caravaggio indicò i fogli che aveva in mano. «La prova è *lì*».

«Questi documenti sono...».

«Una riprova del mio nome e della grazia ricevuta», lo interruppe, guardando prima uno e poi l'altro. «Sono venuto qui per imbarcarmi su una feluca. Sta venendo a prendermi...», aggiunse con tono più duro.

«Non finché non avremo controllato i documenti».

«Ho lasciato i miei dipinti sul molo!», esclamò Caravaggio. «Devo tenerli al sicuro, non posso lasciarli sotto il sole».

«Non dovremmo metterci molto...».

«Devo salire su quella cazzo di barca, coglione!».

All'improvviso, Caravaggio si sentì torcere le braccia dietro la schiena, le mani gli furono legate con una fune.

«Cosa stai facendo? Cosa...».

«Se siete veramente Michelangelo Merisi da Caravaggio, allora prenderete la barca, ma sarete trattenuto qui finché non ne avrò la certezza».

«Non potete fare una cosa simile!», urlò. «Siete impazziti? Non potete trattenermi qui!».

Per quanto imprecasse, scalciasse e si dibattesse, Caravaggio fu condotto nella prigione della fortezza. Era fresca, scavata nella roccia, e la porta della cella gli fu sbattuta in faccia.

In preda alla disperazione, si aggrappò alle sbarre. «Fatemi una cortesia. Togliete i miei dipinti dal sole. Portateli via dal molo!», gridò, vaneggiando a causa della frustrazione. «Fatemi uscire! Per l'amor di Dio, non lasciatemi qui».

Lo ignorarono, perciò Caravaggio si arrampicò sulla branda e cercò di sbirciare dalle sbarre della finestra, ma aveva la visuale ostruita e non riusciva a vedere neanche uno spicchio del porto, né a scorgere le sue casse. La rabbia si tramutò in terrore. Chiamò di nuovo le guardie, le implorò, le minacciò, ma il capitano rimase fuori dalla fortezza e, con il passare delle ore, il sole cominciò a calare e la luce si dissolse con il calare della sera.

Esausto, si accasciò sul giaciglio e fissò la finestra sbarrata senza metterla realmente a fuoco. Gli ultimi bagliori morenti del tramonto si dissolsero e fece capolino la luna. Dall'alto giungevano le voci di alcuni uomini. Pensò ai dipinti lasciati al sole. Erano stati imballati abbastanza bene da resistere al calore o si sarebbero rovinati? Piegò le gambe e appoggiò la testa sulle ginocchia. Sconfitto, catturato, era tornato a essere un topo di fogna.

Sporco, sudato, divorato dalla preoccupazione, Caravaggio fu rilasciato il giorno seguente, all'alba. C'era stato un equivoco, gli disse il capitano tarchiato, i suoi documenti erano in ordine e aveva arrestato l'uomo sbagliato.

Caravaggio spintonò il capitano per salire di corsa i gradini che conducevano all'uscita, dove si fermò a osservare il porto sottostante.

«Dove sono?»

«Cosa?»

«*I miei dipinti, maledetto bastardo!*», tuonò. «Dove sono i miei dipinti?». Indignato, lo afferrò per la gola e cominciò a scuoterlo. «Dove sono? Il mio bagaglio, i miei colori, il mio lavoro. Era tutto laggiù. Tutto ciò che avevo era su quel molo». Lo scrollò come avrebbe fatto un cane che avesse addentato un topo. «Erano tutta la mia vita, la mia *cazzo* di vita!».

Terrorizzato, il capitano cominciò a rantolare, e Caravaggio allentò la presa quel tanto che bastava per permettergli di rispondere.

«Doveva partire...».

«*Cosa* doveva partire?»

«La barca, la feluca», farfugliò. «Si era ingrossato il mare, dovevano raggiungere la sosta successiva, Porto Ercole, risalendo la costa...».

Caravaggio lo fissava con gli occhi spalancati e non riusciva a capire. «Non me ne frega un cazzo della barca! Dove sono i miei dipinti?»

«Sulla barca...», ansimò il capitano, «...che se n'è andata. Era tutto a bordo della barca».

Quarantotto

Anche se l'alba era appena sorta, le temperature avevano già cominciato a salire e il sole splendeva alto nel cielo. Caravaggio salì sul cavallo che aveva comprato da un pescatore del posto e si diresse verso la città fortificata di Porto Ercole, laddove si sarebbe dovuta fermare la feluca. Se fosse riuscito a raggiungerla in tempo, avrebbe potuto recuperare le sue cose, in particolare i dipinti destinati a Scipione. Senza di loro, avrebbe corso il rischio di perdere la grazia ora che era a pochi centimetri dalle sue dita.

Il paesaggio gli era del tutto estraneo ed era stato avvisato che era popolato da ladri e banditi, ma Caravaggio non aveva altra scelta; doveva attraversare la campagna. C'erano punti in cui era facile seguire i sentieri battuti dagli zoccoli dei cavalli, ma il tratto successivo diventò paludoso, con l'aria carica d'umidità e il ronzio delle zanzare e dei moscerini.

Stanco, spaventato e con il disperato bisogno di raggiungere Porto Ercole per fermare la feluca, il pittore spronò il suo destriero. Dato che la temperatura continuava a salire, si fermò e si pulì dalla polvere. Gli abiti erano madidi di sudore, e anche il cavallo schiumava dopo la lunga galoppata. Ansimando, si incamminò verso un villaggio di pescatori e bussò alla porta della prima casa.

Fu una donna ad aprire con circospezione. «Chi va là?»

«È possibile prendere un cavallo da queste parti?».

Accostata alla porta, la socchiuse un pochino di più. I capelli erano coperti da una cuffia bianca, e le mani stringevano il bucato. «Vai alla quarta casa, là avranno un cavallo da darti. Dovrai pagare».

«Sì, sì...», disse Caravaggio, annuendo. L'occhio ferito aveva cominciato ad appannarsi, si era annebbiata la vista e sentiva la fronte stretta in una morsa.

«Non dovresti stare fuori con questo caldo».

«Devo andare a Porto Ercole», disse lui con il cuore che gli batteva all'impazzata. «Quanto dista da qui?»

«Devi scendere lungo la costa e superare altri due villaggi», spiegò la donna. Allarmata dalle condizioni dello sconosciuto, gli fece cenno di entrare in casa.

«No. Devo proseguire...».

La donna sollevò le mani per zittirli, rientrò in casa, una struttura piccola e squadrata, e tornò con una caraffa d'acqua. Caravaggio l'accettò con riconoscenza e bevve con foga, mentre un rivoletto d'acqua gli colò dall'angolo della bocca sfregiata.

«Aspetta che faccia meno caldo», insistette la padrona di casa. «Tra un'ora o due rinfrescherà un po'».

Lui scosse la testa, la ringraziò e le restituì la caraffa. Poi condusse il cavallo verso la casa che gli era stata indicata. Si trascinava, cascava dal sonno. Avrebbe tanto voluto riposare, accoccolarsi sotto l'ombra di un albero. Invece continuò a camminare sotto il sole cocente, con i moscerini e le zanzare che gli mordevano il collo e gli avambracci scoperti.

Raggiunta la quarta casa, raggiunse subito un accordo e comprò il cavallo. Il pescatore intascò i soldi e lo guardò salire in sella al nuovo destriero. Pochi minuti dopo, era scomparso in mezzo alla foschia creata dall'afa e all'aria viziata degli acquitrini. Mezzo addormentato, spronò il cavallo, e a volte scivolò in avanti sulla sella e dovette ritirarsi su di colpo. Aveva il corpo imperlato di sudore, un dolore all'interno del cranio, i capelli neri aggrovigliati.

E la temperatura continuò a salire. Gli zoccoli del cavallo scalpicciarono sulla terra battuta, poi nel pantano, nell'acquitrino e infine su un terreno di nuovo più solido. Quando superarono un corso d'acqua reso verde dalla fanghiglia, le mosche li assalirono come uno sciame di locuste, dando forma a nubi nere e ronzanti.

Caravaggio continuava a ripetersi che una volta arrivato a Porto Ercole avrebbe recuperato i suoi dipinti. Dopodiché sarebbe andato a Roma e li avrebbe dati a Scipione. Avrebbe ottenuto la grazia e si sarebbe riposato nella frescura della loggia di Palazzo Madame. Non doveva far altro che raggiungere Porto Ercole.

Continuò a spronare il cavallo con la vista che si appannava e si schiariva, le mani sudate scivolavano sulle redini. Gli zoccoli dell'animale sollevavano un polverone. Puntando in direzione del porto, usò i talloni per incitare il cavallo, che galoppava con il collo allungato e le vene gonfie per lo sforzo, ad andare più veloce. Il sole cocente si spostava sopra la sua testa, ma continuava a picchiare. A terra, sul cavallo, sulla pelle sudata del cavaliere esausto.

Tutto d'un tratto, gli parve che il cavallo avesse perso contatto con il terreno, che si fossero entrambi fusi in un tutt'uno indefinito, ebbri di stanchezza e di calore. Il sentiero scintillava di fronte a loro, superarono alberi avvolti da ombre fittissime e nuvole che gli facevano smorfie. Scipione sogghignava e lo guardava dall'alto, dal cielo abbagliante, Fillide si sollevava le sottane, Del Monte, pingue come un galletto, camminava impettito lungo la linea dell'orizzonte.

Delirando, continuò a cavalcare, arrivando finalmente in prossimità della costa e di Porto Ercole, che sorgeva su uno sputo di terra appigliata a una strada rialzata. Schermandosi gli occhi dal sole, passò in perlustrazione il tratto di mare per cercare di intravedere la feluca. Non c'era. Debole e sul punto di perdere i sensi, scese da cavallo scivolando giù dalla sella e barcollò verso la riva con il battito del cuore che gli rimbombava nelle orecchie e la bocca secca come gesso. Riuscì finalmente a scorgere la sagoma di una barca in lontananza e si mise a correre, incespicando sulla spiaggia, ma poi la vide scomparire. Singhiozzando, Caravaggio scrutò il mare. La barca riapparve di nuovo davanti agli occhi con un tremolio, e lui ricominciò a correre, agitando le braccia, gridando, con i polmoni in fiamme. Alla fine, gli cedettero le gambe.

Scipione era sparito, e anche Fillide e Del Monte. In cielo non c'era neanche una nuvola. C'era soltanto il sole che picchiava su

Caravaggio, febbricitante, delirante, disteso sulla schiena su una spiaggia deserta.

In lontananza, la feluca girò attorno allo sputo di terra e puntò verso il mare aperto.

Quarantanove

Porto Ercole , Confraternita di San Sebastiano

Fu trascinato a riva da alcuni pescatori e fu portato in un ospedale di fortuna, dove le suore offrivano soccorso ai viaggiatori e agli ammalati. In un'area in cui imperversava la malaria, lavarono Caravaggio e lo lasciarono riposare in una stanza in penombra. Aveva il volto coperto di vesciche, ustionato dal sole, le mani scorticate e le labbra che si muovevano costantemente, malgrado pronunciasse parole senza senso.

Gli scuri erano stati chiusi per bandire la luce e il calore, ma Caravaggio continuava a sentire il rumore del mare, della risacca e delle onde che si infrangevano sulla spiaggia. Moribondo, respirò a ritmo con le onde e lasciò vagare i pensieri. Poi, nel tardo pomeriggio, riemerse da quello stato delirante e la memoria tornò a riaffiorare.

La suora che aveva vegliato su di lui dichiarò di averlo visto sorridere nel sonno, che a volte apriva e chiudeva le mani, premendo insieme il pollice e l'indice, come se stesse impugnando un pennello. Disse che il viso dell'artista privo di sensi assunse mano a mano un'espressione sempre più rilassata, le grinze delle cicatrici si distesero, lo sfregio non era che una pennellata sulla pelle bruciata.

A volte Caravaggio riusciva a percepire il tocco della suora, il panno fresco e umido che gli posava sulla fronte, ma, con il passare delle ore, intraprese l'ultimo viaggio da solo. Fuori, il mare andava e veniva con la marea guidata dalla luna, dentro, la mente del pittore fluttuava alla deriva, galleggiando come un tronco sull'acqua. L'acqua. Sempre l'acqua. Ma stavolta non si sarebbe dibattuto per liberarsi dalle alghe. Avrebbe lasciato che i giunchi simili a serpenti gli si attorcigliassero attorno al corpo e lo trascinassero a fondo, nell'oscurità, dove gli angeli sedevano in sua attesa, ritratti in opere che il mondo non avrebbe mai potuto immaginare e che riusciva a vedere soltanto lui.

Luce e ombra.

Vita e morte.

Caravaggio restò aggrappato alla vita ancora per qualche momento, ricordando il passato. Era tornato di nuovo a Roma, agli esordi, affamato, svelto, arrabbiato. Poi all'apice della sua fama, acclamato, imitato, ammirato. Il miglior pittore di Roma…

"Fillide… ti ho amata?", si chiese. "Ti ho dipinta, ho fatto l'amore con te, ho accarezzato ogni centimetro del tuo corpo, ti conoscevo meglio di me stesso. È questo l'amore? E Lena, con la sua bella bocca delicata…".

Mentre dormiva, inspirò e avvertì un profumo, non quello del mare all'esterno, ma della pelle calda e umida di una donna… Le onde andavano e venivano, avanti e indietro, dondolandolo come un neonato nella culla…

"Cecco, coraggioso Cecco, sei rimasto con me quando tutti gli altri se ne sono andati".

Sospirò, si mosse nella cuccetta d'ospedale e l'occhio ferito si socchiuse appena, la pupilla appannata.

Non vedo niente, però ricordo.

L'odore dei pigmenti, dell'olio, la croce a otto punte di San Giovanni.

Lo scheletrico Priore che mi ha condotto al sicuro. E Corvo.

Tutto perduto. Tutto perduto…

«Signore, state comodo?».

Senti come mi parla questa suora, come si preoccupa per me.

Stavo aspettando una grazia che non è mai arrivata.

Mi sentite, sorella?

La grazia arriverà. Arriverà quando sarò morto.

«State fermo e riposate».

Sto riposando. Per l'ultima volta in vita mia.
Basta combattere, basta scappare.
Sono quello che dipingo.
Dovrei lasciare solo quello che ho visto.

Con la mano che si contraeva, Caravaggio allungò il braccio per afferrare un ricordo. Una ragazza dai capelli scuri che camminava nel quartiere degli artisti. Artemisia, la figlia che non aveva mai avuto, l'erede che aveva scelto. "No, non accetto allievi, non ne ho bisogno. Non devo far altro che mostrarle i miei dipinti, capirà da sola e realizzerà i suoi".

L'ultimo timore si dissolse con il rifrangersi delle onde, e per un attimo sollevò la testa dal cuscino. Allarmata, la suora tentò di calmarlo, ma non era più in grado di vederla o di sentirla. Se ne stava andando, lasciandosi alle spalle le sue Maddalene, gli uomini e i patimenti, il suo Lazzaro che tornava in vita mentre lui la stava abbandonando.

E in quegli ultimi istanti, Michelangelo Merisi da Caravaggio era tornato per le strade di Napoli, le labbra increspate in un fischio silenzioso con cui richiamare a sé un cane fantasma.

Epilogo

28 luglio 1610, avviso da Urbino:

Si è avuto avviso de la morte di Michel Angelo Caravaggio, pittore famoso et eccellentissimo nel colorire e ritrarre dal naturale, seguita di suo male in Porto Ercole.

31 luglio 1610, un secondo avviso:

È morto Michel Angelo da Caravaggio, pittore celebre, a Porto Ercole, mentre da Napoli veniva a Roma per la grazia di Sua Santità fattali dal bando capitale che lui aveva.

I dipinti che Caravaggio non era riuscito a recuperare furono rimandati a Napoli a bordo della feluca. Tre vennero lasciati a Costanza Colonna, a Chiaia. Poco dopo la morte dell'artista, però, furono trafugati da fra' Vincenzo Carafe, il quale sosteneva che appartenessero ai Cavalieri di Malta. La rivendicazione fu contestata, e Costanza Colonna la definì "una follia".

Caravaggio creò scompiglio persino dopo la morte. La contesa si risolse solo quando il cardinale Scipione Borghese reclamò il possesso del *San Giovanni Battista*, il dipinto con cui il pittore era riuscito a ottenere la tanto agognata grazia.

Postuma.

Fonti

FARRUGIA RANDON P., *Caravaggio, Knight of Malta*, AVC.
GRAHAM-DIXON A., *Caravaggio. Vita sacra e profana*, Mondadori.
LAMBERT G., *Caravaggio*, Taschen.
LANGDON H., *Caravaggio*, Sellerio Editore, 2001.
MANCINI G., *Vite di Caravaggio*, Biblioteca Marciana di Venezia.
PUGLISI C., *Caravaggio*, Phaidon, 2015.
ROBB P., *M. L'enigma Caravaggio*, Mondadori.
SPINOSA N. (a cura di), *Caravaggio. L'ultimo tempo 1606-1610*, Mondadori, 2002.

http://en.firenze-online-com/tuscany-artists/caravaggio.php
http://www.independent.com.mt/articles/2007-10-14/news/she-is-caravaggios-woman-198271/
MondoMostre, sotto l'Alto Patronato del Presidente della Repubblica, in collaborazione con il Ministero dei Beni e delle Attività Culturali e del Turismo, con la speciale sovrintendenza del Polo Museale di Roma, Università di Roma La Sapienza e università Roma Tre.

Indice

Alex Connor

COSPIRAZIONE CARAVAGGIO

Volume rilegato di 336 pagine

1608. Michelangelo Merisi da Caravaggio, il più grande artista del suo tempo, viene espulso dall'Ordine dei Cavalieri di Malta per un crimine misterioso. La sua colpa deve restare un segreto gelosamente custodito.
2014. In una galleria d'arte di Londra vengono ritrovati i cadaveri dei proprietari, i gemelli Weir. La scena è raccapricciante: i corpi, nudi e legati insieme da una corda, presentano segni di tortura e oscene mutilazioni. Chi può aver commesso un crimine tanto brutale? E perché? La polizia brancola nel buio, ma l'investigatore privato Gil Eckhart, esperto d'arte, potrebbe avere una pista: il delitto Weir ricorda un altro raccapricciante duplice omicidio avvenuto a Berlino anni prima e un filo rosso pare collegare le vittime, galleristi di successo, con due capolavori del maestro Caravaggio scomparsi in circostanze misteriose. Costretto a confrontarsi con un passato che pensava di essersi lasciato alle spalle per sempre, Gil seguirà gli indizi lungo un percorso che porta dalle prestigiose gallerie di New York fino alle buie catacombe di Palermo e scoprirà che nel mondo dell'arte il bene e il male sono dipinti con lo stesso pennello intinto nel sangue.

NEWTON COMPTON EDITORI

Alex Connor

IL DIPINTO MALEDETTO

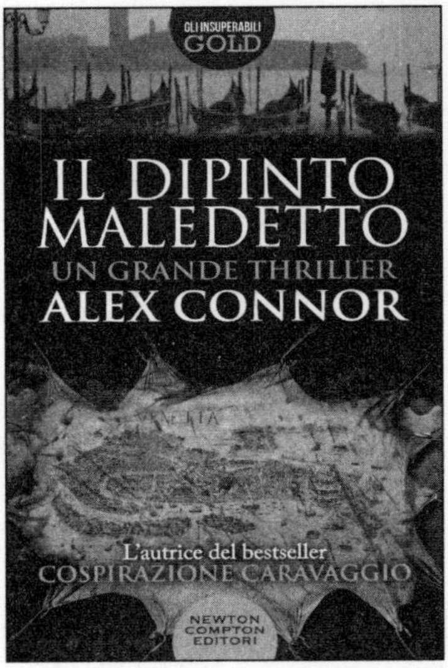

Volume rilegato di 384 pagine

Venezia, 1555. Nella città del doge il pericolo è in agguato. Un rigido inverno avvolge la città nella bruma, e sulle banchine affiorano degli inquietanti cadaveri. Sono le vittime di uno spietato serial killer, rese irriconoscibili dalle torture...
Londra, oggi. Gli studiosi d'arte di tutto il mondo sono in fibrillazione per un antico dipinto di Tiziano, che si credeva perduto per sempre. È il ritratto di Angelico Vespucci, noto mercante veneziano. Il grande artista è riuscito a riportare sulla tela, con estremo realismo, i tratti somatici dell'uomo, ma non la crudeltà del suo animo. Proprio quel Vespucci, infatti, potrebbe essere il terribile mostro colpevole di aver scuoiato numerose giovani donne: una colpa che nessuno riuscì a provare e che rimase senza condanna. All'indomani del ritrovamento del quadro, però, vengono rinvenuti in giro per il mondo una serie di cadaveri senza pelle. Chi è l'assassino?

Alex Connor

COSPIRAZIONE CARAVAGGIO

Volume rilegato di 336 pagine

1608. Michelangelo Merisi da Caravaggio, il più grande artista del suo tempo, viene espulso dall'Ordine dei Cavalieri di Malta per un crimine misterioso. La sua colpa deve restare un segreto gelosamente custodito.
2014. In una galleria d'arte di Londra vengono ritrovati i cadaveri dei proprietari, i gemelli Weir. La scena è raccapricciante: i corpi, nudi e legati insieme da una corda, presentano segni di tortura e oscene mutilazioni. Chi può aver commesso un crimine tanto brutale? E perché? La polizia brancola nel buio, ma l'investigatore privato Gil Eckhart, esperto d'arte, potrebbe avere una pista: il delitto Weir ricorda un altro raccapricciante duplice omicidio avvenuto a Berlino anni prima e un filo rosso pare collegare le vittime, galleristi di successo, con due capolavori del maestro Caravaggio scomparsi in circostanze misteriose. Costretto a confrontarsi con un passato che pensava di essersi lasciato alle spalle per sempre, Gil seguirà gli indizi lungo un percorso che porta dalle prestigiose gallerie di New York fino alle buie catacombe di Palermo e scoprirà che nel mondo dell'arte il bene e il male sono dipinti con lo stesso pennello intinto nel sangue.

NEWTON COMPTON EDITORI

Alex Connor

IL DIPINTO MALEDETTO

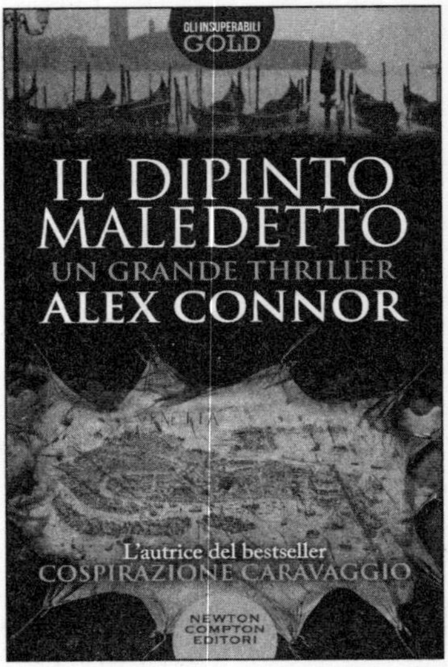

Volume rilegato di 384 pagine

Venezia, 1555. Nella città del doge il pericolo è in agguato. Un rigido inverno avvolge la città nella bruma, e sulle banchine affiorano degli inquietanti cadaveri. Sono le vittime di uno spietato serial killer, rese irriconoscibili dalle torture…
Londra, oggi. Gli studiosi d'arte di tutto il mondo sono in fibrillazione per un antico dipinto di Tiziano, che si credeva perduto per sempre. È il ritratto di Angelico Vespucci, noto mercante veneziano. Il grande artista è riuscito a riportare sulla tela, con estremo realismo, i tratti somatici dell'uomo, ma non la crudeltà del suo animo. Proprio quel Vespucci, infatti, potrebbe essere il terribile mostro colpevole di aver scuoiato numerose giovani donne: una colpa che nessuno riuscì a provare e che rimase senza condanna. All'indomani del ritrovamento del quadro, però, vengono rinvenuti in giro per il mondo una serie di cadaveri senza pelle. Chi è l'assassino?

NEWTON COMPTON EDITORI

Alex Connor

CARAVAGGIO ENIGMA

Volume rilegato di 320 pagine

Il giovane Michelangelo Merisi da Caravaggio è cresciuto come un reietto. Cacciato dalla famiglia, ancora adolescente è stato costretto a fuggire da Milano perché accusato di omicidio. Quando arriva a Roma, solo e senza un soldo, scopre presto che l'accecante bellezza della città nasconde anche un aspetto pericoloso e sinistro: sopravvivere nel quartiere degli artisti significa destreggiarsi tra ricchi committenti e spietati criminali. Sotto la protezione del potente cardinale del Monte, Caravaggio inizia la sua turbolenta ascesa, intrecciando una relazione con la musa Fillide, "la più famosa puttana di Roma". Con la gloria cresce però anche la sua arroganza, e Caravaggio si troverà a un bivio dal quale non potrà più tornare indietro. Di nuovo nella polvere, di nuovo in fuga, con una taglia sulla testa. Tra gli splendori dell'arte e i violenti piaceri della carne, questa è la travolgente, enigmatica storia di un uomo fuori dal comune.

NEWTON COMPTON EDITORI